Elisabeth Kabatek

Brezeltango

Elisabeth Kabatek

Brezeltango

Roman

Elisabeth Kabatek ist in der Nähe von Stuttgart aufgewachsen. Sie studierte Anglistik, Hispanistik und Politikwissenschaft in Heidelberg, Salamanca und Granada und ist Übersetzerin für die spanische Sprache. Seit 1997 lebt sie in Stuttgart. »Brezeltango« ist ihr zweiter Roman. Ihr erster Roman, »Laugenweckle zum Frühstück«, erschien 2008 und wurde auf Anhieb ein Bestseller (mehr unter www.e-kabatek.de).

Für Laura

1. Auflage 2010

© 2010 by Silberburg-Verlag GmbH,
Schönbuchstraße 48, D-72074 Tübingen.
Alle Rechte vorbehalten.
Umschlaggestaltung:
Christoph Wöhler, Tübingen,
unter Verwendung einer Fotografie
von Niels Schubert, Stuttgart.
Lektorat: Bettina Kimpel, Tübingen.
Druck: Gulde-Druck, Tübingen.
Printed in Germany.

ISBN 978-3-87407-984-6

Besuchen Sie uns im Internet
und entdecken Sie die Vielfalt
unseres Verlagsprogramms:
www.silberburg.de

I love you, you're perfect, now change

1. Kapitel

Der Mann, der zu mir passt, hat einen kleinen Bauch,
eine Brille und womöglich eine Glatze auch,
am Abend trinkt er Bier und schnarcht danach,
liegt man neben ihm, so bleibt man lange wach.

»Mama, ich hab Hunger!«

»Gleich, Schatz. Ich muss zuerst deine Schwester wickeln.«

»Ich hab aber jetzt Hunger!«

»Dann sag's deinem Vater.«

Ich atmete tief durch, wischte mir die fettigen Hände an meiner Schürze ab, nahm das Baby hoch und ging ins Wohnzimmer. Leon lag auf der Couch, eine halb leere Bierflasche in der Hand, und las den *Kicker*. Die beiden auf dem Teppich liegenden leeren Flaschen sahen aus, als würde hier demnächst Flaschendrehen gespielt. Es waren nur noch nicht genug Leute da.

»Leon!«

»Hmm.« Leon positionierte die Bierflasche, ohne hinzusehen, auf dem Gipfel des Bauchbergs unter seinem T-Shirt und konzentrierte sich weiter auf den *Kicker*. Das T-Shirt war so fleckig, dass man die Aufschrift »Bosch – Technik fürs Leben« kaum noch entziffern konnte.

»Leon, ich muss die Kleine wickeln und die Wäsche aufhängen. Machst du Leander was zu essen, er hat Hunger.«

»Hmja.« Leon rülpste dezent.

»Leon!«

»Hmja?«

»Leon, hörst du mir überhaupt zu?«

»Klar. Ich will nur eben den Artikel über den HSV zu Ende lesen. Dauert nur eine Sekunde.«

Leander hatte leider nicht die nordisch-entspannte Natur seines Vaters geerbt und ging jetzt auf Stufe zwei, markerschütterndes Gebrüll. »ICH – HAB – HUNGER!«

Leon drehte irritiert den Kopf in Richtung Küche. Die Bierflasche wackelte eine Millisekunde und kippte dann seitlich vom Bauchberg weg auf den Boden. Eine halbe Flasche Dinkelacker plätscherte über den zerschlissenen Teppich. Leon fuhr vom Sofa hoch und zermalmte ein paar hässliche Flüche zwischen Ober- und Unterkiefer, während Leander auf Stufe drei ging: markerschütterndes Gebrüll plus Aufreißen und Zudonnern von Küchenschranktüren.

Ich wartete nicht auf Stufe vier. Ich verschob das Wickeln und floh mit dem Baby auf dem Arm aus der Wohnung im fünften Stock hinunter in den Keller.

Vierter Stock. Frau Müller-Thurgau, im rosa Jogginganzug, mit einer brennenden Zigarette in der Hand: »Sie, Frau Praetorius! Wasch 'n des scho wiedr fir an Krach! A ganz Mietshaus tirannisiere!«

Ich rannte weiter. Dritter Stock, Herr Tellerle drohte mit der Faust. »Koi Ricksichd auf ons alde Leit!«

Zweiter Stock. Menschen, die ich noch nie gesehen hatte, zeigten mit dem Finger auf mich, zeterten und tobten, zerrten an mir und dem Baby, brüllten und schrien durcheinander: »Overschämd! Zu onsrer Zeit hätts des net gäba! Kennad Sie Ihre Kender net erzieha? Ond Kehrwoch aständig macha?«

Endlich, der Keller, die Waschküche! Ich drängte die wütende Meute hinaus, donnerte die Tür zu, schloss mit dem rostigen Schlüssel ab und drehte mich um. Aus der Waschmaschine quoll Wäsche, eine unendliche Menge an Stramplern, Höschen und Hemden, Leons Hemden, die ich alle sorgfältig würde bügeln müssen, damit er ordentlich zu Bosch ins Gschäft gehen konnte, Wäsche, immer mehr Wäsche, es nahm kein Ende, das Baby brüllte jetzt wie am Spieß, der Wäschestrom floss unaufhaltsam auf uns zu, bloß raus hier! Aber vor der Kellertür stand der Mob und versuchte die Tür einzuschlagen, das Holz splitterte, ein Besenstiel brach durch das Loch, Herr Tellerle lachte irre, ich schrie, wich zurück und stürzte, der riesige Kleiderberg deckte mich und das Baby zu, ich schrie verzweifelt, aber niemand kam mir zu Hilfe, die Wäsche hüllte mich ein in die unendliche, feuchte Dunkelheit einer Waschküche im Stuttgarter Westen, aus der es kein Entrinnen gab ...

»Line, wach auf!«

Ich fuhr schwer atmend hoch. Beruhigend legte sich eine Hand auf meinen Rücken und fuhr sanft auf und ab.

»Schsch ... Ganz ruhig, Line, du hast nur schlecht geträumt!«

Ich ließ mich erleichtert wieder in die Kissen fallen. Leon drückte mir einen Kuss auf die Stirn und flüsterte: »Du hast im Schlaf gestöhnt und geschrien. Du hast nicht zufällig von deinem feurigen Hamburger Liebhaber geträumt?«

Ich konnte Leons Grinsen im fahlen Licht des Sommermorgens deutlich vor mir sehen. Ich kannte niemanden, der so wie er jederzeit grinsen konnte, ohne vorher seine Gesichtsmuskeln aufzuwärmen, sogar gleich nach dem Aufwachen.

»Stimmt, ich habe von dir geträumt.«

Vielleicht nicht unbedingt das, was Leon sich so ausmalte. Aber sagte nicht jeder Ratgeber, dass man in einer Beziehung ein paar Geheimnisse für sich behalten sollte?

»Ach, wirklich?«, flüsterte Leon und rückte näher an mich heran.

Ich schob meine Hand auf seinen Bauch und seufzte erleichtert. Der Bauch war wie immer. Nicht der Mount Everest aus dem grässlichen Traum, sondern Leons kleiner, sympathischer Bauch an einem ansonsten vom Joggen durchtrainierten Körper. Leon nahm meine Hand und schob sie langsam tiefer, ganz allmählich entspannte ich mich und nur noch Leon und ich passten in das große Bett, der Albtraum hatte keinen Platz mehr ...

Später lauschte ich Leons Schnarchen, nachtischlöffelchenmäßig an seinen Rücken gekuschelt. Leon schnarchte nicht richtig laut, es war mehr so ein Schnürpf-pffff, wie das leise Grunzen eines neugeborenen Ferkels. Sehr gemütlich. Ich würde versuchen, nicht mehr einzuschlafen. Draußen war es jetzt taghell, und bald würde der Wecker klingeln, weil Leon zu Bosch nach Schwieberdingen musste. Es war grauenhaft, aus dem Schlaf gerissen zu werden, wenn man gerade erst wieder eingeschlummert war. Ich fühlte mich dann den ganzen Tag wie ein Zombie. Stattdessen würde ich lieber wach bleiben und den Traum analysieren. Danach würde ich mich auf Zehenspitzen aus dem Schlafzimmer schleichen, duschen, beim Bäcker Laugenweckle holen, und wenn Leon aufstand, würde es nach frischem Kaffee duften und er würde sich selbst beglückwünschen, dass er so eine großartige, fürsorgliche Freundin hatte.

Als ich wieder aufwachte, lag ich allein in dem großen Bett. Kein Wunder. Der Wecker zeigte zehn Uhr. Auf dem Fußboden – da Leon keine Bücher las, benötigte er auch keinen Nachttisch – stand eine knallgelbe Thermoskanne, daneben eine Tasse, Milch, Zucker und ein Tellerchen mit Schokoladenkeksen. Verschlafen angelte ich nach dem Zettel, der unter der Tasse lag: »Guten Morgen, meine Süße. Du hast so fest geschlafen, dass ich dich nicht wecken wollte (kein Wunder – grins). Wir sehen uns heute Abend im Kino. Freu mich auf dich! Kuss, Leon.« Darunter hatte er ein wackliges Herz gemalt.

Okay. So viel zum Thema fürsorgliche Freundin. Ich goss mir Kaffee ein, kuschelte mich mit einem Schokokeks in der einen und der Kaffeetasse in der anderen Hand wieder in die Kissen und beschloss, erst aufzustehen, wenn ich den schrecklichen Traum vollständig durchdacht und ad acta gelegt hatte. Lila hatte mir mal aus einem Buch über Traumforschung vorgelesen. Darin stand, dass man alle Träume, die man nicht bewusst bearbeitete, immer wieder träumte, bis man endlich kapierte, was sie einem sagen wollten. Ha! Das würde mir nicht passieren. Reflektiert, wie ich war, würde ich dem grauenhaften Traum sofort den Garaus machen.

Leon und ich waren gerade mal ein paar Wochen zusammen. Alles lief wunderbar. Wir waren schrecklich verliebt, konnten die Hände nicht voneinander lassen und es war einfach fabelhaft, nach einer langen Single-Phase endlich wieder einen Freund zu haben. Leon hatte beispielsweise, ohne dass ich ihn lange bitten musste, den Klokasten in Lilas Wohnung repariert!

Lila war meine beste Freundin. Vor ein paar Monaten war ich zu ihr gezogen, in ihr schnuckeliges Häuschen in der Pfeiffer'schen Siedlung im Stuttgarter Osten. Das war kurz nachdem ich mich mit Leon zerstritten hatte. Mit ihm wohnte ich vorher Wand an Wand in der Reinsburgstraße in Stuttgart-West. Im Nachhinein war der Umzug natürlich reichlich dämlich, jetzt, da Leon und ich ein Paar waren. Ich hatte aber auch keine große Wahl gehabt. Die Vermieterin, der das ganze Mietshaus gehörte, hatte mir wegen Eigenbedarfs gekündigt. Seither stand die Wohnung leer und wurde angeblich für die Nichte der Vermieterin renoviert, die an der Hochschule der Medien in Vaihingen studieren wollte. Die Nichte war aber bisher von niemandem im Haus gesichtet worden. Wie Leon im Treppenhaus von Frau Müller-Thurgau erfahren hatte, ohne dass er fragen musste, gab es nicht den leisesten Hinweis auf Renovierungsarbeiten, keine Farbeimer, keine Handwerker und keine Bohrgeräusche. Ich hatte ja von Anfang an den Verdacht gehabt, dass die Vermieterin mich loswerden wollte, weil ich arbeitslos war. Sie hatte Angst, ich könnte eines Tages meine Miete nicht mehr bezahlen.

Andererseits wohnte ich schrecklich gerne bei Lila und ihrer Katze Suffragette, auch wenn ich die beiden in letzter Zeit ziemlich vernachlässigt hatte, weil ich die Abende meist bei Leon verbrachte. Lila beklagte sich mit keinem Wort. Dafür war sie viel zu großmütig und gönnte mir das Verliebtsein. Ich rechnete es ihr deshalb besonders hoch an, weil Lila selbst Single war. In der Regel sahen die Männer in ihr nur die Frau, bei der man sich so wunderbar in den Falten ihrer weiten Gewänder verkriechen konnte, wenn die Welt gemein zu einem war und sich die langbeinige neue Kollegin mit den aufreizend roten Lippen und dem Stroh im Kopf kein bisschen für einen interessierte, obwohl sie doch ganz offensichtlich ungebunden war. Lila wusste immer Rat, geizte nicht damit und blickte taktvoll über Stroh im Kopf hinweg. Ihre besondere Stärke waren Sonntagskrisentelefonate, in denen sie anderen Menschen über ebendiese Krisen hinweghalf. Ich wünschte ihr so sehr, dass endlich mal ein Mann die Vorzüge entdeckte, die sich hinter ihrem rundlichen Äußeren verbargen.

Hoppla, nun war ich ganz davon abgekommen, dass ich den bescheuerten Traum analysieren wollte. Ich schob mir einen Schokokeks in den Mund, schloss die Augen und konzentrierte mich, kam aber zu keinem Ergebnis, was die Message des Traums betraf. Leons tiefe Zuneigung hatte mein Leben verändert. Sogar das Katastrophen-Gen hatte sich einlullen lassen. Hurra! Ich würde ab jetzt ein ausgeglichener Mensch völlig ohne Chaos sein. Ich war ja schon viel ruhiger geworden. Die Natur war besiegt! Als ich Lila eifrig und stolz berichtete, dass wahre Liebe ganz eindeutig stärker war als genetische Anlagen, legte sie nur zweifelnd den Kopf schief und sagte nichts. Wahrscheinlich brauchte sie einfach ein bisschen Zeit, um sich umzustellen.

Leon hatte ich mein kleines Problemchen bisher noch nicht gebeichtet. Es gab schließlich überhaupt keinen Grund, einen soeben erworbenen Freund gleich wieder mit Hiobsbotschaften in die Flucht zu schlagen. Das Katastrophen-Gen war keine Krankheit, nur ein klitzekleiner genetischer Defekt, der manchmal ein bisschen Durcheinander produzierte oder aus heiterem Himmel Haushaltsgeräte lahmlegte. Deshalb war es sehr praktisch, einen handwerklich begabten Ingenieur zum Freund zu haben, der alles wieder reparieren konnte, sollte das Katastrophen-Gen überraschend aus seinem Dornröschenschlaf erwachen.

Warum bloß waren in dem doofen Traum Kinder aufgetaucht? Ich war vor kurzem zweiunddreißig geworden, an Nachwuchs dachte ich nicht im Entferntesten. Ich hatte auch weitaus dringlichere Probleme zu lösen. Im Februar hatte ich meinen Job als Texterin bei einer Werbeagentur in der Rotebühlstraße im Stuttgarter Westen verloren. Ich bekam zwar Arbeitslosengeld, und Leon, der als Ingenieur gut verdiente, lud mich oft großzügig ein, aber es war mir unangenehm, ihm auf der Tasche zu liegen, und die Arbeitslosigkeit machte mich rastlos und unzufrieden. In letzter Zeit hatte ich es zudem mit Bewerbungen ziemlich schleifen lassen. Höchste Zeit, sich am Riemen zu reißen! Gleich heute würde ich damit anfangen. Mit Schwung sprang ich aus dem Bett und schüttelte Leons Bettdecke auf. Leider vergaß ich dabei, dass ich Kekse mit Schokoladenüberzug gegessen hatte. Die braunen Flecken sahen ein bisschen unappetitlich aus. Aber stand nicht in vielen Kontaktanzeigen im Stadtmagazin LIFT, dass sich die Männer nach Frauen sehnten, die ihnen die Pullis klauten und das Bett vollkrümelten? Schokoflecken waren sicher genauso betörend.

Zwanzig Minuten später verließ ich frisch geduscht Leons Wohnung. Das Treppenhaus war zum Glück leer. Es hatte eine Weile gedauert, bis sich die Nachbarn daran gewöhnt hatten, dass ich nicht mehr im Haus wohnte, sondern als Besucherin kam. In schwäbischen Mietshäusern brauchten Veränderungen ihre Zeit. Vielleicht hatte es die Bewohner auch irritiert, dass nach meinem Auszug Leons Sandkastenfreundin und Arbeitskollegin Yvette eine Weile dynamisch durch den Flur gestöckelt war.

Ich öffnete die Tür zum Hinterhof, wo ich mein Rad abgestellt hatte. Es dauerte ein paar Sekunden, bis mein Gehirn die Szene einordnen konnte, die sich gerade im Hof abspielte. Mitten auf dem Asphalt stand die aufgeklappte grüne Papiertonne. In der Tonne stand Herr Tellerle aus dem dritten Stock und trampelte auf dem Tonneninhalt herum. Zumindest ließ sich das erahnen, weil man seine Beine nicht sehen konnte. Neben der Tonne stand ein nicht besonders zuverlässig aussehender Klappstuhl, den Herr Tellerle offensichtlich als Steighilfe benutzt hatte. Ziemlich gefährlich, schließlich war er nicht mehr der Jüngste. Vielleicht war Herr Tellerle in seinem früheren Leben Wengerter gewesen und stampfte deshalb das Papier wie

Weintrauben in einem Bottich? Allerdings kam er ursprünglich von der Alb. Soweit ich wusste, war es dort für Wein zu rau.

»Guten Morgen, Herr Tellerle, alles in Ordnung?«, fragte ich zögernd. Möglicherweise war das ein Rückfall in die Kindheit und er benötigte therapeutische Hilfe?

»Also om drei viertel elfe isch dr Morga scho faschd vorbei. Ond en Ordnong isch gar nix, Frau Praetorius«, keuchte Herr Tellerle. »Manche Leit kabiered oifach net, dass mr Babier zammafalda muss, damid's en Tonne bassd. Ond a Päckle muss mr hald ausnandrmacha, en Gotts Nama, noo gohd au mee nei en die Tonn. Ha, des isch doch net zviel verlangd, oder?« Herr Tellerle stampfte wütend weiter.

Der Anblick allein genügte, um mich wieder müde zu machen.

»Soll ich vielleicht noch einen Moment warten, bis Sie fertig gestampft haben, und Ihnen aus der Tonne heraushelfen?«, fragte ich unsicher. Herr Tellerle und ich hatten, um es vorsichtig auszudrücken, ein eher distanziertes Verhältnis und ich konnte nicht einschätzen, ob er meine Hilfe annehmen würde. Andererseits wollte ich nicht, dass er sich beim Herausklettern aus der Tonne den Fuß brach, weil der Klappstuhl das tat, was sein eigentlicher Job war: zusammenklappen.

Herr Tellerle schüttelte den Kopf und stampfte weiter. »I mach weidr, au wenn mir scho d' Fieß[1] wehdeen. 's isch no net gnug Blatz en dr Tonn.«

Ich zuckte die Schultern und wandte mich zum Gehen. Die Müllmänner würden beim Leeren der Tonne ihre helle Freude an dem festgestampften Papier haben. Es kostete mich große

---

1 Beim Schwaben setzen die Füße direkt an der Hüfte an. Sich hartnäckig haltende Gerüchte, wonach der Schwabe an sich ein beinloser Watschelzwerg ist, entsprechen nicht der Wahrheit. Tatsächlich ist das Wort »Beine« dem Schwaben gänzlich unbekannt, weshalb er das Wort »Fieß« für Beine und Füße gleichermaßen benutzt. Im vorliegenden Fall meint Herr Tellerle wahrscheinlich seine Beine.

Anstrengung, mich nicht mehr nach dem wild stampfenden Herrn Tellerle umzudrehen, besonders, als er mir hinterherbrüllte: »Sie kennad doch net oifach Ihr Rädle schdanda lassa, wenn Sie nemme hier wohnad!«

Es war viel zu heiß zum Radfahren. Schon jetzt staute sich die schwüle Luft im Kessel. Im Hochsommer erinnerte mich Stuttgart immer an den Dampfkochtopf, der mir beinahe mal um die Ohren geflogen war, weil ich vergessen hatte, vor dem Öffnen den Dampf abzulassen. Genauso entlud sich die aufgeheizte Luft regelmäßig in krachenden Gewittern. In den Stadtteilen ohne Frischluftschneisen, zu denen der Westen und der Osten gehörten, kühlte die Luft nachts kaum ab. War heute nicht der erste September? Hoffentlich bekamen wir bald trockeneres Herbstwetter.

Ich nahm die S-Bahn zur Stadtmitte, stieg in den Vierer um und am Ostendplatz wieder aus. Eigentlich war die Gegend um den Ostendplatz nicht besonders schön, auch wenn das Ambiente seit der Verlegung der U-Bahn-Haltestelle etwas ansprechender geworden war. Aber sobald ich in die Landhausstraße Richtung Teckplatz einbog, hatte ich das Gefühl, in die Zeit des ausgehenden 19. Jahrhunderts zurückversetzt zu werden. Statt Asphalt gab es hier Pflastersteine, kaum Verkehr und freundliche Backsteinhäuser, die mich mit ihren Giebeln, Erkern und Verzierungen jedes Mal persönlich willkommen zu heißen schienen. Den Teckplatz hatte man vor einigen Jahren nach dem Mäzen, der die Siedlung in Zeiten großer Wohnungsnot für arme Familien gebaut hatte, in Eduard-Pfeiffer-Platz umbenannt, aber selbst der »Friseur am Teckplatz« hatte seinen Namen behalten.

Lila, die sehr sozial eingestellt war, war stolz darauf, in der ehemaligen Arbeitersiedlung zu wohnen. Ihr Häuschen mit seinem kleinen Türmchen und den efeuumrankten Fenstern in der Neuffenstraße war das putzigste von allen. Irgendwann würde es sowieso ein Ende haben mit der Idylle, weil ich dann mit Leon zusammenziehen würde. Nicht dass wir schon darüber gesprochen hätten, dafür war es wohl noch etwas früh, aber ich stellte mir eine große Altbauwohnung mit Balkon nach hinten raus im Stuttgarter Westen vor, ohne Kehrwochentyrannei natürlich, und deutlich ruhiger als die Reinsburgstraße, wo Leon jetzt wohnte. Vielleicht fanden wir ja etwas in der Nähe vom Bismarckplatz? Unrenoviert, vermutlich, aber das war ja für Leon kein Problem. Dorle würde uns aus ihrem Bauerngärtchen Löwenmäulchen-Ableger schenken, Leon würde den Balkon bepflanzen und an lauen Sommerabenden würden wir draußen sitzen und mit Lila Chianti aus Korbflaschen trinken. Herrlich! Vielleicht schon nächsten Sommer?

Aus dem Briefkasten quoll mir neben der von Lila abonnierten Zeitschrift *Die Sozialpädagogin* ein bunter Haufen Werbeprospekte entgegen, obwohl auf dem Briefkastendeckel ein Robin-Wood-Aufkleber mit dem Text »Bitte keine Werbung« prangte. Praktischerweise war ein Flyer des neuen Pizza-Express am Ostendplatz dabei, der zur Einführung mit Sonderpreisen warb. Das Mittagessen war gerettet. Seit ich bei Lila wohnte, wurde ich von ihr biologisch wertvoll mit Linsen-Haferflocken-Bratlingen, Soja-Zartletten und Steckrübentopf bekocht. Okay, es schmeckte nicht schlecht, aber mein Fastfood-Pegel litt darunter. Leider teilte nicht einmal Leon meine Begeisterung für Fertigpizza und Leberkäswecken, obwohl er doch ein Mann war und sich wie die meisten Männer den größten Teil seines bisherigen Lebens kochtechnisch auf seine Mutter verlassen hatte.

Ich ließ in der Küche, die mit ihrem zusammengewürfelten Mobiliar, dem bunten Geschirr und den Flickenteppichen mehr als retro war, die Post neben den Wäschekorb auf den wackligen Küchentisch fallen. Zwischen der Werbung tauchte plötzlich ein Schreiben mit einem bunten Logo auf. Die Werbeagentur *Daniel Düsentrieb* mit Sitz in Bad Cannstatt schickte mir einen Brief! Nicht etwa einen großen Umschlag, dessen Format schon verriet, dass die Unterlagen zurückgeschickt wurden, oder eine Mail mit einer lapidaren Absage auf eine Online-Bewerbung, sondern einen echten Brief! Ich riss den Umschlag auf und klaubte mit zitternden Fingern eine Postkarte heraus. Auf dem Bild war ein Zauberer zu sehen, der in der einen Hand einen Zylinder und in der anderen Hand einen Zauberstab hielt, mit dem er Funken aus dem Hut sprühen ließ. Die Textseite war sehr übersichtlich. Sie bestand nur aus einem Datum und einer Uhrzeit in der nächsten Woche, einer Postadresse, einem Weblink und dem Satz: »Zaubern Sie für uns was aus dem Hut!« Yippie! Ich hatte einen Termin für ein Vorstellungsgespräch in Bad Cannstatt! Komische Gegend für eine Werbeagentur. Viel lieber würde ich wie früher im Westen arbeiten.

Anscheinend musste ich mir etwas Lustiges für das Vorstellungsgespräch ausdenken, um mein ungeheures kreatives Potenzial unter Beweis zu stellen. Warum war man in der Werbung immer gezwungen, so originell zu sein? Und die Bewerbungshose, mein einziges schickes Teil, musste dringend in die Reinigung. Beim letzten Vorstellungsgespräch waren Kaffeeflecken draufgekommen. Zum Glück hatte ich noch ein paar Tage Zeit. Jetzt würde ich mir erst mal eine Pizza holen und dann nach Cannstatt fahren, um mir die Agentur von außen anzusehen. Sicherlich kam mir dann eine Inspiration, schließlich sollte man vor Vorstellungsgesprächen alle nur verfügbaren Infos einholen. Anschließend würde ich erst mal ein schnuckeliges kleines Brainstorming machen, ein paar erste Ideen mindmappen, die Homepage von *Düsentrieb* analysieren und daraus am nächsten Tag ein originelles Projekt entwickeln, das ich anschließend auf einer Flipchart Lila und Leon präsentieren würde. Aus dem Feedback der beiden würde ich dann das endgültige Projekt für das Vorstellungsgespräch konzipieren. Diesmal würde, ja, musste es einfach klappen.

Heute Abend würde ich dann zur Belohnung für meine konstruktive Arbeit mit Leon ins Kino gehen. Hoffentlich hatte er im *Atelier am Bollwerk* einen der romantischen Doppelsitzer reserviert. Was war ich früher neidisch gewesen auf die Pärchen, die auf diesen Plätzen kuschelten!

Ich marschierte über die Haußmannstraße zurück zum Ostendplatz und übte dabei schon mal das Vorstellungsgespräch. Seit es diese nahezu unsichtbaren Handys mit Knopf im Ohr gab, wurde man nicht mehr für bekloppt gehalten, wenn man Selbstgespräche führte. Der neue Pizza-Service war auf der Ostendstraße nicht weit vom Polizeirevier und wurde links und rechts von je einer der unvermeidlichen Dönerbuden flankiert. Drinnen staute sich die Hitze.

»Einmal Pizza *Vier Jahreszeiten* und eine große Cola«, sagte ich zu dem Mann mit der weißen Mütze hinter der Theke und reichte ihm den Bon vom Werbeflyer. »Bitte gleich in Stücke schneiden.«

Neben mir lehnte ein finsterer Typ. Seine Nase war mit einem großen Stück Verbandsmull verpflastert. Ich rückte ein bisschen ab. Hieß es nicht, alle Pizza-Betriebe in Stuttgart würden von der Mafia kontrolliert?

Das Handy des Typs klingelte. »Ja, alles gut. Vorgeschdern Nase operiert. Ja, vorher war krumm, jetzt isch grad.«

In Lilas Vorgärtchen stellte ich einen der klapprigen Gartenstühle auf den schmalen Streifen zwischen Rosen und Hecke und verdrückte die schon ziemlich abgekühlte Pizza in Rekordzeit. Der volle Bauch und die Sonne machten mich schläfrig und ich stellte in der Küche Wasser für einen starken Kaffee auf, um mich für die Herausforderungen des Nachmittags zu wappnen. Strukturiert, wie ich war, beschloss ich, die Zeit nebenher sinnvoll zu nutzen und die schwarzen Socken im Wäschekorb zu sortieren. Unglaublich, wie ähnlich sich schwarze Baumwollsocken sein konnten, und gleichzeitig so verschieden! Die einen hatten ein schmales Bündchen und die anderen ein breites, ziemlich viele hatten Löcher, und ich konnte es anstellen, wie ich wollte, immer blieb eine blöde Socke übrig, die nicht zur anderen übrig gebliebenen passte. Ich fing gerade zum dritten Mal von vorn an, da klingelte das Telefon.

»Mädle, i han dr bloß saga wella, 's isch so arg schee, dass du jetz nemme so traurich aus dr Wäsch guggsch. Jeden Dag dank i em Herrn Jesus drfir.«

Ich bemühte mich, nicht allzu laut zu stöhnen. »Schön, Dande Dorle, dass du mal wieder drauf hinweist, dass du Leon und mich zusammengebracht hast. Ich hätt's sonst glatt vergessen.«

War es nicht großartig, permanent daran erinnert zu werden, dass man sein Liebesleben nur mit der tatkräftigen Unterstützung seiner achtzigjährigen Großtante aus der Provinz zu regeln imstande war?

»Wenn i dr Leon net zu meim Geburdsdag eiglada hätt, noo wärsch du heit no alleinschdehend«, sagte Dorle beleidigt.

»Ich finde, der Geburtstag war so schon sensationell. Schließlich hatte niemand damit gerechnet, dass du dich an diesem Tag mit deinem 82-jährigen Freund Karle aus der Theatergruppe des Obst- und Gartenbauvereins verlobst«, stichelte ich.

So ging das Geplänkel eine ganze Weile weiter, mit geringfügigen Abweichungen zu Dorles letztem Anruf vor drei Tagen.

Ich war gerade wieder mitten in meinen Socken, als das Telefon erneut klingelte. Bestimmt hatte Dorle etwas total Wichtiges vergessen.

»Mösenfechtel, Arbeitsagentur.«

O nein! Meine Arbeitsberaterin!

»Frau Praetorius, wir haben schon länger nichts von Ihnen gehört. Was machen Sie eigentlich so den lieben langen Tag?«

»Gerade im Moment bereite ich mich auf ein Vorstellungsgespräch nächste Woche vor«, sagte ich und ließ blitzschnell die schwarzen Socken fallen. »Außerdem wissen Sie doch, dass ich mich permanent bewerbe und schon mehrere Vorstellungsgespräche hatte.«

»Sie sind aber immer in der Endrunde aus dem Rennen geflogen.«

Klar, weil meine Mitbewerberinnen blonder, vollbusiger und charmanter waren, dachte ich grimmig.

»Es gibt im Augenblick eben wenig Jobs, wegen der Krise.«

»Danke für den Hinweis, darauf wäre ich als Ihre Arbeitsberaterin überhaupt nicht gekommen. Sie müssen sich eben allmählich umorientieren! Wenn Sie nicht demnächst etwas in Ihrer Branche finden, schlage ich Ihnen Stellen in der Gebäudereinigung oder in der Gastronomie vor, da bringe ich Sie sofort unter, und wenn Sie nicht annehmen, kürzen wir Ihnen die Bezüge.«

Großartige Perspektive! Ich sah mich im Geiste mit einem Gips am Bein, weil ich über den Putzeimer gestolpert war, oder hohe Reinigungsrechnungen bezahlen, weil ich beim Edelitaliener den Chianti auf dem Armani-Kostüm anstatt im Weinglas servierte.

»Schicken Sie uns bitte umgehend eine Kopie der Einladung zu diesem Vorstellungsgespräch!« Sie legte auf, ohne sich zu verabschieden.

Ich gab dem Wäschekorb einen wütenden Tritt.

Nun war es aber höchste Zeit für meinen Ausflug nach Cannstatt. Da der Nachmittag nun sowieso schon halb hinüber war, beschloss ich, durch den Park zur Rosensteinbrücke zu laufen. Das war ein gemütlicher, kleiner Spaziergang und dann konnte ich dort Kurzstrecke lösen und die U13 zum Augsburger Platz nehmen. Schließlich bewegte ich mich zu wenig. Fand Leon jedenfalls, der vom AOK-Stäffeles-Walk schwärmte und nicht müde wurde, auf meine schlechte Kondition hinzuweisen, besonders, wenn er sich in seinem eng anliegenden Laufdress aufmachte, um auf dem Blauen Weg zu joggen. Meist überbrückte ich die Zeit mit Nostalgie-TV und ging eigentlich nur mit, wenn ich mal wieder ungestört auf Leons sehr ansprechenden Hintern glotzen wollte. Zum Blauen Weg hinaufzuklettern war schon Sport genug. Dort wartete ich dann auf einer Bank, bis Leon mit seinen Runden fertig war. Stuttgart war einfach zu hügelig und Entspannung gehörte schließlich auch zu einem gesunden Lebenswandel. Vielleicht konnte ich diese Woche ja noch eine heimliche Trainingseinheit einlegen? Dann würde ich nächstes Mal triumphierend an Leon vorbeiziehen und den Anblick seines offen stehenden Mundes voll auskosten.

Leon. Ich würde ihm eine klitzekleine SMS schicken. Nicht zu lang, schließlich wollte ich nicht den Eindruck erwecken, ich sei emotional total abhängig von ihm. Nur so eine Denkandichdankefürdenkaffee-SMS. Leider fand ich das Handy nicht. Ich hatte es wohl in der Reinsburgstraße liegen lassen. Egal. Leon wusste auch so, was ich für ihn empfand. Ich tauschte meine Jeans gegen ein abgeschnittenes Exemplar und zog ein bauchfreies Top an. Dass ich dünn wie eine Bohnenstange war – nicht von ungefähr nannte mich mein Vater »Böhnchen« –, hatte zumindest im Sommer seine Vorteile.

2. Kapitel

I muss die Stroßaboh noh kriega,
denn bloß dr Femfer brengt mi hoim.

Ich lief über die Baumann-Staffel, kreuzte die Hackstraße und gelangte nach wenigen Minuten über den Steg in den Schlossgarten. Wie immer an schönen Tagen wimmelte es hier von Spaziergängern, Inline-Skatern und Radfahrern, die den Park mit seinem prächtigen alten Baumbestand bevölkerten. Ich ging über die Brücke Richtung Neckar. Hier war es definitiv vorbei mit der Parkidylle. Vom Pragsattel herunter schob sich die Blechlawine und teilte sich weiter Richtung Cannstatt oder B 10. Auf der anderen Straßenseite umlagerten Schulklassen und Familien die Wilhelma. Weil gerade der Dreizehner an der Rosensteinbrücke hielt, spurtete ich zur Haltestelle und entging haarscharf der Stoßstange eines hupenden Daimlers.

Eine Hälfte des Stadtbahnwagens war komplett von einer lärmenden Schulklasse belegt, die gerade von einem Ausflug in die Wilhelma kam. Während die Jungs sehr authentisch den letzten Boxkampf von Juan Carlos Gómez nachstellten, sangen die Mädchen zur Musik aus ihren Handys inbrünstig »Poker Face« von Lady Gaga. Im hintersten Eck saß die Lehrerin und starrte angespannt zum Fenster hinaus. Alle übrigen Fahrgäste drängelten sich in der anderen Hälfte des Wagens zusammen.

Leider war ich noch nicht in dem Alter, wo ich sagen konnte, lasst mich bitte hinsitzen, und schwanger war ich auch nicht. Ich musste mich mit einem Stehplatz neben einem Kinderwagen begnügen. Hinter dem Kinderwagen stand der Kindsvater. Er guckte immer mal wieder in den Wagen und sagte »Dutzidutzi«. Aus reiner Gewohnheit musterte ich ihn unauffällig. Meine Single-Zeit lag ja noch nicht so lange zurück. Eigentlich sah er ganz nett aus – groß, schlank, mit dem üblichen Bauchansatz, der bei Männern ab einem bestimmten Alter unvermeidlich schien, Designerbrille – aber irgendwie auch ziemlich spießig in dem grauen Anzug, der nicht so richtig zu dem Baby passte. Wahrscheinlich brachte er es widerwillig in die Kita, weil seine Frau in einer tränenreichen Auseinandersetzung damit gedroht hatte, mit Kind und Erspartem in Rio de Janeiro abzutauchen, wenn er sich nicht mehr in die Kinderbetreuung einbrächte.

Väter mit Babys waren nicht sexy, und außerdem hatte ich ja jetzt Leon, darum schenkte ich ihm keine weitere Beachtung.

»Augsburger Platz. Ausstieg in Fahrtrichtung rechts«, sagte eine freundliche Stimme aus dem Off. Vor einiger Zeit waren in der Stadtbahn Gott sei Dank diese hilfreichen Ansagen eingeführt worden. Früher hatten sich an den Haltestellen ja geradezu tumultartige Szenen abgespielt, wenn die Leute übereinanderfielen, weil sie nicht wussten, ob der Ausstieg rechts oder links war!

Ich schob mich an dem Kinderwagen vorbei, um auszusteigen. Der Vater blickte erst mich und dann das Gefährt bedeutungsvoll an. Die meisten Haltestellen in Stuttgart waren mittlerweile barrierefrei, aber diese schien nicht dazuzugehören. Der Kerl kriegte offensichtlich den Mund nicht auf, um zu fragen, ob ich ihm helfen würde. Typisch Mann! Das kannte man ja. Konnten nicht nach dem Weg fragen und nicht um Hilfe bitten! Also packte ich, ohne lang zu fackeln, hinten an den Rädern an, er nahm den Schieber und wir bugsierten den Kinderwagen über die ausgeklappte U-Bahn-Treppe hinunter auf die Straße. Zum Glück war es so ein hypermodernes Teil mit leichtem Alugestell.

Komischerweise bedankte er sich gar nicht und sah mich stattdessen schon wieder so erwartungsvoll an, so, als sollte ich etwas sagen. Mir fiel Leon ein, der sich manchmal taubstumm stellte, weil er kein Schwäbisch konnte. Vielleicht war der Kerl auch auf den Trick gekommen oder er war wirklich taubstumm, und da ich keine weitere Zeit verlieren wollte, sagte ich: »Bitte, gern geschehen, schönen Tag noch«, sehr deutlich und vollkommen dialektfrei, damit er es mir von den Lippen ablesen konnte, und wandte mich zum Gehen.

Da kriegte er den Mund plötzlich ziemlich weit auf und rief mir hinterher: »Moment, wo wollen Sie denn hin, Sie können doch den Kinderwagen nicht einfach an der Haltestelle stehen lassen!«

Ich drehte mich verdutzt um. »Wie meinen Sie das? Was habe ich denn mit Ihrem Kinderwagen zu tun?«

»*Mein* Kinderwagen? Ich dachte, das sei Ihrer!«

»O Gott!«, sagte ich und spürte, wie mir die Knie schwach wurden. Katastrophen-Gen, welcome back. Es hatte nur ein bisschen Urlaub gemacht oder war in Kur gewesen. Kindesentführung, fünf Jahre Hohenasperg oder Stammheim, das fehlte noch in meinem hübschen Lebenslauf, und anstelle eines Passbildes würde ich ab sofort die erste Seite der BILD-Zeitung beilegen: »BRUTAL! Arbeits- und Kinderlose entführt aus Frust Stuttgarter Baby aus Halbhöhenlage« oder so ähnlich, und darunter ein Bild von Pipeline P., mit schwarzem Balken über den Augen, dabei waren meine Augen das Einzige, was ich an mir attraktiv fand. Ob es im Gefängnis wohl einen gut aussehenden ledigen/geschiedenen Polizeipsychologen gab, der mich ein bisschen therapieren würde und mir die Geschichte mit dem Katastrophen-Gen abnahm? Wahrscheinlich musste ich noch eine grausame Kindheit im Heim dazuerfinden.

»Wir müssen erst mal von der Straße weg«, sagte der Typ, was eigentlich ganz vernünftig klang, da die Bahn längst weg war und wir mitten auf einem stark befahrenen Platz standen, Lkw-umtost, im Gleisgewurschtel zweier sich kreuzender Stadtbahnlinien. Wir gingen nach links über die Schienen und überquerten die Straße. Zum Glück fiel mir in dem Moment ein, dass der Mann an sich ein einsamer Wolf ist und seine Probleme am liebsten im Alleingang löst, damit er sich dann an der Kneipentheke oder in der Sauna vor den Kumpels mit seinen Taten brüsten kann: »Da hab ich doch letztens diesen fremden

Kinderwagen am Hals gehabt ... und diese Schnecke, die hatte wirklich keinen Plan ...«

»Hören Sie, so ein blödes Missverständnis, also, Sie kriegen das schon hin, ich bin da ganz zuversichtlich. Ich muss dann, tschü-üss.«

Er sah mich streng an. »Kommt nicht in die Tüte. Wir haben uns das zusammen eingebrockt, jetzt löffeln wir es auch gemeinsam aus.«

Ich nickte ergeben. Auch das noch. Teamworker statt lonesome cowboy. Genauer betrachtet war es ja vielleicht gar nicht so schlimm, und wenn es Leon nicht gäbe, würden wir bei unserer Goldenen Hochzeit einmal mit nostalgisch-wehmütigem Blick unseren Enkeln erzählen, wie wir uns kennengelernt hatten: »Also, er stand da wie ein Depp vor mir ...«, »... also ich dachte, ist die Frau denn vollkommen bescheuert ... und das Kind im Kinderwagen brüllte ...«

Das Kind in dem orangefarbenen Superkinderwagen brüllte tatsächlich. Ich guckte es mir zum ersten Mal genauer an. Zum Glück war es kein so ganz kleines Kind mehr, ein Mädchen oder ein Junge, und schätzungsweise zwischen zwei und zwölf Monaten alt. Die ersten Passanten drehten sich missbilligend nach uns um, weil wir Rabeneltern tatenlos zusahen, wie sich das Baby immer mehr in Rage brüllte.

»Wir müssen etwas unternehmen!«, zischte der Kindsvater, der keiner war. Wie hieß er überhaupt? Wahrscheinlich Waldfried oder Helmar oder Roger, deutsch ausgesprochen.

»Äh, ich hab's nicht so mit Kindern«, sagte ich. »Ich steh mehr auf Pizza.«

Menschen unter sechs Jahren gehörten einfach nicht zu meiner Peergroup, und bloß weil ich die Frau war, sollte ich das Balg zum Schweigen bringen! Hatte ich es mir doch gleich gedacht, dass der Typ die Verantwortung für die Kindererziehung abwälzen wollte. Waldfried fluchte laut und ordinär, was ich sehr unpassend fand, in seinem grauen Anzug und dann noch vor dem Kind, zerrte das Kleine aus dem Wagen und schüttelte es zur Beruhigung, was uns weitere strafende Blicke der Passanten eintrug. Auch wenn ich mich mit Babys kein bisschen auskannte, hatte ich doch gewisse Zweifel, ob man sie wie einen Martini von James Bond behandeln sollte. Das Baby schien der gleichen Meinung zu sein, es würgte und spuckte empört auf Waldfrieds Jackett.

»Nicht so wild schütteln!«, sagte ich beschwörend. »Das ist bestimmt total ungesund.«

»Kannst es gern haben, wenn du's besser weißt«, zischte er und schubste mir das Baby auf den Arm.

Aha, wir waren also zum Katastrophen-Du übergegangen. Ich kannte das schon. In Extremsituationen war selbst im förmlichen Deutschland »Sie« einfach nicht angebracht.

»Was soll ich denn jetzt machen?«, sagte ich und blickte verzweifelt auf das brüllende Bündel mit dem knallroten Gesichtchen auf meinem Arm. Es war ganz schön schwer.

»Keine Ahnung. Du bist doch die Mutter!«

»Wahrscheinlich hat es Hunger. Also Stillen übersteigt definitiv meine Fähigkeiten. Vielleicht gibt's irgendwo ein Fläschchen?«

»Das Kind ist doch schon viel zu groß zum Stillen!«

»Ach, dann will es vielleicht laufen?«, sagte ich hoffnungsvoll.

Waldfried stöhnte. »Dafür ist es doch noch viel zu klein!«

»Zu groß, zu klein – du scheinst dich ja prächtig mit Kindern auszukennen«, sagte ich spitz. »Warum kriegst du es dann nicht ruhiggestellt?«

»Wir müssen jetzt erst mal abhauen«, flüsterte Waldfried. »Demnächst ruft jemand die Polizei.«

»Wir sollten sowieso ganz schnell die Polizei benachrichtigen. Wir können doch nichts dafür, es ist ja alles nur ein Missverständnis! Und die Mutter steht sicher Todesängste aus!« Ich versuchte, mit einer Hand in meiner Umhängetasche zu wühlen. Das Baby rutschte gefährlich tiefer. Dann fiel mir ein, dass das Handy in Leons Wohnung lag.

»Polizei? In meiner Position? Das kann ich mir nicht leisten.«

»Seit wann fahren Menschen, die eine Position haben, in Stuttgart Stadtbahn wie die Normalsterblichen?«

Er sah sich mit gehetztem Blick um und flüsterte: »Ich kandidiere für die Bundestagswahl und bin auf dem Weg zu einem Wahlkampftermin. Öffentliche Verkehrsmittel oder Fahrrad, so wie der Boris Palmer, das kommt gut an beim Wähler. Aber einen Skandal kann ich mir absolut nicht erlauben!«

Mir kam sein Gesicht überhaupt nicht bekannt vor. Andererseits sahen die Kandidaten auf den Plakaten alle aus wie doofgeklont – Jackett, Krawatte, wenig Haare, dümmlich-volksnahes Grinsen.

Plötzlich war in der Ferne ein munteres Tatütata zu hören. Der echten Mutter musste ja auch allmählich aufgefallen sein, dass der Kinderwagen fehlte! Lange konnten wir nicht mehr fackeln. Meine Hände waren feucht vor Nervosität. Hoffentlich glitschte mir das Baby nicht aus den Fingern.

»Was machen wir jetzt?«, fragte ich panisch.

»Wir deponieren den Kinderwagen vor dem nächsten Polizeirevier. Ich kenn' mich hier aus, das ist in der Wiesbadener Straße, gleich um die Ecke. Dann rufen wir anonym von einer Telefonzelle aus an und erklären, was passiert ist. Zur Entschuldigung schicken wir dem Kind ein Sigikid-Schnuffeltuch und die Sache ist aus der Welt.«

Geniale Idee, schließlich gab es auch überhaupt keine Zeugen. Und standen Telefonzellen nicht mittlerweile auf der Liste der bedrohten Arten? Andererseits war ich im Moment komplett ohne Position und konnte es mir nicht erlauben, ein Gerichtsverfahren an den Hals zu kriegen, auch wenn man uns am Ende ganz sicher wegen Mangel an Beweisen freisprechen würde.

Wir bogen nach rechts in eine breite Straße mit frei stehenden Häusern ein, ich mit dem Kind, das erstaunlicherweise aufgehört hatte zu brüllen, was mir einen Blick mit dem Titel »Auch-wenn-sie-es-abstreiten-Frauen-sind-von-Natur-aus-hormonell-für-die-Kinderbetreuung-vorgesehen« eintrug, und er mit dem Kinderwagen. Ich versuchte, mich ganz natürlich zu verhalten, wie eine glückliche junge Mutter eben, lächelte freundlich nach allen Seiten und es fiel bestimmt kaum auf, dass er mit dem aerodynamischen Wagen überall dagegenbumperte und ich das Baby ziemlich wackelig auf den Armen balancierte.

»Wie heißt du überhaupt?«, fragte er unvermittelt. Nanu, das wurde ja auf einmal richtig persönlich.

»Ich heiße Line.«

»Caroline also?«

»Nein. Pipeline.«

Ich erntete einen dieser fassungslosen Blicke, an die ich seit 32 Jahren gewöhnt bin.

»Mein Vater war Ingenieur und hat in Russland eine Pipeline gebaut«, erklärte ich. »Dort hat er meine Mutter kennengelernt. Das Ergebnis war ich.«

Und das Katastrophen-Gen schlug zum ersten Mal zu und die Baustelle versank im Chaos, aber das sagte ich natürlich nicht laut.

»Interessant. Was hat deine Mutter dort gemacht?«

»Sie war als russische Dolmetscherin getarnt. Aber eigentlich war sie Spionin. Industriespionage.«

Das mit der Spionage war frei erfunden, aber mir war angesichts der äußeren Umstände nach einem bisschen mehr »Drama, Baby« zumute. »Und du, wie heißt du?«

»Jonathan. Meine Freunde nennen mich John-Boy.«

Nein, wie süß! Leider wurden wir in unserem netten Wie-heiß-ich-wie-heißt-Du, dessen logische Folge eigentlich Was-machst-du-was-mach-Ich und anschließend Sollen-wir-nicht-mal-zusammen-was-trinken-Gehen gewesen wäre, von einem unangenehmen Geräusch unterbrochen. Tatütata, vielstimmig. Das war nicht nur *ein* Streifenwagen.

»Verdammter Mist«, zischte John-Boy und fiel in Schweinsgalopp.

Ich rannte hinter ihm her. Nun war es schon deutlich schwieriger, entspannt in alle Richtungen zu lächeln. Das Baby hingegen schien sich an dem flotten Tempo nicht zu stören und begann sogar, fröhlich zu gurren.

An der nächsten Kreuzung legte John-Boy eine Vollbremsung hin. »Gleich rechts ist das Polizeirevier. Wir spurten jetzt über die Kreuzung und rein in den Kurpark.«

»Das ist doch viel zu riskant«, jammerte ich.

»Nein, im Gegenteil. Alter Indianertrick. Das beste Versteck der Rothäute ist direkt vor der Nase der Bleichgesichter. Sobald alle Streifenwagen weg sind, stellen wir das Kind vor dem Revier ab und verduften.«

Das klang ziemlich schlau. Ich hatte früher nicht Indianer, sondern Doktorspiele gespielt und konnte deshalb nicht viel beitragen.

»Kannst du mal gucken, ob die Luft rein ist?«

Typisch John-Boy, den riskanten Job abzudrücken. Ich presste das Kind an mich und spähte vorsichtig um die Ecke. Zwei Beamte sprangen gerade in ein Polizeiauto. Ich zuckte zurück. Das Auto fuhr mit Blaulicht in die andere Richtung. Ich pirschte mich wieder näher heran.

»Die Bleichgesichter sind weg«, flüsterte ich.

Wir trabten über die Kreuzung direkt in den Kurpark hinein und stießen auf ein paar Bänke, die im rechten Winkel zueinander standen. Hohe Büsche würden uns vor neugierigen Blicken schützen. Perfekt! Wir ließen uns erleichtert auf einer Bank nieder, die mit dem Rücken zum Polizeirevier zeigte und von der aus man eine Art Gewächshaus sehen konnte. Ich legte das Kind in den Wagen und schüttelte meine schmerzenden Arme aus. Das Tatütata war verstummt.

»Des isch abr amol a netts Kendle!« Aus dem Nichts war plötzlich eine alte Frau aufgetaucht, die eine Vollbremsung hinlegte, als sie das Baby erblickte. Ich stöhnte innerlich. Das hatte uns gerade noch gefehlt. »Sen Sie nei zuzoga? I han Sie no gar nie gsäh. Was isch's denn, a Mädle odr an Bua?« Sie stellte den Korb ab, den sie unter dem Arm trug, machte es sich im Stehen bequem und sah uns erwartungsvoll an.

Ich warf John-Boy einen verzweifelten Blick zu. Er sah angestrengt in die Luft, als würde er mich nicht kennen. Rabenvater! Die Farbe des Kinderwagens und der weiße Strampler halfen auch nicht weiter. Ich blickte auf das Kind. Diese weichen Gesichtszüge, das Stupsnäschen – »Ein Mädchen«, sagte ich. Im Chor mit John-Boy, der gleichzeitig den Mund geöffnet hatte, um »ein Junge« zu sagen.

Die Alte sah uns verwirrt an. Na, großartig. Nun fehlte nur noch die Frage nach dem Alter.

Ich beugte mich vertrauensvoll vor. »Wissed Se, mei Maa hätt gern an Bua ghett«, flüsterte ich. »Er muss sich no dra gwehna.«

Die Alte nickte mit aufgerissenen Augen und offenem Mund. »An Stammhaldr«, flüsterte sie zurück. »Ha, Sie sen ja no jong. Des ka ja no komma.« Sie beugte sich wieder über das Kind. »Du bisch a arg siaße Krott, gell!«

Das Kind begann zu brüllen. Blitzschnell packte die Alte das Baby. »Soll i Ihne mol ebbes verrota? Mr muss a klois Kendle mitm Kopf nach onde en d' Armbeige halda, no schreit's net. Des han i bei meine femf au emmr gmacht.«

Erstaunlicherweise funktionierte die Methode und das Kind war schlagartig ruhig.

Die Alte rümpfte die Nase. »Des Butzele hot an Stinker gmacht! Des ghert gwickelt!«

Tatsächlich ging ein strenger Geruch vom Babypopo aus, eine Mischung aus Zwiebeln, Knoblauch und Sauerkraut. Puuh. Langsam fing die Alte an zu nerven. Konnte sie unser junges Familienglück nicht in Frieden lassen? Außerdem war es viel zu riskant, das Baby zu wickeln. Erstens hatte ich keine Ahnung, wie man das machte, zweitens war uns die Polizei auf den Fersen und drittens – was, wenn es doch ein Junge war?

»Äh, wir gehen sowieso gleich nach Hause«, sagte John-Boy. »Wir haben auch gar nichts mit, wir wollten nur mal schnell um den Block.«

»Sie missad sichr Kurzarbeit macha«, sagte die Frau mit zitternder Stimme. »Sonschd dädad Sie ja om die Zeit schaffa, so als Maa. Des isch schlemm, des isch arg schlemm, fir so a jonge Familie. Sen Sie beim Daimler on hockad deshalb vor dr Daimler-Gedenkschdäd?« Plötzlich fiel ihr Blick auf den Hightech-Wagen. »Aber Sie hen doch ihr Wendeldasch drbei«, rief sie aus und deutete auf eine Plastiktasche im Untergestell des Wagens, auf der in großen Lettern »Penaten« stand.

»Ach, tatsächlich!«, rief John-Boy in gespielter Überraschung aus. »Wir müssen jetzt aber leider wirklich gehen. Schönen Tag noch.« Sehr bestimmt nahm er der Alten das Kind weg und legte es mir auf den Arm. »Ab zum Polizeirevier«, zischte er mir ins Ohr. »Kind ablegen.«

Wir drehten uns um. Prima. Ein Mann und eine Frau in Polizeiuniform kamen uns auf dem Spazierweg entgegen. Panisch blickte ich in die andere Richtung. Auch von dort näherten sich zwei Beamte. Wir waren eingekesselt.

»John-Boy, wir tun erst mal so, als wäre nichts«, flüsterte ich verzweifelt. »John-Boy?«

John-Boy hatte sich mit hochgerissenen Armen neben dem Kinderwagen auf die Knie geworfen und die Augen fest zugekniffen. Verdammter Feigling! Was sollte ich jetzt bloß machen? Ich konnte die Arme nicht hochnehmen, ohne das Kind fallen zu lassen. Plötzlich tauchte hinter den Polizisten eine weibliche Gestalt auf und raste auf mich zu. Es war die Frau aus der Bahn, die ich für die Lehrerin gehalten hatte.

»Bleiben Sie da weg«, brüllte ein Polizist.

»Ich bin total harmlos, ich tu keiner Fliege was zuleide«, kreischte ich verzweifelt. Ich wurde für eine gemeine Verbrecherin gehalten, dabei schlug ich ja nicht mal Eintagsfliegen tot, weil ich ihr sowieso kurzes Leben nicht vorzeitig beenden wollte. Mit ausgestreckten Armen hielt ich der Frau das Kind entgegen, um der Polizei meine Kooperationsbereitschaft zu beweisen.

»Mein Baby!«, kreischte sie hysterisch und riss mir das Kind aus den Armen. Es begann sofort wieder zu brüllen.

»Ihrem Kind geht es gut«, schrie ich. »Es ist alles nur ein schreckliches Missverständnis.«

»Mein Bugaboo Cameleon!«

»Was?« Jetzt konnte ich nicht mehr richtig folgen.

»Der Kinderwagen! Das ist ein Bugaboo Cameleon mit höhenverstellbarem Schwenkschieber, Aerosleep-Auflage und Aufsatzventil für Fahrradpumpen. Der Mercedes unter den Kinderwagen. Haben Sie vielleicht eine Ahnung, was der kostet? Dafür hat mein Mann ein halbes Monatsgehalt hingelegt! Schon allein der Sonnenschirm kostet vierzig Euro.«

»Ihrem Kinderwagen geht es gut«, sagte ich. Dann sank ich ermattet neben John-Boy in die Knie, wie vor den Traualtar.

Sekunden später hatten uns die Beamten erreicht. »Stehen Sie auf«, sagte die Polizistin. »Was soll der Mist?«

»Wollen Sie uns keine Handschellen anlegen?«

Die Frau schüttelte den Kopf. »Sie haben zu viel ›Die Straßen von San Francisco‹ auf Nostalgie-TV geguckt. Können wir mal Ihre Ausweise sehen?«

Ich sprang wieder auf. »Glauben Sie mir, wir wollten das Kind nicht entführen«, flehte ich die Beamten an und kramte nach meinem Ausweis.

»Das klären wir auf dem Revier«, sagte der Polizist ungerührt.

»Es tut mir leid, ich habe meinen Ausweis nicht dabei«, sagte ich.

John-Boy hielt die Augen immer noch fest geschlossen und rührte sich nicht.

Der Beamte tippte ihn an. »He, Sie. Stehen Sie auf.«

John-Boy sprang auf und zerrte seine Brieftasche aus der Innentasche seines Jacketts. »Hier, mein Ausweis. Ich muss Sie jedoch um höchste Diskretion bitten.«

»Schade eigentlich«, sagte ich, an John-Boy gewandt. »Dies hätte der Beginn einer wunderbaren Freundschaft werden können.«

John-Boy antwortete nicht.

Die Alte verfolgte das Geschehen aus einigem Abstand mit offenem Mund.

Einer der Polizisten sah mich schon eine ganze Weile nachdenklich an. Plötzlich lächelte er. »Jetzt weiß ich, woher ich Sie kenne«, sagte er langsam. »Haben Sie nicht vor ein paar Monaten am Killesberg mit einem Smart einen Zaun umgenietet? Das waren doch Sie, oder?«

Ich lächelte kläglich zurück. »Ich fürchte, ja.« Prima. Ich war also schon polizeibekannt.

Er grinste. »Sie haben uns einen ganz schönen Schrecken eingejagt mit dem Baby.«

Sein Grinsen in dem heillosen Durcheinander tat mir gut. Hatte er mir damals nicht seine Karte zugesteckt? Wie hieß er noch gleich?

Die nächsten Stunden auf dem Polizeirevier 6 in der Wiesbadener Straße blieben mir nur verschwommen in Erinnerung. John-Boy hatte sofort seinen Anwalt gerufen, der gestikulierend und pausenlos auf dem Handy telefonierend die Gänge auf und ab lief.

Ich hatte keinen Anwalt, durfte aber ein Telefonat führen und versuchte verzweifelt, Leon zu erreichen. Er würde sich sicher schreckliche Sorgen machen, schließlich waren wir zum Kino verabredet. Aber auf dem Festnetz nahm niemand ab, und seine Handynummer hatte ich nicht im Kopf. Ich hinterließ keine Nachricht.

Die Befragungen zogen sich endlos hin. Irgendwann brachte mir Simon, der nette Polizist, einen Kaffee und ein paar bröselige Kekse.

»Danke«, sagte ich. »Das ist wirklich nett von dir. Was machst du eigentlich hier in Cannstatt, warst du nicht vorher am Killesberg?«

»Ach, wir sind doch komplett umstrukturiert worden. Weniger Reviere, weniger Leute, mehr Arbeit.« Er seufzte. »Jetzt schiebe ich eben hier Dienst.«

»Wann darf ich endlich nach Hause? Ich hab meinen Freund nicht erwischt. Er macht sich bestimmt schreckliche Sorgen.«

Simon wich meinem Blick aus. »Du wirst gleich erfahren, wie's weitergeht.«

O je. Das klang nicht gut. Ein paar Minuten später wurde Simon von einem Beamten abgelöst, dessen Bekanntschaft ich bisher noch nicht gemacht hatte. Seine Dienstmütze hing schief und sein beige-braunes Hemd unter dem grünen Blouson war zu eng für den zu dicken Bauch.

»Okay«, sagte ich kämpferisch. »Wie geht's jetzt weiter?«

Der Beamte räusperte sich. »Wir haben entschieden, dass wir Sie morgen früh dem Haftrichter vorführen.«

Das hatte ich jetzt von meiner Hilfsbereitschaft.

»Wenn's unbedingt sein muss«, sagte ich ergeben. »Um wie viel Uhr muss ich wo sein?«

»Sie haben nicht verstanden. Sie bleiben über Nacht bei uns.«

»Bei Ihnen?«

»Nicht bei mir! Auf dem Polizeipräsidium!«

»Hier?«

»Nein. Oben am Pragsattel, in der Hahnemannstraße. Im Polizeigewahrsam.«

»Sie meinen also – Sie sperren mich ein? Das ist doch wohl nicht Ihr Ernst!«

»Nun, es gibt zwei Probleme. Erstens konnten Sie sich nicht ausweisen und zweitens müssen wir noch Ihre Beziehungen zur russischen Mafia überprüfen.«

»Zu welcher Mafia?«, fragte ich entsetzt.

»Ihr Kollege hat uns darauf hingewiesen, dass Ihre Mutter russische Spionin war. Für uns klingt das eher nach Mafia. Und solange das nicht geklärt ist, behalten wir Sie wegen versuchter Kindesentführung über Nacht in der Zelle. Alles Weitere entscheidet dann der Haftrichter.«

Ich stöhnte. »Das war doch nur ein Witz!«
Der Beamte zuckte die Schultern. »Pech gehabt. Sie hätten sich vorher überlegen sollen, was Sie erzählen.«
»Und John-Boy? Muss der auch in die Zelle?«
Der Beamte schüttelte den Kopf.
Das war ja wohl das Allerletzte!
John-Boy sah ich noch einmal kurz auf dem Gang. Er wurde von einer langbeinigen Blondine in Stilettos abgeholt, deren Make-up vor lauter Heulen total verschmiert war. Hätte ich mir ja denken können, dass so ein Typ so eine Freundin hatte. Sie musterte mich mit finsterem Blick. Also wirklich, das war doch alles John-Boys Schuld gewesen! Mit hocherhobenem Kopf stolzierte ich auf ihn zu.
»Ich gehe jetzt in U-Haft«, sagte ich. »Tut mir wirklich leid, dass du nicht mitdarfst. Das wird bestimmt total intensiv. Manche Leute jubeln ja, wenn sie vier Karten für so ein Event im Radio gewinnen.«
»Na dann«, sagte er knapp und sah an meinem rechten Ohr vorbei. »Viel Glück. Vielleicht sehen wir uns in einer Talkshow wieder. Ich bin allerdings ...«
»... beruflich ziemlich eingespannt«, vollendete ich. Ich drehte mich noch mal um. »Für welche Partei kandidierst du eigentlich?«, rief ich.
»PKD. Partei für ein kinderfreundliches Deutschland.«
Am Ausgang wartete Simon auf mich, einen Autoschlüssel in der Hand.
»Ich fahre dich«, sagte er und deutete auf einen Polizeitransporter, der unmittelbar vor dem Revier geparkt war.
»Das ist nett«, sagte ich.
Ich hätte auch gar nicht gewusst, wie man in die Hahnemannstraße kam, und so konnte ich mich wenigstens noch ein bisschen unterhalten, ehe ich mutterseelenallein in die fürchterliche Zelle musste. Ich steuerte die Beifahrerseite an.
Simon schüttelte verlegen den Kopf. »Du musst hinten einsteigen, fürchte ich.«

Im hinteren Teil waren die Fenster vergittert. Ich hatte vergessen, dass ich eine böse Verbrecherin war, die Simon an der nächsten Ecke mit ihrer Umhängetasche eins über die Rübe pfeifen würde, um das Kind, dessen Geschlecht ich immer noch nicht kannte, samt sündhaft teurem Bungalow meistbietend an eine reiche Moskauer Familie zu verhökern. Ich stieg ein und die Tür rumste hinter mir zu. Es gab keine Gurte und ich musste mich festhalten, um in den Kurven nicht vom Sitz zu rutschen. Da kontrollierte die Polizei die Anschnallpflicht und hielt sich selber nicht daran! Ich würde noch heute Nacht in der Zelle einen Beschwerdebrief schreiben.

Der Polizeiwagen fuhr jetzt eine Auffahrt hinauf. Ein Tor faltete sich zur Seite und schloss sich hinter uns wie von Geisterhand. Niemand wusste, wo ich war. Hier würde ich nie mehr rauskommen!

Simon hielt an und öffnete die Tür. Ich fand mich in einem burgähnlichen Innenhof wieder, in dem Polizeiauto an Polizeiauto geparkt war. Mein kleiner Neffe Salo hätte seine helle Freude gehabt. Ich dagegen hörte nur die Schreie und Schläge hinter den vergitterten Fenstern. Um Himmels willen. Das war kein Polizeipräsidium, das war das *House on Haunted Hill*.

»Keine Sorge«, sagte Simon. »Die da randalieren, sind Betrunkene in den Ausnüchterungszellen unten. Du wirst in einem ganz anderen Stockwerk untergebracht.«

Das war ja wirklich total beruhigend. Simon führte mich an ein paar rauchenden Polizisten vorbei in das Gebäude. Ein Beamter und eine blonde Frau mit Brille warteten auf mich. Die Frau trug Jeans und eine rote Fleece-Jacke. Sie sah so angenehm normal aus. Ich hatte für den Rest meines Lebens genug Polizeiuniformen gesehen.

»Alles Gute«, murmelte Simon so leise, dass es die beiden nicht hören konnten. »Mach dir keine Sorgen, es wird sich bestimmt alles aufklären. Wenn du magst, ruf mich morgen an.«

Die hellblaue Gittertür fiel krachend hinter ihm ins Schloss. Nur mühsam widerstand ich dem Impuls, hinter ihm herzurennen und an den Gitterstäben zu rütteln. Ich fühlte mich jämmerlich allein.

»Kommen Sie bitte mit«, sagte die blonde Frau und führte mich in einen nüchtern-sterilen Raum, dessen karge Möblierung schon bessere Zeiten gesehen hatte.

»Hier sieht's ja aus wie im Krankenhaus«, sagte ich.

»Kein Wunder«, sagte die Frau. »Das ist das ehemalige Robert-Bosch-Krankenhaus. Dahinten wurden früher die Leichen aufgebahrt.«

Na großartig. Das wurde ja immer besser!

Die Frau hatte angefangen, auf einem Formular sämtliche Gegenstände einzutragen, die sich in meiner Umhängetasche befanden. Sie legte alles in eine rote Plastikkiste und schob meinen Geldbeutel in einen Umschlag.

»Ihre Armbanduhr, bitte.« Die Uhr wanderte ebenfalls in den Umschlag.

»Und jetzt geben Sie mir bitte alles, was Sie sonst noch lose am Körper tragen, einschließlich BH. Wegen der Selbstmordgefahr.«

Ich schüttelte den Kopf. »Ich trage keinen BH. Und umbringen will ich mich eigentlich auch nicht.«

»Dann unterschreiben Sie jetzt bitte das Formular. Anschließend werde ich Sie abtasten.«

Sie zog Einwegplastikhandschuhe über und tastete mich von oben bis unten ab. Ich schloss die Augen und stellte mir vor, ich würde mit Leon nach Mallorca fliegen.

»Möchten Sie vielleicht eine Decke für die Zelle? Es ist zwar ziemlich warm da oben, aber so, wie Sie angezogen sind ...«

Sie führte mich in einen angrenzenden Raum, der aussah wie die Kleiderkammer der Caritas. »Möchten Sie auch wärmere Kleider oder reicht Ihnen die Decke?« Sie gab mir eine zerschlissene graue Decke, auf der in grüner Schrift »Polizei BW« stand.

Ich blickte auf die Kleiderstapel. Ich trug nur einen Slip, eine abgeschnittene Jeans und ein bauchfreies Top und die Decke kratzte fürchterlich, aber ich hatte das Gefühl, ich würde in einen unkontrollierten Heulkrampf verfallen, wenn ich jetzt auch noch Altkleider anzog.

»Danke«, sagte ich. »Das reicht so.«

»Ihre Sachen bekommen Sie morgen wieder«, sagte die Frau. »Nachdem Sie beim Haftrichter waren.«

Sie brachte mich zurück zur Pforte. Der Beamte, der mich in Empfang genommen hatte, nahm meine Personalien auf, dann führte er mich in den ersten Stock und öffnete mit einem riesigen Schlüssel an seinem bunten Schlüsselbund die Zelle mit der Nummer 111. Okay, Leon und ich wurden also vom Liftboy auf unser Zimmer gebracht. Leider brach mein Fantasiebild ziemlich schnell zusammen. Auf einer Holzpritsche lag eine dünne Plastikmatratze. Hinter einer Betonabtrennung verbarg sich ein Stehklo. Die Wände waren in verschiedenen Sprachen wüst vollgekritzelt. Was für Dramen hatten sich hier drin bereits abgespielt?

»Ihre Schuhe müssen draußen bleiben«, sagte der Beamte. »Wegen der Selbstmordgefahr.«

Ich blickte ungläubig auf meine dünnen Sandalen und stellte sie brav vor der Tür ab. Irgendwie hatte ich gewisse Zweifel, dass ich am nächsten Morgen Nuss und Mandelkern darin vorfinden würde. Ich warf einen Blick in den Flur. Ein paar Zellen weiter stand ein Paar klobige Männerschuhe. Vielleicht konnten wir uns ja per Klopfzeichen verständigen?

»Wenn irgendetwas ist, können Sie jederzeit klingeln«, sagte der Beamte. »Wir haben auch einen Arzt im Haus. Und alle zwei Stunden machen wir kurz das Licht an, um zu überprüfen, dass alles in Ordnung ist. Bewegen Sie sich dann einfach ein bisschen. Okay?«

Das würde ja eine total entspannte Nacht werden. Die Tür fiel ins Schloss. Ich war allein.

Die Luft in der Zelle war entsetzlich stickig. Natürlich konnte man das Fenster nicht öffnen. Ich ließ mir an dem klobigen Waschbecken kaltes Wasser über Gesicht und Hände laufen. Im Ausguss hing ein Büschel Haare. Ich fühlte mich schrecklich. So schrecklich, dass ich nicht mal Hunger hatte, obwohl ich seit Stunden nichts gegessen hatte außer ein paar Keksen. Wie spät es wohl war? Lila würde sich keine Sorgen machen, sie glaubte ja, ich würde bei Leon übernachten. Aber Leon ...

Ich klingelte. Nach ein paar Minuten wurde von außen eine Klappe geöffnet und der Beamte spähte herein.

»Hören Sie, ich habe meinen Freund noch nicht erreicht. Er macht sich sicher schreckliche Sorgen. Könnte ich noch mal versuchen, ihn anzurufen?«

»Ja, sicher.«

Rasselnd drehte sich der Schlüssel im Schloss und der Beamte führte mich in eine Art Büro am Anfang des Gangs. Er notierte die Nummer auf einem Formular – hier schien es für alles Formulare zu geben – und blieb neben mir stehen.

Mit zitternden Fingern wählte ich Leons Nummer. Es klingelte. Es klingelte und klingelte. Wahrscheinlich lief Leon in der Notaufnahme des Marienhospitals nervös auf und ab und wartete darauf, dass ich eingeliefert wurde. Dann sprang der AB an. Ich hinterließ eine atemlose Nachricht. »Leon, es ist alles in Ordnung. Es ist nichts passiert. Na ja, fast nichts. Ich probier's gleich noch mal, bitte nimm dann ab!«

Ich sah den Beamten bittend an, dann wählte ich erneut. Wieder der AB. Wo zum Teufel steckte der Kerl? Beim dritten Versuch meldete sich eine verschlafene Stimme.

»Mmjaa ...?«

»Leon, endlich erreiche ich dich!«

»Line. Es gibt dich also noch. Das ist schön. Moment. Gib mir einen Augenblick zum Wachwerden, ich habe schon geschlafen.«

»Du hast *was?*«

»Geschlafen. Ich muss früh raus, weißt du. Ich habe um acht ein Meeting mit ein paar Chinesen. Die nehmen um zwölf den Flieger zurück nach Wuxi.«

Mir verschlug es die Sprache. Leon hatte mich weder als vermisst gemeldet noch die Krankenhäuser abtelefoniert, er hatte geschlafen!

»Line, bist du noch dran? Wo warst du denn nun eigentlich?«

»Ich ... ich ...« Meine Stimme zitterte. Tränen schossen mir in die Augen. »Ich bin im Kn...« Ich holte tief Luft. »Das ist eine lange Geschichte. Ich erzähle sie dir morgen, okay? Schlaf ruhig weiter. Ich dachte nur, du machst dir Sorgen.«

»Klar hab ich mir Sorgen gemacht. Aber dann dachte ich mir, mein Line-Schatz kommt zwar manchmal in Schwierigkeiten, aber meist ist es harmlos, und irgendwann wird sie schon wieder wohlbehalten auftauchen. Das meinte Lila übrigens auch, als ich versucht habe, dich zu Hause zu erreichen.«

Leon gähnte herzhaft.

Das war ja wohl der Gipfel! Lila hatte ihn auch noch bestärkt! Ich könnte tot auf der Straße liegen, von einem in Zuffenhausen hergestellten Porsche überfahren, und mein Freund und meine beste Freundin lagen entspannt in ihren Betten und schliefen sorglos.

»Warum hast du mich nicht auf dem Handy angerufen oder eine SMS geschickt?«

»Ich hatte das Handy und deine Nummer nicht dabei. Wie gesagt, es ist eine sehr, sehr lange Geschichte.«

»Irgendwann hättest du mich sowieso nicht mehr erreicht, weil ich das Handy im Kino ja abstellen musste.«

»Du warst ohne mich im Kino?«

»Na ja, es wäre ja schade gewesen um die Karten. Alle Leute waren schon drin, ich stand als Letzter noch draußen vor dem *Atelier am Bollwerk*, und da habe ich deine Karte an der Kasse deponiert. Die sind ja ganz nett da. Der Film war übrigens nicht schlecht. Es war natürlich ein bisschen schade, so ganz allein auf dem großen Kuschelsitz, und ich habe die ganze Zeit gehofft, dass du noch auftauchst. Aber jetzt muss ich wirklich schlafen. Weißt du was, ich komme morgen Abend zu euch und du erzählst mir alles in Ruhe. Vielleicht kocht uns Lila ja was Feines, wenn wir sie lieb bitten.«

»Ja, natürlich«, sagte ich lahm. »Schlaf gut, und viel Erfolg mit dem Meeting.«

»Du auch, meine Süße. Du fehlst mir. Das Bett ist sehr groß ohne dich.«

Er legte auf. Ich wischte mir die Tränen aus den Augenwinkeln.

Der Beamte sah mich an und räusperte sich. »Also, wenn Sie zur Ablenkung was zum Lesen wollen, könnte ich Ihnen noch unsere Lektüre anbieten.« Er öffnete eine Schublade, auf der ein von Hand gekritzelter Zettel klebte, auf dem »Gefangenen Lektüre« stand. Innen reihte sich Buchrücken an Buchrücken. Der Beamte zog ein Buch heraus. »Hier, das habe ich selber schon gelesen«, sagte er. »Lenkt auf jeden Fall ab. Gibt's ja auch als Film.« Er reichte mir die zerfledderte Taschenbuchausgabe von »Das Schweigen der Lämmer.«

Ich blickte in die Schublade. Im Angebot waren außerdem eine Geschichtensammlung von Edgar Allan Poe, »Rebecca« von Daphne du Maurier, »Wahn« von Stephen King, außerdem »Frankenstein«, »Der Exorzist« und zwei Titel, die mir nichts sagten: »Der Zellenmörder« und »Tod am Pragsattel«.

»Äh, vielen Dank«, sagte ich. »Ich glaube, ich versuche doch lieber zu schlafen.«

An Schlaf war jedoch nicht zu denken. Erregt lief ich in der Zelle auf und ab. Das war doch wirklich das Allerletzte! Ich durchlitt den grauenhaftesten Tag meines Lebens und zerbrach mir trotzdem noch den Kopf, ob mein Freund gerade einen Nervenzusammenbruch bekam, weil er sich um mich sorgte, und in Wirklichkeit hatte der Kerl seelenruhig im Kino gesessen, auf dem *gemeinsamen* Kuschelsitz, war anschließend nach Hause gegangen und hatte sich ins Bett gelegt! Leon liebte mich nicht. Er konnte mich nicht lieben. Es war vollkommen ausgeschlossen!

Zu allem Übel fiel mir auch noch eine *Brigitte* ein, die mir meine Schwester Katharina bei meinem letzten Besuch mitgegeben hatte. In der Psycho-Sektion war doch so ein Artikel gewesen: »Wenn Männer durch die Blume reden.« Darin ging es um die versteckten Botschaften, die Männer so aussendeten. Er sagte beispielsweise: »Findest du mich eigentlich zu dick?«, meinte damit aber, dass er kurz davorstand, eine Affäre mit der netten Kollegin vom Controlling anzufangen, aber nicht sicher war, ob die ihn attraktiv genug fand. Besonders besorgniserregend wurde es, wenn der Mann den Körperkontakt verweigerte oder desinteressiert reagierte, wenn die Frau sich auszog. Die Paartherapeutin riet dazu, die versteckten Botschaften zu hören, zu analysieren und, falls erforderlich, Gegenmaßnahmen einzuleiten, bevor es zu spät war und der Lover abhaute. Fieberhaft lief ich im Kreis und versuchte, mich an jede Einzelheit des Telefonats mit Leon zu erinnern. Hatte er in Rätseln oder Andeutungen gesprochen? Hmm. Eigentlich nicht. Eigentlich drückte sich Leon immer sehr verständlich aus. Aber vielleicht hatte ich die versteckte Botschaft nur deshalb nicht entschlüsselt, weil sie so versteckt war? Hatte es in letzter Zeit Hinweise darauf gegeben, dass Leon mich verlassen wollte, und das war der Anfang vom Ende? Mir fiel nichts ein. Leon war immer gleich liebevoll zu mir gewesen. Er nahm mich manchmal auf den Arm, okay. Dass er den Körperkontakt verweigerte, konnte man ihm nun wirklich nicht unterstellen. Andererseits war Leon Hamburger. Sicher machte sich der Mentalitätsunterschied auch sprachlich bemerkbar, ich hatte es nur vor lauter Kulturkonflikt noch nicht bemerkt!

Allmählich fielen mir bei meinem rastlosen Gang im Kreis die Augen zu. Nun gut. Im Augenblick würde ich nicht weiterkommen. Und für heute reichte es. Es reichte wirklich. Ich wickelte die kratzige Decke um mich und legte mich auf die harte Pritsche. Dann schreckte ich noch einmal hoch. Das Herz! Das Herz auf der Nachricht, die mir Leon am Morgen hinterlassen hatte. Es war total wacklig gewesen! Wie von einem Kind gemalt! Wackelte unsere Liebe? Ich würde am nächsten Tag noch einmal darüber nachdenken müssen.

Irgendwann übermannte mich die Müdigkeit und ich fiel in wirre Träume, in denen es von Polizeibeamten nur so wimmelte. Immer wieder ging das Licht an. Ich streckte die nackten Füße unter der Decke hervor und wackelte ein bisschen mit den Zehen. Zu mehr war ich nicht fähig. Am frühen Morgen fiel ich in einen bleiernen Schlaf.

»Guten Morgen! Wollen Sie Frühstück?«

Ich fuhr hoch und brauchte einen Moment, um mich zu orientieren. Es war hell. Durch die offene Klappe blickte mich der Polizist vom Abend vorher fragend an.

»Wie spät ist es?«

»Viertel acht«, sagte der Beamte. »Um acht kommt die Kripo, um Sie zu befragen.«

Frühstück, das war ja doch fast wie im Hotel!

»Ich hätte sehr gerne Frühstück«, sagte ich. Ich wusch mir das Gesicht, ging ein bisschen in der Zelle auf und ab, um wach zu werden, und wurde mit jeder Minute hungriger.

Endlich öffnete sich die Tür und der Beamte brachte mir ein Tablett, auf dem sich tatsächlich Kaffee, zwei frische Weckle und portionierte Butter und Marmelade befanden. Der Kaffee war Instant und schmeckte fürchterlich nach Kalk, aber immerhin. Wie ein Löwe machte ich mich über das Frühstück her.

Kurze Zeit später holte mich der Beamte ab. »Und, konnten Sie wenigstens ein bisschen schlafen?«, fragte er.

»Ein bisschen, danke«, sagte ich. »Und Sie? Für Sie war es doch sicher auch eine lange Nacht.«

Er sah mich belustigt an. »Das war mein Kollege«, sagte er. »Wir haben um sechs Schichtwechsel.«

»Verzeihung«, murmelte ich. Für mich sahen alle Polizisten gleich aus.

Ich wurde in einen Raum neben dem Kabuff geführt, wo ich telefoniert hatte. Ein paar Minuten später tauchte ein Mann in Zivil auf. Endlich mal keine Uniform!

»Guten Morgen, Schneckle, Dezernat 1.3, Raub und Erpressung. Ich werde Sie jetzt zum Tathergang befragen und dann entscheiden, ob wir Sie dem Haftrichter vorführen oder nicht.«

Müde und fast mechanisch antwortete ich auf die Fragen.

Es kam mir vor, als seien Stunden vergangen, als der Mann sagte: »Gut. Ich nehme Ihnen ab, dass es ein Versehen war.«

»Soll das heißen ...?«, sagte ich ungläubig.

»Wir setzen Sie auf freien Fuß, ja. Für uns ist die Sache erledigt. Und wenn Ihnen mal wieder so was passiert, rufen Sie bitte gleich die Polizei.«

»Muss ich auch keine Strafe zahlen?«

»Nein. Wenn Sie in der Ausnüchterung wären, hätte Sie die Zellennacht 170 Euro gekostet. Als Tatverdächtige bezahlen Sie nichts.«

Ich konnte es kaum fassen. Der Albtraum war zu Ende, und ich hatte sogar auf Staatskosten gefrühstückt! Zehn Minuten später hatte ich meine Sachen wieder und wurde von einem Polizeiauto zum Ausfahrtstor gebracht. Dort ließ man mich aussteigen und zu Fuß durch das Tor gehen. Ich blickte zurück auf den Stacheldrahtzaun und das Schild, auf dem »Vorsicht! Freilaufende Diensthunde!« stand. Vor mir lag Stuttgart. Es war ein klarer, sonniger Morgen. Der Panoramablick war überwältigend. Noch nie hatte ich mich so gefreut, den Fernsehturm zu sehen, und noch nie war mir der am Pragsattel tobende Verkehr so großartig vorgekommen. Selbst die Luft kam mir frisch und rein vor nach dem Zellenmief.

Ich nahm die U5 bis zum Hauptbahnhof und fuhr dann mit dem Bus nach Hause. Lila hatte mir auf dem Tisch einen Einkaufszettel hinterlassen. Unter der Liste stand in großen Lettern: »Wo warst du?« Ich musste sie unbedingt anrufen, aber ich würde es erst mal ruhig angehen lassen, um den schrecklichen Tag zu verdauen. Obwohl erst Dienstag war, hatte ich schon ein Freitags-Gefühl. So, als wäre der gestrige Tag drei Tage in einem gewesen. Vielleicht sollte ich ein paar von Lilas

Grünlippmuschel-Kapseln nehmen? Erst mal trank ich zwei großen Gläser von Lilas selbst gemachtem Holunderblütensaft, dann ging ich ins Bad, zog mir die verschwitzten Klamotten vom Leib und stellte mich in die Badewanne. Ich duschte und duschte und duschte. Von Weitem hörte ich das Telefon klingeln. Es war mir egal. Ich duschte weiter, auch wenn es total unökologisch war. Lila stellte das Wasser zum Einseifen und Haarewaschen immer ab. Ich hatte das Gefühl, den ganzen entsetzlichen vergangenen Tag und die eklige Wolldecke und die Nacht wegduschen zu müssen. Irgendwann war der Warmwasserboiler leer.

Nach dem Duschen fühlte ich mich viel besser. Nackt lief ich die Treppenstufen hinauf und legte mich aufs Bett. Nur einen Augenblick ausruhen, dann würde ich Lila und Leon anrufen. Leon ...

3. Kapitel

I make a date for golf and you can bet your life it rains,
I try to give a party and the guy upstairs complains,
I guess I'll go through life just catchin' colds and missin' trains,
Ev'rything happens to me.

I never miss a thing, I've had the measles and the mumps,
and ev'ry time I play an ace my partner always trumps,
I guess I'm just a fool who never looks before he jumps,
Ev'rything happens to me.

Ich erwachte vom Mittagsgeläut der nahegelegenen Lukaskirche. Da war ich doch tatsächlich kurz weggenickt. Ich wühlte im Schrank nach einem Kleidungsstück, das wegen der Hitze aus so wenig Textil wie möglich bestehen sollte. Ich fand nur ein superkurzes Hängerchen, das einmal weiß gewesen war, bevor ich es zusammen mit Lilas bunten Klamotten gewaschen hatte. Ich lief hinunter in die Küche und setzte Kaffee auf. Der Anrufbeantworter blinkte und verzeichnete sechs neue Nachrichten. Meine Nerven begannen zu flattern.

Ich ignorierte den AB, goss mir Kaffee ein und suchte im Kühlschrank nach einem zweiten Frühstück. Der Kühlschrank war ziemlich leer, nur ganz hinten versteckte sich ein Naturjoghurt aus Schafsmilch. Weil Lila immer kochte, war ich für Besorgungen zuständig. Lila sah es am liebsten, wenn ich im Bioladen am Stöckach oder freitags am Ökostand auf dem Markt einkaufte. Aber heute war ich zu fertig, da musste es der Supermarkt am Ostendplatz tun. Leicht angewidert löffelte ich den Schafsjoghurt und versuchte meinen Geschmacksnerven mit Autosuggestion vorzugaukeln, es sei ein mit Salami belegtes Laugenweckle. Leider ließen die sich nicht so ohne Weiteres einwickeln. Dann fiel mein Blick auf das Haltbarkeitsdatum auf dem

Aludeckel. Das lag ungefähr zwei Monate zurück. Ich seufzte und beschloss, dass es mir jetzt nicht schlecht werden würde. Ich wartete auf den Tag, an dem die Technik so weit fortgeschritten war, dass mich mein Kühlschrank auf dem Handy anrufen würde, um mir mitzuteilen, dass der Kräuterquark abgelaufen war.

Nun fühlte ich mich halbwegs gewappnet für den Anrufbeantworter.

Die erste Nachricht war von Lila: »Line, was war los mit dir gestern? Ruf mich doch mal kurz auf der Arbeit an.«

Nach dem zweiten Pieps meldete sich eine unbekannte Männerstimme: »Hier ist Simon vom Polizeirevier 6. Ich wollte nur mal hören, wie's so geht. Du kannst mich jederzeit zurückrufen. Am besten auf dem Handy. Meine Nummer ist ...«

Das war ja wirklich nett!

Nach dem dritten Pieps hörte ich Leons Stimme: »Guten Morgen, meine Süße. Ich hoffe, es geht dir gut und es klappt heute Abend. Schick mir doch eine kurze SMS.«

Ich schluckte. Ziemlich kurz angebunden! Ich spulte die Nachricht zurück. Lag darin nun eine versteckte Botschaft? Andererseits war Leon immer sehr knapp, wenn er aus dem Büro anrief. Bisher hatte ich es nicht persönlich genommen. Ich hörte mir die Nachricht noch viermal an, konnte aber weder Rätsel noch verdeckte Vorwürfe noch geheimnisvolle Andeutungen darin entdecken. Zum Vergleich ließ ich noch mal Simon, den Polizisten, laufen. Hmm. Dessen Stimme klang viel freundlicher. Litt meine Beziehung zu Leon schon unter den ersten Abnutzungserscheinungen? So lange waren wir doch noch gar nicht zusammen!

Die vierte Nachricht war wieder von Lila: »Sag mal, bist du krank? Es kann doch nicht sein, dass du immer noch bei Leon bist. RUF – MICH – AN!«

Ich sparte mir die anderen beiden Nachrichten für später auf und wählte die Nummer von Lilas Wohngruppe. Lila betreute im Raitelsberg Problem-Kids.

»Line! Endlich! Alles in Ordnung?«

»Nein. Ja. Ich hatte einen schrecklichen Tag. Und eine schreckliche Nacht. Ich bin erst gegen elf nach Hause gekommen.«

»Und da meldest du dich erst jetzt?«

»Erst jetzt – wieso?« Ich warf einen Blick auf die Küchenuhr. Zehn nach drei. Vermutlich hatten die Kirchenglocken einer Beerdigung gegolten. »Ich hab mich in der Zeit vertan. Es ist schon viel später, als ich dachte.«

»Was war denn nun gestern Abend los? Leon rief an, weil du nicht zum Kino aufgetaucht bist.«

»Und du hast ihm gesagt, er soll sich keine Sorgen machen«, sagte ich anklagend.

»Line, wie lange kennen wir uns jetzt? Ständig stößt dir irgendetwas zu. Aber du kommst immer mit einem blauen Auge davon. Zum Glück! Warum hätte ich Leon da beunruhigen sollen?«

Damit er sich ein klitzekleines bisschen um mich sorgt, dachte ich und seufzte. »Ich habe gestern versehentlich ein Kind entführt und dann die Nacht in einer Zelle verbracht.«

»Du hast waaas?«

Ich gab Lila einen Kurzabriss der Ereignisse. Sie hörte konzentriert zu, bis ich geendet hatte. Lila machte nie kommunikative Geräusche am Telefon.

»Du Ärmste! Andererseits ... Die arme Mutter! Du hättest sofort die Polizei rufen sollen!«

»Ich kann doch nichts dafür! John-Boy hat mich dazu verleitet. Außerdem hat sich die arme Mutter vor allem um ihren superduper Gugubu-Kinderwagen gesorgt.«

»Bestimmt stand sie unter Schock. Außerdem bist du doch für dich selber verantwortlich«, sagte Lila streng. »Abgesehen davon: Hast du mir nicht erzählt, das Katastrophen-Gen hätte sich vor lauter bedingungsloser Liebe selber deaktiviert?«

»Das hat mit dem Katastrophen-Gen überhaupt nichts zu tun. Und selbst wenn. Dann war es eben das letzte Aufbäumen. Todeszuckungen sozusagen.«

»Wir reden heute Abend weiter. Die Kids haben angefangen, verbotene Spiele am PC zu spielen, anstatt ihre Hausaufgaben zu machen.« Im Hintergrund war Gewehr-Geknatter zu hören. »Bist du zu Hause?«

»Leon lässt fragen, ob du was Feines für uns kochst. Ich geh auch einkaufen.«

»Ich kann selber nicht vernünftig essen. Ich hab seit gestern Abend schreckliche Zahnschmerzen.«

»O je«, sagte ich mitfühlend.

Zahnschmerzen, das war etwa so, wie wenn man »Driving Home for Christmas« auch noch im Januar ertragen musste.

»Ich könnte ja einen Nudelauflauf aus Dinkelvollkornpenne machen. Das ist schön weich.«

Eigentlich war mir mehr nach Trost Hawaii.

Lila gab noch rasch die Ergänzungen für die Einkaufsliste durch, bevor sie sich verabschiedete.

Jetzt fehlten noch zwei Nachrichten vom Anrufbeantworter.

Eine Frauenstimme: »Guten Tag, Frau Praetorius, hier ist die BILD-Zeitung in Esslingen. Würden Sie mich mal bitte kurz zurückrufen? Ich würde gerne ein Telefoninterview mit Ihnen machen. Dauert nur fünf Minuten.«

Aaaarggg! Hatte ich es nicht geahnt? Eigentlich hatte ich ja Nerven wie Drahtseile, aber jetzt flatterten sie wieder wie aufgescheuchte Hühner.

»Hallo Line, hier ist noch mal Simon. Der Polizeibericht ist vorher raus und ich fürchte, dass irgendwie dein Name durchgesickert ist. Es kann also sein, dass du Presseanrufe kriegst. Aber keine Sorge, die wissen nicht, wo du wohnst.«

Das war ja in der Tat sehr beruhigend. In diesem Augenblick klingelte zur Abwechslung das Telefon. Ich nahm ab, holte tief Luft und sagte mit monotoner Stimme: »Guten Tag, hier ist der automatische Anrufbeantworter von Juliane Jakob und Pipeline Praetorius am Anna-Scheufele-Platz in Stuttgart-Kaltental. Wir sind auf einer Dschungelexpedition in Venezuela und leider telefonisch nicht erreichbar. Bitte hinterlassen Sie eine Nachricht nach dem Klingeln, wir rufen dann nach unserer Rückkehr Anfang Oktober gleich zurück.« Dann ließ ich den Schalter von Lilas altem Küchenwecker vor- und zurückschnappen. Es klingelte und einen Augenblick blieb es still.

»Grüß Gott, hier ist Michael Durchdaslaub, Stuttgarter Zeitung. Wir haben gerade den Polizeibericht erhalten ...«

»Stuttgarter Nachrichten, würden Sie uns freundlicherweise zurückrufen ...«

»Esslinger Zeitung, wir haben von der Geschichte mit dem Kinderwagen gehört und würden gerne ...«

»... SWR 1 Baden-Württemberg ...«

»... Gerlinger Anzeiger ...«

Nachdem ich eine Dreiviertelstunde lang behauptet hatte, ich sei im Dschungel von Venezuela und würde in Kaltental wohnen, schaltete ich den Anrufbeantworter ab und beschloss, einkaufen zu gehen. Ich hatte ja sowieso keinen Einfluss darauf, was die Zeitungen schreiben würden. Jetzt fehlte eigentlich nur noch ein nettes kleines Filmchen auf YouTube, von einem zufälligen Passanten im Kurpark aufgenommen.

Rasch schickte ich Leon noch eine kurze Mail ins Büro, dass es mit dem Abendessen klappen würde. Auf Einzelheiten verzichtete ich. Dann setzte ich meine große Angelina-Jolie-Sonnenbrille auf und spähte vorsichtig erst aus dem Fenster, dann aus der Haustür. Außer einer Nachbarin, die ein paar Häuser weiter in ihrem schmalen Gärtchen werkelte, war niemand zu sehen.

Ich hatte mich vor einigen Monaten schon einmal tarnen müssen. Der amerikanische Fotograf Eric M. Hollister, in den ich ein bisschen verliebt gewesen war, hatte ein schreckliches Foto von mir an eine Werbeagentur verkauft, ohne es mir zu sagen. Ganz Stuttgart war daraufhin mit der Werbung für McGöckele, einem Hähnchen-Schnellimbiss, vollgepflastert gewesen. Eine grauenhafte Erfahrung!

Ohne weitere Zwischenfälle erledigte ich meine Einkäufe. Als ich zurückkam, saß Lila in der Küche und trank ihren Ayurveda-Entspannungstee. Den schien sie heute besonders nötig zu haben.

»Hallo, Lila, was machen die Zahnschmerzen?«

»Den Zahnschmerzen geht's prächtig, danke der Nachfrage«, sagte Lila grimmig. »Ich fange gleich mit dem Kochen an, das wird mich ablenken. Die Zahnschmerzen hoffentlich auch.« Sie stand auf und nahm mir die Taschen ab.

»Soll ich dir nicht noch schnell aus der Apotheke ein paar Aspirin holen?«

Lila schüttelte den Kopf. »Ich versuch's erst mal mit Arnika-Globuli.«

»Warum gehst du nicht so schnell wie möglich zum Zahnarzt?«

»Weil mein Zahnarzt gerade mit seinen Sprechstundenhilfen nach Santiago pilgert. Er will ein Buch schreiben: ›Als Zahnarzt auf dem Jakobsweg‹.«

»So eine Pilgerreise dauert doch Wochen! Hat er keine Vertretung?«

»Schon. Mein Zahnarzt ist aber Homöopath und arbeitet mit Hypnose statt mit Spritzen. Die Vertretung hat eine Praxis in der Landhausstraße übernommen, da bin ich heute Morgen kurz vorbei und wollte mir einen Termin geben lassen. Das scheint aber so ein Luxuszahnarzt zu sein. Der Eingang sieht aus wie ein antiker römischer Tempel. Der Kerl wird den Zahn, ohne hinzusehen, für klinisch tot erklären, weil er seine Finca auf Mallorca finanzieren muss, und mir dann zu einer Goldkrone raten, wenn ich nicht möchte, dass der Zahn in zwei Jahren schwarz wird und dann ausfällt. Wenn er sieht, in welchem Zustand die anderen Zähne sind, wird er sofort eine kleine Goldmine wittern und einen Fünf-Jahres-Sanierungsplan aufstellen. Das kann ich mir als Sozpäd nicht leisten. Außerdem habe ich panische Angst vor Spritzen.«

Das Telefon klingelte und Lila angelte danach.

»Nicht rangehen!«, kreischte ich hysterisch, schnappte ihr den Apparat vor der Nase weg, packte den Küchenwecker mit der anderen Hand und spulte die Venezuela-Kaltental-Nummer herunter.

Lila beobachtete mich stumm, als sei ich vollkommen bekloppt, vor allem, als ich den alten Wecker klingeln ließ.

»Sag amol, Line, was schwädsch 'n fir en Bepp raus?« Es war Lilas Mutter.

Kommentarlos reichte ich das Telefon an Lila weiter. In diesem Augenblick klingelte es an der Tür. Für Leon war das eigentlich zu früh. Ich spähte durchs Fenster, konnte aber niemanden erkennen, weil man von hier aus nur auf die Straße und nicht auf die Haustür schauen konnte. Jetzt hätte ich so einen Rückspiegel brauchen können, wie ihn manche schwäbische Hauswirtinnen am Fenster anbrachten, damit sie das Kommen und Gehen im Haus jederzeit verfolgen konnten. Ich schlich auf Zehenspitzen zur Haustür und öffnete sie ganz langsam, bereit, sie jederzeit zuzudonnern, falls eine Kamera auf mich gerichtet war und mir jemand ein Mikro unter die Nase hielt. Die Trekking-Sandalen kamen mir irgendwie bekannt vor.

»Was ist denn mit dir los?«, hörte ich Leons belustigte Stimme. »Darf ich nicht reinkommen?«

Ich hatte mir fest vorgenommen, Leon distanziert zu begrüßen. Wenn sich die Gefühle zwischen uns abgekühlt hatten und er nicht das geringste Mitleid mit mir hatte, obwohl ich die Nacht im Gefängnis verbracht hatte – kein Problem. Dann durfte er von mir aber auch keine Leidenschaft mehr erwarten. Ich würde ihn auf die Wange küssen und lächeln, mich aber bemühen, das Lächeln so geheimnisvoll aussehen zu lassen wie das einer Sphinx.

Leon riss die Tür auf und taumelte in den Hausflur. Er ließ einen riesigen Strauß Nelken fallen, fegte mich in seine Arme und küsste mich leidenschaftlich. Mein Sphinx-Lächeln zerbröselte. Wir umschlangen uns fest. Ein paar Minuten später tauchten wir keuchend aus dem Durcheinander von Armen, Beinen und Blumen wieder auf. Leons T-Shirt war total verknautscht, seine Haare waren wild verstrubbelt und mein knappes Hängerchen war ziemlich weit hochgerutscht.

Leon kitzelte mich, und als ich mich sofort wieder auf ihn stürzen wollte, schob er mich leicht von sich. »Warte. Ich will jetzt endlich wissen, was gestern passiert ist.«

»Dann komm doch erst mal rein.« Ich zog das Hängerchen wieder brav nach unten, Leon strich sich die Haare glatt und gemeinsam sammelten wir die Blumen auf.

Lila blätterte gerade durch die Zeitung und grinste ein bisschen schief. »Hallo Leon.«

»Lila hat Zahnschmerzen«, erklärte ich und öffnete den Küchenschrank, um nach einer Vase für die Nelken zu suchen. Ich fand Nelken schrecklich, aber die Geste zählte.

»Du Ärmste«, sagte Leon und drückte Lila mitfühlend an sich, anstatt sie wie sonst auf beide Wangen zu küssen. »Und trotzdem kochst du für uns? Das ist aber sehr heldenhaft von dir.« Er zog eine Flasche Weißwein aus der Tasche und stellte sie in den Kühlschrank. Dann fiel sein Blick auf die Zeitung. »Du liest die taz?«, platzte er heraus.

Lila sah ihn erstaunt an. »Manchmal, warum?«

Leon wurde sichtlich verlegen. »Na ja, es ist nur ... Ich hätte nicht geglaubt, dass es wirklich Leute gibt, die die taz lesen ... Ich dachte, das ist mehr so ein Ausstellungsstück am Kiosk ... oder im Haus der Geschichte in Bonn ...«

Lila musterte Leon mit gerunzelter Stirn. »Leon«, sagte sie empört, »es gibt tatsächlich echte Menschen, die die taz lesen. Menschen wie ich, die finden, dass die soziale Gerechtigkeit in unserem Land den Bach runtergeht, und denen auffällt, dass trotz Wirtschaftskrise die Autos, Hunde, Mülleimer und Gartengeräte in Deutschland schöner wohnen als viele Menschen in Afrika. Die gleichen Menschen übrigens, die bei keiner Demo gegen Stuttgart 21 fehlen. Aber du stammst vermutlich aus einem CDU-geprägten Milieu.«

Leon war bei Lilas feuriger Rede immer kleiner geworden. »Meine Eltern sind mit Helmut und Loki befreundet«, sagte er. »Die haben schon immer SPD gewählt.«

Lila grinste. »Na gut, lassen wir das. Jetzt fange ich an zu kochen. Du kannst das Gemüse für den Auflauf kleinschneiden und Line darf sich erholen und erzählt uns jetzt endlich ausführlich ihre Geschichte.«

Das tat ich. Während ich haarklein berichtete, was mir zugestoßen war, bereiteten Lila und Leon schweigend das Essen vor, nur ab und zu gab Lila ihrem Hilfskoch eine knappe Anweisung.

Als ich fertig war, legte Leon die Arme von hinten um mich, ohne mich mit seinen karottenroten Händen zu berühren. »Arme Line. Wenn du mich nur früher angerufen hättest oder mir am Telefon erzählt hättest, wo du bist, ich hätte doch sofort meinen Schimmel gesattelt, wäre zum Polizeipräsidium geritten und hätte dich befreit. So ein bisschen scheinst du die Katastrophen aber auch anzuziehen, oder?«

Ich warf Lila einen alarmierten Blick zu. Warum benutzte Leon ausgerechnet dieses Wort? Hatte Lila ihm heimlich vom Katastrophen-Gen erzählt? Eigentlich war sie keine Tratschtante.

»Das war Zufall. Ab-so-lu-ter Zufall. Zur falschen Zeit am falschen Ort mit dem falschen Typ zusammengetroffen. Und eigentlich wollte ich ja nur helfen.« Ich seufzte. »Sicher könnt ihr morgen alles noch mal detailliert in der Zeitung nachlesen.«

»Mach dir keinen Kopf«, sagte Leon. »Die Presse wird sich genüsslich auf den Bundestagskandidaten stürzen.« Er küsste mich in den Nacken.

»Genug geschmust, Küchenjunge, Hände waschen und Tisch decken!«, befahl Lila streng.

Brav stellte Leon drei Teller aus Lilas kunterbunter Sammlung auf den Tisch und kramte nach Besteck. »Ach, das hätt' ich ja fast vergessen. Dorle hat gestern Abend angerufen, bevor ich zum Kino los bin. Sie lässt ausrichten, wenn du nächste Woche Strohwitwe bist, sollst du sie doch mal besuchen. Jeden Abend außer Mittwoch, da ist Theaterprobe vom Obst- und Gartenbauverein, und am Freitagnachmittag geht es auch nicht, da werden im Frauenkreis Strohsterne für den Weihnachtsbasar gebastelt. Hat mich zwar ein bisschen gewundert, so mitten im Hochsommer. Dann hat sie noch was gesagt, was ich nicht verstanden habe, aber weil ich nicht schon wieder ein ›Schwäbisch mangelhaft‹ kassieren wollte, hab ich es mir einfach aufgeschrieben.« Leon zog einen zerknautschten Zettel aus der Gesäßtasche seiner Jeans. »Also, du sollst vorher kurz Bescheid geben, ob du gehsa oder ohgehsa kommst.«

»Gehsa oder ohgehsa?« Ich stutzte.

Dann prusteten Lila und ich gleichzeitig los, wobei Lilas Lachen sofort in ein leises Heulen überging und sie sich die schmerzende Backe hielt.

»Ganz einfach: Sie fragt, ob ich mit vollem oder leerem Magen komme, also gegessen oder ungegessen, auf Schwäbisch gässa oder ogässa.«

Leon sah mich mit großen Augen an. »Interessanter Brauch. Also in Norddeutschland fragt man in der Regel die Gäste nicht vorher, ob man sie bewirten soll, wenn man sie zum Essen einlädt«, sagte er.

Ich zuckte die Schultern. »Das ist eine rein pragmatische Frage«, erklärte ich. »Und der Schwabe an sich ist nun mal sehr pragmatisch veranlagt und verschleudert ungern Ressourcen. Stell dir vor, du hast Stunden in der Küche verbracht, einen riesigen Topf mit Linsen gekocht, liebevoll Spätzle handgeschabt und Würstchen[2] erwärmt, und dein Gast sagt entschuldigend, er war grad an der Pommesbude. Man will

---

[2] Wer bei einem schwäbischen Metzger Würstchen für Linsen und Spätzle kaufen möchte, ohne aufzufallen, sollte tunlichst die Begriffe »Frankfurter« oder »Wienerle« vermeiden. Richtig: »a Bärle Saida« (ein Paar Saitenwürstchen) oder entsprechend »zwoi/drei Bärle« etc. Saitenwürstchen kauft man niemals einzeln! Beliebteste Grillwurst, vor allem für Ausflüge an eine Grillstelle, ist dagegen die »rode Wurschd« (Plural: »zwoi/drei rode Wirschd«).

ja schließlich niemanden zum Essen nötigen oder sich unnötige Arbeit aufhalsen! Hmm. Speaking of. Linsen und Spätzle könnte ich mir eigentlich nächste Woche von Dorle zum Essen wünschen.«

»Bei der Hitze? Ist das nicht ein Winteressen?«, fragte Leon.

»Linsen und Spätzle geht bei mir immer, und niemand kocht sie so gut wie Dorle. Ich lege dann eine Gedenkminute an dich ein, wie du dich mit dem Mountainbike im Schwarzwald die Berge hochquälst.«

»Ich quäle mich nicht, Line. Ich hab die Tour ja freiwillig gebucht.«

Abgesehen von ihren gelegentlichen Sprachproblemen verstanden sich Leon und Dorle prächtig. Leon hatte bei Dorle von Anfang an einen Stein im Brett gehabt. Im Gegensatz zu vielen anderen Frauen ihres Alters hielt Dorle es durchaus für möglich, dass eine Schwäbin auch mit einem »Reigschmeckten« glücklich werden konnte.

»Ich mache mir ein bisschen Sorgen um Dorle«, sagte ich.

»Warum?«, fragte Lila und verteilte großzügige Auflaufportionen.

»Ihre Verlobung ist doch nun schon eine ganze Weile her, aber von Hochzeit ist irgendwie nie die Rede! Ich meine, rein biologisch betrachtet ist die Zeit, die ihr für ein gemeinsames Eheleben bleibt, ziemlich begrenzt. Warum lassen sich die beiden dann so viel Zeit mit dem Heiraten? Dorle ist 80 und Karle wird demnächst 82.«

Leon schluckte einen Bissen hinunter. »Köstlich, dieser Auflauf. – Na ja, für die Silberhochzeit wird es vermutlich nicht mehr reichen«, sagte er. »Aber die Hauptsache ist doch, dass die beiden miteinander glücklich sind, ob mit oder ohne Trauschein.«

»Das ist es ja gerade«, sagte ich. »Vielleicht stimmt irgendetwas nicht, Karle hat einen Rückzieher gemacht, und Dorle ist es peinlich?«

»Du kannst sie ja fragen, wenn du sie besuchst«, sagte Lila und schob eine Vollkornnudel auf ihrem Teller von links nach rechts.

»Ich weiß nicht so recht, ob man seine achtzigjährige Großtante nach ihren Beziehungsproblemen fragt«, sagte ich.

»... oder nach ihrem Sexualleben«, ergänzte Leon.

»Pfui, Leon«, sagte ich. »Jemand, der so pietistisch ist wie Dorle, würde niemals vor der Hochzeit seine Jungfräulichkeit verlieren. Außerdem ist das das letzte Thema, über das ich mit Dorle reden würde. Aber schließlich hat sie schon einmal einen Schlaganfall gehabt. Wer weiß denn schon, wie lange sie noch lebt?«

Lila schob ihren Teller zurück. Sie hatte den Nudelauflauf kaum angerührt. »So, ihr beiden Turteltäubchen, ich lege mich jetzt in der trauten Begleitung eines Eisbeutels ins Bett und versuche zu schlafen. Morgen hat sich der Zahn dann hoffentlich beruhigt. Macht nicht so viel Krach neben mir. Ich überlasse euch den Abwasch.«

»Ja, klar«, sagte Leon. »Jetzt hast du selber kaum was gegessen. Gute Besserung!«

Lila zog ab.

»Wie wäre es, wenn wir uns mit diesem leckeren Pinot Grigio, den ich mitgebracht habe, noch ein bisschen raussetzen in den lauen Sommerabend?«, sagte Leon.

»Supi Idee. Du kannst ja schon mal die Gartenstühle arrangieren, ich mache den Wein auf.«

»Soll ich nicht lieber ...?«, sagte Leon zweifelnd.

»Ich bitte dich«, gab ich würdevoll zurück. »Mit 32 werde ich doch wohl noch eine Flasche Wein aufmachen können! Lila und ich trinken schließlich auch Wein.« Das war aber in der Regel »Cannstatter Zuckerle«-Riesling, den Lila von ihren Eltern mitbrachte, und der hatte einen Schraubverschluss. Eigentlich öffnete ich nie Weinflaschen. Ich kramte in der Schublade nach einem Korkenzieher und fand unter ein paar ramponierten Papierschirmchen so ein lustiges Ding mit zwei Ärmchen links und rechts. Das war völlig unproblematisch. Man drehte es rein, dabei gingen die Ärmchen wie von alleine nach oben und man konnte den Korken ohne Probleme rausziehen. Ich setzte den Korkenzieher an und drehte. Ich drehte und drehte und drehte und die Ärmchen bewegten sich kein bisschen. Der Korken auch nicht.

»Alles klar, Line?«, rief Leon von draußen.

Meine Güte, traute der Kerl mir denn überhaupt nichts zu? Mittlerweile war der Korken von der ganzen Dreherei ziemlich abgebröselt und noch immer tat sich nichts. Ob ich Leon um Hilfe bitten sollte? Aber das ging nun wirklich gar nicht. Die Frau ist zu doof zum Weinflaschenöffnen und ruft ihren Typen zu Hilfe! Na gut. Ich nahm ein Küchenmesser und drosch so lange mit dem Griff auf den Korken ein, bis er in die Flasche rutschte. Dann goss ich zwei Weingläser voll, ließ die Flasche stehen und ging hinaus. Ich reichte Leon das Glas ohne Korkreste. Wir stießen an.

»Hmm. Schmeckt irgendwie nach Kork«, sagte Leon.

»Also, ich schmeck nix«, beteuerte ich.

Die Hitze stand noch immer in der Neuffenstraße. Weil es hier Gärtchen anstelle von Balkonen gab, saßen auch vor den anderen Häuschen Menschen im Schein von Lampions oder Windlichtern und unterhielten sich halblaut. Gelächter wehte herüber. Irgendjemand spielte Gitarre.

»Ist das nicht schön?«, sagte ich und seufzte zufrieden.

Schade, dass wir keine Hollywoodschaukel hatten. Oder ein weißes Lounge-Sofa zum Draufrumlümmeln, wie sie jetzt überall vor den Szene-Kneipen in der Stadt standen. Auf den klapprigen Stühlen war es nicht wirklich romantisch. Aber endlich konnte ich mich entspannen, nach dem schrecklichen gestrigen Tag, und musste an gar nichts mehr denken ... Ich nahm einen kräftigen Schluck Wein und schluckte nur die Hälfte hinunter ... Mit verführerischen Bewegungen rückte ich näher an Leon heran ... Erst ein bisschen Zungenknutschen, mit dem Wein im Mund, dann ein bisschen fummeln ...

»Sehr schön«, sagte Leon. »Jetzt können wir in aller Ruhe unser Wochenende planen.« Er zückte sein Smartphone und einen Touchpen.

Ich fuhr alarmiert zurück, verschluckte mich am Wein und bekam einen Hustenanfall. »Heute schon? Wir haben doch erst Dienstag!«, protestierte ich. Ich musste mich erst noch vom Montag erholen. Außerdem war ich nicht so der planende Typ. Ich war mehr fürs Spontane, während Leon es liebte, Pläne zu schmieden, so viel hatte ich schon mitbekommen. »Weißt du, Leon, über dem Schreibtisch in meinem Jugendzimmer hing jahrelang eine Postkarte. Auf der war ein kleiner Junge mit Wollpulli und Pudelmütze abgebildet, der hatte die Hände in den Taschen vergraben, und daneben stand: »Du fragst mich, was soll ich tun? Und ich sage: Lebe wild und gefährlich, Artur.« Ich hab die Karte zwar nie so richtig kapiert, aber findest du nicht auch, dass wir wild und gefährlich leben sollten?«

»Ich finde, es reicht, dass du gefährlich lebst. Hast du ja grade erst wieder bewiesen. Ich bin der perfekte Ausgleich für dich. Außerdem ist das Wochenende ziemlich kurz, weil ich ja am Sonntagmorgen schon zum Mountainbiken fahre. Wir sollten es also ausnutzen.«

»Du bist doch nur ein paar Tage weg«, sagte ich.

»Pfui Line, falscher Text! Du hättest jetzt sagen müssen: ›Oh, wie soll ich das bloß aushalten, eine ganze Woche ohne dich?‹ – Schwimmst du eigentlich gern?«

»Keine Ahnung. Ich gehe nur so ein, zwei Mal im Jahr ins Schwimmbad, meist, weil der Duschabfluss verstopft ist.«

»Wir waren noch nie zusammen schwimmen.«

»Aber wir waren doch schon gemeinsam im Heslacher Hallenbad«, platzte ich heraus.

Leon musterte mich erstaunt. »Ich war ganz sicher noch nie mit dir im Hallenbad.«

Ich wurde puterrot. Lange bevor wir ein Paar wurden, war ich im Traum mit Leon im Hallenbad gewesen, aber das konnte ich ihm ja wohl schlecht auf die Nase binden.

»Also, am Freitagnachmittag, wenn ich von Bosch komme, könnten wir ins Leuze. Das ist viel schöner als ein normales Freibad, in dem Mineralwasser schwimmt es sich so herrlich. Und am Samstagabend haben wir eine Einladung zum Grillen nach Schwieberdingen, zu einem Arbeitskollegen, der ganz nett ist. Wir spielen Fußball zusammen. Seine Frau kenne ich auch. Hast du Lust?«

Ich war jetzt ein Paar. War das nicht großartig? Plötzlich bekam ich Einladungen von wildfremden Menschen! Okay, es waren zwar nur Ingenieure und ihre Gattinnen und keine Künstler und Intellektuellen, aber trotzdem. Ich hatte plötzlich ein gesellschaftliches Leben, das nicht mehr nur daraus bestand, mit Lila Rosamunde Pilcher zu schauen. Lila. Apropos.

»Natürlich habe ich Lust. Vielleicht will Lila ja auch mitkommen?«

Leon musterte mich belustigt. »Line, eigentlich ist Lila nicht eingeladen.«

»Aber ich verbringe meinen Samstagabend seit Jahren mit Lila!«

»Ich glaube, die beiden fänden es trotzdem ein bisschen komisch, wenn du sie mitbringen würdest.«

Ich starrte Leon entsetzt an. Dass das Paarsein solche Schattenseiten hatte, zumindest wenn man keine Anfang zwanzig mehr war, war mir nie in den Sinn gekommen. An der Uni in der Zeit mit Dieter waren wir immer eine Clique gewesen und hatten alles gemeinsam unternommen. Es war nie ein Problem gewesen, irgendjemanden irgendwohin mitzunehmen. »Aber Babys werden doch auch auf Grillfeten mitgenommen!«

»Lila ist vielleicht doch ein bisschen groß, um als Baby durchzugehen«, sagte Leon trocken.

4. Kapitel

> *I am what I am*
> *And what I am needs no excuses.*
> *I deal my own deck,*
> *Sometimes the aces, sometimes the deuces,*
> *It's one life and there's no return and no deposit.*
> *One life, so it's time to open up your closet,*
> *Life's not worth a damn, til you can shout out,*
> *I am what I am*

Am nächsten Morgen stand ich zusammen mit Leon und Lila auf. Ich hatte mir vorgenommen, das Trauma vom Montag aktiv zu verarbeiten und gleich morgens die Werbeagentur von außen anzusehen. Um das Bad für die beiden Berufstätigen nicht zu blockieren, lief ich in meinem ausgeleierten Schlaf-T-Shirt in die Küche und kochte Kaffee für uns drei. War ich nicht eine großartige Mitbewohnerin? Lila kam langsam die Treppe heruntergeschlichen. Das war eigentlich gar nicht ihre Art. In der Regel war sie morgens erschreckend wach.

»Du siehst erbärmlich aus.«

»Danke, sehr aufmunternd. Ich habe vor lauter Zahnschmerzen kaum geschlafen. Ich kapituliere. Ich setze mich jetzt in das Wartezimmer dieses Yuppie-Zahnarztes, und wenn ich bis heute Abend warten muss. Ich hab schon bei der Arbeit Bescheid gegeben.«

Leon und Lila kippten im Stehen eine Tasse Kaffee und verabschiedeten sich hastig. Leon würde ich erst am Freitag wiedersehen. Mittwochs spielte er Fußball in der Betriebssportgruppe und am Donnerstag wollte er sein Mountainbike für die Schwarzwald-Tour in Topform bringen und den Fahrradständer auf seinen Golf montieren. Umso besser. Zwei Tage würde ich mich voll auf meine eigenen Aufgaben konzentrieren! Irgendwie war es kein schönes Gefühl, zusehen zu müssen, wie sich andere Leute in den Tag stürzten, während man selber nichts Dringendes zu tun hatte. Es war höchste Zeit, dass ich einen neuen Job fand, bevor es mich zermürbte, arbeitslos zu sein.

Wenn ich mich allerdings in der Wohnung so umsah, hatte die eine dringende Putzeinheit nötig. Hurra! Ich würde Lila mit einer frisch geputzten Wohnung überraschen! Gerade jetzt, wo es ihr so schlecht ging. Ich stellte das Radio an, um mich zu motivieren, aber da lief gerade die Werbung vor den Nachrichten: »Neulich hatte ich einen Kunden namens Karl, dem ist eine Riesenpackung Seitenbacher-Müsli auf die Windschutzscheibe gefallen. Krack! – war die Scheibe kaputt. Er ist dann gleich zu uns gekommen. Klar haben wir die Scheibe sofort ausgetauscht und mit unserem Kleber mit der geheimen Formel fixiert. Er war ja vollkaskoversichert.«

Ich stellte auf CD um und tobte die nächsten drei Stunden zu *Culcha Candela* mit ökologischem Putzmittel, Lappen, Wischmopp und Eimer durch Küche, Bad und Flur. »Música, qué linda eres tú ...«, grölte ich lautstark.

Eigentlich wollte ich mich auch um Lilas heißgeliebte Topfpflanzen kümmern, aber als ich den Ficus nur ansah, begann er zu zittern und verlor ein paar Blätter, also ließ ich es bleiben.

Nach der Aktion war die Wohnung twiddledidoo. Lila würde Augen machen! Für heute war ich fleißig genug gewesen. Die Agentur konnte ich mir auch noch morgen ansehen.

Plötzlich kam mir eine Idee. Ich nahm das Telefon und drückte die eingespeicherte Nummer meiner Schwester, die in Gärtringen wohnte. »Hallo, Katharina, wie geht's?«

»Total genervt. Kannst du dir vorstellen, dass ich seit einer Viertelstunde mit deiner Nichte herumstreite, weil ich ihr nicht erlaube, ›Feuchtgebiete‹ zu lesen?«

»Sie ist eben ein bisschen frühreif.«

»Frühreif? Frühreif nennst du das? Line, sie ist acht! Sie klaut mir das Buch vom Nachttisch, ich erwische sie damit und dann fängt sie auch noch eine Diskussion mit mir an. Das geht einfach zu weit!«

Ihre Stimme klang erregt. Komisch, eigentlich war Katharina an die ständigen Auseinandersetzungen mit der ziemlich cleveren Lena gewöhnt. Schon mit vier hatte sie sich im Kindergarten zur Interessensvertreterin der Mäusegruppe wählen lassen und die Abschaffung des Mittagsschlafs durchgesetzt.

»Stimmt was nicht? Normalerweise würdest du darüber lachen.«

»Ach, lass mich doch in Ruhe! Du hast ja keine Ahnung, was es heißt, Kinder großzuziehen!«

Wumm. Das hatte gesessen.

»Tja, da hast du sicher recht.«

Ein paar Sekunden lang hing das Schweigen zwischen uns.

Dann sagte Katharina: »Tut mir leid. Aber mir ist gerade alles zu viel. Der Job, die Kinder ...«

Vor einiger Zeit war Sabine, Katharinas Kollegin in der Böblinger Buchhandlung, schwanger geworden. Daraufhin hatte Katharina von ihrer Chefin das Angebot bekommen, ihre Arbeitszeit vertretungsweise aufzustocken. Weil nicht klar war, wie es für Frank bei IBM auf Dauer weitergehen würde, und sie das Einfamilienhäuschen in Gärtringen abzahlen mussten, hatte sie angenommen. Früher hatte Katharina an drei Vormittagen die Woche gearbeitet, jetzt kam ein ganzer Tag und jeder zweite Samstag dazu. Kein Wunder, dass sie sich zwischen Job, Haushalt und Nachwuchs zerfleischte, während Frank seine Aufgaben in der Familie klar definiert hatte: Er räumte die Spülmaschine aus, brachte den Müll raus und lieferte Klein-Salomon morgens vor der Arbeit im Kindergarten ab. Ich mischte mich nicht weiter ein. Was sollte ich als Kinderlose schon dazu sagen?

»Ich wollte heute Nachmittag mal kurz bei euch vorbeikommen. Ich brauche ein bisschen Hilfe von Lena.«

»Heute, sagst du?« Katharina zögerte einen winzigen Moment. »Das ist super! Ich bin nämlich zu einer Abstillparty eingeladen und wollte schon absagen, weil da nur kleine Kinder sind, und darauf hatte Lena keine Lust. Wenn es dir nichts ausmacht, lasse ich Salo auch zu Hause, er ist nicht ganz fit.« Sie klang schon viel vergnügter.

»Kein Problem. Gibst du mir mal eben Lena? Bis später dann.« Ich hörte Gemurmel.

»Hallo Lena, hier ist deine uralte Tante. Was machst du gerade?«

»Chillen.«

»Hör mal, ich brauche heute ein bisschen Hilfe von dir. Du hast mir doch neulich so ein paar super Zaubertricks vorgeführt. Würdest du mir ein, zwei Tricks beibringen?«

»Logisch«, sagte Lena. »Aber bist du dafür nicht zu ungeschickt?«

Prima, dass schon eine Achtjährige so eine tolle Meinung von mir hatte.

»Und warum willst du Zaubertricks lernen?«

»Ich habe ein Vorstellungsgespräch bei einer Werbeagentur. Da muss man immer so originell sein. Und weil auf der Einladung ein Zauberer abgebildet war, hab ich gedacht, ich führe einen Zaubertrick vor.«

Ich musste Lena nicht erklären, was ein Vorstellungsgespräch ist. Sie hatte in den Sommerferien in Böblingen an einer Spielstadt teilgenommen. Jeden Morgen mussten sich die Bewohner einen neuen Job suchen. Lena war die meiste Zeit Bürgermeisterin gewesen.

Erst hatte ich überlegt, eine Präsentation mit Beamer zu machen, aber Leon hatte mir abgeraten. Wenn bei Bosch ein Beamer eingesetzt wurde, fiel das Gerät, das noch zwei Minuten zuvor präzise funktioniert hatte, pünktlich zu Beginn der Präsentation aus. Daraufhin standen alle um das Gerät herum, drückten Knöpfe und erteilten sich gegenseitig gute Ratschläge. Das war zwar total kommunikativ, brachte den Beamer aber auch nicht zum Laufen.

Drei Stunden später klingelte ich an der Tür des Reihenhauses im Gärtringer Neubaugebiet. Nach zwei Sekunden stürzte Katharina heraus.

»Da bist du ja. Ich dachte, du kommst früher. Frank löst dich so gegen fünf ab.«

Für eine Abstillparty hatte sich Katharina ganz schön herausgeputzt. Ich hatte sie in letzter Zeit nur in Jeans und T-Shirt gesehen. Sicher gab es unter Müttern auch Konkurrenzdruck, trotz Job und Kindern wie aus dem Ei gepellt auszusehen! Wobei es eigentlich vollkommen wursch war, was Katharina trug. Leider war die Schönheit in unserer Familie sehr ungleich verteilt. 99,9 Prozent waren bei meiner Schwester gelandet und 0,1 Prozent bei mir: meine braunen Augen.

Ich seufzte. »Du siehst umwerfend aus.«

Katharina wurde rot. »So ein Quatsch. Ich muss dann. Bis später!« Kurz darauf brauste sie mit ihrem kleinen Citroën um die Ecke.

Ich fand Lena in ihrem Zimmer. Sie baute aus dem Deckel des Zauberkastens gerade eine Zauberbühne auf. Salomon saß in der Ecke auf dem Teppichboden, war völlig in ein Spiel mit Duplo-Bausteinen versunken und würdigte mich keines Blickes.

Ich drückte Lena einen Kuss auf die Backe. »Alles klar, Große?«

Sie zuckte die Schultern. »Mama ist in letzter Zeit so nervig. Völlig uncool.«

»Weißt du, sie hat's grad auch nicht so leicht. Sie arbeitet zu viel. Da musst du ein bisschen Geduld mit ihr haben.«

»Sie geht wegen jedem Mist gleich in die Luft. Voll übel!«

Ich setzte mich auf den Fußboden und Lena begann mit ihrer Vorstellung. Sie löste Knoten, machte drei Stück Schnur gleich lang und ließ Bällchen in Bechern verschwinden. Sie war sehr geschickt und bewegte sich so flink, dass man meistens nicht gleich sah, wie der Trick funktionierte. Leider war das bei mir anders. Die Karten rutschten mir aus dem Ärmel, die Becher fielen mir herunter und die Schnüre verhedderten sich. Es war hoffnungslos. Außerdem war ich nicht so süß wie Lena mit ihrer riesigen Zahnlücke.

Lena seufzte. »Es gibt da noch so einen Trick mit einem verbrannten Geldschein. Willst du den mal probieren?«

»Nein danke«, sagte ich. »Ich bin sowieso schon pleite.«

Lena blätterte in der Anleitung und stieß endlich auf einen einfachen Kartentrick, bei dem es nicht um Geschicklichkeit ging. Sie ließ mich den Trick erbarmungslos wiederholen, bis er klappte.

»Jetzt reicht's«, sagte ich erschöpft und zog eine große Toblerone aus der Tasche.

Lena war wie ich. Sie liebte alles, was süß, klebrig und kalorienreich war. Jetzt wurde es auch für Salo interessant. Einträchtig verspeisten wir die Schokolade.

»Hallo, Schwägerin, was für eine Überraschung. Wo ist Katharina?« Frank stand in der Tür.

»Bei einer Abstillparty.«

»Was ist das denn? Ich kenne nur Scheidungspartys.«

»Ich nehme an, man feiert, dass man nicht ständig ein nuckelndes Kind an der Brust hängen hat, sondern stattdessen ein Kind, das Karottenbrei durch die Küche spritzt, und düdelt sich einen an, weil man endlich keine Rücksicht mehr auf ebendieses Kind nehmen muss. Aber ich bin da sicher nicht die Fachfrau.«

»Apropos ... Sag mal, was macht dein Freund eigentlich?« Frank hatte sich auf Lenas Bett niedergelassen und sein Provoziergesicht aufgesetzt.

»Der ist Ingenieur bei Bosch. Hab ich doch schon erzählt.«

Leon hatte meine liebe Familie an Dorles Achtzigstem kennengelernt. Zwischen dem fiesen Frank und Leon hatte sich folgender Dialog abgespielt:

»Woher kommst du?«

»Aus Hamburg.«

»Oh. Das tut mir leid.«

Seither hatte ich auf weitere Gegenüberstellungen verzichtet.

»Ja, bloß was macht er genau?«

»Na, er ist in Schwieberdingen.«

»Okay. Und was macht er da? Ist er Maschinenbauer? Qualitätsingenieur? Entwicklungsingenieur? Systemtechnikingenieur? Prüfingenieur? Bauingenieur?«

»Was weiß ich denn, Ingenieur eben«, sagte ich ungeduldig.

»Du hast also keine Ahnung, was dein Freund den ganzen Tag macht?«

»Doch, natürlich! Er steht im Stau am Pragsattel. Er sitzt in einem Büro. Einem Großraumbüro. Mit anderen Kollegen. An einem PC. Eine Kaffeeküche gibt's auch. Und eine Sekretärin für alle. Und die Kantine ist nicht schlecht. Ab und zu schickt er mir eine SMS. Und einmal die Woche spielt er mit seinen Kollegen Fußball. Manchmal kommen Chinesen aus Wuxi, da gibt's auch Bosch.«

Zum Glück war mir jetzt noch ganz schön viel eingefallen. Ich hatte tatsächlich noch nie bemerkt, dass ich nicht wusste, was Leon genau beruflich machte. Aber gegenüber Frank, der schrecklich gerne stichelte und ständig versuchte, einen in die Enge zu treiben, konnte ich das unmöglich zugeben.

»Weißt du, wir reden über andere Dinge. Über das große Ganze, den Sinn des Lebens und so. Philosophische Themen ganz allgemein. Klimawandel. Die Relativitätstheorie. Gleiche Rechte für Schwule und Lesben. Wo geht es hin mit unserer Gesellschaft. Deutschland im Jahr 2030.«

»Ach, tatsächlich«, sagte Frank.

»Und jetzt muss ich gehen. Du bist ja jetzt da.«

»Und wie läuft's so? Jetzt, wo du endlich«, er machte eine bedeutungsvolle Pause, »einen Freund hast, meine ich.«

Irgendwie verspürte ich plötzlich das dringende Bedürfnis, Frank ein paar Duplo-Steine ins Maul zu stopfen. Ich ignorierte ihn und wandte mich an Lena: »Darf ich die Spielkarten ausleihen? Danke, mein Schatz. Ärger' deine Mutter nicht.«

»Gern geschehn. Versieb' dein Vorstellungsgespräch nicht.«

»Ach, du hast ein Vorstellungsgespräch?«, fragte Frank.

»Ja«, antwortete ich knapp. »Ich muss zur S-Bahn. Gruß an Katharina. Macht's gut.«

Auf der Rückfahrt brütete ich darüber, warum es noch keine Internet-Agenturen gab, die einem eine neue Familie verschafften. So eine Art Parship mit verschiedenen Unterrubriken wie »Mutter«, »Vater«, »Schwester«, »Schwager«. Ich würde mir aus Hunderten von Vorschlägen sofort eine neue Familie zusammenstellen. Obwohl. Lena und Dorle würde ich behalten.

5. Kapitel

*Wenn ich an einem schönen Tag
durch eine Blumenwiese geh
und kleine Bienen fliegen seh,
denk ich an eine, die ich mag.*

Hurra, endlich Freitag! Heute Nachmittag würde ich Leon wiedersehen, und bis Sonntag ungetrübtes Paarglück genießen. Für Donnerstag hatte ich mir eigentlich vorgenommen, endlich die Werbeagentur von außen zu besichtigen, weil es aber so schrecklich schwül war, wollte ich nur kurz den Wetterbericht im Fernsehen angucken, ob vielleicht Gewitter drohten. Irgendwie war mein Finger dann auf der Fernbedienung ausgerutscht und ganz zufällig auf Nostalgie-TV gelandet, und da liefen die allerersten sechs Folgen von Miami Vice (270 Minuten). Danach wollte ich eigentlich ausschalten, blieb dann aber am Biene-Maja-Special kleben (Episode 1 bis 17). In der Mitte von Episode 16 bekam ich auf einmal schrecklichen Hunger.

Plötzlich stand Lila in der Tür.

»Hat die Zahnbehandlung nicht angeschlagen, dass du so früh nach Hause kommst?«, fragte ich.

Lila gab keine Antwort. Stattdessen marschierte sie schnurstracks auf den Fernseher zu, zog den Stecker heraus, packte das alte Ding mit beiden Händen und ging in den Flur. Ich rannte hinter ihr her. Lila stopfte den Fernseher in den Putzschrank, schloss ab, hielt mir den Schlüssel vor die Nase und ließ ihn dann langsam und sehr demonstrativ in der Tasche ihres weiten Kleides verschwinden. Jetzt konnte ich nicht mehr fernsehen. Putzen auch nicht.

»He, was soll das?«, fragte ich empört. »Ich will unbedingt wissen, wie Willie mit den kleinen Käfern klarkommt!«

»Line, es ist achtzehn Uhr fünfundzwanzig!«

»Ach«, sagte ich. »Kein Wunder, dass mir der Magen knurrt.«

»Du hast sie doch nicht mehr alle! Guck dich doch nur an! Im Schlafhemd, ungewaschen, ungekämmt. Du bist schon keine Couch Potato mehr, sondern vermoderst auf dem Komposthaufen!«

»Nun übertreibst du aber. Ich hab mit Karel Gott mitgesungen«, verteidigte ich mich. »Jedes Mal. Singen fordert sehr viel Körpereinsatz und ist gesund. Und diese Biene, die ich meine ...«

Lila baute sich mit verschränkten Armen vor dem Putzschrank auf. »Line, ich mach mir Sorgen. Wirkliche Sorgen. So geht's nicht weiter! Wenn du keinen Job in einer Werbeagentur findest, dann hock dich wenigstens bei Lidl an die Kasse und gründe einen Betriebsrat! Dann vergeudest du nicht so deine Zeit!«

Die darauffolgenden Verhandlungen waren zäh und kamen erst in Gang, als mir einfiel, dass ich ja am Wochenende sowieso die meiste Zeit bei Leon sein würde. Wir einigten uns darauf, den Fernseher bis einschließlich Sonntag unter Putzschrank-Quarantäne zu stellen.

»Okay. Dann kannst du jetzt wenigstens den Schrank wieder aufschließen.«

Lila schüttelte den Kopf.

»Vertraust du mir etwa nicht?«, fragte ich entrüstet.

»Nein.«

»Tyrannin!«

»Es ist nur zu deinem Besten.«

»Und wenn ich plötzlich ganz dringend den Staubsauger brauche?«

»Es ist für die Lebenserwartung des Staubsaugers sowieso besser, wenn du ihn nicht benutzt.«

Da ich weder putzen noch fernsehen konnte, hatte ich mich nun endlich am frühen Freitag Nachmittag auf den Weg zu der Werbeagentur in Cannstatt gemacht. Sie lag nur ein paar

Minuten entfernt vom Augsburger Platz in einem hässlichen Fünfziger-Jahre-Haus. Das Haus war ein normales Wohnhaus. Man konnte vom Gehweg hinunter ins Souterrain blicken. Das musste die Agentur sein. Ein Typ starrte angestrengt auf seinen Bildschirm. Obwohl es draußen taghell war, benötigte er eine Schreibtischlampe. Er sah auf und lächelte mich an. Ein sehr nettes, sehr jungenhaftes Lächeln. Vielleicht mein zukünftiger Kollege? Ich lächelte zurück. Besonders inspiriert hatte mich der Außentermin letztlich nicht, mir fiel nur die grauenhafte Kinderwagengeschichte wieder ein.

Vom Augsburger Platz waren es nur ein paar Stationen bis zur Haltestelle *Mineralbäder*. Vor dem Leuze saß ein Kerl auf den Steinen. Mann, was für eine Knuffpraline, dachte ich instinktiv, bis ich merkte, dass es Leon war. Mein Herz machte einen Hüpfer. Ich warf mich auf ihn, wir rollten ins Gras und knutschten, bis wir keine Luft mehr bekamen und unsere Klamotten voller Grasflecken waren.

Von der Kasse aus marschierten wir die Treppen hinunter zu den Umkleidekabinen. Blöderweise waren die Schränke alle belegt. Endlich fanden wir einen freien Spind.

»Nimm du den hier, ich werde schon irgendwo einen auftreiben«, sagte Leon. »Wir treffen uns im rechten Außenbecken.«

Toll, ein echter Kavalier!

Ich ließ mir beim Umziehen Zeit und schlenderte dann zu den Duschen. Unter der Dusche war es eigentlich ganz angenehm. Ich stellte eine höhere Temperatur ein und ließ immer und immer wieder das Wasser laufen. Auch wenn Hochsommer war, graute mir vor dem kalten Wasser. Ich würde noch ein bisschen weiterduschen. Es war ja auch ganz unterhaltsam.

»'s Wetter soll schee bleiba, se hen's brochd!«, sagte eine alte Frau, die einer anderen mit einem Puschelschwamm energisch den Rücken abschrubbte. Eine verzweifelte Mutter versuchte, ihrer brüllenden kleinen Tochter die Haare zu waschen. Ich drückte noch einmal auf den Knopf. Zum Schwimmen war immer noch genug Zeit. Andererseits waren 9,80 Euro Eintritt auch ein bisschen viel, um nur zu duschen.

In der Schwimmhalle war es angenehm warm und ich warf einen neidischen Blick auf das Liegebecken, in dem sich Menschen mit geschlossenen Augen wohlig entspannten. Warum konnten wir dort nicht einfach ein bisschen kuscheln? Wozu hatte ich endlich einen Freund? Ich war sowieso eine lausige Schwimmerin und fühlte mich in meinem morschen alten Badeanzug, der vor langer Zeit einmal sonnengelb gewesen war, ziemlich unwohl. In der Kaltbadehalle (brrrrr!) fand ich schließlich den Zugang zu den Außenbecken und stieg durch einen Plastikvorhang schaudernd ins Wasser.

Sommer hin oder her – das war ja noch grauenhafter als erwartet! Ich hängte mich an den Beckenrand und scannte die Schwimmer. Es war ziemlich voll. Endlich hatte ich Leon entdeckt und sah fasziniert zu, wie er mit eleganten Bewegungen durchs Becken kraulte. Wow. Was für eine Sportskanone! Ich winkte ausgiebig, damit alle sehen konnten, dass Leon zu mir gehörte. Leon reagierte nicht. Nach ein paar Bahnen tauchte er vor mir auf. Mit der schwarzen Schwimmbrille erinnerte er mich an einen Brillenpinguin in der Wilhelma.

»Da bist du ja endlich! Ist das Wasser nicht herrlich?«

»Mir ist kalt.«

»Kein Wunder, du bewegst dich ja auch nicht.« Leon warf sich dynamisch wieder in die Fluten.

Ich schwamm ein bisschen auf und ab. Das Wasser prickelte auf der Haut, als würde man in einer Flasche Mineralwasser baden. Dann blieb ich eine Weile am Beckenrand hängen und betrachtete das bunte Treiben im Kinderbecken und auf der Liegewiese. Familien kampierten auf dem Gras, ein paar ältere Männer mit lederner Haut spielten Tischtennis. Ich konnte auch das halb fertige Riesenrad auf der anderen Seite des Neckars sehen. Das Klöng-klöng der Aufbauarbeiten für das Cannstatter Volksfest wehte herüber. Als mir die Guckerei langweilig wurde, tauchte ich unter, um die Perspektive zu wechseln. Es war interessant, die Bademode und die Schwimmstile zu betrachten. Manche Männer trugen eng anliegende Höschen, meist die, die es sich fettmäßig nicht leisten konnten. Eine Frau paddelte wie ein Frosch. Die mageren Beine eines Mannes aus dem Jahrgang von Johannes Heesters wurden von hauchdünnen Boxershorts umweht. Er machte einen Schwimmzug, die Hose schwebte wie von Geisterhand zurück und gab ein sattes Stück seines Hinterteils frei, um dann beim nächsten Zug wieder an ihren Platz zu rutschen und züchtig sein »Hendergwardier«[3] zu bedecken.

Plötzlich tauchte ein muskulöser Typ mit einem riesigen AC/DC-Tattoo auf, das nahezu seinen ganzen Rücken bedeckte. Ich schwamm eine ganze Weile hinter ihm her. Dann kam ein sexy Hintern in mein Blickfeld. Diesen Hintern kannte ich ziemlich gut. Prustend tauchte ich auf.

»Machst du bei einem Tauchwettbewerb mit?«, fragte Leon.

»Nein. Ich versuche nur, mir etwas von der Technik abzugucken.«

»Der Typ mit dem Tattoo, dem du die ganze Zeit hinterhergeschwommen bist, hat eine ziemlich miese Technik«, sagte Leon. »Selbst meine Tante Anke aus Blankenese hat einen besseren Stil.«

»Aber er hat ein tolles Tattoo. Du bist doch nicht etwa eifersüchtig? Ich finde, deine Technik ist nicht die Schlechteste.« Den letzten Satz flüsterte ich in Leons feuchtes Ohr.

Leon grinste, dann entfernte er sich mit raschen Kraulbewegungen.

Na gut. Ich würde meinen guten Willen zeigen und jetzt endlich ein paar Bahnen brustschwimmen. Etwas anderes konnte ich sowieso nicht. Links und rechts zogen sportliche Schwimmer an mir vorbei, sodass mir nur der Platz in der Mitte des Beckens blieb, der wiederum von zwei schnat-

---

3 Hinterteil

ternden älteren Frauen besetzt war, die gemächlich vor mir nebeneinander herschwammen. Prima. Das war genau mein Tempo.

»... on noo säh i doo a jonge Frau on i han denkt, i säh net rechd. Mit eme Oimerle en dr Hand on des isch scho halb voll gwä. On noo sag i, also i sag, saget Se amol, zo wem gheret denn Sie? Also des isch mir ja en dreißig Johr no net bassierd, dass ebbr meine Treible zopft! On noo hot se no a domme Gosch ghet, der Treiblesbusch däd zom Garda vo ihrer Dote ghere, on net zu meim ...«[4]

Leider konnte ich nicht mehr hören, wie das Schrebergartendrama ausgegangen war, weil die beiden Frauen noch vor Ende der Bahn abdrehten und an mir vorbei zurückschwammen. Ich hängte mich gemütlich an den Beckenrand. Plötzlich sprach mich eine Frau an.

»Tschuldigong.«

»Ja?«, erwiderte ich erstaunt.

»Ziaged Se amol Ihrn Badazug nuff. Ihr oine Bruschd hängt naus.« Ihr Ton war sehr sachlich.

O Gott. Ich sah nach unten. Tatsächlich hatte sich meine rechte Brust selbstständig gemacht und war aus dem ausgelommelten Badeanzug gerutscht. Auch wenn da nicht viel Brust war – wie lange schwamm ich schon so? Wie viel Peinlichkeit passte eigentlich in ein Leben? Rasch zog ich den Träger hoch. Das Thema Schwimmen war zumindest für diesen Badbesuch erledigt.

»Vielen Dank«, sagte ich.

»Gell, des merkt mr net«, sagte die Frau.

»Nein«, sagte ich und seufzte. »Erstaunlicherweise merkt man das nicht.«

---

[4] Wenn Sie diesen Satz nicht verstehen, lassen Sie sich doch einfach von Ihrer netten Nachbarin weiterhelfen. Oder fragen Sie den S-Bahn-Kontrolleur. Oder Ihren Metzger. Das fördert die zwischenmenschliche Kommunikation ungemein.

Leon absolvierte noch immer sein Trainingsprogramm. Meine Güte, was für ein Ehrgeiz! Konnte der Kerl nicht mal ein bisschen lockerer werden? Als er das nächste Mal vorbeischwamm, tippte ich ihn an der Schulter an. »Leon, ich warte da drüben im warmen Becken auf dich.«

»In welchem?«

»Na, in dem mit den Sprudlern! Gibt's sonst noch eines?«

»Ja, das direkt nebendran ist wärmer als dies hier.«

»Warum schwimmen wir dann im Eiswasser?«, fragte ich empört.

»Weil Sommer ist. Mir fehlen noch acht Bahnen, dann komme ich nach. Anschließend können wir noch ein bisschen in die Sauna.«

»Sauna? Bei der Hitze?«

»Im Winter ist es hier viel zu voll, da kannst du die Sauna vergessen. Außerdem ist es eine super Vorbereitung auf die Erkältungssaison.«

»Ich hab aber kein Handtuch hier. Nur im Schrank.«

»Macht nichts. Ich habe immer ein Extrahandtuch dabei, das kannst du gerne haben.«

Wie praktisch, so einen umsichtigen Freund mit einer riesigen Sporttasche zu haben! Mein Leben würde ab jetzt viel einfacher werden.

Ich schwamm zur Leiter, kletterte aus dem Becken und lief die paar Schritte hinüber zum warmen Außenbecken, wobei ich den rechten Träger des Badeanzugs scheinbar beiläufig festhielt, um nicht wieder halb nackt dazustehen. Das Wasser war wunderbar warm und ich absolvierte gewissenhaft die verschiedenen Stationen an Sprudlern und Massagedüsen. Ganz eindeutig war ich mehr der Wellness- und weniger der Fitnesstyp. Nach einiger Zeit tauchte Leon auf. Wir legten uns am Beckenrand in einen blubbernden Sprudler und Leon legte den Arm um mich. Ich hielt fleißig Ausschau nach jemand Bekanntem, dem ich mein glückliches Paarleben vorführen konnte.

»Na, fertig mit dem Sportprogramm?«

»Zwölfhundert Meter. Mehr geht nicht, das Mineralwasser ist ganz schön anstrengend für den Kreislauf. Und du?«

»Fünfzig Meter? Man muss es ja nicht gleich übertreiben.«

Leon lachte. »Das stimmt. Keine Sorge, wenn du erst einmal ein paar Jährchen mit mir zusammen bist, kannst du dir ein Leben ohne Sport nicht mehr vorstellen.«

O je. Das klang irgendwie beunruhigend.

»Leon, aus mir wird nie eine Sportskanone.«

»Ich weiß. Aber vielleicht fängt es irgendwann an, dir Spaß zu machen? Komm, lass uns in die Sauna gehen.«

Ausgerechnet jetzt, dabei hatten wir es uns gerade so gemütlich gemacht, und es war noch niemand aufgetaucht, den ich kannte.

Leon schwamm voraus in die Schwimmhalle, wo eine Gruppe älterer Frauen gerade gut gelaunt Gymnastik mit der Wassernudel machte, wobei die gute Laune auch daran liegen konnte, dass die Übungen am Beckenrand von einem ausgesprochen schnuckligen, jungen Bademeistergehilfen vorgeturnt wurden. Es war nicht so einfach, nur mit einer Hand zu schwimmen, und ich hoffte nur, dass Leon sich nicht umdrehte und sich über meinen Schwimmstil wunderte. In der Sauna konnte ich dann zum Glück den maroden Badeanzug ausziehen.

Leon reichte mir ein Handtuch. »Wenn wir uns beeilen, schaffen wir es noch in die Blockhaussauna zum Aufguss«, sagte er.

Blockhaus – toll, das klang nach der Weite Kanadas, nach stillen Seen, Einsamkeit und Lagerfeuer! Wir gingen an einem Tauchbecken vorbei hinaus ins Freie. Vor dem Blockhaus standen ungefähr 250 Paar Badelatschen. Innen sah es zwar aus wie in einer Blockhütte. Allerdings war nahezu jeder Sitzplatz besetzt. Leon zeigte auf ein winziges freies Plätzchen auf der dritten Stufe und kletterte selber in die andere Ecke. Ich stieg über Handtücher und klemmte mich auf den freien Platz. Obwohl es nun eigentlich rappelvoll war, kamen immer noch Leute und quetschten sich dazu. Es war heiß. Sehr heiß.

Ich sah mich interessiert um. Die Bäuche waren insgesamt sehr beeindruckend. Es gab ganz eindeutig mehr dicke männliche als dicke weibliche Bäuche. Ob es wohl daran lag, dass viel mehr Männer als Frauen in der Sauna waren? Bei manchen Männern hing der Bauch wie ein fetter Lappen auf den Oberschenkeln. Sahen Nashörner nicht ähnlich aus? Grundsätzlich neigte der Mann an sich ja mehr zur Bauchbildung, war aber im Bauch-Beine-Po-Kurs an der VHS wiederum deutlich unterrepräsentiert. Hmm. Es würde ein Rätsel bleiben. Der Schweiß meines beleibten Nachbarn tropfte auf mein Handtuch. Weil es so eng war, konnte ich nicht wegrücken. Ich meine, dass es in der Sauna heiß sein musste, gut und schön, aber man konnte es auch übertreiben! Zum Glück kam dann ein Typ in einem kurzen Höschen mit einem Handtuch über der Schulter und ließ die Tür offenstehen. Er wurde freudig begrüßt. Er begann wild mit dem Handtuch herumzuwedeln. Leider schloss er dann die Tür wieder und goss mit einer Kelle Wasser auf die Steine. Es wurde noch heißer. Der Typ begann, die Hitze mit dem Handtuch reihum flapp-flapp über die Leute zu verteilen. Die reckten ihre Arme in die Höhe wie beim Hip-Hop-Konzert und machten »Aaaaah« und »Ooooh«.

Weil ich nicht als Aufguss-Greenhorn auffallen wollte, tat ich es ihnen nach. Wusch. Eine gewaltige Hitzewelle floss über mich hinweg. Death Valley, zweihundert Grad. Wo war die nächste Wasserstelle? Alles verschwamm. Bloß raus hier!

Mit zitternden Knien stand ich auf, und weil mir so schwummrig war, musste ich mich kurz auf der schweißnassen Schulter des dicken Nachbarn abstützen. Ich kletterte über Handtücher und feuchte Oberschenkel, rief Leon zu: »Alles in Ordnung, bleib ruhig hier!«, und stürzte an dem Aufguss-Mann hinaus ins Freie. Luft!

Ich stützte mich an der Blockhaus-Balustrade ab. Die frische Luft wirkte Wunder. Ich fühlte mich gleich viel besser. In dem Innenhof standen ein paar Männer, rieben sich mit Eis ab und musterten mich völlig ungeniert von oben bis unten.

Ich ging hinein, um mich unter der Dusche abzukühlen. Erst mal guckte ich, wie man das machte. Ein Mann, Typ Stiernacken, stellte gerade die eiskalte Schwalldusche an, holte tief Luft und warf sich dann darunter, wobei er sich mit ausgestreckten Armen so fest gegen die Wand stemmte, als müsste er sie vor dem Einstürzen bewahren. Dann warf er den Kopf zurück und prustete. In seinen Bewegungen lag etwas Dramatisches. Etwas Bedeutsames, über die Sauna Hinausweisendes, ich wusste nur nicht, was. Ich hätte ihm stundenlang zusehen können. Ich nahm die Dusche daneben und stellte sie auf lauwarm.

Nach kurzer Zeit tauchte Leon auf. »Alles in Ordnung?«, fragte er besorgt.

»Klar«, sagte ich. »Das war mein erster Aufguss.«

»Line, wirklich! Das hättest du mir doch sagen müssen!«

»Ich hab mir, ehrlich gesagt, keine Gedanken darüber gemacht.«

Eine gute Stunde später war Leon glücklicherweise der Meinung, wir hätten uns genug auf den Winter vorbereitet, und wir marschierten zu den Umkleidekabinen.

»Wir treffen uns da vorne am Föhn«, sagte Leon und machte sich auf den Weg zu seinem Spind.

Ich öffnete meinen Schrank, holte Klamotten und Umhängetasche heraus und stopfte alles in die nächste freie Kabine. Nun noch die Schuhe und natürlich den blauen Chip nicht vergessen. Triumphierend dachte ich, dass der Chip normalerweise das Katastrophen-Gen aktiviert hätte. Er wäre mir in den kleinen Gully gekullert. Dass mir das nicht passiert war, zeigte ganz eindeutig, dass Leons Liebe das Katastrophen-Gen besiegt hatte. Ich wühlte in meiner Umhängetasche nach meinem Handtuch. So ein Mist! Ich hatte nichts, um mich abzutrocknen außer ein paar Tempotaschentüchern. Mir blieb wohl nichts anderes übrig, als Leon um das schweißgetränkte Saunatuch zu bitten, auch wenn das natürlich ein bisschen eklig war. Ich ließ die Klamotten in der Umkleidekabine hängen, die würde sowieso niemand klauen, und schloss nur die Tasche mit meinen Wertsachen wieder ein. Nun musste ich nur noch Leon finden.

»Leon?« Weit konnte er nicht sein. »Leon, ich brauche ein Handtuch. Hörst du mich?«

Keine Antwort. Ich ging ein paar Schritte weiter in den nächsten Gang. Ein Paar Füße ragte unten aus einer Umkleidekabine heraus, die Waden waren mit dichtem blondem Flaum bedeckt. Leons Füße! Warum reagierte er nicht? Ich kniete mich hin und spähte unter der Tür hindurch. Da standen ganz eindeutig Leons Outdoor-Sandalen!

»Aaaaaah!« Eine weibliche Stimme kreischte ohrenbetäubend. »A Spannerin!«

Die Tür klappte plötzlich auf und ich konnte meinen armen Kopf in letzter Sekunde in Sicherheit bringen. Vor mir stand eine nicht mehr ganz junge Frau in einem hautfarbenen Miederhöschen, das ihr knapp bis zum Knie reichte. Eine Frau mit sehr haarigen Waden, die offensichtlich das gleiche Sandalenfabrikat wie Leon trug.

Ich sprang auf. »Hören Sie, das ist ein Missverständnis, ich suche meinen Freund ...«

»Des glaub i Ihne net! Wo isch der Bademeischder? Holad sofort den Bademeischder!«

Eine Putzfrau in einem weiß-blauen Leuze-Kittel bog um die Ecke. »Was isch des für Krach?«, fragte sie energisch.

»Die Frau doo hot ondr mei Kabine glotzd! On des em Leize! Doo hert sich doch älles uff! Drbei ben i Stammgaschd!«

»Bitte«, flehte ich. »Ich wollte die Frau nicht belästigen. Ich habe nur meinen Freund gesucht, damit er mir ein Handtuch leiht!«

»Ond wo isch 'r, der Fraind?«, tobte die Frau. »Des isch doch gloga!«

Ja. Wo war Leon?

»Leon!«, brüllte ich verzweifelt.

In diesem Augenblick bog Leon um die Ecke. Zusammen mit dem Bademeister.

»Was ist denn los?«, fragten Leon und der Bademeister im Chor, wenn auch mit kleinen dialektalen Unterschieden.

»Wo warst du?«, fragte ich.

»Shampoo in der Dusche vergessen«, sagte er. »Warum?«

»Die Frau isch a Spannerin!«, keifte die Behaarte.

»Jetz amol langsam on von vorn«, sagte der Bademeister.

»Ich habe mein Handtuch daheim vergessen und wollte deshalb von meinem Freund eins leihen. Weil die Dame hier die gleichen Schuhe hat, dachte ich, es wäre die Umkleidekabine meines Freundes. Okay, es war vielleicht ein bisschen unsensibel, von unten reinzugucken, aber ich wollte sie nicht belästigen, wirklich nicht!«

»No gucked mir ons doch oifach Ihre Sandala a«, schlug der Bademeister an Leon gewandt vor.

Leon brauchte einen Augenblick, um den Satz im Kopf zu übersetzen, dann sagte er: »Klar, mein Schrank ist aber ganz woanders«, und marschierte los.

Bademeister, Putzfrau, die Haarige mit ihren Schuhen in der Hand, ich und der eine oder andere Badegast, der sich dazugesellt hatte, trabten hinterher. Leon öffnete seinen Schrank und zog seine Trekking-Sandalen heraus. Abgesehen davon, dass Leon Größe 45 und die Frau vermutlich Größe 38 hatte und die Farbe ein bisschen anders war, war es das gleiche Modell.

»Glauben Sie mir jetzt?«, fragte ich.

»No isch dr Fall ja glöst«, sagte der Bademeister. »Isch mir au lieber. On Sie hen sich ja entschuldigt, oder?«

Die Frau zog bruddelnd ab, nicht ohne der eifrig nickenden Putzfrau noch einmal ausführlich zu schildern, wie sie plötzlich zwei Monsterglubschaugen unter der Tür angestarrt hatten.

Ich blieb mit Leon allein zurück.

Er zog mich in seine Arme. »Du bist ja ganz kalt. Kaum lässt man dich einen Augenblick allein …«, murmelte er.

»Ach was«, sagte ich gekränkt. »Ich kann sehr gut auf mich aufpassen. Seit 32 Jahren passe ich sehr gut auf mich auf. Ich hab mir zweimal den Arm gebrochen und war dreimal mit einer klitzekleinen Gehirnerschütterung im Krankenhaus. Aber mir ist nie was Ernsthaftes passiert.«

»Ja, das ist eigentlich ein Wunder«, sagte Leon. Er reichte mir das Handtuch. »Und zieh den Badeanzug hoch, bevor du zu deiner Umkleidekabine zurückgehst«, sagte er und grinste.

6. Kapitel

Ohne Scheiß: Schoko-Eis!

Am nächsten Morgen erwachte ich von Klappergeräuschen, die aus der Küche drangen. Bestimmt würde mir Leon gleich eine Tasse Kaffee ans Bett bringen und dann wieder unter die Decke schlüpfen. Mmm ...

»Leon?«, rief ich und bemühte mich, meiner Stimme einen erotisch-lasziv-verheißungsvollen Klang zu geben. Leon tauchte im Türrahmen auf, einen Turnschuh in der Hand. Er trug einen hautengen schwarzen Joggingdress, den ich noch nie gesehen hatte, und sah ein bisschen aus wie Diana Rigg in »Mit Schirm, Charme und Melone« auf Nostalgie-TV. Er wirkte sehr wach, sehr fit und sehr sexy. Er kam ans Bett und gab mir einen schnellen Kuss.

»Guten Morgen, Süße. Ich dachte, ich drehe eine kleine Joggingrunde, und bis du aufwachst, bin ich längst zurück. Ich muss noch ein bisschen was für meine Kondition tun, sonst hängen mich die anderen Kerls beim Mountainbiken ab.« Er ging wieder zur Tür. »Ich brauch nicht lang, versprochen. Dann frühstücken wir gemütlich.«

Grmpf. Eigentlich hatte ich mir den Samstagmorgen anders vorgestellt. Aber wozu war ich die einfallsreichste Verführerin der Welt? Blitzschnell schlüpfte ich aus meinem XL-Shirt und meinem Höschen. »Leon, kannst du mich mal eben am Rücken kratzen?«

Klapp. Die Tür war ins Schloss gefallen.

Okay. Da war ich wohl ein bisschen langsam gewesen. Stattdessen würde ich heute die Nummer mit der aufopfernden Freundin nachholen und auf dem Markt am Bismarckplatz Frühstück besorgen. Oder vielleicht sollte ich erst mal Lila anrufen und ein bisschen tratschen? Wenn sie schon nicht mit zum Grillen durfte. Aber ich erwischte Lila weder auf dem Festnetz noch am Handy. Eigentlich war sie Frühaufsteherin. Vielleicht war sie gerade beim Einkaufen und hörte es nicht.

Da ich immer noch keine Methode gefunden hatte, mich aus dem fünften Stock unbemerkt direkt auf die Reinsburgstraße abzuseilen, musste ich mich mal wieder dem samstäglichen Treppenhaus-Schaulaufen stellen. Vorsichtig schlich ich in den Flur. Dort war erstaunlicherweise niemand zu hören oder zu sehen. Kein Wunder. Die Treppen waren schon alle gewischt und glänzten feucht. Hübsch. Nachdem ich drübergelatscht war, sah es nicht mehr so hübsch aus.

Lila und ich bewohnten das Häuschen im Osten nur zu zweit und hatten irgendwann an einem Sonntagabend, als uns langweilig war, ein Kehrwochen-Erlassschild gebastelt, mit einem dick durchgestrichenen Besen. Jeden Samstag wechselte das Schild von Lilas Zimmertür zu meiner oder umgekehrt und wehe, eine von uns vergaß, der anderen die Kehrwoche zu erlassen!

In Leons Mietshaus dagegen, meinem Ex-Mietshaus also, war die Kehrwoche Kult. Leon fand das vollkommen in Ordnung. Ich hatte ihm geraten, eine Kutterschaufel aus Metall zu kaufen, weil die mehr Krach machte als ein Modell aus Plastik. Mit der Schaufel in der einen und einem Lappen in der anderen Hand marschierte er in den Flur, klapperte ein bisschen, machte das Fenster auf und zu und wischte mit dem trockenen Lappen am Fensterbrett herum, wobei er laut deklamierte: »Der Hausflur ist die Visitenkarte jedes Mietshauses« oder: »Unglaublich, was sich in einer Woche so an Dreck ansammelt.« Eine Minute später tauchte dann Frau Müller-Thurgau auf und schenkte ihm selbst gebackenen Kuchen, Schokolade oder Pralinen, völlig verzückt, weil Leon so ordentlich die Kehrwoche machte, obwohl er doch ein Mann und Hamburger war. Ja, Leon hatte so seine eigenen Methoden entwickelt, um in Schwaben zu überleben.

Ich hatte einen Bärenhunger. Schwimmen machte eben Appetit! Nach dem anstrengenden Leuze-Besuch hatte ich Leon überredet, Pizza essen zu gehen. Das hatte mich einige Mühe gekostet, weil Leon fand, dass sein Bauch zu dick sei und er eigentlich abnehmen wollte. Er hatte dann einen großen Salat bestellt und ich eine Calzone. Aber das war ja schon ewig her. Als kleine Wegzehrung holte ich mir beim Bäcker an der Ecke eine Schneckennudel mit Rosinen, vertilgte sie in drei Bissen und leckte mir genüsslich den Zuckerguss von den Fingern.

In der Schwabstraße brummte der Verkehr. Schwule Pärchen, Frauen mit Kleidchen über der Jeans und junge Familien mit Fahrradanhängern, die sich das Häuschen im Grünen nicht leisten konnten, waren mit Körben oder Einkaufstaschen unterwegs. Typische Westbewohner eben. Im Eiscafé *Fragola* genossen die Gäste einen Cappuccino und die ersten Sonnenstrahlen. Mit ein bisschen Wehmut dachte ich an die Zeit, als ich selbst noch hier gewohnt hatte. Bei Leon war ich doch nur zu Gast.

Auf dem Markt am Bismarckplatz herrschte lebhafter Betrieb. Ich stellte mich am Bäckerwagen an. Eigentlich konnte ich auch gleich fürs Sonntagsfrühstück Brötchen kaufen.

»Ich hätte gerne zwei Sesam, zwei Mohn, zwei Laugen, zwei Sonnenblumen und zwei Brezeln«, sagte ich stolz und strahlte den blonden Verkäufer mit dem lustigen Bärtchen an. Von allem zwei, da musste ihm doch klar sein, dass ich das nicht alleine aufessen würde! Ich kramte mein Geld aus der Umhängetasche. »Ich hab' leider kein Kleingeld mehr«, sagte ich und streckte ihm einen 50-Euro-Schein hin.

»Des machd nix, wenn Se mr's groß gäbad on nix zrickwellad«, sagte der Verkäufer.

Ich steckte das Wechselgeld ein. Auf der Ablage des Wagens lag eine Brötchentüte, die offensichtlich jemand vergessen hatte. Ich hielt die Tüte hoch und fragte laut: »Hat jemand von Ihnen seine Tüte liegen lassen?«

Von links und rechts bekam ich nur Achselzucken zur Antwort. Der arme Mensch, der jetzt zu Hause sein Missgeschick entdeckte! Ich ließ die Tüte Tüte sein und kaufte am Wurstwagen noch ein bisschen Salami und ein paar rote Würste für den Grillabend. Das dauerte etwas länger, weil die drei älteren Herrschaften, die dort bedienten, ausgesprochene Teamworker waren und sich die Arbeitsschritte Wurst schneiden, Dicke der Wurstscheibe kommentieren, Abwiegen, Einpacken und Kassieren aufgeteilt hatten. Noch ein paar Bananen, weil man doch fünfmal am Tag Obst oder Gemüse essen sollte, dann machte ich mich auf den Heimweg. Ich hatte jetzt wirklich Hunger.

Leon kam gerade aus dem Bad. Er trug nur ein Handtuch um die Hüften. Das Wasser perlte noch feucht auf seinem Oberkörper. Wenn man sich seinen Bauch wegdachte und nichts gegen Schuhgröße 45 hatte, hatte er einen Superbody. Ich schluckte.

»Da bist du ja«, sagte Leon.

»Ich habe Brötchen geholt.«

»Prima, Kaffee läuft schon. Obwohl ich gehofft hatte, du wartest im Bett auf mich.«

Mist. Das hätte er auch vorher sagen können! Offensichtlich schüttete Joggen nicht nur Endorphine aus. Da ich wusste, dass die Kommunikation zwischen Mann und Frau nur dann gelingen konnte, wenn man deutliche Signale aussandte, wackelte ich ein bisschen mit den Hüften und zog meine Lippen in die Breite à la Julia Roberts. Das hatte ich nach einer Anleitung aus der *Cosmopolitan* ausführlich vor dem Spiegel geübt. Leider war mein Mund nur ein Drittel so breit wie der des Hollywoodstars.

Leon war in zwei Schritten bei mir und küsste mich. Ich fummelte an seinem Handtuch herum.

»Lass mich nur mal eben in ein Brötchen beißen, ehe ich dich vernasche, mein Magen knurrt ganz fürchterlich«, murmelte Leon, mittlerweile ohne Handtuch.

Okay, Joggen machte hungrig, aber musste er ausgerechnet jetzt an Essen denken? Das würde mir nie passieren! Leon ließ mich los und ich angelte nach meiner Tasche. Salami. Rote Würste. Bananen. Geldbeutel. Eine Bifi. Schlüssel. Ein angedatschtes Überraschungsei. Handy. Ein Tampon. Eine runzlige Kastanie vom letzten Herbst. Bonbonpapierle. Was eine Frau von Welt eben so in ihrer Tasche hatte. Sonst nichts.

»Ich habe die Brötchen liegen lassen«, sagte ich zerknirscht.

Leon grinste und nahm das Handtuch vom Boden. »Ist nicht schlimm. Ich hole sie schnell mit dem Fahrrad, bevor sie weg sind. Bin in Nullkommanix zurück.« Er verschwand im Schlafzimmer und erschien wenige Minuten später wieder, ordentlich gekleidet in Polohemd und Bermuda. So ein Scheiß!

Eine gute Stunde später saßen wir mit brötchenvollem Bauch am Tisch. Leon hatte sich in den Wirtschaftsteil der *Stuttgarter Nachrichten* vertieft. Ich blätterte die Stellenanzeigen durch.

»*Die Stadt Stuttgart sucht eine/n Kehrmaschinenfahrer/in mit Führerschein Kl. C/CE (früher Kl. 2)*«, las ich vor.

»Ich dachte, du hasst Kehren. Außerdem ist das nicht unbedingt deine Branche«, sagte Leon trocken.

»Aber das ist eine Stelle im öffentlichen Dienst! Da ist man unkündbar! Und man kann sich ja einarbeiten! *Die Schwerpunkte der Tätigkeiten liegen im Führen von Sonderfahrzeugen mit den unterschiedlichsten Aufbauten sowie im Führen und Bedienen von Winterdienstfahrzeugen mit Zusatzgeräten.* So wenig, wie es in den letzten Jahren geschneit hat, da stehen die Winterdienstfahrzeuge bestimmt nur herum, und man kann sich vom Führen und Bedienen der Kehrmaschinen im Sommer erholen.[5] Und wenn es dann doch mal Schnee gibt, throne ich auf meinem Räumfahrzeug, kleine Jungen winken mir begeistert zu und die Autofahrer sind mir unendlich dankbar, weil ich die Straßen freimache und Salz streue.«

---

[5] Zu diesem Zeitpunkt konnte unsere Heldin noch nicht wissen, dass der Winter 2009/2010 einer der längsten und schneereichsten seit langem werden würde.

Andererseits hatte ich schon einmal ein Sonderfahrzeug mit einem riesigen Plastiksombrero obendrauf bedient. Es war nicht gut gegangen.

Leon hatte sich längst wieder in die Zeitung vertieft. Er las schrecklich gern Zeitung oder den *Kicker,* dafür überhaupt keine Literatur. Nicht dass ich Leon ändern wollte, aber ab und zu ließ ich scheinbar zufällig ein aufgeschlagenes Buch irgendwo herumliegen, die »Nibelungen« oder den »Urfaust« oder »Krieg und Frieden«. Klassiker eben. Ich drapierte sie auf der Kaffeemaschine, neben dem Klo oder halb unterm Bett. Komischerweise hatte Leon bisher noch nie eines der Bücher spontan in die Hand genommen und sich daran festgelesen. Bedrohte der intellektuelle Unterschied unsere Beziehung?

»Sag mal, Leon, findest du nicht, dass wir sehr verschieden sind?«

Leon sah von der Zeitung auf. »Klar. Du bist eine Frau. Ich bin ein Mann. Das macht einen ziemlichen Unterschied.«

»Das meine ich nicht. Ich meine zum Beispiel, dass du gerne mit den Vögelchen aufstehst, um joggen zu gehen, während ich mich am liebsten noch mal rumdrehe und dann gemütlich Nostalgie-TV gucke. Ich lese Bücher, du die Zeitung. Ich futtere, bis ich platze. Du achtest auf deine schlanke Linie. Du bist ein Nordlicht, ich aus dem wilden Süden. Und so weiter und so fort.«

»Unterschiede ziehen sich an. Tarzan und Jane waren auch sehr unterschiedlich. Oder Donald und Daisy. Crocodile Dundee aus der Wildnis und die Frau aus New York. André Agassi und Steffi Graf.«

»Da hast du's, die spielen beide Tennis«, rief ich triumphierend. »Sie haben wenigstens ein gemeinsames Hobby. Und was war mit Adam und Eva? Romeo und Julia. Orpheus und Eurydike. Madonna und Guy Ritchie. Der Schwan und das Tretboot. Die haben alle ein tragisches Ende genommen«, sagte ich düster.

»Line, würde es dir sehr schwerfallen, mich in Ruhe diesen Artikel über Bosch zu Ende lesen zu lassen? Und zerbrech dir dein hübsches Köpfchen nicht so sehr.«

Leon fand mein ganzes Köpfchen hübsch? Das war ja unglaublich. Ich fand eigentlich nur meine Augen attraktiv. Ich öffnete den Mund, um noch mal nachzufragen, aber Leon warf mir einen warnenden Blick zu. Also schloss ich den Mund wieder, ging aufs Klo und las die Cartoons in Leons Klokalender. Weil es wichtig war, alle Facetten seines Partners kennenzulernen, ging ich anschließend staunend seine Toilettenartikel durch. Er besaß deutlich mehr davon als ich. Sein Deo, speziell für Sportler, sah aus wie ein Energydrink.

Zehn Minuten später klopfte Leon an die Badtür. »Lebst du noch? Es ist auf einmal so schrecklich still. Außerdem würde ich ganz gern mal auf die Toilette, wenn es dir nichts ausmacht.«

»Lila meint übrigens, man sollte immer den Klodeckel schließen«, sagte Leon, als er wieder aus dem Bad kam. »Dein Qi geht sonst weg.«

»Tschi, was für ein Tschi?«, fragte ich verwirrt.

»Dein Qi! Deine Energie! Als Lilas Mitbewohnerin solltest du dich wirklich damit auskennen«, grinste Leon.

Ich malte mir aus, wie meine Energie durch die Rohre rutschte und zwei Stockwerke tiefer bei Herrn Tellerle landete, weil ich es versäumt hatte, den Klodeckel zu schließen. Wahrscheinlich war Herr Tellerle mit meinem chaotischen Qi vollkommen überfordert. Kein Wunder, dass er so seltsam in der Papiertonne herumgestiefelt war.

»Okay. Was machen wir heute Nachmittag?«, fragte Leon und sah schon wieder erbarmungslos unternehmungslustig aus. »Wir könnten gemeinsam etwas Neues entdecken. Gibt's in Stuttgart eigentlich No-go-Areas?«

»Du meinst so eine Art Stuttgarter Bronx? Keine Ahnung. Ich gehe nie in No-go-Areas.« Außerdem klangen No-go-Areas anstrengend, und es war schon wieder ziemlich heiß. Ich musste Leon ganz schnell auf andere Gedanken bringen.

»Wir könnten eine kleine Siesta machen. Heute Abend wird es sicher spät«, sagte ich und versuchte mich an das andere Foto in der *Cosmopolitan* zu erinnern, das, auf dem der lüsterne Blick dargestellt war.

Leon lachte. »Aber Line, wir sind doch gerade erst aufgestanden. Außerdem haben unsere Gastgeber zwei kleine Kinder. Die gehen sicher nicht so spät ins Bett.«

»Dann lass uns Eis essen gehen«, sagte ich und wartete darauf, dass Leon sagte: »Aber Line, wir haben doch gerade erst gefrühstückt, wir sollten eine kleine Radtour machen, um die Kalorien zu verbrennen.« Zufällig wusste ich aber, dass Leon ziemlich gern Eis aß, und fand mich ziemlich clever. »Warst du schon mal im Eiscafé *Pinguin*?«

Leon schüttelte den Kopf. »Ich lass mir gern was Neues zeigen. Kann man da zu Fuß hingehen? Nach ein bisschen körperlicher Bewegung schmeckt das Eis um so leckerer.«

Ich stöhnte. »Dann brauch ich deinen Stadtplan. Sonst finde ich von hier aus den Weg nicht.« Außerdem konnte ich dann die kürzeste Strecke auswählen.

In den Häuserschluchten der Reinsburgstraße stand die Hitze wie eine Wand. In der Marienstraße war die Luft zum Glück etwas besser. Als wir an der *McGöckele*-Filiale vorbeischlenderten, stiegen unangenehme Erinnerungen in mir auf, die ich sofort verdrängte. Auf der Königstraße herrschte die übliche samstägliche Einkaufsatmosphäre. Streitende Paare zogen heulende Kinder hinter sich her. Vor dem Karstadt spielte ein Mann auf dem Saxophon »Somewhere Over the Rainbow«, dazu stieß der Papagei auf seinem Kopf schrille Pfiffe aus. Die Grünflächen am Schlossplatz wurden von einem bunten Völkchen belagert, die etwas älteren Semester hielten dagegen die Bänke besetzt. In den Brunnenbecken planschten quietschende Kinder. Von irgendwoher drangen die exotischen Klänge eines Didgeridoos an mein Ohr. Ich wurde schon wieder müde.

Vier aufgedonnerte junge Türkinnen in engen Jeans, Stilettos und bauchfreien Oberteilen näherten sich. »Ha, i glaub net, dass die Wies nass isch, ganz ährlich«, sagte die eine.

»Leon, neben dem Kunstmuseum gibt's Mövenpick-Eis. Warum setzen wir uns nicht einfach hier gemütlich aufs Gras?«
Leon schüttelte den Kopf. »Hier war ich schon so oft. Du hast mir das *Pinguin* versprochen.«

Vom Schlossplatz waren es nur ein paar Schritte durch den Park zum Fußgängerüberweg. Seit einiger Zeit ersetzte er den Steg über die Bundesstraße, der mit dem Fahrrad so praktisch gewesen war. Am Landgericht und an der Musikhochschule vorbei gelangten wir zur Eugenstraße. Die hatte ich mir auf dem Stadtplan ausgeguckt, weil sie den direktesten Weg zum *Pinguin* am Eugensplatz versprach. Seltsamerweise entpuppte sich die Straße als Staffel, deren Treppenstufen kein Ende nehmen wollten. Wenigstens bildeten die Bäume ein schattiges Dach. Trotzdem war ich völlig außer Puste, als wir beim Brunnen der Galatea ankamen.

»Du solltest mal wieder mit zum Joggen«, grinste Leon.

Ich verkniff mir eine Antwort. Warum musste man zu Fuß gehen, wenn direkt vor dem *Pinguin* die Stadtbahn hielt? Vor dem Eiscafé stand eine lange Schlange.

»Was möchtest du?«, fragte Leon.

»Eine Kugel Schokolade und eine Kugel Schokolade.«

»Und?«

»Wie und?«

»Sind zwei Kugeln nicht ein bisschen wenig für dich?«

»Doch. Ich wollte nur nicht schon wieder so verfressen wirken. Aber wenn du schon fragst, so ein kleines Kügelchen Schokolade würde prima dazu passen.« Ach, es war einfach herrlich, dass Leon so locker damit umging, dass seine Freundin ständig so viel Appetit hatte wie ein Elefant, der gerade eine Woche lang eine Mayr-Brötchen-Fastenkur gemacht hatte.

Ich setzte mich zwischen die vielen anderen Eis schlotzenden Menschen auf die Brüstung und genoss den Panoramablick. Links sah man das Alte Schloss und die Stiftskirche, auf der rechten Seite den noch nicht zwangsamputierten Hauptbahnhof. Der plätschernde Galatea-Brunnen verlieh dem Platz eine fast mediterrane Atmosphäre. Erwartungsvoll sah ich Leon an, als er mir das Monster-Schokoeis in die Hand drückte, und wartete auf seinen Aufschrei des Entzückens angesichts der großartigen Aussicht. Leon blickte gedankenverloren hinunter auf die Stadt, leckte an seinen zwei Kugeln und schwieg. Da musste ich wohl ein bisschen nachhelfen.

»Ich bin ja keine Lokalpatriotin, aber so im Sommer ist Stuttgart schon schön.«

»Ja. Es ist nur so schrecklich bergig.«

»Bergig? Hügelig vielleicht«, sagte ich und blickte auf die Höhen von Kräherwald und Killesberg. Die begehrten teuren Halbhöhenlagen, die nahtlos in die noch begehrteren unbezahlbaren Ganzhöhenlagen übergingen. »Was stört dich daran?«

»Manchmal komme ich mir vor wie eingesperrt. Ausgebremst. Eingeengt. Weil man nicht so weit kucken kann. So wie bei uns. Und es ist immer so schwül. In Hamburch weht immer ein kühles Lüftchen. Aber das wirst du ja bald selber erleben.«

»Wie meinst du das?«

»Ich fahre übernächstes Wochenende nach Hause. Meine Eltern würden sich freuen, wenn du mitkommst. Und ich natürlich auch. Blöd genug, dass ich morgen ohne dich fahre.«

Ach du liebe Güte! Das war doch hoffentlich kein Test auf Schwiegertochtertauglichkeit? Den würde ich sowieso nicht bestehen.

Leon sah meinen Blick. »Keine Sorge. Meine Eltern sind locker. Du bist nicht die erste Frau, die ich ihnen vorstelle.«

Was sollte das denn nun wieder heißen? Gaben sich Leons Freundinnen und Exfreundinnen in Hamburg die Klinke in die Hand?

»Ich komme gern mit. Ich war noch nie in Hamburg.«

»Prima«, sagte Leon enthusiastisch. »Was würdest du denn gerne unternehmen?«

»Hmm. Vielleicht ein bisschen ans Meer?«

»Hamburch liegt an der Elbe. Nicht an der See. Da müssten wir schon bis Timmendorfer Strand, und da wird die Hölle los sein, wenn das Wetter hält.«

»Schade«, sagte ich. »Weißt du, in Stuttgart sind wir einfach so weit weg vom Wasser. Der Neckar zählt ja nicht. Und am Bodensee ist es immer schrecklich voll.«

»Du willst Wasser?«, sagte Leon und grinste sein Leon-Grinsen. »Kannst du haben. Wasser gibt's in Hamburch genug. Wir können eine Alsterfahrt machen. Und einen Spaziergang an der Elbe. Du wirst sehen, für dich Landratte wird sich das fast wie Meer anfühlen.«

»Und auf den Fischmarkt«, sagte ich euphorisch, um wenigstens noch etwas Hamburgkenntnis einzubringen. Jedes Jahr im Juli reiste der Hamburger Fischmarkt nach Stuttgart. Dann strömten die Stuttgarter auf den Karlsplatz und schlugen sich den Bauch mit Fischbrötchen, Meeresfrüchte-Spießen und Scholle »Finkenwerder Art« voll. Dazu probierten sie den nicht eben alkoholfreien Küstennebel, um anschließend in selbigem zu versinken. Im Gegenzug reiste das Stuttgarter Weindorf nach Hamburg, um die Hamburger mit Trollinger und Schupfnudeln zu beglücken. Ein echter interkultureller Austausch eben.

»Fischmarkt muss nicht sein«, sagte Leon. »Das ist nur für die Touris, und man muss sehr früh aufstehen.«

Natürlich bestand Leon darauf, auch den Rückweg zu Fuß zurückzulegen. Beim Drogeriemarkt in der Marienstraße kaufte ich noch rasch knallroten Nagellack. Ich war 32 Jahre alt und hatte noch nie in meinem Leben Nagellack benutzt! Es war wirklich Zeit, dass ich mehr aus meinem Typ machte. Die Grillfete war der ideale Anlass. Zu meinen pinkfarbenen Flip-Flops würden die lackierten Nägel sicher niedlich aussehen.

Weil ich total verschwitzt war, stellte ich mich rasch unter die Dusche und schloss dann die Tür von Leons Bad sorgfältig von innen ab. Meinen Zehennagellackierungsinitiationsritus wollte ich ganz alleine zelebrieren. Ich schüttelte das kleine Fläschchen, schraubte den Verschluss auf und lackierte mit dem Pinselchen innerhalb kürzester Zeit Nagel um Nagel. Anfangs tropfte es ein bisschen, aber rasch hatte ich den Bogen raus. Cool! Das war ja supereinfach gewesen! Nun war ich endgültig eine erwachsene Frau. Eine Frau mit perfekt lackierten Zehennägeln! Ich segelte aus dem Bad, um mir bei Leon ein Lob abzuholen. Er saß mit einem großen Glas Sprudel in der Hand auf dem Sofa und studierte den *Kicker*.

»Sieh mal, Leon. Ist das nicht hübsch geworden?« Stolz wackelte ich mit meinem rechten Fuß vor Leons Gesicht herum. Er sah auf. Dann grinste er.

»Ist das eine neue Mode?«

»Wieso?«

»Du hast nicht deine Nägel lackiert, sondern deine Zehenkuppen.«

Ich nahm den rechten Fuß in die linke Hand und beugte mich darüber. Leider war ich nicht sonderlich beweglich. Leon hatte recht. Den Nagel des großen Zehs hatte ich halbwegs getroffen. In den anderen vier Fällen hatte ich die Zehenkuppe bemalt und die Nägel waren jungfräulich geblieben. Das musste daran liegen, dass die Zehen so weit weg vom Gesicht waren.

»Findest du wirklich, dass es auffällt, wenn man es nicht weiß? Also in der Regel werfen sich die Leute ja nicht vor einem auf den Boden, um zu schauen, ob man seine Nägel ordentlich lackiert hat. Beim Lippenstift ist es schon wichtiger, dass man trifft, da sind die Augen näher dran. Bei den Fußnägeln darf man wahrscheinlich schon ein bisschen danebenliegen, oder?«

»Line«, versicherte mir Leon todernst, »glaub mir, es fällt auf. Vielleicht solltest du mal deine Augen testen lassen?«

Hmm. Es stimmte, in letzter Zeit hatte ich das Gefühl, dass meine Augen schlechter wurden. Aber für eine Brille war ich nun wirklich zu jung. Zum Glück hatte ich in weiser Voraussicht auch gleich den Nagellackentferner mitgekauft. Ich holte die Küchenrolle und schloss mich wieder im Bad ein. Es dauerte ziemlich lange, bis ich meine Zehen vom »Long-lasting«-Nagellack befreit hatte. Auf dem Boden lag nun ein großer Haufen lackierter Küchenrolle. Meine Zehen sahen genauso aus wie vor einer Stunde, bis auf den rötlichen Schimmer auf den Zehenkuppen.

Es klopfte gegen die Badtür. »Line, meinst du, ich dürfte vor unserem Aufbruch noch für ein ganz kurzes Sekündchen in mein Bad?«

»Ich bin gleich so weit«, rief ich beschwörend.

Da gab es doch den Wattetrick, oder? Man stopfte Watte zwischen die Zehen und dann konnte der Lack in aller Ruhe im Auto trocknen, ohne zu verschmieren. Ich fand einen Rest Watte in Leons Badschränkchen, isolierte die Zehen, stellte den Fuß auf die Badewanne, beugte mich so tief darüber, wie ich konnte, und wiederholte die Lackierungsprozedur. Diesmal klappte es, auch wenn mir anschließend der Rücken wehtat. Schnell noch den anderen Fuß und den Nagellack aus der Badewanne entfernen.

»Schon fertig«, rief ich fröhlich und stürzte mit dem bemalten Küchenrollenhaufen auf dem Arm aus dem Bad.

»Schön«, sagte Leon. »Meinst du, wir könnten demnächst losfahren?«

Wenig später waren wir in Leons Golf auf der B 10 Richtung Schwieberdingen unterwegs.

»Wir haben keinen Nudelsalat dabei«, sagte ich nachdenklich.

»Wieso Nudelsalat? Wir sollten doch gar nichts mitbringen. Die Flasche Rieslingsekt wird schon in Ordnung sein. Und die Grillwürste.«

Ich liebte Grillen! Früher hatten wir in Dorles Garten immer einen großen Haufen Herbstlaub verbrannt und darin in Alufolie eingewickelte Kartoffeln gegart. Oder wir machten mit Dorle einen Ausflug an eine Grillstelle, schnitzten mit dem Taschenmesser einen Stock zurecht und spießten rote Würste auf.

Die brachen dann oft in der Mitte auseinander und fielen ins Feuer, sodass man sie essen musste, auch wenn sie außen verbrannt und innen noch roh waren. Noch Tage später hing der Rauchgeruch in den Kleidern. Herrlich!

Von diesen Freuden fühlte ich mich seit Jahren ausgeschlossen. An lauen Sommerabenden verwandelte sich ganz Stuttgart in einen Massenfreiluftgrill. Da wurden Bierbänke aufgeklappt und Grills angeworfen, Gäste rückten mit Nudelsalat unter dem Arm an und Rauch waberte von Stammheim bis nach Wangen, während Lila und ich Spaghetti kochten und uns wie Außerirdische fühlten. Genial, weil ich jetzt ein Paar war, würde ich ab sofort jeden Sommer Einladungen zum Grillen bekommen!

Rechts von der B 10 tauchte ein riesiger grauer Kasten mit einem roten Schriftzug auf.

»Guck mal, da ist Bosch!«, rief Leon stolz. »Jetzt siehst du bei der Gelegenheit wenigstens mal, wo ich arbeite.«

Das war das Stichwort. Ich hatte noch immer nicht die geringste Ahnung, was Leon eigentlich den ganzen Tag machte. Das konnte bei der Party nachher peinlich werden, wenn all die Bosch-Kollegen über ihre Arbeit sprachen. Ich hatte das Thema mal gegoogelt. Demnach wussten 76 Prozent aller Paare nicht genau, was ihr Partner oder ihre Partnerin beruflich machte. Zu denen würde *ich* nicht gehören!

»Sag mal, Leon, was arbeitest du eigentlich?«

Leon sah mich belustigt an. »Ich bin Ingenieur. Ich dachte, das hätte ich bereits erwähnt.«

»Ja, schon, aber was für ein Ingenieur? Ich meine, da gibt es doch viele Unterschiede. Maschinenbauer und Elektro und so.«

»Line, wenn ich dir das jetzt erkläre, das ist doch total langweilig. Und letztlich auch wurscht.«

»Ich will es aber wissen«, sagte ich störrisch.

»Na gut. Ich entwickle Produkte für den chinesischen Markt. Elektronische Einspritzsysteme, wenn du es genau wissen willst.«

»Aha«, sagte ich.

»Bist du jetzt schlauer?«, fragte Leon.

»Klar«, sagte ich spitz. »Alle Welt redet doch von elektronischen Einspritzsystemen. Ich bin nicht doof, weißt du!«

Das war ja wohl das Letzte! Als einfühlsame Freundin wollte ich Anteil an Leons Leben nehmen, war ihm außerdem intellektuell haushoch überlegen und er traute mir nicht zu, dass ich mich mit elektronischen Einspritzsystemen auskannte. Obwohl ich mir alle Mühe gab, Leon mithilfe der Karte auf den falschen Weg zu lotsen, fand er ohne Probleme das Einfamilienhaus im Neubaugebiet und parkte den Golf zwischen einem metallicfarbenen Geländewagen und einer Mercedes A-Klasse. Ein großer, schlanker Mann in olivgrünen Bermudas, weißem T-Shirt und schwarzen Crocs trat aus der Tür und gab mir die Hand.

»Herzlich willkommen. Ich bin der Martin. Leon hat schon viel von dir erzählt.«

»Hallo, ich bin die Line. Danke für die Einladung«, sagte ich artig. Ich war Leons neue Freundin und würde einen guten Eindruck hinterlassen!

»Tach, Leon. Habt ihr's gut gefunden?« Martin klopfte Leon kumpelhaft auf die Schulter.

»Easy«, antwortete Leon und drückte Martin die Sektflasche in die Hand. »Ist das euer neuer SUV?« Er deutete auf den Geländewagen.

»Ja. Wenn du willst, drehen wir nachher eine kleine Runde, aber jetzt erst mal rein mit euch! Hoffentlich habt ihr ordentlich Hunger mitgebracht.« Er führte uns durch ein gewaltiges Wohn-/Esszimmer, in dem sich ein großer Tisch, eine Couchkombination, ein Flachbildfernseher, ein Klavier und zahlreiche Grünpflanzen verteilten. Die Front zur Terrasse war komplett aus Glas.

»Tanja ist in der Küche, sie kommt gleich.«

»Sind wir die Ersten?«, fragte ich.

»Die Ersten und die Letzten«, sagte Martin und grinste.

Hatte Leon nicht von einer Party gesprochen? Vier Leute waren ja wohl kaum eine Party! Kein Wunder, dass ich Lila nicht mitbringen durfte. Das wäre ja gleich fünfzig Prozent mehr Gast gewesen!

Auf der Terrasse war ein großer Teakholztisch mit passenden Stühlen bereits sorgfältig für vier Personen gedeckt. In der Mitte des Tisches wartete eine ganze Armada von Grillsaucen, Ketchup-Flaschen und Senftuben auf ihren Einsatz. Die Terrasse grenzte an ein Gärtchen mit einem kleinen Teich und rappelkurz gestutztem Rasen, auf dem ein buntes Spielhaus und ein Trampolin standen. Die dazugehörigen Kinder waren nicht zu sehen. Dafür tobten sie in den identisch aussehenden Gärten links und rechts auf einem Trampolin. Während es links schon rauchte, schüttete der Hausherr im Garten rechts gerade Kohlen in den Grill. Beide Nachbarn (T-Shirt und olivgrüne Bermuda) quittierten unsere Ankunft mit einem Kopfnicken.

»Essen eure Kinder nicht mit?«, fragte ich und deutete auf den gedeckten Tisch.

»Die Zwillinge sind bei einer Übernachtungsparty«, sagte Martin. »Sonst könnten wir uns auch unmöglich in Ruhe unterhalten.«

Eine Frau um die dreißig trat barfuß auf die Terrasse. Sie trug ein bedrucktes T-Shirt und eine Dreiviertelhose und war im Gegensatz zu mir sorgfältig geschminkt und frisiert. Neidisch betrachtete ich ihre perfekt lackierten Zehennägel. Sie stellte einen Teller mit mariniertem Fleisch ab und ließ sich erst von Leon auf die Wange küssen, dann drückte sie mir kräftig die Hand. Dabei fiel ihr Blick auf meine Füße. Ich hatte die Wattebäuschchen zwischen meinen Zehen völlig vergessen. Mittlerweile klebten sie am Nagellack fest. Das machte sicher einen supi Eindruck.

Die Frau sah mich an, ohne eine Miene zu verziehen. »Hallole. I ben die Tanja. Schee, dass klappd hot. Bei dem tolla Weddr!«

Das schien die schwäbische Hälfte des Paars zu sein.

»Ja Martin, hosch du ihne no nex zom Drenga aboda?« Sie seufzte. »So sen die Männer hald.«

»Du trinkst sicher ein Bier?«, sagte Martin und hielt Leon fragend eine Flasche Tannenzäpfle hin.

Der nahm sie mit einem Kopfnicken entgegen und öffnete sie mit einem »Plopp«. Die beiden Männer stießen mit den Flaschen an.

»On du, Line? Radler, Apfelsaftschorle, selbergmachter Hollerblüdesirup, Wei, rot, rosé oder weiß? Oder erschd amol a Gläsle Sekt zur Begrüßong? Oder an Campari?«

»Äh, danke, vielleicht erst mal ein Apfelschorle, so auf leeren Magen«, antwortete ich und sah mich suchend nach dem Grill um.

Der war bisher nicht zu sehen. Hoffentlich wurde das nicht so ein Grillabend, an dem ich mit immer lauter knurrendem Magen erst mal drei Stunden Small Talk mit Tanja machen musste, weil die Holzkohle einfach nicht brennen wollte und die Männer am Grill stundenlang die besten Strategien diskutierten, bevor sie sich dann endlich dazu durchrangen, die Holzkohle mit Tanjas Föhn zu traktieren. Beamer oder Grill. Das war eigentlich dasselbe. Beides funktionierte in der Regel nicht und machte Männer zu Experten.

»Wir haben rote Würste mitgebracht.«

»Die nehmed er amol schee wieder mit«, sagte Tanja. »Mir hen Schweinebauch, Holzfällersteaks, Kotletts, Chicka Wings on Thiringer Wirschd. 's gibt au Schofskäs, Gmüsspieß, Maiskolba on Kartoffla. Wir sen net sicher gwä, ob du vielleicht koi Floisch isch.«

»Das ist nett, aber ich habe kein Problem mit Fleisch«, sagte ich. Wie wenig Probleme ich mit Fleisch hatte, würde Tanja spätestens dann merken, wenn ich das dritte Holzfällersteak verputzt hatte und die Thüringer Würste nicht ablehnte.

»Wenn ihr mögt, können wir auch noch Hokkaido grillen«, sagte Martin. »Aus dem eigenen Garten. Die schmecken gegrillt super und wachsen wie Unkraut. Selbst wenn wir ein paar essen, haben wir noch welche fürs Training übrig.«

Der Hokkaidokürbis war vor einigen Jahren sehr populär geworden und hatte aufgrund seiner runden, handlichen Form mittlerweile im Fitnesstraining Einzug gehalten. Man benutzte ihn zum Jonglieren oder joggte mit je einem Kürbis in der Hand, bevor man ihn zu Kürbissuppe verarbeitete.

»Bevor wir anfangen«, sagte Martin an Leon gewandt, »du hattest dich noch für unsere Bodenbeläge interessiert. Ich zeig dir schnell das Olivenholzparkett im Obergeschoss. Selber verlegt.«

»Guggad ihr noch de Bodebeläg, mir Fraua ganged jetz en Kiche«, rief Tanja verschwörerisch und hakte sich bei mir unter. »Mei Muddr hot mi so lang am Telefo uffghalda, noo ben i net ganz ferdich worda. Außerdem kenna mr doo en Ruhe schwätza.«

Ich warf Leon einen verzweifelten Blick zu. Hilfe! Ich wollte nicht in die Küche und Frauengespräche führen! Ich wollte auch über Bodenbeläge sprechen!

Leon zuckte mit den Schultern, grinste vielsagend und nickte mir aufmunternd zu.

Tanja führte mich in eine Edelstahlküche, die so blitzte, dass man sie für eine Ausstellung im Küchenstudio gehalten hätte, wenn nicht auf einer Anrichte eine riesige Schüssel mit buntem Salat und daneben ein Korb mit klein geschnittenem Baguette gestanden wäre. Soweit ich mich erinnerte, musste man Frauen für ihre Küchen loben.

»Sehr hübsch, deine Küche. So ... ähm ... schöne Schränke und ... schicke Schiebetüren.«

»Danke. Hofmeischdr Bietichheim-Bissinga. Wenn's dr nix ausmachd, kendsch d' Salatsoß macha. Doo isch älles dren. Wenn ebbes fähld, gibsch Bscheid. I mach solang dr Nochdisch ferdig.«

Sie tippte mit dem Finger gegen ein Regal, das sich wie von Geisterhand öffnete und eine Menge wohlsortierter Schubladen und Drahtkörbe offenbarte. Bunte Gewürzdöschen standen stramm, Essig- und Ölflaschen reihten sich auf und kleine Kräuterbüschelchen hingen an Häkchen nebeneinander. Nein. Bitte nicht! Ich wusste nicht, wie man Salat anmachte, weil ich keinen Salat kochte. Bei Lila gab es tonnenweise Salat, aber ich hatte nie darauf geachtet, welche Gewürze und Kräuter sie benutzte, wenn sie emsig in der Küche werkelte. Manchmal ließ sie mich etwas klein schneiden, aber meistens wusste ich nicht, was es war. Leon machte den Salat mit einer Fertigmischung an, die mit Wasser angerührt wurde. Natürlich schmeckte es nicht ganz so lecker wie bei Lila, aber hey, ich fand es vollkommen okay. Irgendwie hatte ich meine Zweifel, dass Tanja Fertigmischungen besaß.

»Äh, wie machst du denn die Salatsoße? Da hat doch jeder so seine Vorlieben. Nicht dass es euch nachher nicht schmeckt.«

»Mach, wie d' moinsch. Mir sen net schläckich on probierad au gern amol ebbr ander sei Salatsoß. Brauchsch an Schittelbecher?« Sie stellte einen Plastikbecher mit einem Deckel vor mich hin. Dann nahm sie ein Rührgerät, schüttete Sahne in eine Schüssel und stellte den Mixer an. »Dr Leon, der hot amol noch ama Fußballspiel mit onsre zwoi gschbield. Des wird bestimmt a subbr Vaddr. Hen 'r scho driber gschwätzt?«, brüllte sie, um den Krach des Mixers zu übertönen.

»Aber Tanja, wir sind doch erst seit ein paar Wochen zusammen! Da redet man doch noch nicht über Kinder.« O je, o je. Ich musste so schnell wie möglich das Thema wechseln, bevor sämtliche olivgrünen Bermudahosen über meine Familienplanung Bescheid wussten.

»Ha, des kommt uffs Aldr a. Du bisch doch sicher scho ibr dreißig. Mei Frauaärztin hot gsagt, doo gohd's scho nemme so schnell. On mit femfadreißig bisch ruckzuck a Problemschwangerschaft! I han die Zwilleng mit achtazwanzig kriegt, zwoi uff oimol, des isch nadierlich an Haufa Gschäft gwä, abr au gschickt, glei a Bärle[6], no war's erledichd.«

---

6   In diesem Fall handelt es sich bei »Bärle« nicht um Saitenwürstchen, sondern um ein Geschwisterpaar.

Endlich stellte sie den Mixer ab und kippte Sauerkirschen in die Schüssel.

Kinder. O Gott. Leon dachte doch hoffentlich noch nicht über gemeinsame Kinder nach? Kinder wollten bestimmt regelmäßige Mahlzeiten. Wie sollte ich das auf die Reihe kriegen, wenn ich es nicht mal schaffte, mich selber anständig zu ernähren? Mochten Babys Pommes? Musste ich mir dann auch einen Googaboo zulegen? Vormittags abwechselnd zum PEKiP und in die Stillgruppe, nachmittags auf den Spielplatz zu den anderen Müttern, mit Apfelschnitzen in der Tupperdose, so wie Katharina früher? Oder zum Babyschwimmen und zur musikalischen Früherziehung? So weit war ich noch nicht. In zwanzig Jahren vielleicht?

»Mir hen uff Schloss Solidü gheiraded. 's isch nadierlich scho arg deier gwä, aber dr Leon verdiend ja net schlechd. On sei Vaddr zahld eich sicher d' Hochzeit. Dort oba uff de Dreppa kohsch hald die beschde Fodo macha. On so arg schee danza em Räschdora. Fir de Hochzeitswalzer isch dr kloine Bauch vom Leon gar net schlechd. Do kohsch dich gschickt druff abrolla, en dem langa Kloid. On was mir älles krigd hen! Net bloß so 's Ibliche wie zom Beispiel a dreißigdeilig's Kaffee- on Dafelset. Noi, au an Gurgasternle-Stecher, a Silberzwiebelzang, a Ausstecherlesform, die Hasaohra ausschdichd, die mr noo an d' Kaffeedass drahänge kaa, ond a sprechende Personawaag, die Deitsch on Englisch kaa!«

»Ich ... ich muss dringend aufs Klo. Das Apfelschorle«, stotterte ich und stürzte aus der Küche.

»Em Flur rechts«, brüllte mir Tanja hinterher.

Leon und Martin waren zum Glück nirgends zu sehen. Ich verriegelte die Klotür, ließ mich auf den Deckel fallen und atmete tief durch. Kinder, Hochzeiten, Tassenkeks-Ausstechformen und Englisch sprechende Personenwaagen – das war mir alles zu viel. Ich war fix und fertig. Ich wollte doch nur mit Leon befreundet sein und das Leben genießen. Und wieder einen Job finden. Und keine Salatsoßen machen. O je. Ich hatte noch nicht mal mit der Soße angefangen! Das war jetzt dringender, als über Hochzeiten und Geburten nachzudenken. Tanja zu gestehen, dass ich keine Ahnung hatte, ging nicht, schließlich wollte ich Leon nicht blamieren. Essig und Öl gehörten in jedem Fall an den Salat. Und was sagte Lila immer? »Das Wichtigste beim Kochen ist die Inspiration. Rezepte nachkochen kann jeder. Entscheidend ist das Gefühl! Dann klappt es von ganz alleine.« Das war die Lösung! Ich fühlte mich total inspiriert. Ich würde einfach darauf bauen, dass die Inspiration meine Hand lenken würde. Ich pfriemelte noch rasch die festgebackenen Wattebäusche aus meinen Zehenzwischenräumen und warf sie in den niedlichen Toiletteneimer, dann betätigte ich die Spülung, weil ich ja angeblich auf dem Klo gewesen war, und verließ das Klo mit frischem Mut.

Aus dem Obergeschoss drangen jetzt wilde Schreie. »Ich mach dich fertig!«, brüllte Martin. »Ich krieg dich, du Arsch!« Leon.

Nach einer Fachsimpelei über Bodenbeläge klang das nicht gerade. Seltsam. Leon war eigentlich ein typisches Gewächs der Norddeutschen Tiefebene. Ruhig, stets freundlich. Was ging da oben vor?

Ich ging zurück in die Küche. Tanja verteilte gerade den Nachtisch in vier Schälchen.

»Tanja, ich bin mir nicht sicher, was Martin und Leon da oben machen. Es klingt irgendwie schrecklich. Vielleicht willst du mal nachsehen?«

Auf diese Weise bekam ich Tanja aus der Küche und niemand stand der Inspiration im Weg.

»Die sen sicher an dr Bleisteischn von onsre Zwilleng. Kaum sen die Kloine amol fort ... Doo muss i Dampf neilassa. Sonschd kriaged mir heit nix meh zom Essa!« Sie rauschte zur Tür hinaus.

Endlich war ich unbeobachtet. Um die Inspiration zu beflügeln, fuhr ich erst einmal mit dem Finger durch die Nachtischschüssel. Lecker! Und nun? Ich stellte mich vor das Regal und schloss die Augen. Inspiration. Inspiration! Ich hielt meine Hände über die Gewürzdöschen. Merkte ich einen Ausschlag? Ha! Meine Finger zuckten nach unten, als hätte ich eine Wünschelrute in den Händen. Hurra! Ich war ein Salatsoßen-Medium! Konnte ich mich damit bei Thomas Gottschalk bewerben und berühmt werden? Ich tastete nach den Döschen, zog zwei heraus und ohne zu überprüfen, was es war, ging ich zur Schüssel, öffnete die Deckel und schüttete eine ordentliche Menge Was-auch-Immer auf den Salat. Es rieselte rot und hellbraun. Sehr gut! Das machte sich farblich sehr schön auf den Gurken. Ich wiederholte das Prozedere. Diesmal brauchten meine Hände etwas länger, und der Ausschlag war nicht so kräftig. Ich nahm einfach etwas weniger. Wie viel Würze brauchte so ein Salat? Vielleicht noch ein letztes Mal. Leider spürte ich diesmal gar nichts, also griff ich blind in die Döschen. Dann ordentlich Öl und Essig, Pfeffer und Salz, damit konnte ich ja nun wirklich gar nichts falsch machen, und nun den Salat mischen. Dabei fielen mir ziemlich viele Blätter aus der Schüssel. Ich stopfte sie mit den Fingern wieder zurück. Sollte ich den Salat nicht lieber probieren? In diesem Augenblick kam Tanja in die Küche. Wahrscheinlich fand sie es nicht akzeptabel, wenn ich den Salat mit den Fingern probierte. Nun, auf meine Inspiration war Verlass. Das würde schon klappen.

»Fertig«, sagte ich und strahlte Tanja an.

»Subbr. Jetz kaas au losganga.«

Sie nahm den Brotkorb und ich folgte ihr mit der Salatschüssel. Martin hatte sich mittlerweile eine Schürze umgebunden, auf der ein Schwein auf zwei Beinen abgebildet war und »Mei goldig's Grillmeischderle« stand, und bewachte mit einer Grillzange in der Hand ein riesiges metallenes Ungetüm, neben dem eine Gasflasche stand. Von wegen Holzkohlenromantik! Leon grinste mich an.

Soweit ich mich erinnern konnte, musste man Männer für ihre Grills loben. »Das ist ja ein toller Grill«, heuchelte ich.

»Ja«, sagte Martin stolz. »So ein Gasgrill ist sauber und muss nicht lang angeheizt werden. Im Internet bestellt. Man gibt die Anzahl der Gäste ein, die man maximal bewirten will, und der Grillfinder errechnet die benötigte Grillfläche. Ich habe zehn Personen eingegeben und ein Steak-Wurst-Verhältnis von siebzig zu dreißig. Das ergab einen dreiflammigen Grill.«

»Bis das Fleisch so weit ist, könnten wir schon mal ein bisschen Vorspeise essen«, sagte Tanja und verteilte Salat in kleine Glasschüsselchen.

Gespannt wartete ich darauf, wie sich die Gesichter entzückt verklärten, bevor ich selbst den Salat probierte.

»Berapp«, machte Tanja und fing an zu husten.

»Uäh«, sagte Leon und würgte.

Martin sagte gar nichts, spuckte seine Salatblätter unzeremoniell wieder auf den Teller, griff sich mit einem verzweifelten Blick die Bierflasche, als sei sie ein Rettungsring, und trank sie in einem Zug aus.

»Cayennepfeffer!«, jaulte Tanja. Tränen liefen ihr über das Gesicht. »Zimt! Viel zviel Salz on Balsamico!«

»Chinagewürz«, ergänzte Leon sachlich. »Line, wie nennt sich dieses Dressing?« In seinen Mundwinkeln zuckte es.

»Inspiration«, sagte ich würdevoll. Natürlich sprach ich es französisch aus. War ich als Medium wirklich so schlecht? Dann brauchte ich den Salat auch nicht zu probieren.

»Des kosch ned amol meh onsre Karniggel gäba. Machd nex. Isch ja gnug zom Essa doo«, sagte Tanja unbekümmert und räumte ohne langes Federlesen Salat und Schüsseln vom Tisch.

Das stimmte. Als ich einige Stunden später wieder in Leons Golf saß, hatte ich Tanja bewiesen, dass ich nicht nur kein Problem mit Fleisch oder Würstchen hatte, sondern auch mit Schafskäse, Maiskolben und Kartoffeln prima zurechtkam. Ich war kugelrund gefressen wie ein Hokkaido und ziemlich erschöpft. Tanja hatte uns eingeladen, bald wiederzukommen, um gemeinsam das vierstündige Video ihrer Hochzeit auf Schloss Solitude anzusehen.

»Und, hast du dich in der Küche nett mit Tanja unterhalten?«, fragte Leon.

Ich war mir nicht sicher, ob er mich auf den Arm nahm.

»Klar, total nett. Und du mit Martin auch?«

»Männer unterhalten sich nicht. Sie reden über Fußball, Bodenbeläge, Rasenmäher oder Autos. Aber sie unterhalten sich nicht. Und wie fandest du es sonst so?«

»Nett«, sagte ich vorsichtig. »Abgesehen von dem Salatsoßendebakel.«

»Das war das Lustigste am ganzen Abend«, sagte Leon.

»Findest du die beiden nicht auch ...« Ich räusperte mich. Schließlich war Leon mit Martin befreundet, da musste ich vorsichtig sein.

»Was?«, fragte Leon unschuldig.

»Sehr – etabliert?«

»Du meinst spießig?«

»Ja. Ich meine, sie sind wirklich total nett ...«

»Dass Martin die Radkappen seines neuen Autos mit der Zahnbürste putzt, ist vielleicht ein kleines bisschen spießig. Ansonsten mag ich keine Berufsjugendlichen wie die Stones oder Udo Lindenberg, die nicht akzeptieren wollen, dass sie älter geworden sind, und ihren wilden Zeiten hinterhertrauern, die wahrscheinlich nie so wild waren wie in der Erinnerung. Und die keine Verantwortung übernehmen wollen für Partnerschaft oder Familie.«

»Zufällig mag ich Udo Lindenberg«, rief ich und nahm mir vor, das Wort »Familie« zu überhören.

»Als Mann oder als Musiker?«, fragte Leon trocken.

Wann waren Leute spießig? Wenn sie gebrauchte Streichhölzer nicht in die Schachtel zurücklegten oder neben die ungeschälten Pistazien ein Tellerchen für die Schalen stellten? Oder wenn sie im Flugzeug Tomatensaft bestellten und Tabasco reinkippten, obwohl es ihnen überhaupt nicht schmeckte und sie mit festem Boden unter den Füßen niemals Tomatensaft trinken würden? Aber waren die Kids, die in großen Herden nachts über die Theo Heuss zogen und den »Palast der Republik« belagerten, nicht genauso spießig? Auf jeden Fall hoffte ich nicht, dass Leon insgeheim von einem Reihenhäuschen in Schwieberdingen träumte, von dem aus er dann zu seinem Arbeitsplatz radeln konnte, während ich mit den Zwillingen in der Sandkiste spielte und Hokkaidos im eigenen Gärtchen züchtete, mit denen wir dann am Wochenende gemeinsam zum Walken gehen würden.

7. Kapitel

Früh am Morgen wachte ich auf. Leon schnurpste leise neben mir. Es war schon hell. Um Himmels willen! Was war denn hier passiert? Leons Kleiderschrank war verschwunden. Stattdessen wurde der größte Teil des Schlafzimmers plötzlich von einem riesigen Tisch eingenommen, der mit einem feinen weißen Tischtuch bedeckt war, das bis zum Boden reichte. Der Tisch war vollkommen überladen, aber was darauf stand, konnte ich zunächst gar nicht erkennen, so sehr blitzte und glänzte es da. Cromargan, Stahl und Porzellan. Da standen Töpfe und polierte Gläser, Thermoskannen, Springformen, eine Espressomaschine und ein Raclette-Gerät. Es erinnerte ein bisschen an das »Laufende Band« mit Rudi Carrell, das guckte ich manchmal auf Nostalgie-TV, aber anstelle des Fragezeichens thronte in der Mitte des Tisches ein überdimensionales rosa Herz aus Karton, auf dem in großen Lettern geschrieben stand: »Hochzeit von Line und Leon«. In Poesiealbum-Schreibschrift, blümchenumrankt. Bevor ich noch richtig begriffen hatte, was hier vor sich ging, setzten sich die Geschirr- und Besteckteile klirrend und klappernd in Bewegung. Sie formierten sich zu einer Art Fernsehballett und begannen zu singen:

Budderdos on Zuggerdos, Dordebladde, Edaschär,
Milchuffscheimerle mit Ständer, wenn des bloß scho älles wär!
Ufflaufform on Muffinform, Vierkantreibe, Veschberbrett,
Kurzzeitweckerle zom Checka ond a Tisch-Kehrbäsa-Set.

Pizzadeller, Paschdadeller, Dosaeffner, Sigomat,
Essigsprüherle firs Dressing, der Salat isch glei parat.
Pendelschäler, Kiwischäler, Teeservis »Superior«,
Nochdischschissele zom Abschluss, on jetzt sengad mir em Chor:

Älles Gude fir dein Haushalt,
ohne ons, doo kommsch net weit,
älles Gude fir dein Haushalt,
mir sen deine Helfersleit.

Wenn mir noo mol nemme schee sen, des isch älles koi Problem,
neie Pfanna gibt's fir alte, mit dem Pfannadauschsyschdem,
on dein Maa kosch au no brenga, wenn der dir mol nemme gfalld,
fir zehn Eiro kriagsch an neia, au so an Maa wird halt mol alt.

Älles Gude fir dein Haushalt,
ohne ons doo kommsch net weit,
älles Gude fir dein Haushalt,
mir sen deine Helfersleit.

Plötzlich löste sich eine chromglänzende Personenwaage aus den tanzenden Reihen und begann zu improvisieren, während der Chor weitersang: »*In my homeland ... yeah yeah ... Baden-Wirdemberg ... yeah o yeah ... we are oll sidding in one boat ... se pfann ... se fork ... se schissel ... o yeah ...*«

Fassungslos saß ich aufrecht im Bett, beobachtete das Spektakel und lauschte dem fürchterlichen Englisch der Personenwaage. Ich rüttelte an Leon, aber Leon reagierte nicht. Es war doch unmöglich, dass jemand bei diesem Lärm schlief! Immer verzweifelter rüttelte und schüttelte ich ihn, das Geklirre und Geschepper wurde immer lauter und unerträglicher, immer schneller drehten sich Tassen und Teller im Kreis, und dann stürzte plötzlich der ganze Geschirrberg einschließlich Raclette, Heißem Stein und Fondue-Set mit lautem Getöse vom Tisch und zerbrach und zersprang in tausend kleine Teile ...

Ich fuhr hoch, schweißgebadet. Ein Traum. Meine Güte, warum konnte ich nicht normal schlafen und träumen wie andere Leute? Die träumten davon, dass ihnen die Zähne ausfielen oder dass sie plötzlich nackt vor ihrem Chef standen, nicht so bescheuert wie ich.

Es schepperte tatsächlich. Leon stand in der Tür, vollständig angezogen. »Sorry, ich wollte dich eigentlich auf nettere Art wecken. Mir sind ein paar Fahrradteile runtergefallen.« Er setzte sich halb auf die Bettkante und küsste mich.

Ich zog ihn an mich und versuchte, ihn ins Bett zu bugsieren, da, wo er hingehörte.

Leon schob mich sanft, aber bestimmt von sich. »Es tut mir leid, Line, aber ich muss früher weg als gedacht. Sören hat vor einer Stunde angerufen. Er ist kurz hinter Mannheim mit seinem Touareg liegen geblieben und hat mich gefragt, ob ich ihn an der Raststätte am Hockenheimring abholen kann. Er hat zwei Bikes dabei, die kriegt er nicht mit dem Zug transportiert.«

Sören war Leons Kumpel aus Hamburg, der sich ebenfalls zum Mountainbiken angemeldet hatte, weil er den schönen Schwarzwald kennenlernen wollte. Von dem würde er mit einem sichteinschränkenden Helm auf dem Kopf vermutlich nicht viel mehr mitkriegen außer einem kleinen Ausschnitt aus einem Schlammweg.

»Wann musst du los?«

»Jetzt. Bin grade mit Packen fertig. Ich habe nebenher einen Kaffee getrunken und eines deiner leckeren Brötchen gegessen. Du bist nicht böse, oder?«

Er sah mir treuherzig in die Augen und ich wuschelte ihm durch die blonden Haare. Wir küssten uns sehr, sehr lange.

Dann löste sich Leon von mir. »Mach keine Dummheiten, während ich weg bin, okay? Und melde dich nach dem Vorstellungsgespräch. Ich drück dir die Daumen! Und das nächste Mal fahren wir zusammen weg und machen uns ein richtig tolles Wochenende in Hamburg.«

Klar, bei Leons Eltern zu übernachten war sicher total romantisch und würde unser im Moment etwas ausgebremstes Liebesleben wieder in Fahrt bringen.

Leon winkte mir von der Tür aus zu. »Ich melde mich heute Abend auf dem Handy, Süße.« Und weg war er.

Ermattet fiel ich zurück in die Kissen. Jetzt hatte ich alle Zeit der Welt, da konnte ich genauso gut weiterschlafen. Ich hatte heute nichts vor. Eigentlich war ich ganz froh, mal wieder ein paar Tage allein zu sein. Es war doch ziemlich anstrengend, dieses Paarleben. Ständig hatte man ein schlechtes Gewissen, weil man alte Freundinnen vernachlässigte, man musste Absprachen treffen, saubere Unterwäsche von A nach B und dreckige Unterwäsche von B nach A tragen, Gemüsetourismus betreiben und sich überlegen, ob man glücklich war oder vielleicht übersehen hatte, dass man sich gerade auseinanderlebte, weil man die geheimen Botschaften des Partners überhört hatte. Und wenn in den nächsten Tagen etwas schiefging, kriegte es Leon nicht gleich mit. Beziehungsurlaub! Ich würde die Woche genießen und mich fast wieder wie ein unabhängiger Single fühlen, allerdings ohne den damit verbundenen Frust, weil ich ja einen Freund hatte.

Ich würde entspannt weiterschlafen. Bloß leider schlief ich nicht mehr ein. Leons hastiger Aufbruch hatte ein schales Gefühl bei mir hinterlassen, fast wie eine dumpfe Vorahnung. Wie lange würde es dauern, bis wir uns wiedersahen? Ich warf einen Blick auf den Wecker. Ojeojeoje. Nicht dass ich Leon schon vermisste, schließlich kam ich prima ohne ihn zurecht und er war ja erst seit fünfunddreißig Minuten weg, aber es würde noch mehr als fünf Tage dauern, bis er zurückkam, ich war nicht so super im Rechnen, aber bei vierundzwanzig Stunden waren das: fünf mal vierundzwanzig sind hundertzwanzig, plus sechs für den Freitagnachmittag, macht hundertsechsundzwanzig Stunden, hundertsechsundzwanzig mal sechzig macht hundert mal sechzig sind sechstausend und sechsundzwanzig mal sechzig, ojeoje, macht überschlagen so ungefähr elftausend Minuten oder umgerechnet drei Millionen Sekunden.

Das war unmenschlich!

Eigentlich war es viel angenehmer, Single zu sein, da konnte man auch niemanden vermissen. Je länger ich im Bett lag, desto schlechter fühlte ich mich. Da gab's nur eins: raus aus den

Federn und rein in die Joggingschuhe! Ich hatte mir ja vorgenommen, in Leons Abwesenheit heimlich meine Form zu verbessern. Der würde Augen machen!

Auf dem Stuhl im Schlafzimmer hing Leons Bosch-T-Shirt vom Vortag. Ich nahm es in die Hand und schnüffelte daran. Es roch so gut nach Leon! Nach einer Mischung aus Aftershave, Deo, Grillwürsten und Schweiß. Ich zog es an. Ich ersoff beinahe darin, aber Leons Sportler-Aura würde mich sicher zu Höchstleistungen motivieren. Dazu schlüpfte ich in eine ausgeleierte schwarze kurze Hose, die ich bei Leon deponiert hatte, und in meine alten Turnschuhe, die ich mal versehentlich beim Streichen gelb eingefärbt hatte. Leon hatte mich bisher noch nicht überreden können, neue zu kaufen. Ich war nicht sicher, ob sich die Investition lohnte, weil ich noch nie die Endorphine ausgeschüttet hatte, die mir Leon versprochen hatte. Ich war beim Laufen eher unglücklich.

Dann machte ich mir einen Kaffee und aß eines der Brötchen vom Vortag, das ich eigentlich für ein gemütliches Frühstück mit Leon vorgesehen hatte. Ich fühlte mich schon viel besser. Sport war einfach gut für die Psyche.

In lockerem Trab lief ich die Treppen vom fünften Stock hinunter. Das hätte ich vor ein paar Wochen konditionsmäßig noch nicht geschafft! Im zweiten Stock wurde die Tür zu Herrn Dobermanns Wohnung hastig geschlossen. Ein paar Stufen weiter begegnete mir ein ziemlich junger und ziemlich gut aussehender Mann, der mich höflich grüßte. Herr Dobermann war um die fünfzig und arbeitete noch an seinem Coming-out.

Es war erst kurz nach halb zehn und die Reinsburgstraße lag in ungewöhnlicher, nahezu verkehrsloser Ruhe da. Nach einem nächtlichen Gewitter war die Luft tropisch feucht. Supi, dass ich zu so nachtschlafender Zeit unterwegs war und den Ozonwerten ein Schnippchen schlug! Nachdem ich die Rötestaffel und die Hasenbergsteige hinaufgeklettert war, war ich fix und fertig. Der Schweiß lief mir den Rücken hinunter. Leon hatte schon recht, ein bisschen mehr Flachland würde Stuttgart nicht schaden. Ich war schon sehr gespannt auf den Norden. Vielleicht würden wir ja eines Tages dort hinziehen?

Auf dem Blauen Weg kamen mir Spaziergänger und Jogger entgegen, die ihre morgendliche Runde bereits absolviert hatten. Ich nickte ihnen beiläufig zu, schließlich war ich eine von ihnen, auch wenn unser Outfit sehr unterschiedlich war und meines eher unter die Kategorie »retro« als »modisch« fiel. Ich setzte mich auf eine Bank, nur für einen Moment, bis ich wieder Luft bekam, ich hatte ja noch sechs Tage Zeit, um zu trainieren, da brauchte ich wirklich nichts zu überstürzen. Ich fühlte mich großartig! Joggen tat einfach gut.

Neben mir saß eine rundliche Frau, die die Gummipuffer ihrer Nordic-Walking-Stöcke sorgfältig mit einem Lumpen abwischte. Sie ließ den Lumpen in einer Bauchtasche verschwinden und machte Platz für zwei alte Frauen, die sich schnaufend niederließen.

»I han di gar net gsäh beim Guschdav.«

»I han net kenna, i han zom Doktr missa. Sen viel Leit komma?«

»Obacha viel. Beim Kondoliera uff 'm Häslacher Friedhof ben i faschd a halbe Schdond ogschdanda. On 's isch so a arg scheene Leich[7] gwä.«

»I han mr's uffgschrieba, weil i han doo so a Heftle, fir wenn ebbr stirbt. Em Altr vergisst mr halt oifach so schnell. Oi Heftle fir Verwande ond oi Heftle fir Bekannde. Wemmr do noch 'rer Zeit dren rombläddrd on nochguckt, wer gschdorba isch, also des isch so interessant! Jetz isch dr Otto ogschlaga.«

---

7 »A scheene Leich« bedeutet nicht, dass es sich um eine besonders attraktive Leiche handelt, schließlich befinden sich auch in Schwaben Leichen bei Begräbnissen in der Regel in verschlossenen Särgen ohne Guckfenster. Damit wird vielmehr der nachfolgende Leichenschmaus bezeichnet, bei dem dann bei einem Viertele und Hefekranz Anekdoten aus dem Leben des oder der Verstorbenen ausgepackt werden und es ruhig auch wieder etwas lustiger zugehen darf (vgl. auch »So jong komma mr nemme zamma«).

»I han's gsäh. I wär heit scho au en d' Kirch, aber der neimodische Pfarrer ...«

Ich fand, es war noch ein bisschen zu früh am Morgen, um über Begräbnisse nachzudenken, stand rasch auf und begann zu laufen. Nach wenigen Minuten klebte mir Leons T-Shirt am Rücken fest, aber es war ein erhebendes Gefühl, so sportlich zu sein. Es reichte eigentlich, die Füße leicht zu lupfen. Ohne Leons Ratschläge, aber umweht von seiner T-Shirt-Aura, klappte es viel besser. An der Gabelung hinter der Schranke wählte ich den obersten der drei Wege. Hier blockierte eine schwatzende Gruppe von vier Spaziergängern mit einer unüberschaubaren Menge Hunde in verschiedenen Größen und Modellen die Strecke. Hechelnd und bellend lief die Hundemeute um ihre Besitzer herum. Ich drückte mich vorsichtig vorbei. Die Hunde beeindruckten mich nicht. Ich fühlte mich großartig. Das mussten die Endorphine sein, von denen Leon immer schwärmte. Wahnsinn, es gab sie also doch! Locker nahm ich die Steigung und bog nach links ab auf einen breiten Weg. Ich strahlte jeden an, der mir entgegenkam, Mütter mit Kinderwägen, Radfahrer, sogar einen riesigen, zotteligen Hund, der mitten auf dem Weg saß und sich sichtlich langweilte, weil sich sein Frauchen ein paar Meter weiter angeregt mit einem anderen Hundebesitzer unterhielt. Ich blickte tief in seine warmen Hundeaugen.

Ups, vor lauter Hund hatte ich nicht aufgepasst und war in einen Mückenschwarm gerannt. Ich verschluckte mindestens zwei Mücken und musste husten. Zum Glück war ich keine Vegetarierin. Ich schlug wild um mich und der Rest der Mücken blieb tot auf meiner Brust hängen. Plötzlich hörte ich hinter mir Gebell. Das war ja an sich nichts Beunruhigendes, nur leider klang das Gebell wütend und kam ziemlich rasch näher. Ich drehte mich um. Der Vierbeiner, der eben noch so friedlich ausgesehen hatte, war mir auf den Fersen! Seine schwarzen Zotteln wehten. Leider wirkte er jetzt überhaupt nicht mehr friedlich. Vielmehr sah er so aus, als hätte er großen Hunger. An mir war doch gar nichts dran! Panisch beschleunigte ich mein Tempo.

»Klaus-Pedr, du kommsch sofort hierher!«, hörte ich eine gellende Frauenstimme.

Das ließ Klaus-Peter völlig unbeeindruckt. Der Abstand zwischen uns verringerte sich. Ich konnte nicht schneller rennen! Ich schlug einen Haken nach links auf einen kleinen Waldpfad. Vielleicht ließ sich der Köter reinlegen und rannte geradeaus? Leider war der Hund nicht doof und auch deutlich besser in Form als ich.

»Klaus-Pedr, hiiiiiiier!«

Das Gebell kam immer näher. Irgendjemand, vermutlich ich selber, stieß kurze, spitze Schreie aus. Wie viel Abstand noch? Ich drehte mich nach dem Hund um. In der nächsten Sekunde stolperte ich über ein Hindernis und schlug der Länge nach auf den Rücken. Zwei riesige Pfoten stemmten sich gegen meine Brust, über meinem Gesicht war ein geiferndes Hundemaul mit einem gewaltigen Gebiss und geschätzte zwei Liter Sabber tropften von den Lefzen auf mich herab. Ich schnappte nach Luft. Das war kein Hund, das war ein den Harry-Potter-Buchseiten entsprungenes, leibhaftiges Monster!

»Der dud nix! Der will bloß schbiela«, brüllte die Frau.

Lüge! Gleich würde das Vieh meine Kehle durchbeißen. Mein letztes Stündlein hatte geschlagen! Leb wohl, Leon, unser Glück währte nur kurz, leider habe ich nicht viel zu vererben, warum zog mein Leben nicht blitzschnell an mir vorüber? Stattdessen leckte eine riesige feuchte Zunge über mein Gesicht. Igittigittigitt! Das war ja widerlich! Und wie die Töle stank! Sekunden später hatte die Frau Klaus-Peter am Halsband gepackt, die Leine klickte ein und sie zog ihn von mir herunter. Ich blieb liegen, schnappte nach Luft und freute mich, dass ich doch noch keine schöne Leich werden würde.

»Des hot der no nie gmacht, ich schwör's Ihne! Mir gangad jeden Samschdich uff de Ibongsblatz! Aber Sie hättad au net wegrenna dirfa! Noo isch klar, noo moint der, Sie wärad a Wildsau!«

»Entschuldigen Sie, aber joggen besteht nun mal aus rennen«, keuchte ich und stützte mich auf. »Was hätte ich denn sonst tun sollen?«

»Sich net stressa lassa! Des riechd der! Sie hättad stehe bleiba missa on so doo, als ob Sie am Boda schnifflad, isch doch klar!«

Mittlerweile war auch der andere Hundehalter mit einem Mops an der Leine eingetroffen. Er reichte mir die Hand und half mir auf. »Hen Sie sich wehdoo?«, fragte er.

Vorsichtig klopfte ich meinen Rücken ab. Ich war zwar dreckig, aber ich war auf dem Waldweg zum Glück relativ weich gefallen und würde mit ein paar blauen Flecken davonkommen. »Nein, ich glaube nicht.«

»Mei Tyson däd so ebbes nie macha«, sagte der Mann stolz und deutete auf den dicken Mops, dessen Stirn- und Halsfalten denen seines Herrchens sehr ähnelten.

Ich sah an mir herunter. Ade, Aura. »Schauen Sie sich nur mein T-Shirt an!«, sagte ich anklagend. Leons T-Shirt, besser gesagt. »Und wie das stinkt!«

Klaus-Peters Sabber hatte die toten Mücken auf meiner Brust eingespeichelt, zudem sah man deutlich die Abdrücke seiner dreckigen Hundepfoten. Das Bosch-T-Shirt sah jetzt mehr nach Jack Wolfskin aus.

»Des isch jetz domm gloffa, weil den Hond han i erschd geschdern Obend mit Fichdenadla-Schaumbad baded, aber er hot sich halt grad vorher gwälzt.«

»In was?«, fragte ich alarmiert.

Die Frau sah mich an, antwortete nicht und blickte so unbeteiligt wie Klaus-Peter, der sich mittlerweile sehr gelangweilt auf sein Hinterteil gesetzt hatte und in die Luft starrte, so, als ginge ihn die ganze Aufregung überhaupt nichts an.

»Du musch der Frau a Entschädigong gäba«, sagte der Mann mit dem Mops.

»Abr sui hot doch net uffbassd!«

»Hannelore«, sagte der Mann tadelnd. »Wenn du mei Frau wärsch! I däd dr ebbes verzehla!«

»Des isch net mei Frau«, sagte er, an mich gewandt. »Ihr Maa isch dod. Des war dr Klaus-Pedr. Jetz hoißd halt dr Hond so.«

»I han koi Geld net drbei«, sagte die Frau. »Wenn Sie mir Ihr Adress gäbad ... I han abr au nix zom Schreiba drbei ...«

Der Mops-Besitzer sah sie an, schüttelte tadelnd den Kopf und zog einen Geldbeutel aus der Gesäßtasche. Er drückte mir einen Zwanzig-Euro-Schein in die Hand. Einen Moment lang überlegte ich, ob ich herablassend ablehnen sollte. Dann dachte ich an meinen Kontostand und schob den Schein in meine rechte Socke.

»Bittschee. Kaufad Se sich a neis Tischörtle. Em Hösle isch ja nix bassierd. On des Geld krig i fei wieder«, sagte er an die Frau und Klaus-Peter gewandt.

Klaus-Peter gab sich weiterhin distanziert, während die Frau keifte: »Zwanzich Euro! Doo hätts doch au a bissle wenicher fir d' Reinigong doo!«

Ich verabschiedete mich hastig und überließ die beiden ihrer Streiterei. Am liebsten hätte ich mir das stinkende Hemd vom Leib gerissen, aber ich trug nicht einmal einen BH darunter. So rasch ich konnte, lief ich über den Blauen Weg zurück. Nicht darüber nachdenken, worin sich der Hund gewälzt hatte, nicht darüber nachdenken ... Hoffentlich war niemand im Hausflur!

Im ersten Stock traf ich Enrico Silicone aus dem zweiten Stock. Im dritten Stock traf ich Frau Müller-Thurgau, die mit Herrn Tellerle tratschte. Großartig. Sie alle blickten leicht pikiert auf den vollgesabberten Mückenfriedhof auf meiner Brust. Frau Müller-Thurgau zog hörbar die Luft ein. Ich bemühte mich, so distanziert zu gucken wie Klaus-Peter, und ging mit hocherhobenem Kopf an ihnen vorbei. Kaum war die Tür hinter mir ins Schloss gefallen, riss ich mir das stinkende Hemd vom Leib, stopfte es in den Müll unter der Spüle und stürzte unter die Dusche. Ich seifte mich dreimal von oben bis unten ein und wusch mir die Haare. Dann trocknete ich mich ab, schloss die Augen und konzentrierte mich. Ich hatte immer noch Hundegestank in der Nase, aber das war wahrscheinlich

Einbildung. Ich klaubte meine Sachen zusammen. Ohne Leon war es seltsam, in seiner Wohnung zu sein. Ich sehnte mich nach Lila und meinem Zimmer.

Eine knappe Stunde später bog ich in die Neuffenstraße ein. Direkt vor unserer Tür parkte ein Porsche Cabrio. Komisch. Eigentlich war das keine Gegend für Cabrio-Angeber. In diesem Augenblick kam ein rotblonder, hochgewachsener Mann in einem rosa Poloshirt, heller Jeans und Lederslippern aus dem Haus. Er machte sich nicht die Mühe, die Autotür zu öffnen, sondern sprang mit einer lockeren Flanke in das Cabrio. Au Mann, wie peinlich war das denn für einen Kerl, der mindestens vierzig war? Er winkte mir fröhlich zu und rief: »Tschüssikowsky!« Dann ließ er den Motor aufheulen wie ein achtzehnjähriger türkischer Halbstarker, bevor er viel zu schnell Richtung Landhausstraße davonbrauste. Ich starrte ihm verwirrt hinterher. Wer war der Typ? Und wieso kam er aus unserem Häuschen? Ich hatte ihn noch nie in meinem Leben gesehen, so viel war sicher.

Ich schloss die Haustüre auf und hätte beinahe Lila umgerempelt. Sie stand bewegungslos da wie eine Wachspuppenfigur von Madame Tussaud und starrte mit gläsernem Blick ins Nichts. Das war noch nicht alles. Sie war splitterfasernackt, ihre Wangen waren gerötet und ihr Haar zerzaust.

»Lila«, rief ich alarmiert. »Geht's dir gut? Alles in Ordnung? Wer war das? Und wieso bist du nackt?«

Lila blickte verträumt in die Ferne. Dann seufzte sie. »Das war ... mein Zahnarzt.« Ihre Stimme war eine Oktave höher als sonst und sie schien mich gar nicht wirklich wahrzunehmen.

»Und was macht der hier?«

»Hausbesuch.«

Ein Zahnarzt, der Hausbesuche machte? Am Sonntagmorgen? Waren die Krankenkassen nicht in der Dauerkrise?

»Du bist doch nicht mal privat versichert!«

»Hausbesuch nur bei Juliane«, sagte Lila.

Juliane war Lilas richtiger Name. Offensichtlich litt sie unter einem sprachlichen Rückfall in die Kindheit.

»Das ist nicht dein Ernst!«

»Doch. Wir sind uns bei der Wurzelbehandlung nähergekommen.«

Ich malte mir aus, wie Lila vor sich hin röchelnd im Behandlungsstuhl hing und ihre Augen immer tiefer in den Augen des Zahnarztes über dem Mundschutz versanken, während die Zahnarzthelferin zusah. Sehr romantisch. Ich nahm sie am Arm und bugsierte sie in die Küche auf einen Stuhl. Lila ließ sich wie eine Marionette dirigieren.

»Ich mache uns einen Kaffee und dann erzählst du von Anfang an.«

Ich setzte Wasser auf und gab Pulver in den Kaffeebereiter. Lilas üppige Brüste hingen schwer auf der Tischplatte. Sie blickte immer noch durch mich hindurch.

»Wie alt ist er?«

»Keine Ahnung. Um die vierzig, schätze ich mal. Was spielt das für eine Rolle?«

»Er ist Zahnarzt, viel älter als du, fährt Porsche und sagt Tschüssikowsky und da fragst du mich, was das für eine Rolle spielt?«

»Ich mag ihn nicht, weil, sondern obwohl er Zahnarzt ist. Dass du dich so von äußeren Dingen leiten lässt, wundert mich«, sagte Lila langsam.

»Es ist nur ... Ich hätte eher gedacht, du suchst dir einen Stuttgart-21-Gegner mit Migrationshintergrund oder jemand, der unter widrigsten Bedingungen in Afrika Solaranlagen baut.«

»Da hast du's«, rief Lila triumphierend aus. »Als Teenie hat er seine Wochenenden auf der Mutlanger Heide im Friedenscamp verbracht und wir kamen ins Gespräch, weil er den grünen ›Oben bleiben‹-Button der S21-Gegner an seinem weißen Zahnarztkittel trug.«

Wie konnte man bei einer Zahnbehandlung ins Gespräch kommen, ohne in den Speichelsauger zu beißen?

»Mir fiel dann ein, dass ich ihn schon öfters bei den Demos gesehen hatte.«

»Okay, okay«, sagte ich beschwichtigend. »Ihr habt also gemeinsame Themen entdeckt. Das ist ja schön. Und dann?« Ich goss das kochende Wasser auf.

»Dann hat er gesagt, dass er nicht viel Zeit hat, weil das Wartezimmer voll ist, und ob ich nicht Lust hätte, das interessante Gespräch bei einem gemeinsamen Abendessen fortzusetzen. Und stell dir vor, ich hatte Lust. Wir waren dann Freitagabend beim Afrikaner in der Werastraße. Wir haben die vegetarische Probierplatte bestellt, das weiche Gemüse konnte ich gut essen mit dem behandelten Zahn, und uns stundenlang unterhalten. Am Samstag habe ich ihn dann auf dem Handy angerufen. Ich koche für dich, um mich zu revanchieren, habe ich gesagt, und es war nicht schwer, ihn zu überreden. Da hatte ich schon eine ungefähre Vorstellung davon, wie der Abend enden würde. Gekocht habe ich dann ein Drei-Gänge-Menü aus meinem verstaubten Kochbuch »Rezepte der Aphrodite«.

Lila als Verführerin? So kannte ich sie gar nicht. Und in nur zwei Tagen? Bei mir und Leon hatte es Monate gedauert! Das hatte ich nun davon, dass ich Lila das ganze Wochenende allein gelassen hatte! Hätte ich sie nur mit auf die Grillfete genommen!

»Aber Lila, ihr passt doch überhaupt nicht zusammen«, rief ich verzweifelt aus. »Du suchst doch jemanden, der innere Werte hat, keinen reichen Zahnarzt!«

»Reiche Leute können auch nett sein! Und wieso soll jemand, der Zahnarzt ist, keine inneren Werte haben? Ist das nicht reichlich arrogant? Harald fährt einmal im Jahr für drei Wochen nach Indien und macht kostenlose Zahnbehandlungen in den Slums. Außerdem engagiert er sich bei der Vesperkirche und behandelt Leute ohne Krankenversicherung.«

»Natürlich. Sicher macht es einer Aktivistin wie dir viel Spaß, über Inlays und Goldfüllungen zu sprechen.«

»Es macht auch Spaß, so eine tolle Freundin zu haben, die es einem von Herzen gönnt, auch mal ein bisschen glücklich zu sein.« Lila stand auf, blitzte mich wütend an und verließ die Küche mit einem lauten Schnauben.

Au weia, da war ich wohl zu weit gegangen.

Kurze Zeit später rauschte die Dusche. Ich holte tief Luft und schenkte mir Kaffee ein. Ich fühlte mich elend. Lila hatte recht. Ich gönnte ihr das Glück nicht. Ich war schlicht und ergreifend eifersüchtig auf – Harald, hieß er nicht so? –, weil er meine traute WG-Zweisamkeit mit Lila gefährdete. Ich kam und ging, wie es mir passte, und erwartete, dass Lila parat stand, wenn ich von Leon kam. Umgekehrt hatte mir Lila nicht ein einziges Mal vorgeworfen, dass ich sie vernachlässigte. Ich war eine egoistische Ziege!

Ich rannte zum Bad und pochte gegen die Tür. »Lila, du hast recht! Das war gemein. Es tut mir leid!«

Lila riss die Tür auf, ein Handtuch war um ihre runden Formen gewickelt. Ihre Haare glänzten nass. »Ach ja?«

»Lass uns heute Abend was kochen und Rosamunde Pilcher oder Tatort gucken«, bettelte ich. »Wie in alten Zeiten!«

»Rosamunde Pilcher ist schon längst von Inga Lindström abgelöst worden«, sagte Lila vernichtend. »Außerdem musst du heute noch fernsehfasten. Und jetzt gehe ich für ein paar Stunden in die Wohngruppe und dann bin ich bei Harald. Warte nicht mit dem Essen auf mich.« Ohne mich weiter zu beachten, ging sie an mir vorbei und die Treppe hinauf zu ihrem Zimmer. Kurze Zeit später jaulte der Föhn.

Ich ließ mich wieder auf den Küchenstuhl fallen. Leon verreist, Lila verliebt und noch dazu sauer auf mich ... Die nächsten Tage würden großartig werden.

8. Kapitel

I wanna make you smile whenever you're sad,
Carry you around when your arthritis is bad,
Oh all I wanna do is grow old with you.

I'll get your medicine when your tummy aches,
Build you a fire if the furnace breaks,
Oh it could be so nice, growing old with you.

Am Montagmorgen weckte mich die ungewohnte Stille im Haus. Es dauerte eine Weile, bis ich kapierte, dass ich Lilas Morgengeräusche vermisste. Ich seufzte und griff nach dem Handy. Immer noch kein Lebenszeichen.

Ich hatte beschlossen, einen superentspannten Sonntagabend vor dem Fernseher zu verbringen, anstatt in Selbstmitleid zu versinken. Schließlich hatte ich seit Donnerstag kein Fernsehen mehr geguckt. Das war mein persönlicher Rekord. Eine Weile stand ich unschlüssig vor dem verschlossenen Putzschrank. Ich versuchte es mit einer Kreditkarte, so, wie man es in Krimis immer sah, aber offensichtlich hatte der dumme Putzschrank noch nie einen Krimi gesehen, obwohl er jetzt seit drei Tagen den blöden Fernseher beherbergte. Als Nächstes popelte ich mit einem Stück Blumendraht im Schloss herum. Ich hatte aber keine Ahnung, was ich da tun musste, und das Schloss zeigte sich völlig unbeeindruckt. Schließlich ging ich hinauf zu Lilas Zimmer, wenn auch mit schlechtem Gewissen. Ich würde nicht in Lilas Sachen herumwühlen. Vorsichtig öffnete ich die Tür und da lag auf dem Fußboden ein großes Stück Papier und mitten drauf der Putzschrankschlüssel. Auf dem Papier stand: »Ich kenn doch meine Pappenheimer!«

Ich sauste mit dem Schlüssel in der Hand die Treppe hinunter und befreite den Fernseher aus seinem Gefängnis. War es nicht toll, das Häuschen ganz für mich zu haben und auf niemanden Rücksicht nehmen zu müssen? Mit der linken Hand zappte ich zwischen Inga Lindström im ZDF und J. R. Ewing auf Nostalgie-TV hin und her. Mit der rechten Hand überprüfte ich abwechselnd das Handy und das Festnetz-Telefon, weil ich auf eine Nachricht von Leon wartete. Geräte konnten ja schließlich von einer Sekunde auf die andere kaputtgehen.

Warum meldete sich Leon nicht? Er hatte es doch versprochen! Wahrscheinlich liebte er mich schon nicht mehr. Deshalb hatte er es morgens auch so eilig gehabt. Meine beste Freundin mochte mich auch nicht mehr und würde mir demnächst eröffnen, dass sie das Häuschen für ihr neues Liebesglück benötigte. Ich war der allereinsamste Mensch auf der Welt. Vielleicht sollte ich ein paar Weihnachtskarten schreiben, um mich abzulenken? Es war zwar erst September, aber Lebkuchen standen ja auch schon seit August in den Regalen. Das beste Mittel gegen den Frust war sowieso Essen. Leider war der Kühlschrank gähnend leer. Offensichtlich hatte Lila mit Harald so viele Kalorien verbraucht, dass sie alle Vorräte aufgegessen hatten. Dann verhungerte ich eben! Merkte eh keiner.

Irgendwann trieb mich der Hunger dann doch aus dem Haus, und mit dem Handy in der Hand radelte ich zum Ostendplatz. Schnell, schnell, bestimmt rief Leon ausgerechnet jetzt auf dem Festnetz an! Ich holte mir eine türkische Pizza, dazu einen Döner, eine Cola und einen Becher Ayran, und verdrückte alles vor dem Fernseher. Immer noch keine Nachricht von Leon. Draußen saßen Menschen und ließen das Wochenende gemütlich ausklingen.

Vor meinem Fenster sang sich eine Amsel die Seele aus dem Leib. Mitten in der Nacht! »Schnauze«, sagte ich. »Halt einfach die Schnauze, okay?« Ich donnerte das Fenster zu und schlief dann unruhig, weil es viel zu warm im Zimmer war.

Genug gegrübelt am Montagmorgen, ab in den Tag und tatkräftig ran an die Aufgaben der neuen Woche! Ich lief hinunter, legte das Handy auf den Küchentisch, stellte Wasser für den Kaffee auf und ging ins Bad. Kaum drehte ich den Duschhahn zu, klingelte der Festnetz-Anschluss. So ein Mist! Panisch kletterte ich aus der Badewanne, blieb mit dem linken Bein hängen und donnerte das Knie gegen den Badewannenrand. Nicht dass es auf ein paar blaue Flecken mehr oder weniger noch ankam. Ich packte das nächstbeste Handtuch, es war Lilas, und humpelte tropfend in die Küche.

»Line, hallo«, rief ich atemlos.

»Mädle, kannsch di net mit vollem Nama melda, so wie andre Leit au?«, fragte Dorle tadelnd.

»Du hast dich gar nicht gemeldet«, sagte ich leicht patzig, weil ich wegen Dorle jetzt ein blaues Knie bekommen würde, den Küchenfußboden unter Wasser setzte und viel lieber mit Leon gesprochen hätte.

»Du woisch doch, wer i ben! I han bloß froga wella, wann du die Woch komma willsch.«

Wir einigten uns auf Dienstagabend. Das war der Abend vor meinem Vorstellungsgespräch. Prima, das waren nur zwei Tage, an denen ich überhaupt nichts vorhatte und mich deshalb voll und ganz darauf konzentrieren konnte, auf eine SMS von Leon zu warten. Aaaargh! Ich war doch jetzt schon ein Nervenbündel! Vielleicht gab es in der Notaufnahme des Marienhospitals mittlerweile einen Arzt für akute SMS-Fälle? Mit den Spezialgebieten »Vergebliches Warten auf SMS« und »Trennung per SMS«? Das Rezept für die Beruhigungsmittel gab es dann auch per SMS. Meine Mitbewohnerin würde ich vermutlich auch nicht zu Gesicht bekommen. Sollte sie sich doch bis ans Ende ihres Lebens Vorwürfe machen, wenn sie in drei Tagen nur noch mein Skelett fand. Hmm. Vielleicht wurde ich jetzt ein ganz kleines bisschen melodramatisch. Ich brauchte dringend Ablenkung.

Dadidadeidado machte mein Handy plötzlich. Hurra! Eine SMS!

»Hallo line bin heut abend (allein) zu haus lust zu kochen? kaufst du was ein c u lila.«

Lila kochte wieder mit mir! Uff, immerhin. Das mit dem Skelett fiel also erst mal flach. Ich simste Lila eine kurze Bestätigung, zog mich rasch an und kaufte in dem kleinen Biosupermarkt am Stöckach eine Flasche Prosecco, Zwiebeln, Knoblauch, Kiwis, Salat, Pfifferlinge, Kartoffeln, Quark, scharfe Spaghetti, Dinkel-Spirelli, Polenta und rotes Pesto, lauter Dinge, die mir nicht geheuer waren und die Lila in irgendeiner Weise zu einem ihrer großartigen Gerichte kombinieren würde. Ich verstaute die Lebensmittel und ging mit den Spielkarten in der Tasche und einer alten Decke unter dem anderen Arm in den Park der Villa Berg. Ich musste dringend den Trick für das Vorstellungsgespräch üben. Um nicht wahnsinnig zu werden, ließ ich das Handy im Haus liegen und steckte stattdessen ein Buch ein, das Lila von den weiblichen Teenies ihrer Wohngruppe mitgebracht hatte.

Ich ließ mich auf der Wiese nieder und beschloss, einen kurzen Blick in das Buch zu werfen, bevor ich übte. Es ging um ein Mädchen, das sich in einen total süßen, aber etwas bleichen Jungen verliebte, der leider das klitzekleine Problem hatte, aus einer alten Vampirdynastie zu stammen. Er ernährte sich zwar von Tier- und nicht von Menschenblut und einen Sarg hatte er auch nicht, geriet aber trotzdem ständig in Versuchung, in den hübschen Hals des Mädchens zu beißen. Das machte die Beziehung etwas kompliziert. Eigentlich war das eine ziemlich pubertäre Lektüre, die nicht zu einer Intellektuellen wie mir passte, außerdem war das Frauenbild haarsträubend, und so beschloss ich mehrmals, das Buch wegzulegen. Aber irgendwie wollte ich dann doch wissen, wie es weiterging, und ehe ich mich's versah, waren die Schatten lang geworden und es war Zeit, nach Hause zu gehen. Okay, den Zaubertrick konnte ich auch noch morgen üben.

Auch links und rechts von mir wurden Decken zusammengerollt und Bücher zugeklappt. Interessanterweise schien es ziemlich viele Leute mit Vampirbüchern zu geben, überwiegend weiblichen Geschlechts. Man erkannte die Bücher sofort an der romantisch geschwungenen Schrift auf dem Umschlag, während die andere Hälfte der Leute dicke Taschenbücher mit düster gestalteten Umschlägen einpackte. Das waren die Bestseller dieses armen schwedischen Kerls, der blöderweise gestorben war, noch bevor seine Bücher erschienen waren, und jetzt zankte sich die doofe Familie um das Geld und er hatte gar nichts mehr davon, und seine Lebensgefährtin, die dummerweise keinen Trauschein vorweisen konnte, sagte Ätschegäbele, das letzte Buch kriegt ihr nicht. Recht hatte sie. Seltsam. Irgendwie lasen immer mehr Menschen immer weniger Bücher. Glück kam selten allein, wer war ich und wenn ja, wie viele, und warum wollten Männer immer Sex und Frauen träumten von der Liebe? Aber das konnte mir ja eigentlich auch ziemlich egal sein.

Vor unserem Haus parkte wieder der Porsche. Hatte Lila nicht geschrieben, wir würden den Abend allein verbringen? Ich schluckte meine Eifersucht hinunter und ging in die Küche. Auf dem Tisch stand ein riesiger Rosenstrauß in einem Eimer. Wahrscheinlich hatten wir keine Vase, die groß genug war. Auf einem Brettchen lag eine halb geschnittene Zwiebel und auf dem Herd stand ein Topf mit Wasser. Das sah nach einem hastigen Aufbruch aus. Ich ging in den Flur und lauschte. Aus Lilas Zimmer drangen beunruhigende Geräusche. Dann wurde die Tür geöffnet und Lila segelte in ihrem lila Bademantel mit rosa Punkten an mir vorbei in Richtung Klo, ein entrücktes Lächeln im Gesicht. Sie schien mich nicht zu bemerken. Ich hatte schon von Still-Demenz gehört. Ob es auch Sex-Demenz gab?

Ich schaltete mein Handy an. Juchhu, eine SMS von Leon!

»Hallo suesse der schwarzwald ist ein einziges funkloch du fehlst mir schrecklich alles klar? ich kuesse dich bis bald leon.«

Okay. Der Informationsgehalt war jetzt etwas spärlich. Was hatte es zum Abendessen gegeben? Wie viele Leute waren in der Mountainbike-Gruppe? Hatte er schon eine original Schwarzwälder gegessen? Aber wenigstens gab es eine Erklärung dafür, warum er sich nicht gemeldet hatte. Und er vermisste mich!

Ein paar Minuten später kamen Männerschritte die Treppe herunter. Eine kräftige Hand, die sich zu meiner Erleichterung an einem komplett angezogenen Mann befand, drückte meine.

»Hallöle. I ben dr Harald. I lass eich Fraua glei en Ruh. I han dr Juliane bloß a baar Bloma vorbeibrenga wälla. Mir sähn ons. On wenn mol ebbes mit deine Zäh isch, gibsch Bscheid. Des macha mr dann ohne Versicherongskärtle.« Er nickte mir zu, dann ging er zur Tür. Die Abschiedszeremonie mit Lila zog sich hin.

Um mich zu beschäftigen, schnitt ich die Zwiebel fertig. Endlich kam Lila in die Küche.

»Hallo«, sagte ich und wischte mir die Tränen weg. »Toller Strauß!«

War sie ansprechbar?

Lila blickte stirnrunzelnd auf die Zwiebelstücke. »Vielleicht gießt du uns ein Gläschen Weißwein ein und ich koche?«, sagte sie.

Uff. Sie war wieder ganz die Alte.

Am nächsten Tag ging ich wieder in den Park, las das Vampirbuch zu Ende und übte zwischendurch den Zaubertrick. Es klappte ganz gut. Noch war ich nicht nervös. Nach der SMS von Leon und dem Abend mit Lila fühlte ich mich viel besser. Lila und ich hatten gemütlich getratscht und sie hatte ein bisschen von Harald erzählt. Sie beschrieb ihn mit sehr vielen Adjektiven – toll, attraktiv, fürsorglich, humorvoll, liebevoll, verantwortungsbewusst et cetera. Es klang ein bisschen wie eine gesprochene Kontaktanzeige. Mannomann, die hatte es ganz schön erwischt.

Am späten Nachmittag fuhr ich mit der Stadtbahn in das kleine, unbesiegbare Dorf in der Nähe von Stuttgart, das sich erfolgreich gegen die Eingemeindung durch die Metropole gewehrt hatte. Ich hatte keine große Lust, meine Mutter zu besuchen, aber ich konnte ja schlecht zu Dorle, ohne auch bei ihr vorbeizuschauen. Schließlich lag nur eine Straße zwischen beiden Häusern.

Meine Mutter war, vorsichtig formuliert, etwas exzentrisch. Sie hatte meinen Vater in Sibirien kennengelernt, kam aber eigentlich aus Moskau. Wir Kinder waren deshalb zweisprachig aufgewachsen. Olga hatte ihren eigenen, eigenwilligen Weg gefunden, mit der schwäbischen Schaffermentalität umzugehen. Mehr und mehr hatte sie sich zurückgezogen, bis sie irgendwann den ganzen Tag im Bügelzimmer unseres Hauses verbrachte. Weil mit unserem Vater auch nicht wirklich zu rechnen war, erzogen Katharina und ich uns selber, unterstützt von Dorle.

Ich drückte die Haustür auf, die nie abgeschlossen war, ging in den ersten Stock und klopfte.

»Herein«, kam es von innen.

Olga saß mit einem Buch in der Hand auf dem Sofa. Ihre makellose Haut sah nicht so aus, als ob sie im Sommer vor die Tür gegangen wäre, und das dunkle Haar fiel ihr noch immer ohne jede graue Strähne auf die Schultern. Ich küsste sie auf die Wange, sie lächelte mich an und klopfte mit der Hand einladend neben sich auf das Sofa. Wenn man sie so anschaute, wusste man, warum Katharina wie ein Double von Audrey Hepburn aussah, während ich mehr Charlie Chaplin nachschlug.

»Ich freue mich, dich zu sehen.« Sie hatte noch immer die langgezogene Aussprache der Moskowiter. »Wie geht es dir?«

»Ganz gut«, sagte ich. »Ich habe morgen ein Vorstellungsgespräch.« Mein Russisch klang mir fremd in den Ohren.

Eine Weile unterhielten wir uns artig, wie zwei Bekannte, die sich nach Jahren zufällig in der S-Bahn treffen.

»Sag, bist du glücklich mit deinem Freund?«, fragte Olga schließlich.

»Ja, natürlich«, antwortete ich rasch.

»Das ist schön«, sagte Olga freundlich. »Geht er denn auch in die Oper? Und liest er?«

»Olga, das spielt doch überhaupt keine Rolle«, sagte ich ärgerlich. Gleichzeitig fühlte ich mich ertappt. Die einzige Weisheit, die Olga uns mit auf den Weg gegeben hatte, war, einen Mann zu suchen, der Bücher und die Oper liebte. Vielleicht weil bei meinem Vater in dieser Hinsicht nicht viel zu holen war? Der war Ingenieur. Wie Leon. »Die Hauptsache ist doch, dass ich glücklich bin! Und soll ich dir sagen, warum ich ganz sicher bin, dass wir zueinander passen? Ich merke nichts mehr vom Katastrophen-Gen.«

Olga sah mich an und lächelte. »Das Katastrophen-Gen ist ein Teil von dir. Es mag vielleicht Zeiten geben, wo du nicht so viel davon merkst. Da schlummert es nur ... Es gehört zu dir, und es macht dich einzigartig.«

»Woher willst du das so genau wissen?«, fragte ich genervt.

»Weil ich deine Mutter bin«, sagte Olga sanft.

»Eine Mutter, die sich kaum um uns gekümmert hat«, platzte ich heraus.

Olga zuckte die Schultern. »Das ist Ansichtssache. In jedem Fall bleibe ich deine Mutter. Und nun gib mir einen Kuss und geh, Dorle wird schon auf dich warten.«

Ich schloss die Tür zum Bügelzimmer lauter als nötig. Ich kochte innerlich. Was erlaubte sich Olga eigentlich? Nach all den Jahren, in denen wir uns kaum gesehen hatten, vermieste sie mir meine neue Beziehung mit ihrer Oper-Bücher-Nummer und hielt mir Vorträge über das Katastrophen-Gen, als hätte sie es höchstpersönlich erforscht.

Eine Straße weiter fühlte ich mich deutlich besser. Dorle hatte wegen der Hitze statt Linsen und Spätzle Maultaschen in der Brühe und Kartoffelsalat gemacht. Natürlich waren die Maultaschen aus eigener Produktion. Dorle kaufte nicht mal Dosen, von Fertigprodukten ganz zu schweigen. Sie war der Meinung, der liebe Gott habe ihr zwei fleißige Hände gegeben, um sie zu benutzen, diskutierte nicht über ihr fortgeschrittenes Alter oder *work-life balance* und verbrachte den Tag mit Haus- und Gartenarbeit, Kochen und Backen. Die übrige Zeit füllte sie mit guten Werken und besuchte beispielsweise »alte Leit« im Altersheim. Sonntags ging sie erst in die Kirche und dann »in d' Stond«.

Ich hatte fünf Maultaschen gegessen und mit Schaudern zugesehen, wie Dorle ihren Kartoffelsalat in die Brühe klatschte, so, wie sie es schon ihr ganzes Leben gemacht hatte. Immerhin hatte sie mir für den Salat einen Extrateller zugestanden. Nach dem Essen machten wir es uns vor dem Hutzelhäuschen auf dem Bänkchen unter dem wilden Wein gemütlich. Es war ein warmer Sommerabend, dem die Schwüle der Landeshauptstadt fehlte. Ein paar Minuten saßen wir still nebeneinander und lauschten der Amsel. Schon als Kind hatte ich diesen Platz geliebt. Zufrieden rieb ich meinen vollgefutterten Bauch und nahm einen Schluck von Dorles selbst gemachtem Träublessaft.

Dorle deutete auf mein nacktes Knie, auf dem sich blaugrüne Flecken abzeichneten. »Als Kend hosch du au emmr so ausgsäh. Ond, isch älles en Ordnong mit eich jonge Leit? Oder muss i mir Sorga macha, weil dr Leon ohne di en Urlaub fahrd?«

Ich schüttelte den Kopf. »Als Leon die Radreise gebucht hat, waren wir noch gar nicht zusammen.«

Natürlich wäre ich viel lieber mit Leon in ein Wellness-Hotel auf die Kanaren geflogen, anstatt ihn alleine in den Schwarzwald abzwitschern zu lassen. Er hatte mich zwar gefragt, ob ich nicht mitkommen wolle, Mountainbiken war aber aus meiner Sicht ein reiner Sport für Männer. Morgens zwängten sie sich in hautenge Funktionsklamotten, die zwar Taschen für isotonische Drinks, aber nicht für ein vernünftiges Vesper hatten. Dann jagten sie den ganzen Tag auf Waldwegen hintereinander her, erschreckten arglose Spaziergänger und bemühten sich, so viele Schlammspritzer wie möglich als Trophäen nach Hause zu tragen. Abends rieben sie sich dann heimlich den schmerzenden Hintern und erzählten sich gegenseitig noch einmal haarklein, was sie gemeinsam erlebt hatten. Darauf konnte ich verzichten. Bestimmt war keine einzige Frau in der Gruppe. Außerdem war meine Kondition viel zu schlecht.

»Es geht uns gut, Dorle, wirklich.«

Die Zweifel der letzten Tage würde ich lieber für mich behalten. Ich wollte Dorle nicht beunruhigen. Außerdem wurde es langsam Zeit, dass ich erwachsen wurde und lernte, meine Probleme ohne Dorle zu lösen.

»Noo isch rechd. Den Kerle derfsch nemme saua[8] lassa. Den sodsch so bald wie meglich heirada. I däd au fir eich backa.«

Das war eine Steilvorlage, die ich nutzen musste. »Dorle, wo du schon vom Heiraten anfängst ... Warum heiratet ihr nicht so schnell wie möglich, du und der Karle? Ich meine, natürlich wünschen wir euch alle noch ein langes Leben, aber, selbst wenn, also ...« Ich hatte mich hoffnungslos verheddert.

»I woiß scho, was du moinsch. Aber komm du erschd amol en mei Aldr. Do bisch koi Hudlwisch[9] mee. Doo musch z' ällererschd iberlege, wo d' feira willsch. On welchr Pfarrer d' Kirch halta soll. Net dass am End oinr beleidigd isch. On wen mr älles eilade will. Hersch nach de Bäsla on Veddra uff odr net.«

Die Antwort klang halbherzig und gar nicht nach Dorle. Sie war eigentlich mehr der zupackende Typ. Sie schien mir anzusehen, dass ich ihr nicht so recht glaubte.

»On noo gibt's halt nomol an Grond.« Sie machte eine Pause. »Also eigentlich isch's dr Karle, der warda will.«

Hatte ich es mir doch gedacht! War er sich seiner Sache nicht mehr sicher? Das wäre ein herber Schlag für Dorle. Schließlich hatte sie die Verlobung an ihrem Achtzigsten vor der kompletten Geburtstagsgesellschaft verkündet. Wollte der

---

8 »Saua« (Imperativ Sg. »Sau«) hat nichts mit Borstenvieh zu tun, sondern ist schlicht die schwäbische Variante von »(weg)rennen«.

9 Der »Hudlwisch«, seltener »Hudllomba«, kommt im traditionellen schwäbischen Backhäusle zum Einsatz. Der Ofen wird mit Holz angeheizt und muss dann gereinigt werden, bevor das Brot zum Backen in den Ofen kommt. Weil keine Wärme verlorengehen soll, muss man sich beeilen = hudla. Gebräuchlicher dagegen ist »no net hudla«, also bloß kein Stress.

Karle jetzt einfach die Zeit aussitzen, bis einer von ihnen starb? Ich sah Dorle erwartungsvoll an.

Sie räusperte sich. »Also, der wirkliche Grond isch, dass dr Karle d' CMT abwarda will.«

»Die CMT?« Ich starrte Dorle ungläubig an. »Diese komische Tourimesse? Es tut mir leid, Dande Dorle, aber da komme ich nicht mit. Was hat die CMT mit eurer Hochzeit zu tun?«

»Also, der Karle will uff d' CMT on dort Onderlaga bsorga fir d' Hochzeitsreis.«

Ich stöhnte. »Dorle, im Zeitalter von Internet kann man sich jederzeit informieren oder Unterlagen schicken lassen. Ich gehe auch gerne mal mit euch beiden ins Reisebüro, wenn ihr Hilfe braucht.«

»Koi Sorg«, sagte Dorle würdevoll. »Des machd dr Karle scho. Do brauchd der koi Hilf net. Aber mir missed halt de Januar abwarda. On noo fahrad mir mit dr S-Bah nuff uff d' Filder on nehmad ons an ganze Dag Zeit dafir. Doo frai i mi scho druff. On noo hole mr Broschbägdle ond schdudiered die drhoim en äller Ruh. On noo, wammr wissad, mo mr nofahrad on wann, noo kenna mr da Hochzeitstermin asetza. Dr Karle däd gern nach Kanada on mit em Wohmobil romfahre. Do sott's scho warm sei, also wird des Sommr. Odr hald so ebbes en die Richdong.«

Ich räusperte mich. »Kanada ... äh ja, schön. Meinst du nicht ... ähem ... dafür solltet ihr vielleicht ... nur so ein paar Jährchen jünger sein?«

Dorle sah mich entrüstet an und stemmte die Hände in die Seiten. »Ha, worom? I gher no lang net zom alde Eisa, au wenn die Leit om me rom emmr jenger werdad! Erschd neilich isch oiner en dr Stroßaboh fir mi uffgschdanda, dem han i ebbes verzehld! Ond em Stadtmuseum hen se mr fuffzig Cent Ermäßigong gäba wella, weil i ibr femfasechzig ben! Do hert sich doch älles uff! Ond ob ich jetzt drhoim uff meim Herd koch odr en so me Wohmobil, des isch doch koi großer Onderschied!«

Ich stellte mir Dorle und Karle auf einem Campingplatz in einem Nationalpark in Kanada vor. Vor meinem inneren Auge tauchte ein neugieriger Bär auf, vom Geruch nach Dorles fabelhaftem Zwiebelrostbraten angelockt. Dorle briet ihm mit der Pfanne resolut eins über, und der Bär verschwand unter lautem Gebrüll im kanadischen Busch.

»On wehe, du verzehlsch des ebbr!«

Ich stöhnte. Karle und Dorle machten also das Datum ihrer Hochzeit abhängig von der CMT! Die CMT war eine gigantische Urlaubsmesse, die vor allem von zahlungskräftigen Rentnern besucht wurde, die frühmorgens vierreihig auf den Bahnsteigen warteten, um dann frohgemut erst die S-Bahn und dann die Messehallen von Leinfelden-Echterdingen zu stürmen. Viele kamen in Fleecejacken, Zipphosen und Trekkingschuhen, als ob sie den Reiseveranstaltern damit beweisen wollten, dass sie fit und reisetauglich waren. Sie beklatschten argentinische Tangotänzer und drittklassige italienische Tenöre und knufften sich um holländische Käsehäppchen, die von Frau-Antje-Kopien verteilt wurden. Die Frauen packten dann im Picknickbereich ihr Vesper aus, während die Männer stundenlang beim Geländewagentest anstanden, um herzklopfend über Steilrampen zu fahren. Als Beifahrer natürlich.

Ich war einmal dort gewesen. Ich konnte mich nur an wunde Füße, schwere Taschen und den ägyptischen Stand erinnern, an dem das Standpersonal in regelmäßigen Abständen in einem riesigen Tutanchamun-Kopf verschwand, um weiteres Prospektmaterial heranzuschleppen, das ihm sofort aus der Hand gerissen wurde, während ein Mann, der gekleidet war wie Ramses II., billige Goldketten verhökerte.

»Dorle, dann dauert es ja fast noch ein Jahr bis zu eurer Hochzeit!«

»I ka's net ändra. Woisch, wichdig isch en meim Aldr, dass, wenn d' obends dei Sach gschafft hosch on uff 'm Bänkle hocksch, oinr näba dr hockt zom Schwätza. Des hot mr scho gfähld, äll die Johr.«

Da hast du's, Line, meldete sich mein schlechtes Gewissen. Sie hat sich nie beklagt. Aber wie oft hast du sie eigentlich besucht?

»Vorledschde Sonndich, noch dr Kirch, semmr uff d' Reidlenger Alb gfahra. On mitta en dr Wacholderheid isch a Bänkle gwä. On doo hemmr ons druffgsetzt, dr Karle on i, on dr Karle hot sein Arm om mi glegt on mir hen eidrächdig iber onser Land guckt, des dr Herrgott so arg schee gmacht hott. On Schof hott mr ghert. On mir hen ons oguckt on gar nix schwätza missa. Des isch so arg schee gwä.« Dorle sah mich an und ihre Augen glänzten.

Ich schluckte und fragte mich, ob Leon und ich auch eines Tages als Greise auf einer Bank auf der Schwäbischen Alb sitzen und den Schafen lauschen würden.

»Ich muss langsam los«, sagte ich. »Morgen muss ich fit sein. Ich geh noch schnell aufs Klo.«

»Gang net leer[10] en d' Kich on gang net leer wieder naus«, rief Dorle und drückte mir die Saftflasche in die Hand. »I han no a Guck fir di grichtet.«

Ich brachte die Saftflasche in die Küche und stellte Dorles Wundertüte neben die Tür. Sie war gefüllt mit einem halben Käsekuchen vom Sonntag, einem Strauß Herbstastern aus ihrem Garten und sechs frisch gelegten Eiern von ihren Hennen. Fabelhafte Ausbeute, mit der ich mich in meiner WG sehr beliebt machen würde. Dorles Käskuchen war legendär und sie hielt das Rezept ungefähr so geheim wie Actionfilm-Agenten die Formel für eine Superwaffe. Ich setzte mich aufs Klo und schaltete das Handy ein. Wie schön, da war eine Nachricht! Und nicht nur das, auch ein Foto, auf dem ein grinsender Leon mit Schlammspritzern im Gesicht fröhlich in die Kamera winkte.

»Schau mal, ein Foto von Leon!« Stolz streckte ich Dorle das Handy hin.

---

10 »Leer« heißt in diesem Fall nicht etwa innerlich leer oder mit leerem Magen, sondern »ohne-etwas-in-der-Hand-zu-tragen«.

»Uff 'm Delefo?«, staunte Dorle, setzte umständlich ihre Brille auf und blickte angestrengt auf das Display. »On wer isch die Frau?«

»Welche Frau?«

Dorle deutete auf eine Person im Hintergrund des Bildes, die ich nicht weiter beachtet hatte. Tatsächlich. Es war also doch keine reine Männergruppe. Hmm. Kannte ich die Frau nicht von irgendwoher? Dieses total arrogante Lächeln, der knallenge Dress, der ihre Sanduhrfigur betonte ... Panik stieg in mir hoch. Das war Yvette! Yvette, die rein zufällig auch Ingenieurin war und irgendwann rein zufällig in der Bosch-Kantine aufgetaucht war, wo sie von Anfang an keinen Zweifel an ihrem ehrgeizigen Ziel gelassen hatte: die Wiedereroberung ihrer Jugendliebe aus Hamburger Zeiten. Mögliche Opfer (also ich) waren dabei kein Hinderungsgrund. Sie hatte schließlich auch bekommen, was sie wollte, wenn auch nur für kurze Zeit. Das war ja wohl das Allerletzte! Wieso war Yvette im Schwarzwald? Und warum hatte mir Leon nichts davon erzählt?

»Du kennsch die Frau«, stellte Dorle sachlich fest. »I sag dr's, Mädle, heirat liebr heit als morga. Noo bisch uff dr sichra Seit.«

Ich verzichtete darauf, Dorle darauf hinzuweisen, dass Trauscheine heutzutage nicht unbedingt vor Affären schützten, und verabschiedete mich hastig. Dorles sorgenvoller Blick entging mir nicht.

Auf der Heimfahrt fand ich keine Ruhe und lief nervös in der Stadtbahn auf und ab. Yvette wollte unsere Beziehung torpedieren, das war doch sonnenklar! Wahrscheinlich ließ sie sich morgens von Leon den Sattel einstellen, fuhr dann den ganzen Tag powackelnd direkt vor ihm, beeindruckte ihn mit ihrer Supi-Kondition und sagte abends wimpernklappernd und schmolllippig: »Leon, Lieber, würdest du mir mit deinen muskulösen Oberarmen die Reifen aufpumpen?« Das war doch widerlich! Yvette wollte Zickenkrieg? Den konnte sie haben. Kampflos würde ich Leon nicht hergeben! Lila würde Rat wissen. Ich brauchte dringend eine Strategiesitzung mit ihr! Aber heute nicht mehr. Ich musste so schnell wie möglich ins Bett und mein Gedankenkarussell abstellen, damit ich für das Vorstellungsgespräch morgen fit war.

Auf der Schwelle unserer Haustür saß ein sehr kleines Häufchen Elend. Lena warf sich heulend in meine Arme. »Sie hat einen Lover!«

9. Kapitel

So don't you dare and try to walk away,
I've got my heart set on our wedding day,
I've got this vision of a girl in white,
Made my decision that it's you alright.

»Woisch, Lena, manchmol machad Erwachsene Sacha, die mr oifach net verschdohd. Aber des hoißd net, dass dei Mamme dich nemme lieb hot.« Harald sah Lena teilnahmsvoll an.

Die schluchzte nur und klammerte sich an mich wie ein kleines Äffchen. Wir saßen in der Küche. Ein paar Minuten nach mir waren Lila und Harald vom Biergarten im Schlosspark eingetroffen. Es hatte eine Weile gedauert, bis ich ein vernünftiges Wort aus Lena herausbrachte. Ein Streit ihrer Eltern hatte sie geweckt. Der Streit war immer lauter geworden, und irgendwann hatte Katharina Frank schluchzend eröffnet, dass sie sich seit Monaten mit einem anderen Mann traf. Daraufhin hatte Lena ein kleines Köfferchen gepackt und war durchs Fenster ihres Zimmers abgehauen.

Jetzt warteten wir auf Frank. Auf dem Anrufbeantworter waren bereits mehrere verzweifelte Nachrichten von Katharina gewesen. Lenas Flucht war nicht unbemerkt geblieben, auch die Polizei war schon alarmiert. Während Katharina in Tränen der Erleichterung ausbrach, als ich sie zurückrief, hängte sich Lena heulend an meinen Arm und versuchte, mich am Telefonieren zu hindern, weil sie sich von mir verraten fühlte. Lila zog sie von mir weg und bemühte sich, sie zu beruhigen. Irgendwann war sie völlig erschöpft und kletterte auf meinen Schoß. Eigentlich hatte sie sich solchen Kinderkram schon längst abgewöhnt.

»Warum kann ich nicht bei dir bleiben? Bitte. Ich bin auch ganz brav und mach gar keinen Krach. Du wirst nicht mal merken, dass ich da bin!«

Ich strich Lena übers Haar. »Lena«, sagte ich behutsam. »Ich bin immer für dich da, aber ich glaube nicht, dass das eine gute Idee ist.«

»Warum nicht?«, fragte Lena. Ihre Augen füllten sich wieder mit Tränen.

»Weil ... weil ... du in die Schule gehen musst.« Das klang wirklich total überzeugend. »Und weil du zu deiner Familie gehörst.« Oder zu dem, was von der Familie noch übrig war. »Denk doch nur, was soll denn der Salo ohne dich machen?«

»Salo ist ein kleines Baby«, sagte Lena verächtlich. »Mit dem kann ich nicht reden.«

»Wie hast du überhaupt hierher gefunden?«

Lena war nur einmal mit ihren Eltern in der Neuffenstraße zu Besuch gewesen, natürlich mit dem Auto.

Sie zuckte die Schultern. »Ist doch kinderleicht. Ich hab einen Internetanschluss im Zimmer und erst hab ich den Stadtplan gegoogelt. Wie man den Fahrplan vom VVS elektronisch abruft, weiß ich schon längst. Dann hab ich halt die S-Bahn bis zum Hauptbahnhof genommen, dann den Bus. Supereasy.«

»Klar doch«, sagte ich und schluckte. »Blöde Frage. Schließlich bist du schon acht.«

Es klingelte. Lena fing wieder an zu weinen. Ich schob sie sanft von meinem Schoß und öffnete die Haustür.

Frank hatte die Hände tief in den Taschen vergraben, sein Gesicht ließ keine Regung erkennen. »Hallo. Danke, dass du dich um Lena gekümmert hast.«

»Willst du sie nicht doch über Nacht hierlassen? Damit sie sich beruhigen kann?«

»Das kommt überhaupt nicht in Frage«, knurrte Frank. »Sie geht morgen in die Schule.«

War Schule wirklich so wichtig, in Lenas Zustand?

»Sei nicht so hart zu ihr«, sagte ich. »Sie ist total fertig.«

»Danke für die Ratschläge, aber ich bin schon eine Weile Vater«, antwortete Frank kühl. »Und dieses Riesendrama haben wir ja wohl deiner Schwester zu verdanken.« Er ging an mir vorbei und kam Sekunden später mit dem Köfferchen in der einen und einer sich sträubenden Lena an der anderen Hand zurück.

Ich umarmte sie rasch. »Pass auf dich auf, Kleines«, flüsterte ich. »Ruf mich an, wenn du quatschen willst.«

Ich ging zurück in die Küche.

»I däd saga, jetz essad mir amol den Käskucha noch der ganza Heilerei«, sagte Harald.

»Gute Idee«, sagte Lila.

Lena hatte den als Trostpflaster gedachten Käsekuchen nicht mal angerührt. Eine Weile aßen wir schweigend. Der Kuchen schmeckte nach glücklichen Kindheitstagen und heiler Welt.

»Ich hab's dir immer prophezeit, dass das irgendwann passiert«, sagte Lila düster und schob den Kuchenteller zurück. »Ich versteh auch wirklich nicht, wie Katharina es so lange mit dem Typen ausgehalten hat.« Sie wandte sich an Harald. »Du solltest ihre Schwester mal sehen. Die könnte jeden Mann auf der Welt haben, so, wie die aussieht. Je-den.«

Ich konnte Haralds Blick auf mir spüren. Wahrscheinlich fiel es ihm schwer, das zu glauben.

Ich seufzte. »Ich hab dir das ja nie abgenommen. Ich dachte immer, Katharina ist viel zu brav und zu pflichtbewusst, um mit einem anderen Mann was anzufangen. Die kriegt doch gar nicht mit, dass ihr die Kerle alle zu Füßen liegen. Und was wird jetzt aus den Kindern?«

»I ben au gschieda«, sagte Harald. »Fir d' Kender war's scho schlemm. Aber jetz hen se sich dra gwehnt. On 's isch emmr no bessr als die ewig Streiterei.«

»Und war bei dir eine andere Frau im Spiel?«, fragte ich.

»Am Afang scho. Aber des hot net lang ghoba. Mir isch so hald klarworda, dass mei Ehe am Ende isch. Mir hen ons oifach ausanandrgläbt ghett.«

»Sag mal, hast du morgen nicht dein Vorstellungsgespräch?«, fragte Lila unvermittelt.

»Heute, genauer gesagt«, seufzte ich. Es war schon nach Mitternacht. »Punkt neun Uhr. Ich werde ausgeschlafen, faltenfrei und konzentriert sein.«

»Natürlich wirst du das«, sagte Lila streng. »Das ist nur eine Frage der inneren Polung. Wozu hab ich dir die Drei-Perlen-Übung beigebracht? Und jetzt marsch ins Bett!«

Rote Perle. Ich bin gaaanz ruhig. Ich bin gaaanz schwer. Blaue Perle. Ich bin voller Selbstvertrauen. Grüne Perle. Aaaaaah. Ja, ja, ja! Grü-ne Per-le. Sanft gleite ich hinüber ins Reich der Träume. Rote Perle. Rote Perle. Was war nochmal rote Perle?

Iiii komm!!!

Jungejunge. Waren Leon und ich auch so laut? Oder waren die Wände so dünn? Auf jeden Fall klappte das so nicht mit Lilas Mantras für die innere Polung. Ohrstöpsel zu benutzen wagte ich nicht, aus Angst, am nächsten Morgen den Wecker zu überhören. Rote Perle. Ich bin gaaaaaaaaaanz ruhig. Was war das nur für ein Abend gewesen! Lila hatte einen schwäbischen Zahnarzt-Lover, Dorle heiratete ihren Lover nicht, weil sie auf die CMT wartete, Leon wärmte seine Ex-Loverin beim Mountainbiken auf und meine spießige Schwester Katharina hatte sich einen außerehelichen Lover zugelegt ...

Waren denn alle völlig verrückt geworden? Es gab dafür nur eine mögliche Erklärung. Auf dem ganzen Planeten gab es nur noch einen einzigen vernünftigen Menschen: mich.

10. Kapitel

You and me, we'll go motorbike ridin'
In the sun and the wind and the rain.
I got money in my pocket,
Got a tiger in the tank
And I'm king of the road again.

Yvette und Leon saßen eng umschlungen auf einer Bank auf dem Deich vor dem Leuchtturm aus der Jeverreklame. Um sie herum sprangen puschelige Lämmchen, die leise vor sich hin blökten. Leon griff sich eines der Wollknäuel und platzierte es vorsichtig auf Yvettes Schoß. Sie streichelte das Lamm und beide blickten sich schweigend und sehr verliebt an. Plötzlich wurde die Idylle von Lila gestört. Fuchtelnd stand sie vor der Bank und schrie: »Du musst sofort aufstehen, sonst verpennst du dein Vorstellungsgespräch!«

Ich fuhr hoch. Leon, Yvette und die Lämmchen waren verschwunden. Lila dagegen war echt. Sie stand völlig zerzaust im Bademantel vor meinem Bett und sah aus wie ein Racheengel. »Wir haben alle verschlafen!«, brüllte sie. »Es ist zehn nach acht! Ab ins Bad mit dir! Ich mache Kaffee!« Sie drehte sich um und spurtete nach unten.

Ich taumelte aus dem Bett. Zehn nach acht, o my God! Ich rannte die Treppe hinunter, stolperte auf der letzten Stufe und krachte mit dem rechten Knie auf das Parkett. Prima! Für Wehleidigkeiten war jetzt aber keine Zeit. Lila hatte die Dusche schon angestellt. Ich packte die Zahnbürste, sprang in die Badewanne und schaffte das Kunststück, gleichzeitig zu duschen, zu pinkeln und mir die Zähne zu putzen. Raus aus der Badewanne, Handtuch schnappen, den Blick in den Spiegel vermeiden (Ringe unter den Augen, zwanzig neue Falten seit dem Vortag, Nase schält sich vom Sonnenbrand), die Treppe wieder hoch, dann stand ich tropfend und keuchend wieder in meinem Zimmer.

O nein! Ich hatte den Zaubertrick geübt. Ich hatte mir die Agentur angesehen. Ich hatte vergessen, meine schicke Hose in die Reinigung zu geben! Ich hatte nicht den geringsten Plan, was ich anziehen sollte. Lila kam zur Tür hereingerannt, Kaffee schwappte auf den Fußboden.

»Was stehst du hier blöd rum«, schrie sie. »Los, zieh dich an!«

Ich nahm ihr die Tasse aus der Hand und sank aufs Bett. »Lila, ich weiß nicht, was ich anziehen soll«, flüsterte ich.

»Ich fass es nicht«, stöhnte Lila. »Ich fass es einfach nicht!«

In diesem Augenblick tauchte Harald in der Tür auf. Er trug quietschgelbe Boxershorts und stieg im Laufen in seine Jeans.

Verpiss dich, dachte ich und zog das Handtuch enger um mich. Laut sagte ich: »Musst du nicht zu deinen Wurzelbehandlungen?«

Harald beachtete mich nicht. Mit zwei großen Schritten war er an meinem Kleiderschrank, riss ihn auf, fegte wahllos Wäsche und T-Shirts aus den Fächern und durchwühlte dann den Haufen auf dem Boden.

»Hast du sie noch alle?«, rief ich wütend.

»Des isch doch a Agentur, oder? Mei Ex isch au en 'r Agentur gwä. Kuhl, Line! Des isch d' Hauptsach!« Er zog ein Breitripp-Unterhemd aus dem Berg, das nicht aussah, als ob es sich daran erinnerte, dass es einmal weiß gewesen war.

»Du bist ja verrückt!«, rief ich.

»Net verrickt! Vintitsch Luk! Push-up dronder!«, befahl Harald.

Da mir sowieso nichts Besseres einfiel, ließ ich das Handtuch fallen und zog Höschen, BH und Breitripp-Hemd an. »Bei Vintage Look kann man auch schon mal in der Unterhose aus dem Haus, oder?«, fragte ich.

In dem Moment klingelte es. »Das Taxi«, rief Lila. »Ich sag ihm Bescheid, dass es noch dauert.« Sie war schon halb aus der Tür.

»Welches Taxi?«, brüllte ich ihr hinterher.
»Dein Taxi. Wie willst du es sonst schaffen?«
Lila hatte recht. Mittlerweile war es fünf nach halb neun. Harald wühlte wieder in den Klamotten und streckte mir einen pinkfarbenen Jeans-Minirock mit Blümchen entgegen, den ich eigentlich irgendwann mal Lena vererben wollte. Ich schlüpfte hinein. Harald sah mich prüfend an. Dann zog er den schwarzen Ledergürtel aus seiner Jeans und legte ihn mir um. Selbst im ersten Loch rutschte er mir beinahe von der Hüfte.

»So kann ich doch nicht zu einem Vorstellungsgespräch gehen«, jammerte ich.

»Doch! So setsch di ab. Von dr Konkurrenz!«

»Aber ich bin nicht enthaart! Weder auf den Beinen noch unter den Achseln!«

»Des isch die Charlotte Rosch em Fernsäh au net gwä.«

»Aber meine Knie! Die sind grün und blau!«

»No häldsch halt dei Dasch drvor. On du wirsch ja wohl ama Disch hocka firs Interview. Jetz fähld no a Sonnenbrill, on Sprengrstiefel drzu.«

Ich schnappte meine Angelina-Jolie-Sonnenbrille und meine Tasche und drückte Harald einen Kuss auf die Backe. »Ich hab keine Springerstiefel. Aber danke. Das war wirklich sehr nett von dir.«

»Koi Ursach. Viel Glick.«

Im letzten Moment fielen mir die Spielkarten ein. Ich stopfte sie noch in die Tasche, rannte hinunter und fuhr in meine Flip-Flops. Lila stand an der Tür, einen Lippenstift in der Hand.

»Lippen breit machen!«, bellte sie und malte mir die Lippen an. »Und jetzt raus mit dir! Du schaffst das!«

»Danke! Was hätte ich ohne dich ... ohne euch nur gemacht! Ihr habt wirklich was gut bei mir!« Ich sprang in das Taxi, das mit laufendem Motor vor der Tür wartete. »Ich muss nach Cannstatt. Nürnberger Straße. So schnell wie möglich! Ich hab ein Vorstellungsgespräch. In zehn Minuten!«

Ich lehnte mich zurück und schloss erschöpft die Augen. Ich war schon wieder total verschwitzt, aber wenigstens hatte ich jetzt noch ein bisschen Zeit, um zur Ruhe zu kommen und mich innerlich vorzubereiten. In dieser Sekunde klingelte mein Handy. Nein, ich würde jetzt nicht rangehen. Ich musste mich sammeln! Und wenn der Kaiser von China höchstpersönlich anrief! Ich warf einen Blick auf die Nummer. Katharina. Ich musste wissen, wie es Lena ging.

»Hallo, Katharina. Alles in Ordnung mit Lena?«

»Morgen, Line. Lena ist in der Schule. Es geht ihr gut. Den Umständen entsprechend, meine ich. Ich ... ich ...« Sie brach hilflos ab.

»Katharina, es ist grad ziemlich schlecht, ich bin auf dem Weg zu einem Vorstellungsgespräch. Kann ich dich später zurückrufen?«

»Ich wollte dich fragen ... Kann ich dich heute Nachmittag treffen? Irgendwo, wo es ruhig ist? Ich wollte sowieso nach Stuttgart, um für Salos Geburtstag einzukaufen.« Sie heulte los wie ein Schlosshund.

Auch mir steckte ein Kloß im Hals. Das konnte ich jetzt gerade wirklich nicht brauchen. »Sicher, nach meinem Vorstellungsgespräch habe ich Zeit. Vielleicht im Eiscafé *Fragola* am Bismarckplatz?«

»Mir wär's irgendwo in der Stadt lieber, dann muss ich nicht extra in den Westen.«

»Dann im Café *Eberhard*? Da kann man schön draußen sitzen.«

Wir verabredeten uns für die Nachmittagszeit. Dann sah ich, dass ich noch eine SMS von Leon bekommen hatte. Leon, war das nicht mein Freund, der gerade mit meiner powackelnden Erzfeindin im Schwarzwald turtelte? Später. Ich stopfte das Handy in die Tasche und versuchte den hektischen Morgen und alles, was gestern geschehen war, komplett auszublenden. Rote Perle. Ich bin gaaanz ruhig. Wenn nur der Zaubertrick klappte!

Das Taxi hielt vor der Agentur in Cannstatt. Eine Minute nach neun drückte ich neben dem Schild *Daniel Düsentrieb – Agentur für Marketing und Kommunikation* auf die Klingel. Es summte, ich schob die schwere Haustür auf und ging ins Souterrain. Dort wurde ich von einer schlanken Frau in Cargo-Jeans, schlichtem weißem T-Shirt und Chucks erwartet. Um ihre dunklen Rastahaare war ein grobes rotes Tuch gewickelt. Sie gab mir die Hand.

»Hi. Ich bin die Patsy. Komm rein.«

Von innen boten die Räume wenig Überraschendes. Auf den aneinandergequetschten Tischen ließen Macs, Papierstapel, Lineale, Fotos und Zeitschriften kaum eine Ecke frei. Patsy führte mich durch mehrere hintereinandergeschachtelte Büros ohne Türen.

Wehmütig dachte ich an meine alte Agentur in einem Jugendstilhaus in der Rotebühlstraße. Die war zwar nicht ordentlicher, des Altbaus wegens aber viel großzügiger und heller gewesen.

Der letzte Raum hatte eine Tür und war bis auf ein paar Plastikstühle in quietschbunten Farben, die zu einem Stuhlkreis formiert waren, leer. An den Wänden hingen Farbkopien und Flipchart-Bögen, die mit wilden Pfeilen, Zeichnungen und Stichworten vollgekritzelt waren.

»Setz dich doch«, sagte Patsy. »Das ist unser Besprechungszimmer. Auch wenn's aussieht wie im Kindergarten. Marc und Daniel sind der Meinung, dass Kreativität ohne Tische besser fließt. Manchmal stellen sie die Stühle hintereinander auf. Oder Rücken an Rücken. Willst du was trinken? Kaffee, Cola, Red Bull, Flying Horse, Guarana, Kombucha?«

»Kaffee, gern«, sagte ich.

Großartig. Wegen der fehlenden Tische würden Marc und Daniel während des ganzen Gesprächs ungehindert die Aussicht auf meine grünen und blauen Knie genießen können.

Patsy verschwand. Kurz darauf näherten sich dynamische Schritte. Die zweite Person schlurfte. »Hallo. Ich bin Marc. Sozusagen der *Düsentrieb*. Das ist der Daniel. Sozusagen der *Da-*

niel. Uns beiden gehört der Laden. Patsy hast du ja schon kennengelernt. Art Directorin und fürs Kaffeekochen zuständig. Wir sind zu dritt. Und brauchen dringend Verstärkung. Frau wär gut. Gendermäßig und so. Das ist ein Thema.«

Marc trug eine Schiebermütze, unter der sich vermutlich eine Glatze befand. Auf seinem Kugelbauch spannte sich eine Kombination aus langärmeligem und kurzärmeligem T-Shirt in Pastellfarben. Daniel hatte ich ja durchs Fenster schon mal gesehen. Er war lang und dünn und trug eine riesige viereckige Brille mit schwarzem Rand. Er sah ein bisschen aus wie Bill Gates in seiner Garagenzeit. Er lächelte mich aus seinem Lausbubengesicht an. Ob er sich wohl an mich erinnerte? Ich war aufgesprungen und öffnete den Mund, um mich ebenfalls vorzustellen, aber Marc redete einfach weiter. Ich setzte mich wieder. Weil Marc und Daniel aber stehen blieben, sprang ich wieder auf.

»*Daniel Düsentrieb* ist eine Full-Service-Werbeagentur vor allem für kleine und mittlere Werbebudgets. Wir denken integriert und ganzheitlich. Das heißt auch, dass bei uns die Trennung Text-Bild aufgehoben ist. Patsy ist zwar Art Directorin, macht aber auch alles andere. Grafik, Text, Satz, Foto, Litho, Druck, das ist bei uns alles eins. Wir haben keinen Job, sondern eine Aufgabe: zielgerichtete, crossmediale und passgenaue Verbraucheransprache.«

Das klang nach Mädchen für alles und sehr, sehr vielen Überstunden.

»Das ist ... toll«, heuchelte ich. »Genau das, was ich suche. Crossmedial. Passgenau.«

Marc beachtete mich nicht. »Patsy!«, brüllte er.

Patsy kam mit einem Tablett mit den Kaffeeutensilien herein. Sie stellte das Tablett auf den Boden, setzte sich, goss sich eine Tasse ein und guckte desinteressiert in die Luft.

Marc lief auf und ab und gestikulierte erregt. »Also, wir brauchen jemanden, der total kreativ ist. Jemand, der sich traut, die Dinge gegen den Strich zu bürsten, sodass das scheinbar Alltägliche wieder fremd und frisch wird. Nehmen wir zum

Beispiel ... Zahnpasta. Hat jeder, benutzt jeder, und nichts ist so langweilig wie Werbung für Zahnpasta. Früher hat man in Äpfel gebissen und ein bisschen Blut ist geflossen. Gähn! Also, was machst du damit? Los, sei spontan! Überrasch mich! Überzeug mich! Weck meine Emotionen!«

Ach du meine Güte! Auf Knopfdruck Supidupi-Ideen zu produzieren war nicht gerade meine Stärke. Mir fiel nur ein, wie ich noch vor einer Stunde Zähne putzend und pinkelnd unter der Dusche gestanden hatte. Sehr unpassend. Dann hatte ich einen Flash. Lena. Ein kleines Mädchen mit einer sehr großen Zahnlücke ...

»Wie wär's mit: ›Macht selbst Ihre Zahnlücke strahlend weiß?‹« Innerlich stöhnte ich. Wie bescheuert konnte man sein?

Marc sah mich zum ersten Mal richtig an. Er nickte anerkennend. »He, das ist nicht schlecht. Das ist sogar richtig gut! Zahnlücke, Zahnpasta. Ja, wirklich ungewöhnlich! Großes Kindergesicht mit Zahnlücke. Weckt Emotionen! Vielleicht schwäbisch? Zahluck? Weiter. Stell dir vor, wir wären keine Menschen, sondern Tiere in der Wilhelma. Was für ein Tier wärst du dann?«

Ich schaute ihn verwirrt an. »Äh, ich verstehe nicht ganz ...«

Er seufzte und ich hatte den Eindruck, bereits aussortiert worden zu sein. »Ganz einfach. Ich zum Beispiel bin ein Tiger.« Er nahm die Hände nach oben, streckte den Kopf nach vorn und fauchte. »Ich entwickle den ganzen Tag aggressive Kundenstrategien. Okay. Jetzt du.« Er sah mich erwartungsvoll an.

Mir fiel sofort ein Faultier ein, das gemütlich am Ast hing und Nostalgie-TV guckte. Ich merkte, wie es tief in meinem Bauch anfing zu grummeln, ein sicheres Anzeichen dafür, dass ich gleich in hysterisches Kichern ausbrechen würde. Reiß dich zusammen, Line, dachte ich, du brauchst diesen Job, oder willst du irgendwann unter der Neckarbrücke schlafen? Ich dachte fünf Sekunden an das Begräbnis von Gustav auf dem Heslacher Friedhof und das Kichern war weg. Leider fiel mir keine Antwort ein. Dann hüpfte das Kichern aus mir heraus und ich sagte verzweifelt: »Äh, ein fröhlicher Wellensittich?«

Marc und Daniel sahen sich stumm an. Schließlich sagte Marc: »Okay. Lassen wir das. Jetzt bist du dran. Zeig uns, was du draufhast.«

Endlich konnte ich meinen Trick vorführen! Sicher würde das bei Marc und Daniel Emotionen wecken. Ich holte das Päckchen mit den Spielkarten aus meiner Tasche. Ohne Tisch war es ein bisschen doof, aber es musste eben trotzdem gehen. Ich nahm das Kartenspiel, zählte 21 Karten ab und mischte sie. Ein, zwei Karten fielen herunter, aber das war nicht so schlimm und ich sammelte sie rasch wieder auf.

»Ich brauche jetzt einen Freiwilligen«, sagte ich eifrig.

Marc deutete auf Patsy. Die zuckte mit den Schultern.

»Ich lege die Karten jetzt vor dir aus. Du merkst dir eine Karte. Aber natürlich nicht verraten, welche! Okay. Hast du eine Karte?«

Patsy nickte stumm.

Ich legte die Karten in drei Stapeln von jeweils sieben Karten auf den Boden. »In welchem Stapel ist die Karte?«

Patsy deutete auf den rechten Stapel.

Ich nahm die Karten wieder hoch und legte sie erneut in drei Häufchen aus. »Und jetzt?«

Sie deutete auf den mittleren Stapel.

Ich nahm die Karten auf, blätterte das Häufchen durch und präsentierte Patsy die Herz-Zehn.

»Und?« Bitte, bitte, liebes Katastrophengen, schlaf weiter! Lass mich nur ein einziges Mal im Stich!

»Stimmt«, sagte Patsy. Es klang nicht besonders enthusiastisch.

Genial! Es hatte funktioniert! Ich wartete auf Beifall. Der kam leider nicht. Marc, Daniel und Patsy tauschten wieder Blicke.

Dann räusperte sich Marc. Daniel konnte offensichtlich gar nicht sprechen. »Sehr hübsch. Bloß fehlt mir da jetzt so ein bisschen die Schlüsselbotschaft. Filterst du die noch? Verdichtest du den Kerninhalt?«

»Welchen Inhalt?«, sagte ich verwirrt.
»Der Zusammenhang mit dem Produkt!«
»Welches Produkt?«
»Na, die Brezel!«
Ich verstand gar nichts mehr. Irgendetwas war hier gerade gnadenlos schiefgegangen. Ich spürte, wie mir vom Nacken her die Röte ins Gesicht stieg.

Zum ersten Mal öffnete Daniel den Mund: »Auf der Postkarte war ein Weblink angegeben. Da hättest du dir einen Copytest runterladen sollen. Die Aufgabe lautete, eine Brezelhymne für die Bäckerinnung Stuttgart zu schreiben. Die sorgt sich um den Verkauf der Laugenbrezel. Aus ungeklärten Gründen werden seit einiger Zeit mehr Laugenweckle als Brezeln verkauft. Wir wollten eine Brezelhymne, um den Verkauf wieder anzukurbeln. Die sollte so einfach und eingängig sein, dass der Bäcker sie frühmorgens frohgemut in der Backstube schmettert, um sich trotz der schrecklichen Arbeitszeit zum Backen zu motivieren, und auch die Bäckereifachverkäuferinnen samt Auszubildenden sollen die Brezelhymne anstimmen, wenn ein Kunde Brezeln kauft, beziehungsweise vor allem dann, wenn er keine kauft, damit er welche kauft.«

»Es tut mir leid«, sagte ich langsam. »Ich habe keine Brezelhymne dabei.«

Marc seufzte. »Okay. Lassen wir das mit der Brezel. Die Idee mit der Zahnlücke war ja schon ganz nett. Wir stellen dir jetzt noch ein paar Fragen, okay?«

Ich nickte.

»Du hast keinen Facebook-Eintrag. Twitterst du?«
»Äh – nein.«
»Chatroulette?«

O Gott. Wurde man da aus dem PC heraus erschossen?
»Nein. Nein, tut mir leid.«

»Hast du Boulevard-Erfahrung?«
»Äh ... ich versteh die Frage nicht ganz?«
»Bunte oder BILD? Gern auch im Ausland. Hürriyet? The Sun? Boulevard-Erfahrung ist bei Werbern von Vorteil.«

Klar hatte ich Boulevard-Erfahrung. War ich nicht vor kurzem erst in der BILD-Zeitung gekommen? Außerdem kannte ich mich mit Königshäusern aus. Letizia war zu mager und Victoria heiratete einen Fitnesstrainer.

»Gibt's was Besonderes, was dich abhebt von anderen Bewerberinnen und Bewerbern?«

Ja, dachte ich. Ihr habt sicher keinen einzigen Bewerber mit einem latenten Katastrophen-Gen. Da geht schon mal der eine oder andere Drucker oder PC futsch. Aber das werde ich euch grade noch auf die Nase binden. Über Schwangerschaften muss man ja auch nicht reden.

Marc schien sich nicht daran zu stören, dass ich nicht antwortete. »Nächste Frage. Wir essen einmal die Woche zusammen, um das Team-Building zu fördern. Kochen abwechselnd. Würde dir das etwas ausmachen?«

Nein, natürlich nicht. Ich würde einfach ein Fertiggericht in eine Schüssel umfüllen und als selbst gekocht ausgeben. Warum lernte man in der Schule eigentlich nicht kochen, wenn das mittlerweile als Kernkompetenz galt? Das sagte ich natürlich nicht laut.

Stattdessen sagte ich: »Nein, im Gegenteil, ich koche sehr gern. Meine indonesischen Reispfannen sind legendär.«

»Außerdem nehmen wir Ende September als Team am Stuttgarter Firmenlauf teil. Siebeneinhalb Kilometer durch den Schlosspark. Ein Team besteht aus vier Personen. Läufst du mit?«

»Natürlich«, log ich. »Ich jogge regelmäßig am Blauen Weg.«

»Letzter Punkt. Feedback. Wir gehen hier sehr offen miteinander um. Jeden Dienstag ist *Jour fixe* für *work in progress*. Jeder berichtet von seinen laufenden Projekten, die anderen sagen ihre Meinung. Das ist manchmal hart, aber immer fair. Setzt Emotionen frei. Und damit Kreativität! Wir brauchen jemand, der mit unserer schonungslosen Offenheit klarkommt. Wir besprechen jetzt, wie wir dich fanden, und weil wir so total transparent sind, bleibst du dabei und kriegst so ein direktes Feedback. Ist das okay für dich?«

»Total okay«, heuchelte ich. Das klang nach »Deutschland sucht den Superstar«. Ich war mir nicht sicher, ob ich die Nerven hatte, von Marc Bohlen verrissen zu werden.

»Also los. Erster Eindruck?«

Niemand antwortete.

»Ein bisschen unsicher. Wellensittich statt Tiger. Nicht geeignet für Kundenakquisition«, sagte Marc. »Fachkompetenz? Zu lange aus dem Job draußen. Scheint sich auch nicht besonders für moderne Formen der Kommunikation zu interessieren. Wie will sie da in einer Branche mithalten, die sich dermaßen rasant verändert?« Er machte eine Pause.

»Teamfähigkeit?«

»Denke schon«, sagte Daniel.

»Copytest?«

»Also, ich fand's süß, das mit dem Zaubertrick«, sagte Daniel. »Sie hat so was Naiv-Unverbrauchtes. Niedlichkeitsfaktor. Bringt uns vielleicht einen *change of view*. Und ich trau ihr zu, dass sie Emotionen weckt.« Dabei sah er mich mit einem Blick an, den ich nicht richtig deuten konnte.

Marc warf ihm einen vernichtenden Blick zu. »Sie hat das Thema verfehlt. Wir hatten schon drei Bewerberinnen mit absolut genialen Brezelhymnen. Das Material können wir eins zu eins verwenden, selbst wenn wir sie nicht einstellen.« Er wandte sich an mich. »Eine kam sogar mit One-Man-Band auf dem Rücken und hat eine komplette Show hingelegt.«

Ich stellte mir den Bäcker in der Backstube vor. Er zwirbelte morgens um vier Brezelärmchen, während er mit dem Fuß fröhlich das Schlagzeug auf dem Rücken bediente und die Brezelhymne sang. Ich war mir nicht sicher, ob das den Brezelverkauf anheizen würde. Sicher nicht bei den Nachbarn.

»Gesamtnote? Drei minus. Damit ist sie draußen. Sorry. Willst du uns noch ein Feedback zu unserem Feedback geben?« Marc blickte mich nicht an, sondern ließ sich auf einen Stuhl fallen und schenkte sich einen Kaffee ein.

Ich schüttelte stumm den Kopf.

Patsy brachte mich wieder zur Tür. »Sei bloß froh, dass es nicht geklappt hat«, raunte sie mir ins Ohr. »Das sind zwei alte Chauvis. Ich such mir auch grad was Neues.« Laut sagte sie: »Tschüss dann und viel Erfolg bei der Jobsuche.«

»Danke«, murmelte ich und stieg die Treppen hinauf.

Ich fühlte mich, als hätte mir Patsy K.-o.-Tropfen in den Kaffee getan, den sie mir gar nicht angeboten hatte. Ohne nachzudenken, lief ich los, zurück Richtung Stadt. Stadtbahnen, Verkehr, es war mir alles egal. Nahezu automatisch nahm ich den Weg, den ich mit John-Boy und dem Kinderwagen gegangen war. Der Verbrecher kehrte eben immer an den Ort des Verbrechens zurück. Ich vermied den Blick auf das Polizeirevier und ging zwischen Kurpark und einer Sportklinik weiter die Straße entlang, bis ich wieder auf einen Park stieß. Hier war ich noch nie gewesen. Ich ließ mich auf einer Bank nieder. Es stank nach Hundemist. Außerdem hatte ich Hunger, Durst und fühlte mich elend. Ich vermisste Leon schrecklich. Er würde grinsen und mich ein bisschen in und auf den Arm nehmen, und alles wäre gut. Warum war der Kerl nie da, wenn man ihn wirklich brauchte? Warum konnte es nicht ein einziges Mal gut laufen? Warum hatte ich mit meinem blöden Kartentrick vollkommen danebengelegen? Warum musste Katharina ihre Familie ins Unglück stürzen? Und warum hatte es Yvette von allen Männern dieser Welt immer noch auf Leon abgesehen? Warum verliebte sie sich nicht in den Hausmeister bei Bosch in Schwieberdingen oder vernaschte nach dem Mittagessen in der Kantine statt des Nachtisches, der ihr Catwalk-Figürchen gefährdete, den Küchenchef und hatte mit ihm wilden Sex auf dem Ceranfeld?

Jetzt ist es aber gut, Line, dachte ich. Reiß dich zusammen. Denk an die armen Manager, denen man die Bonuszahlungen gekürzt hat! Würdest du dich gerne von der beklopptesten Agentur in ganz Stuttgart zum Kaffeekochen einstellen lassen, noch dazu an einer scheußlichen Durchgangsstraße, jeden

Morgen eine Brezelhymne singen, um das Teamgefühl zu fördern, und dich und dein Team beim Firmenlauf lächerlich machen, weil du nach einem Kilometer ein Päuschen und einen kleinen Imbiss brauchst?
Nein.
Findest du nicht schon lange, dass dein Schwager Frank ein selbstherrliches Ekelpaket ist?
Doch.
Meinst du nicht, du kannst mit Lila ein paar nette Ideen aushecken, wie du Yvette zur Strecke bringst?
Doch.
Hast du nicht ein Riesenglück, dass du so eine tolle Freundin wie Lila hast? Und wenn du ehrlich bist, ist ihr neuer Freund eigentlich auch in Ordnung?
Doch.
Na also. Eigentlich gab es doch überhaupt keinen Grund zum Jammern. Und jetzt wollte ich endlich die SMS von Leon lesen!
Leon schrieb, dass das Wetter toll und der Schwarzwald schön und die Gruppe nett sei und er es kaum erwarten könne, mich wiederzusehen, und ich ihm dringend simsen solle, wie das Vorstellungsgespräch gelaufen sei. Hmm. Kein Wort von Yvette. Außerdem erinnerte er mich daran, dass ich versprochen hatte, seine Blumen zu gießen. Ojeojeoje. Das hatte ich vor lauter Durcheinander komplett vergessen. Leon hatte einen Kasten mit Geranien zur Reinsburgstraße hin, den er mit Hingabe pflegte. Trotzdem waren die Blumen wegen der Abgase eigentlich mehr grau als farbig. Jetzt mussten sie bei hochsommerlichen Temperaturen schon mehrere Tage ohne Wasser auskommen, aber das würde sicher ihre Widerstandsfähigkeit stärken.
Ich schickte Leon eine Minizusammenfassung des Vorstellungsgesprächs, versprach, mich um die Geranien zu kümmern, und machte mich auf den Weg, um mir endlich was zum Frühstücken zu suchen.

11. Kapitel

And you don't bring me flowers anymore.

Ein paar Stunden später war ich auf dem Weg in die Christophstraße. Eigentlich war mir nach dem desaströsen Vormittag nicht nach einem Gespräch über Ehekrisen. Vor allem nicht, wenn es dabei um meine einzige Schwester ging. Und meine Lieblingsnichte. Und ein nicht abbezahltes Eigenheim. Eigentlich war mir danach, ins Inselbad zu fahren, am Kiosk in der prallen Sonne stundenlang auf eine angekokelte rote Wurst mit Weckle zu warten, das Liegehandtuch mit Senf zu bekleckern und den Kids beim Arschbombenwettbewerb zuzusehen.

Ich war zu früh und immer noch frustriert. An der Ecke Tübinger/Christophstraße war ein Jeansladen. Was machten Frauen in Frauenbüchern und Fernsehserien immer, wenn sie frustriert waren? Sie gingen shoppen. Vor allem Schuhe. Am besten Manolo Blahniks. Die waren lebensgefährlich, unbezahlbar, ich hatte viel zu große Füße dafür und außerdem nicht den geringsten Plan, wo man die in Stuttgart kaufte. Die Pipeline-Praetorius-Variante von Manolo Blahniks würde eine weiße Jeans sein! Ich hatte keine Lust mehr auf Vintage-Look und die blaugrüne Landschaft auf meinen Knien. Außerdem war das eine gute Klamotten-Alternative für ein Vorstellungsgespräch. Falls ich in diesem Leben noch einmal eines haben würde, aber die Hoffnung starb ja schließlich zuletzt.

Zwanzig Minuten später kam ich in deutlich gehobener Stimmung in meiner neuen knallengen weißen Sommerjeans wieder aus dem Laden und lief Richtung Café. Hinter der Scheibe des »Kiesertrainings« konnte man nicht mehr ganz junge Menschen sehen, die an Maschinen rackerten, um ihre Muskeln zu stählen. Ich blieb ein paar Minuten stehen. Vielleicht gab es ja so etwas wie Konditionsübertragung? Man ließ einfach jemand anderen für sich schwitzen und musste auch nichts dafür bezahlen. Muskeln würden mir nicht schaden. Dann klappte es sicher auch mit dem Joggen besser! Ich konzentrierte mich auf einen gut aussehenden Mann, der ein bisschen aussah wie Walter Sittler und mit beiden Beinen Gewichte nach oben drückte. Der Schweiß brach mir aus. Klappte das etwa? Ich sah auf meine dünnen Beine. Leider waren die genauso muskelfrei wie vorher.

Die Terrasse des Cafés *Graf Eberhard* war gerammelt voll. Kein Wunder bei der Hitze, unter den Platanen konnte man schön im Schatten sitzen. Ein einziger Tisch direkt unter einem Baum war frei. Jetzt eine Latte macchiato! Hmm, vielleicht ein klitzekleines Banana-Split dazu, während ich wartete? Es würde mir helfen, mich für Katharinas Auftritt zu stählen. Ich wusste genau, was passieren würde, auch wenn ich meine Schwester schon lange nicht mehr außerhalb ihrer vier Wände getroffen hatte.

Die junge Frau, die auf der Terrasse bediente, stellte das Eis vor mir ab. Bananenhälften und Eis und Schlagsahne und Schokoladensoße – einfach himmlisch! Ich schob mir einen Löffel Sahne mit Schokosoße in den Mund und hielt dabei genießerisch die Augen geschlossen. Das schien meine Koordinationsfähigkeit zu beeinträchtigen, denn als ich die Augen wieder öffnete, befand sich der größte Teil der Schokosoße auf meiner weißen Jeans eine Handbreit über dem Knie. Die schöne neue Hose! Mit der Serviette versuchte ich die Soße abzutupfen. Das machte es nicht wirklich besser. Es sah jetzt ziemlich eklig aus. Platsch. Das konnte doch nicht wahr sein! Ungläubig starrte ich auf mein Hosenbein. Zur Schokosoße hatte sich ein feuchter brauner Haufen gesellt, der ganz offensichtlich aus einem Vogelhintern stammte. Der Größe nach musste es sich um einen Adler handeln. Ich warf einen wütenden Blick in das Blättergewirr direkt über mir. Dort war nichts zu hören oder zu sehen. Der Übeltäter war mucksmäuschenstill. Erst jetzt fiel mir auf, dass das Gebiet um meinen Tisch herum mit Vogelschissen in unterschiedlichen Stadien übersät war, teils frisch, teils angetrocknet. Auch meine Umhängetasche hatte schon etwas abbekommen. Die war zum Glück abwaschbar. Ich suchte nach einem Tempo-Taschentuch und wischte vorsichtig den Vogeldreck von der Hose. Widerlich!

Die Bedienung brachte die Latte.

»Hören Sie, hier wird man mit Vogelschissen bombardiert!«

»Ja«, sagte die Bedienung. »Da oben ist ein Amselnest. Das ist da schon länger. Deshalb sitzt hier auch keiner.« Schwupp, schon war sie wieder weg, ehe ich protestieren konnte.

Mittlerweile war ein paar Meter weiter ein Tischchen frei geworden. Ich hängte mir meine Tasche um und balancierte mit der einen Hand das Tellerchen mit dem Macchiato-Glas und mit der anderen Hand das Banana-Split. Platsch. Beinahe ließ ich den Teller fallen. Der nächste braune Haufen war zielsicher auf der Sahne gelandet. Entsetzt schaute ich auf das, was einmal ein ausgesprochen leckeres Eis gewesen war und sich jetzt in ein widerliches Banana-Shit verwandelt hatte. Vom Nachbartisch ertönte unterdrücktes Gekicher. Täuschte ich mich oder vernahm ich aus den Zweigen über mir ein Vogelhohngelächter? Ich ließ den Teller stehen und ging mit hoch erhobenem Kopf zum freien Tisch. Uff. Hier war alles sauber. Die Lust auf Eis war mir vergangen.

Lustlos rührte ich im Milchschaum meines Kaffees herum, als Katharina auf die Terrasse des Cafés trat. Sie trug einen schmalen Rock und ein schlichtes Top, die dunklen Haare fielen ihr offen auf die Schultern. Völlig unauffällig. Eigentlich. Schlagartig verstummten alle Gespräche. Die männlichen Gäste schnappten nach Luft, starrten ihr hinterher und blickten dann wieder zur Christophstraße, weil sie wohl erwarteten, dort irgendwelche Paparazzi, eine weiße Stretchlimousine oder den aktuellen *sexiest man alive* auftauchen zu sehen. Dass sie sich stattdessen zu der Frau mit der eingesauten weißen Hose setzte, war vermutlich ein bisschen enttäuschend. Dabei konnte man Katharinas wundervolle Rehaugen unter der gewaltigen Sonnenbrille nicht einmal sehen! Sie selbst kriegte von dem Aufruhr, den sie verursachte, wie üblich nichts mit. Aus irgendwelchen seltsamen Gründen fand sie sich selbst ziemlich mittelmäßig. Sie drückte mich flüchtig an sich und ließ sich auf den Stuhl fallen, ohne die Sonnenbrille abzunehmen. Ich konnte mir ausmalen, wie ihre Augen darunter aussahen.

»Wie lief dein Vorstellungsgespräch?«

Ich winkte ab. »Vergiss es.«

»Das tut mir leid. Aber mir tut grad so vieles leid.« Tränen kullerten unter der Sonnenbrille hervor.

Ich wusste nicht, was ich tun sollte. Früher hatten wir allen Kummer geteilt. Es war uns gar nichts anderes übrig geblieben, weil sich unsere Eltern kein bisschen um uns kümmerten. Aber das war lange her.

»Ich bestell dir einen Eiskaffee, okay? Und dann erzähl einfach.«

Katharina holte tief Luft. »Line – Frank und ich sind jetzt seit 15 Jahren zusammen. Das ist mein halbes Leben! Ich habe nie einen anderen Mann gehabt. Hast du eine Ahnung, was das bedeutet? Irgendwann hat man sich nichts mehr zu sagen. Es geht nur noch um die Kinder, fahren wir nach Holland zum Fahrradfahren oder in die Türkei an den Strand, Lena braucht einen Fahrradhelm, wann bauen wir den Keller aus, Frank, kümmerst du dich um die Winterreifen.«

»Aber ist das nicht normal?«, sagte ich hilflos.

Nun ja, es klang nicht wirklich prickelig. Nicht so, dass ich Katharina beneidete, jedenfalls. Auf keinen Fall wild und gefährlich.

»Wenn das normal ist, dann ist es fürchterlich! In den ersten Jahren, da war alles so aufregend. Als wir heirateten und Lena kurz darauf auf die Welt kam. Und dann das eigene Häuschen! Eine eigene Familie, ein Zuhause, nach dem Desaster mit Vater und Olga. Aber dann frisst einen der Alltag auf. Und plötzlich siehst du den anderen an und denkst: Was will ich eigentlich mit dem Kerl?«

Diese Frage stellte ich mir eigentlich schon, seit Katharina mir mit 15 eröffnet hatte, dass sie Frank eines Tages zu heiraten gedachte, um unserer chaotischen Familie zu entkommen. Aber wahrscheinlich war jetzt nicht der richtige Zeitpunkt, um das zu erwähnen.

»Aber ich dachte, du liebst Frank«, machte ich einen letzten Versuch.

Vielleicht war ich zu romantisch. Aber ich stellte es mir eigentlich schön vor, gemeinsam alt zu werden. Sich aufeinander verlassen zu können. Vertrautheit und Freundschaft zu spüren. So wie Dorle auf ihrem Bänkle auf der Alb. Allerdings hatte Dorle die Familienphase übersprungen.

»Liebe. Was soll das sein, Liebe? Im Moment bin ich verliebt. Er kam in die Buchhandlung. Anfangs fiel er mir nicht auf. Bis mir die Kolleginnen sagten, du, der kommt deinetwegen. Fragt immer nur nach dir. Erst war es mir total peinlich. Vor den Kolleginnen sowieso. Ich, verheiratet, und dann dieser fremde Typ ... Aber er drängte sich nicht auf. Wollte immer Lesetipps, las alles in wenigen Tagen und kam dann wieder, um mir zu erzählen, wie es ihm gefallen hatte, und sich neue Bücher zu holen. Was sollte ich denn machen, ich konnte doch nicht sagen, ich berate den nicht mehr. Irgendwann merkte ich, dass ich mich freue, wenn er kam, und nach ihm Ausschau hielt, wenn er nicht kam. Wir mögen die gleichen Bücher, weißt du. Eines Tages kam er kurz vor Ladenschluss und fragte ganz vorsichtig: ›Gehen Sie mit mir einen Kaffee trinken?‹ Das erste Mal sagte ich nein. Beim zweiten Mal dachte ich, eine Tasse Kaffee, wir reden über Bücher, was ist schon dabei. Und irgendwann ... Und dann musste ich anfangen, mir Ausreden zu überlegen. Ich fing an zu lügen, Arztbesuche zu erfinden und VHS-Pilateskurse.«

»Oder Abstillpartys.«

»Oder Abstillpartys ... Es tut mir leid. Ich wollte dich da nicht reinziehen. Und dann konnte ich nicht mehr. Außerdem wussten im Laden alle Bescheid.« Sie hielt erschöpft inne. »Er findet mich schön, weißt du. Er macht mir den ganzen Tag

Komplimente. Er trägt mich auf Händen. Er hält mir die Tür auf, lädt mich zum Essen ein, bringt mir Rosen. Weißt du, wann Frank mir zum letzten Mal Blumen mitgebracht hat?« Die Tränen kullerten wieder. »Ich habe ein Recht darauf, glücklich zu sein. Ich hab die ganzen letzten Jahre zurückgesteckt, die Kinder versorgt, das Haus. Jetzt bin ich dran.«

Ich versuchte, den Kloß im Hals herunterzuschlucken. Nebeneinander heulend im Café zu sitzen, das ging nun wirklich gar nicht. Irgendwie konnte ich sie ja verstehen. Frank war in den letzten Jahren immer zynischer geworden. Vielleicht aus Angst, weil er wusste, dass ihm seine wunderschöne Frau irgendwann abhandenkommen würde?

»Und die Kinder?«, flüsterte ich.

»Ich weiß es nicht«, sagte sie. »Lena ist völlig fertig. Sie ist ja so sensibel. Ich weiß nur eins: Wenn ich mich gegen Frank entscheide, dann ist das auch eine Entscheidung gegen die Kinder. Max ist Amerikaner. Er ist von seiner Firma an HP ausgeliehen worden und geht in ein paar Monaten zurück nach New York. Er will, dass ich mitkomme. Ich kann die Kinder doch nicht einfach aus ihrer Schule, ihrem Kindergarten, ihrem Leben reißen! Aber stell dir nur vor: New York! Max hat ein Loft mitten in Manhattan.«

Vermutlich war Manhattan ein ganz kleines bisschen aufregender als Gärtringen.

»Hat Frank denn gar nichts geahnt?«

Sie schüttelte den Kopf und sagte wütend: »Frank käme doch niemals auf die Idee, dass mich ein anderer Mann attraktiv finden könnte.«

Da war ich mir aber gar nicht so sicher.

»Wie geht es jetzt weiter?«, fragte ich leise.

»Ich weiß es nicht. Ich weiß es wirklich nicht. Bei dem Gedanken, die Kinder zu verlassen, zerreißt es mir das Herz.«

»Und Frank?«

»Redet nicht mit mir. Läuft mit versteinertem Gesicht herum. Die Stimmung zuhause ist furchtbar.«

Das war eigentlich nicht meine Frage gewesen.

»Ich geh jetzt besser.« Katharina kramte nach ihrem Portemonnaie.

»Lass nur, ich mach das schon.«

Sie hatte ihren Eiskaffee nicht einmal angerührt.

»Wir telefonieren«, sagte ich, weil mir nichts Originelleres einfiel.

Ich sah ihr nach. Katharina bemerkte nicht, dass sie mittlere Erdbeben auslöste, als sie an den Männern im Café vorbeilief.

Ich blieb noch einen Augenblick sitzen. Wenn ich schon auf das leckere Banana-Split verzichten musste, würde ich wenigstens Katharinas Eiskaffee trinken, auch wenn Sahne, Eis und Kaffee mittlerweile zu einer hellbraunen Brühe verlaufen waren.

Den Rest des Tages hatte ich nichts vor. Außer, darüber nachzudenken, dass ich genauso arbeitslos war wie vorher. Kein schöner Gedanke. Und dass Leon erst in zwei Tagen wiederkam und ich nicht genau wusste, welche Rolle Yvettes Hintern bis dahin in seinem Leben spielen würde. Dieser Gedanke war noch viel weniger schön. Ich musste dringend mit Lila reden. Ich holte das Handy aus der Tasche und wählte Lilas Nummer.

»Hallo, Line. Endlich meldest du dich. Wie war's?«

»Erzähl ich dir heute Abend. Ich geb einen Sekt aus.«

»He, hast du den Job etwa?«

»Nein, ich hab den Job nicht, weil ich den Tiger nicht genug aus dem Tank lasse, und glaub mir, das ist ein Grund zum Feiern. Habt ihr Zeit, Harald und du?«

»Harald auch?«

»Ja. Das war wirklich nett von ihm, mir heute Morgen zu helfen. Ich wollte mich bedanken. Bei dir natürlich auch.«

»Das freut mich. Du kannst also mit ihm leben?«

»Ich muss ja nicht mit ihm leben. Aber bitte, gib rechtzeitig Bescheid, wenn du in die Richtung Ambitionen hegst. Du weißt ja, wie schwierig der Stuttgarter Wohnungsmarkt ist.«

»Keine Sorge. Wir lassen's langsam angehen. Und überhaupt, Leon und du, ihr seid vorher dran.«

»Zu dem Thema gibt's Beratungsbedarf.«

»Habt ihr euch gestritten? Glaub mir, es ist total normal, sich am Telefon zu streiten, wenn ein Partner ohne den anderen wegfährt. Das kann schon mal zu Spannungen führen, auch wenn man sich gut versteht.«

»Die Sumpfschnepfe ist wieder aufgetaucht.«

»Au weia. Nicht gut. Wir reden heute Abend darüber, vorausgesetzt, es stört dich nicht, dass Harald dabei ist.«

Eigentlich ging meine Intimität mit Harald noch nicht so weit, dass ich meine Beziehung vor ihm diskutieren wollte, aber ich wollte den frisch ausgehandelten Burgfrieden nicht schon wieder riskieren und sagte nichts. Wir verabredeten uns auf sieben Uhr und ich blieb noch einen Augenblick sitzen. Leon. Irgendwie konnte ich mir im Moment überhaupt nicht vorstellen, mit ihm zusammenzuziehen und mich samstags zwischen Dübeln und Schrauben vor Heimwerker-Experten im Baumarkt zu blamieren.

Ich schlenderte in aller Ruhe zum Charlottenplatz und nahm den Vierer. Beim Rewe am Ostendplatz kaufte ich Sekt, Taco-Chips, eine feurige Soße zum Dippen und Oliven. Zuhause weichte ich die eingesaute Hose ein und legte mich ein Stündchen aufs Bett. Die Nacht war kurz gewesen. Ich wachte auf, als ich Haralds und Lilas Stimmen im Erdgeschoss hörte. Rasch stand ich auf und zog mir frische Klamotten an.

Kurze Zeit später stand Lila im Zimmer. »Line, was hältst du davon, wenn wir mit dem Sekt hinaufgehen auf die Uhlandshöhe? Es ist so ein schöner Abend!«, sagte Lila eifrig.

»Supi Idee«, antwortete ich.

Ein paar Minuten später zogen wir los. Harald hatte sich großzügig als Packesel für unseren ganzen Kram angeboten. Der Weg nach oben war steil und führte an Eric M. Hollisters ehemaliger Wohnung vorbei. Ich versuchte, nicht daran zu denken. Wir liefen an Sternwarte und Minigolfplatz vorbei zum Aussichtsturm und kletterten die Stufen hinauf. Die Sonne war gerade untergegangen und hatte einen rosa Schimmer über der Stadt und den bewaldeten Höhen hinterlassen. Einen Augenblick standen wir nur da und schauten.

»Raufklettern und runtergucken gehört irgendwie zu Stuttgart wie Würste in den Wurststrauß«, sagte ich. »Leon findet ja, man kann nicht weit genug kucken.«

»I fend's schee. On 's war a glasse Idee von dr Juliane, doo nuffzomganga.«

Ich hatte mich noch nicht so richtig dran gewöhnt, dass Harald Juliane zu Lila sagte.

»Eigentlich mehr was für zu zweit«, sagte ich. »Tut mir leid, wenn ich euch die Romantik kaputtmache.«

Lila breitete zwei alte Decken auf dem Turmmäuerchen aus. Der Abend war kühl und roch nach Herbst.

Harald öffnete den Sekt und goss die Gläser voll. »Koi Sorg. Mir gangad em Oktober fir a baar Dag nach Malorka auf mei Finca. Doo isch gnug Zeit fir Romandik.«

Wir stießen an und ich musterte Lila prüfend. Sie tat sehr unbeteiligt. Normalerweise betreute sie in ihrem Urlaub ehrenamtlich Kinder aus Tschernobyl, machte Yoga-Wochen auf Amrum oder wanderte durch den Harz.

Mein Handy klingelte. Ich stellte das Sektglas ab. Leon. Ich ging ein paar Treppenstufen hinunter, um ungestört zu sein.

»Hallo, Süße. Ich bin extra auf einen Hügel gestiegen, um Netz zu haben. Ganz schön frisch hier. Ich wollte noch mal hören, wie das Vorstellungsgespräch gelaufen ist. Und dir sagen, dass ich die Stunden zähle, bis ich übermorgen wieder bei dir bin!«

Mein Herz machte einen kleinen Hüpfer, als ich das hörte. Leon. In weniger als zwei Tagen würde er wieder bei mir sein und ich konnte mir den ganzen Ärger und Frust der Woche von der Seele reden.

»Ach, Leon. Es wäre so schön, wenn du jetzt hier wärst. Wir sitzen auf der Uhlandshöhe, Lila und Harald und ich und trinken Sekt ...«

»Harald?«

»Harald ist Lilas neuer Freund«, flüsterte ich. »Ein Porsche fahrender Zahnarzt. Und Lena ist gestern von zu Hause abgehauen, weil sich meine Schwester in einen Amerikaner verliebt hat. Und das Vorstellungsgespräch ging erst in und dann auf die Hose. Es ist alles viel zu kompliziert, um es am Handy zu erzählen.«

»Unglaublich«, sagte Leon. »Kaum ist man ein paar Tage weg, geht schon alles drunter und drüber. Hast du meine Geranien gegossen?«

»Heute hat's irgendwie nicht gereicht«, sagte ich schuldbewusst. »Ich mach's gleich morgen früh, versprochen!«

Ich kletterte die Stufen wieder hinauf. »Viele Grüße von Leon«, sagte ich.

»Danke«, sagte Lila. »Gibt's was Neues?«

»Ja. Ich hab schon wieder vergessen, seine Geranien zu gießen.«

»Aber Line! Geranien sind lebendige Geschöpfe, wie du und ich! Und wir brauchen unbedingt mehr Grün in der Stadt, vor allem auf den superbefahrenen Straßen. Übrigens bastle ich grade mit einer Kollegin an dem Thema. Wir planen eine geniale Aktion für den Herbst! – Und was ist jetzt mit Yvette? Du sagtest, sie sei wieder aufgetaucht.«

Ich zögerte einen Moment und warf einen Blick auf Harald. Ich konnte mir jetzt keine Empfindlichkeiten leisten. Ich brauchte dringend Lilas Rat!

»Ja. Leon hat mir ein Foto geschickt. Yvette war mit drauf. Er hat mir nicht erzählt, dass sie mitgeht zum Mountainbiken«, sagte ich. »Findest du das nicht komisch?«

Lila tauchte stirnrunzelnd einen Taco-Chip in die Salsa und dachte einen Augenblick nach. »Ich würde Leon nicht so einschätzen, dass er dir mit Absicht nichts gesagt hat«, sagte sie. »Wahrscheinlich hat es für ihn überhaupt keine Bedeutung. Für ihn ist klar, dass ihr beide zusammengehört. Warum besprichst du es nicht einfach in aller Ruhe mit ihm, wenn er wieder hier ist?«

Ich nickte erleichtert. In aller Ruhe besprechen, so gingen zwei vernünftige Menschen in einer reifen Beziehung miteinander um. Missverständnisse und Kommunikationsprobleme gehörten nun einmal dazu, wenn sich Mann und Frau zusammentaten. Vor allem wenn Mann aus Hamburg und Frau aus Stuttgart. Wie kompliziert musste das erst mit einem Finnen und einer Südafrikanerin sein?

»Isch des sei Ex?«, fragte Harald.

Ich nickte.

»Also, wenn i amol ebbes aus männlicher Sichd saga derf, Exfraindinne sen emmr gfährlich. Denne goht mr aus 'm Weg. Egal wie lang's her isch. Mir Männer sen oifach schwach.«

Lila sah Harald ärgerlich an. »Jetzt mach ihr doch keinen Stress«, rief sie aus.

Harald zuckte mit den Schultern. »I sag's, wie's isch.«

12. Kapitel

Kommt 'ne Frau in Dönerladen,
will vegetarisch Döner haben.
Hau ich Fleisch ganz unten rein,
denn Frau soll auch nicht traurig sein.

Am Donnerstagmorgen stand ich früh auf, um meinen Ruf als fürsorgliche Freundin und Leons Geranien zu retten, ehe ihnen die Hitze des Tages den endgültigen Todesstoß versetzte, nachdem sie seit Sonntag auf Wüstentauglichkeit getestet wurden. Ehrlich. Kein vernünftiger Mensch hatte Balkonkästen in der Reinsburgstraße! Wegen der Abgase konnte man doch sowieso nur alle vier Jahre auf dem Balkon sitzen, während des Finales bei der Fußball-WM! Ich war schon halb aus der Tür, als das Telefon klingelte.

»Jetz sag amol, moinad ihr eigendlich, i ben a daube Henn?« Dorle sprang ohne lange Umschweife in medias res.

»Dande Dorle, wovon sprichst du?«, fragte ich verwirrt.

»Ha, vo dir on deiner Schweschdr! I ben vielleicht nemme die Jengscht, aber bscheißa lass i mi net! Seit drei Dag laufd en Gärtrenga dr Arufbeantworder. On heit Morga han i endlich d' Katharina verwischd. On dass die gheilt hot, des han i glei gmerkt, on noo dud se so, wie wenn nix wär. Du sagsch mr jetzedle sofort, was doo los isch!«

»Dorle, ich finde eigentlich, Katharina sollte dir das selber sagen.«

»Mädle, jetz isch Schluss mit dem Gschiss! Sagsch mr's jetz odr net?«

Ich seufzte. Es hatte ja doch keinen Zweck. »Katharina hat ... also, sie hat jemanden kennengelernt«, sagte ich betreten.

»Was hoißd des, kennaglernt? I han gschdern au d' Frau Scheifele kennaglernt, beim Metzger.«

»Na ja, kennengelernt heißt ...« Ich holte tief Luft. »Es heißt ... verliebt.«

»I han mr so ebbes denkd! I han mr's oifach denkd!«, ereiferte sich Dorle.

Es war eigentlich nicht ihre Art, so zu poltern. Außer wenn sie die Familie bedroht sah. Dann wurde sie zur Tüpfelhyäne. Weil es sowieso keinen Zweck hatte, erzählte ich ihr von Lenas Ausbüxen und dem Treffen mit Katharina. Als ich fertig war, verzichtete Dorle auf Kommentare und verabschiedete sich ohne weitere Umschweife. Ich war gerade wieder halb zur Türe hinaus, da klingelte das Telefon erneut.

»Wieso hast du Dorle erzählt, was passiert ist?«, rief Katharina erbost. »Das war vertraulich!«

Ich stöhnte. »Ich weiß nicht, wie du das machst, aber Dorle nimmt es mir einfach nicht ab, wenn ich versuche, ihr auszuweichen! Wieso bist du überhaupt zu Hause?«

»Ich habe mich krankgemeldet. Ich habe überhaupt keine Kraft mehr. Ich kann weder schlafen noch essen und zermartere mir das Hirn darüber, wie es mit meinem – unserem – Leben weitergehen soll. Aber es kommt nix dabei raus.« Sie fing an zu weinen. »Line, als ich gestern aus der Stadt kam, habe ich Frank am PC überrascht. Er hat mich nicht reinkommen hören. Ich glaube, er chattet schon mit anderen Frauen!«

»Katharina«, sagte ich sanft, »kannst du nicht verstehen, dass er unendlich verletzt sein muss? Schließlich bist du diejenige, die ...«

»Ja«, schluchzte Katharina. »Aber ich weiß nicht ... Ich hätte gedacht, er kämpft um mich ... und sucht sich nicht gleich eine Neue und lässt mich einfach so gehen ...«

»Tut er das denn?«

»Wir haben immer noch nicht miteinander geredet. Und jetzt hat Dorle verkündet, dass sie heute Abend kommt und mit uns beiden reden will. Zusammen.«

Dorle als Paartherapeutin? Na, das würde ja ein lustiger Abend werden.

»Rufst du mich danach an?«, fragte ich.

Nach dem Gespräch mit Katharina blieb ich mit dem Telefon in der Hand sitzen und wartete. Es klingelte nach zehn Sekunden.

»I gang heit no zu deiner Schweschdr«, sagte Dorle.

»Ich weiß«, seufzte ich. »Aber was machst du, wenn Frank sich weigert, mit Katharina zu reden? Du kannst ihn doch nicht dazu zwingen!«

»Mei liebs Kend, d' Leit missad mitanander schwätza! Woisch, mei Generatio, mir hen koin Fernsäh on Computer on koi Handy ghett. Mir sen zammaghockt on hen gschwätzt! Ihr Jonge, ihr rennad ällaweil voanandr drvo! Hosch du scho mit deim Leon gschwätzt?«

»Keine Sorge, wir sind ... äh ... in regem Austausch«, sagte ich hastig. »Er kommt ja bald zurück.« Ich hatte keine Lust, Dorles Aufmerksamkeit von Katharinas Ehe auf meine Beziehung zu lenken.

Nach den anstrengenden Telefonaten war ich erledigt. Ich verdiente eine Belohnung! Es war so ein herrlicher Septembertag, die drückende Hitze war aus der Stadt gewichen, und Leons blöde Geranien würden doch wohl noch ein paar Stunden überstehen. Ich machte mir vier Salamibrote, packte drei Bücher, zwei Dosen Cola und eine Packung Gummibärchen ein und marschierte hinunter in den Schlosspark und wieder hinauf zum Schloss Rosenstein. Dort hängte ich meine Füße in den Brunnen, lauschte dem beruhigenden Plätschern der Fontäne und verbrachte die nächsten Stunden mit Lesen, Essen und Dösen. Herrlich! Ich hatte beschlossen, die diffuse Bedrohung meiner Beziehung durch Exfreundinnen mit knackigen Pos komplett zu verdrängen, auch wenn Haralds nüchterne Sichtweise auf seine Geschlechtsgenossen nicht gerade beruhigend war.

Erst gegen Abend machte ich mich auf in die Reinsburgstraße und nahm mir viel Zeit für Leons Geranien. Weil Lila immer sagte, dass man mit Blumen sprechen sollte, erzählte ich ihnen das Märchen vom Froschkönig. Danach goss ich kräftig und zupfte die vertrockneten Blüten ab. Leider blieb hinterher nicht mehr allzu viel Geranie übrig. Zwei Stockwerke tiefer ging das Fenster auf und Herr Tellerle streckte wütend den Kopf heraus, weil es auf den Bierkasten auf seinem Balkon tropfte. Ich machte, dass ich wieder in die Wohnung kam, ehe er mich sah. Bevor ich ging, schüttelte ich im Schlafzimmer die Decke auf, zupfte die Kissen zurecht und malte mir das Wiedersehen mit Leon aus. Er würde zur Tür hereinkommen, verschwitzt, die blonden Haare allerliebst verstrubbelt, Kettenschmiere im Gesicht und auf den Händen, in seinem knallengen Fahrraddress, ein echter Kerl eben, und ich würde ihn nicht erst zum Duschen schicken ...

Ich lief die Reinsburgstraße hinunter. Plötzlich stieg mir ein wunderbarer Geruch in die Nase. Ich blieb stehen und schnupperte. Döner! Es gab keinen Zweifel. Seit wann gab es in der Reinsburgstraße einen Dönerstand? Der Duft kam von der anderen Straßenseite. Tatsächlich. In einem Fenster drehte sich ein Dönerspieß, neben dem ein großes Messer und eine Schaufel für das heruntergeschabte Fleisch lagen. Das Fleisch roch nicht nur köstlich, es sah auch köstlich aus.

War hier nicht bis vor kurzem eine Galerie gewesen? Die war bestimmt der Wirtschaftskrise zum Opfer gefallen. Jetzt hing an der Tür ein improvisiertes Schild, darauf war »Dönerwelt« gekritzelt. Vermutlich eine neue Kette. Mein Magen knurrte. Lila hatte angekündigt, den Abend bei Harald verbringen zu wollen. Ich würde also zu Hause sowieso nichts zu essen bekommen. Das passte ja prima! Außerdem gehörte Döner nicht einmal in die Kategorie Fast Food, sondern war mit der vielen Rohkost und dem Knoblauch total gesund.

Leider war niemand zu sehen, der den Dönerspieß bediente. Weiter hinten im Raum drängelte sich eine Menge Leute. Vielleicht war heute Neueröffnung und es gab noch Anlaufschwierigkeiten? Ein blasses Mädchen mit einem roten Schottenrock über der abgeschnittenen Jeans und bunt bemalten Clogs an den Füßen kam aus der Tür.

»Hallo«, sagte ich, »du weißt nicht zufällig, ob man hier einen Döner kriegen kann?«

Das Mädchen sah mich einen Augenblick verblüfft an, brach in wieherndes Gelächter aus, öffnete die Tür und brüllte: »Tarik! Da will jemand einen Döner! Mit alles und scharf!«

Die Leute in dem Laden brachen in kollektives Johlen aus. Eine große, breite Gestalt löste sich aus der Menge und kam auf mich zu. Alles an diesem Mann war dunkel – die Haare, die erst sehr weit oben in der Stirn ansetzten und ziemlich wirr um seinen Kopf herumhingen, die Augen, das schwarze T-Shirt, die Jeans und die auf Hochglanz gewienerten schwarzen Halbschuhe. Obwohl die Klamotten schlicht waren, sah sogar ich, dass sie aus einer Edelboutique stammen mussten. »Dankbars Schdöffle«, wäre Dorles Kommentar gewesen. Da, wo das T-Shirt aufhörte, war ein Granatapfel in den rechten muskulösen Oberarm eintätowiert. Die Handgelenke waren mit unzähligen Lederbändchen umwickelt.

Er stand jetzt vor mir, kniff die Augen zusammen und musterte mich. Wow. Der Kerl war nicht wirklich attraktiv, schien aber über geheime Superkräfte zu verfügen. Es fühlte sich an, als würde sein Blick alienmäßig von oben in meinen Kopf und von dort durch meinen ganzen Körper rutschen, um mir dann langsam die Füße nach vorne wegzuziehen. Ich schluckte und begann leicht zu schwanken.

»So, so. Du willst also einen Döner?«, fragte der Mann und strich sich mit einer großen Geste die Haare aus der Stirn. Ein riesiger Totenkopfring prangte auf seinem Mittelfinger. Seine Stimme war tief und wohlklingend. Fast wie einer der dreizehn Tenöre.

»Wenn's keine Umstände macht, ja«, sagte ich.

»Du bist süß«, sagte er. »Sehr süß. Das ist kein Döner. Das ist eine Installation.«

»Ach«, sagte ich.

Der installierte Döner unterschied sich nicht wirklich von den Dönern, die ich sonst so kannte. Außerdem wusste ich nicht, was ich davon halten sollte, von einer je zur Hälfte aus Rodin und Superman bestehenden Reinkarnation süß gefunden zu werden.

»Komm rein«, sagte die Rodin-Hälfte und winkte mich in die Galerie. »Ich zeig dir die Ausstellung. Sie heißt übrigens ›Dönerwelt‹. Und ich bin Tarik. Der Künstler.« Unwillkürlich warf er sich ein kleines bisschen in die breite Brust.

Irgendwo hatte ich den Namen schon mal gehört.

»Freut mich«, sagte ich. »Ich heiße Line.«

Tarik musterte mich wieder. Offenbar hatte er etwas mehr Euphorie erwartet. »Du kennst dich wohl nicht so aus mit zeitgenössischer Kunst?«, fragte er.

»Doch, natürlich!«, rief ich enthusiastisch. »Andy Warhol. Beuys in der Staatsgalerie. Kennt man doch.«

Er sah mich nachdenklich an. »Du bist echt süß«, sagte er und kniff mich neckisch in die Wange.

Zum Glück bestand die Galerie nur aus zwei kleinen Räumen, die ineinander übergingen, da war man sicher schnell durch. Ich war zwar ziemlich intellektuell, aber mit Kunst hatte ich es nicht so, und außerdem brauchte ich dringend was zu essen. Auf einer Fotomontage räkelten sich vor einem Hotel namens »Izmir Palace« statt Menschen Dönerspieße in den Liegestühlen. Das nächste Bild namens »Religious Döner« zeigte eine jesusähnliche Gestalt an einer langen Tafel mit vielen Menschen, die Döner in Fladenbrot austeilte. Dorle hätte Tarik vermutlich den Marsch geblasen. Dann war da noch ein Bild, auf dem ein Döner in einer surrealen Landschaft zerfloss wie die Uhren von Dalí. Im Hintergrund war ein Joghurtsoßen-Strom zu sehen. Bei dem Anblick bekam ich noch mehr Hunger.

Der zweite Raum wurde nahezu vollständig von einem einzigen Kunstwerk ausgefüllt. In zwei eisbergähnlichen durchsichtigen Blöcken waren überdimensionale Fleischstücke, Fladenbrot, Kraut, Tomatenscheiben, Zwiebelringe und erstarrte Soße eingefroren.

»Zersägter Döner in Formaldehyd«, sagte Tarik und führte mich durch eine Art Gang zwischen den beiden Blöcken hindurch.

Mein laut knurrender Magen wurde zum Glück von dumpfer Musik übertönt. Der Gang endete an einer improvisierten Bar, an der ein Haufen Mädchen hing, die entweder sehr bunt oder ebenso schwarz wie Tarik angezogen waren. Sie tranken Bionade, stopften Gummibärchen in sich hinein und schafften das Kunststück, gleichzeitig zu kichern und mich sääähr böse anzusehen. Ich fühlte mich ein bisschen wie eine winzige Maus, die arglos aus ihrem Loch tippelt und plötzlich in unzählige hungrige Katzenaugen starrt.

»Hallo«, sagte ich verlegen und tauchte schnell mit der Hand in die Gummibärchen, ehe mir eines der Mädchen auf die Finger klopfte.

»Litschi oder Holunder?«, fragte Tarik.

»Holunder, danke«, sagte ich.

Tarik reichte mir eine Flasche Bionade. Neben der Bar thronte eine ältere Frau unbeweglich auf einem klapprigen Stuhl. Sie trug einen langen Rock, eine gestreifte Bluse und Kopftuch. Sie saß sehr aufrecht und hielt mit beiden Händen eine Handtasche auf den Knien fest. Obwohl sie vollkommen deplatziert wirkte, strahlte sie eine natürliche Autorität aus. Ich musste zweimal hinsehen. War die Frau echt oder auch eine Installation?

Tarik bemerkte meinen Blick. »Das ist meine *Anne*«, sagte er.

»Freut mich«, sagte ich und hielt der Frau meine Hand hin.

Sie nahm sie nicht, sondern nickte mir stattdessen würdevoll zu.

»Wie findest du eigentlich das letzte Kunstwerk?«, fragte Tarik und machte eine Handbewegung zur Wand hin.

Ich kniff die Augen zusammen. Die Wand war leer. Ich versuchte, mich zu konzentrieren, aber Tarik stand jetzt dicht neben mir und der Alien-Effekt trat wieder ein, nur wurden jetzt zur Abwechslung meine Füße zur Seite weggezogen.

»Äh, tut mir leid«, sagte ich. »Ich sehe nichts.«

»Das ist es ja gerade!«, rief Tarik enthusiastisch aus. »*Invisible Döner*! Das geht nächstes Jahr auch mit nach Istanbul. Ich bin eingeladen, die in Deutschland lebenden Künstler türkischer Abstammung zu vertreten, wenn Istanbul Kulturhauptstadt ist.«

Ich sah Tarik ungläubig an. War der Typ völlig verrückt? Er schien es tatsächlich ernst zu meinen. Vielleicht war das so, wie wenn sich jemand für Napoleon hielt, und man durfte es ihm auf keinen Fall ausreden?

»Sehr beeindruckend«, sagte ich schließlich. »Was passiert eigentlich mit dem Döner im Schaufenster?«

Tarik zuckte die Schulter. »Der bleibt da. Dreht sich und dreht sich. Immer weiter. Irgendwann wird er verkohlt sein und stinken. Das ist Kunst in vier Dimensionen! Kunst, die nicht statisch ist, sondern sich ständig verändert. Kunst, die vergeht. Vielleicht säge ich auch noch Objekte aus dem Fleisch.«

»Aha«, sagte ich. »Interessant. Und wieso ausgerechnet Döner?«

»Der Döner als Symbol türkischer Einwanderung in Deutschland. Verfremdet. Reduziert. Topos. Klischee. Symbol der Begegnung. Am Dönerstand gibt's keine Klassenunterschiede.«

»Verstehe«, sagte ich. »So ein bisschen currywurstmäßig. Trotzdem schade, dass man die Installation nicht essen darf.«

»Du bist wirklich süß. Ich könnte dich als Muse gebrauchen. Du hast so einen erfrischend unakademischen Zugang zur Kunst.«

»Als Muse?«

War das jetzt ein Jobangebot? Voll- oder Teilzeit? Konnte man damit Geld verdienen? Irgendwie hatte ich Zweifel, dass sich das mit meiner Tätigkeit als Freundin von Leon vereinbaren ließ.

»Ich bin leider in festen Händen«, sagte ich stolz. Schon seit Jahren hatte ich mir gewünscht, einmal diesen Satz sagen zu können!

Tarik sah mich an und schüttelte ungeduldig den Kopf. »Das hast du völlig falsch verstanden«, sagte er. »Musen sind rein platonisch. Sie inspirieren den Künstler auf einer rein abstrakten, geistigen Ebene. Außerdem bist du überhaupt nicht mein Typ.« Sein Blick blieb auf meinem nicht vorhandenen Busen hängen.

Ich seufzte erleichtert. Als Tariks Muse wäre mein Seelenfrieden also nicht gefährdet. Ein gewisses Restrisiko würde jedoch bleiben. War Camille Claudel nicht im Irrenhaus gelandet? Andererseits hatte ich mein letztes Bild im Kindergarten gemalt, es gab also keine Kunst von mir, die Tarik als die seine ausgeben konnte.

»Gibt's hier nicht eine ziemlich große Musenauswahl?«

Die kichernden Mädchen verfolgten jeden Schritt von uns, was angesichts des knappen Raumangebots nicht wirklich schwierig war. Sie sahen aus, als ob sie sofort in Ohnmacht fallen würden, sollten sie ein Angebot als Muse erhalten.

»Ach, meine Studentinnen aus dem Grundstudium«, sagte Tarik verächtlich. »Die langweilen mich. Groupie-Einheitsbrei.«

Vielleicht war das ja die Lösung? Kein Mann konnte die Bedürfnisse einer Frau komplett befriedigen, das wusste man ja, vor allem, wenn sie so komplex war wie ich. Wenn ich Tariks Muse wurde, rein platonisch natürlich, würde die kreative Seite in mir zu ihrem Recht kommen. Dann musste ich mich nicht ständig fragen, ob Leon zu mir passte! Tarik für die wildgefährlichen, Leon für die emotional stabilen Momente im Leben. Zersägter Döner einerseits und Einfamilienhaus andererseits. Das war schlichtweg genial!

»Was muss man denn da so machen, als Muse?«, fragte ich.

Tarik grinste. »Das erkläre ich dir gerne«, sagte er. »Aber nicht hier. Komm mit.«

O je.

13. Kapitel

La noche que me quieras
desde el azul del cielo,
las estrellas celosas
nos mirarán pasar
y un rayo misterioso
hará nido en tu pelo
luciérnaga curiosa
que verá ... que eres mi consuelo.

»Wohin fahren wir?«, fragte ich.

Ein paar Meter oberhalb der Galerie stand ein schwarzer Mercedes auf dem Gehweg. Tarik hielt erst seiner Mutter und dann mir die Autotür auf. Hinten war zwischen zwei riesigen Lautsprechern nicht besonders viel Platz.

»Zuallererst bringen wir meine Mutter nach Hause«, sagte er. »Und dann gehen wir tanzen.«

Wenn das mein Musen-Job war, hatte ich nichts dagegen. Ich war schon ewig nicht mehr richtig tanzen gewesen. Vielleicht entführte mich Tarik in eine Türken-Disco und stellte mich dort seinen gut aussehenden Kumpels vor? Alle würden mit mir tanzen wollen. Hurra! Endlich mal wieder richtig abhotten!

Tarik brauste mit überhöhter Geschwindigkeit die Reinsburgstraße hinunter. Seine Mutter saß schweigend auf dem Beifahrersitz.

»Und, wohnen Sie gerne in Stuttgart?«, fragte ich, um die Stille zu durchbrechen.

Tariks Mutter beachtete mich nicht. Stattdessen übergoss sie Tarik mit einem türkischen Wortschwall. Dann war es wieder still.

»Was ist mit deinem Vater?«, fragte ich schließlich Tarik.

»Mein Vater stapelt Gemüsekisten bei einem türkischen Großhändler in Wangen und macht sich das Kreuz kaputt«, sagte Tarik. »Nachtschicht. Hätte er schon lange nicht mehr nötig, aber er ist zu stolz, um Geld von mir anzunehmen.«

»Hast du eigentlich keinen Nachnamen?«

»Natürlich habe ich einen Nachnamen. Aber fürs Marketing ist ein Name besser. Oder kennst du die Nachnamen von Christo oder Jeanne-Claude?«

Das leuchtete ein. Tarik brauste über eine sehr orangene Ampel am Hauptbahnhof und bog nach rechts ab. Hinter der Haltestelle »Milchhof« hielt er an. Seine Mutter wartete, bis Tarik ihr die Tür öffnete, und stieg aus, ohne mich weiter zu beachten. Die beiden verschwanden in der Dunkelheit. Um mich nicht wie in einem Taxi zu fühlen, setzte ich mich nach vorne und sah mir die Plüschtiere und Glücksbringer an, die am Rückspiegel baumelten. Eine weibliche Stimme zeterte. Nach ein paar Minuten kam Tarik zurück.

»Stur wie ein anatolischer Maulesel«, schimpfte er.

»Wieso?«

»Sonst hat wenigstens meine Mutter Geld von mir angenommen. Jetzt weigert sie sich, weil sie die Ausstellung gesehen hat und meine Arbeiten allahlos findet. Das ist nicht allahlos, das ist Kunst! Außerdem hat sie mir zum hundertsten Mal erklärt, dass ich gefälligst die Nichte meines Cousins siebten Grades heiraten soll, anstatt mich mit deutschen Frauen abzugeben!«

Tarik stieß ein paar wütende türkische Sätze aus. Dann ließ er den Motor aufheulen.

Nach wenigen hundert Metern bogen wir von der Straße nach links ab und parkten auf einem einsamen, düster aussehenden und schlecht beleuchteten Gelände. Wo um Himmels willen waren wir? Auf jeden Fall war das die ideale Location für einen Krimi-Showdown. Hmm. Musste ich mir Sorgen machen? Andererseits hatte eine Türken-Disco sicher nur hier Überlebenschancen, wo es keine Proteste von Anwohnern hagelte, die hinter einem harmlosen Laden fundamentalistische Islamisten vermuteten. Wir stiegen aus. Es war sehr still. Keine wummernden Bässe. Keine aufgemotzten Mädels.

»Wo sind wir hier?«, fragte ich leicht nervös.

»Am Nordbahnhof. Auf dem Gelände der Wagenhallen.«

Tarik bugsierte mich am Ellenbogen um eine dunkle Ecke. Auf der Hauswand leuchtete ein Schriftzug: *Tango Ocho*.

»Ein Tango-Schuppen?«

Dunkle Erinnerungen an grauenhaft unter den Achseln schwitzende Tanzstunden-Jünglinge, vor denen ich schreiend Reißaus genommen hatte, stiegen in mir auf.

»Ich kann keinen Tango tanzen«, protestierte ich.

»Aber ich«, sagte Tarik.

»Du bist doch Türke und nicht Argentinier!«

»Alle Türken tanzen Tango«, sagte Tarik achselzuckend. »Ich komme regelmäßig hierher.«

Er führte mich in einen Gang, der in schwaches orangefarbenes Licht getaucht war, und dann nach links in das Lokal. An einer Kasse saß eine Frau im engen Kleid, die Tarik mit Namen begrüßte. Tarik machte Küsschen, Küsschen. Er reichte ihr einen Schein, lehnte das Wechselgeld ab und winkte mir, ihm zu folgen.

Die alte Fabrikhalle hatte schon einmal bessere Zeiten gesehen. Der größte Teil des Raums wurde von einer Tanzfläche eingenommen, auf der sich eng umschlungene Paare zu Tango-Rhythmen drehten. Im Hintergrund flimmerte Werbung für Tango-Urlaub mit Vera und Leonardo über die Wand. Zur Tanzfläche hin standen wild zusammengewürfelte Stühle, Sessel und Sofas an wacklig aussehenden Tischen. Chinesische Lampions und Lichterketten verbreiteten ein schummriges Licht. Frauen aller Altersstufen stürzten freudig auf Tarik zu. Mich dagegen behandelten sie wie Luft oder warfen mir argwöhnische Blicke zu. Ganz offensichtlich wurde Tarik als *sexiest man Stuttgarts* gehandelt. Vielleicht befürchteten sie auch einfach, ich würde ihnen den Tanzpartner wegnehmen?

»Geh ruhig tanzen«, sagte ich. »Ich guck gerne mal 'ne Weile zu.«

»Was möchtest du trinken?«, fragte Tarik und ignorierte meinen Vorschlag.

»Haben die hier vielleicht argentinischen Rotwein?«

Tarik nickte und ging zu einer Bar, nicht ohne nach allen Seiten zu grüßen und das eine oder andere Wort zu wechseln. Es schien, als sei er der geheime Mittelpunkt des Raums, auf den sich alle Aufmerksamkeit konzentrierte.

Ich setzte mich auf einen Stuhl und beobachtete die Paare auf der Tanzfläche. Die Frauen trugen elegante Marlene-Hosen mit Neckholder-Tops oder kurze Röckchen mit Leggins darunter und sehr hochhackige Schuhe, die Männer sahen mit Hemden und Hosen eher normal aus. Tango schien ein beängstigend intimer Tanz zu sein, bei dem man sich so eng wie möglich aneinanderpresste und bei dem es offensichtlich nicht so viel zu lachen oder zu reden gab, denn die Tänzer wirkten ungeheuer ernst und konzentriert. Viele Tanzpaare hatten die Augen geschlossen und bumperten erstaunlicherweise trotzdem nicht ineinander. Ab und zu erstarrte ein Paar ohne erkennbaren Grund mitten in der Bewegung. Ich hielt jedes Mal die Luft an, bis sich die Bewegung auflöste und die Frauen entweder ihre endlos langen Beine um die Männer herumwickelten oder sie zwischen den Männerbeinen zackig nach oben schleuderten, was ich ziemlich riskant fand, für die Männer. Es war faszinierend. Ich seufzte, blickte auf meine Beine, die leider zu kurz waren, um sie irgendwo herumzuwickeln, und meine angenehm flachen Sandalen, mit denen man definitiv nicht leidenschaftlich auf dem Boden aufstampfen konnte. Ich sehnte mich nach einer normalen Disco, in der man »We are the Champions« mitgrölen und dazu herumzappeln konnte, ohne sich Gedanken darüber zu machen, ob man tragisch aussah.

Tarik kam zurück. Er balancierte in der einen Hand zwei Rotweingläser und auf der flachen anderen Hand eine Serviette. »Mund auf, Augen zu«, befahl er.

Ich öffnete gehorsam den Mund und Tarik schob etwas Warmes, Weiches hinein. Ich biss zu. Mmmh. Das war aber lecker!

»Lass die Augen zu!«, rief Tarik beschwörend. »Was schmeckst du?«

»Teig. Irgendwas Gemüsiges. Hackfleisch«, sagte ich.

»Genau«, flüsterte Tarik. »Fleisch. In einer argentinischen Empanada. Gibt es etwas Genialeres auf der Welt als Fleisch?«

Ich schluckte den Bissen hinunter, öffnete die Augen wieder und nahm einen Schluck Rotwein. Irgendwie war der Typ reichlich durchgeknallt.

»Ich ess auch gern Fleisch«, sagte ich. »Aber Pommes und Pizza sind auch nicht schlecht. Hast du wegen des Fleischs eine Döner-Ausstellung gemacht?«

Tarik nickte. »Ja. Ich liebe Fleisch. Es ist der Inbegriff der Sinnlichkeit. Nicht nur Fleischfleisch. Auch Obstfleisch. Der süße Saft einer Orange, der dir am Kinn herunterrinnt! Und weibliches Fleisch. Brüste, schwer wie türkische Melonen. Komm, wir tanzen.« Tarik sprang auf und griff nach meiner Hand.

Imaginäre Pfeile bohrten sich in meinen Rücken.

»Tarik, du hast sie nicht mehr alle! Ich hab doch gesagt, ich kann nicht Tango tanzen!«

»Weißt du, was das Schönste am Tango ist?«, flüsterte Tarik. »Hier führt der Mann. Ein echter Macho-Tanz für einen echten Macho-Türken und seine Muse.«

Na gut. Ich hatte mich schon lange nicht mehr öffentlich lächerlich gemacht. Wenigstens kannte mich hier keiner. Tarik zog mich auf die Tanzfläche und legte seine rechte Hand fest um meine Taille. Ich legte meine Hand auf seinen Rücken. Das T-Shirt fühlte sich gut an, seidig und kühl. Die Musik setzte ein. Eine Geige seufzte. Tarik drückte mit seinen Knien gegen meine und setzte mich wie eine Marionette in Bewegung.

»Lass dich einfach fallen«, sagte er. »Hör auf zu denken.«

Ich durfte aber nicht aufhören zu denken. Wenn ich aufhörte zu denken, dann würde ich spüren, dass Tariks Nähe etwas zutiefst Beunruhigendes hatte. Etwas, das mich komplett vergessen ließ, dass ich keine Brüste wie türkische Melonen hatte und dass mein Musenjob etwas rein Platonisches sein sollte. Und dass ich einen Freund hatte, der nur ein paar Tage verreist war und morgen wiederkommen würde. Ein Freund, der mir Stabilität gab. Ein Freund, dem ich vertrauen konnte und der mir vertraute ... Wie hieß er noch gleich ...

Tariks Hand wanderte mehr auf meinem Rücken herum, als mir lieb war. Er hatte die Augen geschlossen und bewegte sich mit traumwandlerischer Sicherheit. Wieso rempelten wir nicht mit anderen Paaren zusammen, obwohl ich mir doch reichlich Mühe gab, ihn von seinem Kurs abzubringen, indem ich ihm permanent auf die Zehen trat? Wahrscheinlich hatte er so eine Art eingebaute Einparkhilfe, die in ihm drin piepte, wenn wir einem anderen Paar zu nahe kamen. Seine Wange lag an meiner und drehte sich langsam, ganz langsam in Richtung zu meinem Mund. Er roch nach Aftershave. Gleich würde er mich küssen, und ich war nicht sicher, ob ich mich wehren würde. Da. Die letzten Takte der Musik. Ich schloss die Augen, stellte das Denken ab und wartete wie elektrisiert, dass Tariks Lippen meine berührten ...

Tarik packte mein rechtes Bein, wickelte es blitzschnell um seine Hüfte und machte einen gewaltigen Ausfallschritt, sodass mein linkes Bein gedehnt wurde wie das einer Ballerina im Spagat. Leider war ich nicht so beweglich wie eine Ballerina. »Aua!«, brüllte ich. »Du tust mir weh!«

Tarik stellte mich zurück auf die Füße. »Tsss. Du bist ja total steif«, sagte er tadelnd und angelte nach der Sandale, die ich bei dem Manöver verloren hatte.

Die Blicke der anderen Frauen waren seltsamerweise nicht mehr neidisch, sondern äußerst vergnügt.

Wir gingen zurück an den Tisch und prosteten einander zu. Tarik saß sehr nahe bei mir. Er berührte mich nicht. Das war auch überhaupt nicht nötig. Nach drei Sekunden kehrte der Zauber von vorhin zurück. Tarik zog mich an wie ein magischer Riesenstaubsauger. Leon, dachte ich. Leon, Leon, Leon. Du erinnerst dich, Line? Dein Freund. Du bist sehr glücklich mit ihm. Der Freund kommt morgen wieder und du freust dich schrecklich darauf, nicht wahr?

Tarik sah mich prüfend an. »Ist irgendwas? Du wirkst leicht gestresst.«

»Nein, nein ...«, stotterte ich. »Ich habe nur an die Wäsche gedacht, die ich noch bügeln muss.«

Tarik schüttelte den Kopf und sagte anklagend: »Das ist nicht gerade ein Kompliment für einen türkischen Mann. Entspann dich! Genieß den Abend! Die Musik! Den Augenblick!«

»Lass uns über dieses Musendings reden«, sagte ich, um auf neutraleres Terrain zu kommen. »Gibt's da eine Jobbeschreibung?«

»Du musst einfach nur da sein. Wir gehen aus. Reden. Tanzen. Trinken. Du inspirierst mich. Wir sind sinnlich.«

So wie eine Geisha? Das klang doch ein bisschen sehr nach Objekt. Lila würde es als weibliche Ausbeutung bezeichnen.

»Mir fehlt da so ein bisschen der Win-win-Effekt«, sagte ich. »Was springt für mich dabei raus?«

»Zunächst mal: Alle Spesen gehen auf mich. Und was für dich rausspringt? Sinnlichkeit«, flüsterte er, »Horizonterweiterung, wie du sie dir niemals träumen lassen würdest. Ich glaube, dir würde ein bisschen mehr Sinnlichkeit nicht schaden. Rein platonisch, natürlich.« Er beugte sich vor und seine dunklen Augen bohrten sich in meine.

Ich zuckte zurück. »Erzähl mir mehr von deiner Arbeit.«

Tarik fuhr sich durch sein wirres Haar, zog einen Zahnstocher aus der Hosentasche und begann, darauf herumzukauen. »Die Kunstkritik nennt mich Tarik, den Four-D-Creator. Mein Hauptthema ist Fleisch«, sagte er. Seine Augen funkelten. »Immer nur Fleisch.«

»Ja, das hatten wir schon«, sagte ich.

»Fleisch ist Horizonterweiterung. Und Kaffee.«

»Kaffee?«

»Türkischer Mokka. Den brauche ich zum Wachbleiben.«

Jetzt fehlte nur noch die Wasserpfeife. Damit hatte Eric M. Hollister versucht, mich um den Finger zu wickeln.

»Wieso hast du so viele Groupies?«

Tarik zuckte mit den Schultern. »Ganz einfach. Kunst beschäftigt sich mit Lebensfragen. Zuerst bringe ich die Studentinnen zum Nachdenken. Dann gebe ich vernichtende Urteile über ihre Arbeiten ab, bis sie total verunsichert sind und mich um Hilfe bitten. Jetzt mache ich einen auf väterlich-verständnisvoll. Sie schmelzen dahin, erklären mich zu ihrem Guru und himmeln mich an. Ich habe acht Studentinnen in meiner Meisterklasse an der Kunstakademie, ungefähr fünfzig bettelten um einen Platz. Sie wollen mich alle. Fleisch eben.«

»Klingt ein bisschen fies«, sagte ich.

Tarik warf seine Haare zurück. »Ich belüge niemanden. Außerdem hole ich so alles aus den Studentinnen heraus. Ich tanze auch mit ihnen im Unterricht.«

»Tango?«

»Nein. Spirituelle Tänze in wallenden Gewändern, die die Kreativität fördern. Und jetzt bringe ich dich nach Hause.«

Ich war fast ein bisschen enttäuscht, als Tarik das sagte. Andererseits war es für meinen Seelenfrieden sicher besser. Sollte sich Tarik noch ein Häschen suchen, das ihm das Bett wärmte! Wir tauschten Telefonnummern aus.

Eine halbe Stunde später hielt Tarik vor Lilas Häuschen. »Hübsche Gegend«, sagte er. »Also dann, ich melde mich bei dir. Wundere dich nicht, wenn es eine Weile dauert. Wenn ich arbeite, tauche ich völlig ab. Und ich spüre, dass ein kreativer Schub kommt. Danke für die Inspiration.« Er schob den Zahnstocher auf die Seite und küsste mich auf die Wange. Seine Lippen blieben etwas länger dort liegen als normalerweise üblich.

Ich sah zu, wie Tariks Wagen in der Nacht verschwand. Dann hüpfte ich übermütig auf und ab. Der absolute Wahnsinn! Ich war eine Muse! Ich hatte einen berühmten Künstler inspiriert! Im Geiste sah ich Tarik, wie er auf der nächsten Documenta ein Interview für *Arte* gab: »Natürlich freut es mich sehr, dass die Installation mit den Tango tanzenden Würsten als das herausragendste Kunstwerk dieser Documenta gehandelt wird. Ohne meine Muse Pipeline Praetorius würde es die Installation übrigens nicht geben. Ich weiß gar nicht, wie ich früher ohne sie arbeiten konnte!«

Beschwingt öffnete ich die Tür. Im Haus war alles dunkel und still. Kein Wunder, es war ja schon nach Mitternacht und Lila musste früh raus. Rasch putzte ich meine Zähne und schlich ohne Schuhe die Treppe hinauf, um Lila nicht zu wecken. Leise schloss ich meine Zimmertür.

»Schnürpf-pffff.«

Ich schrie auf und fuhr herum. Jemand lag in meinem Bett. Leon. Leon, den mein Aufschrei geweckt hatte und der mich jetzt verschlafen anblickte.

»Hallo, mein Sonnenschein«, sagte er schlaftrunken.

»Leon! Du hast mich fürchterlich erschreckt!«

»Ich hatte solche Sehnsucht nach dir. Und weil morgen sowieso nicht mehr viel passiert wäre außer Frühstück, habe ich Sören überredet, heute Abend zu fahren. Ich wollte dich überraschen. Freust du dich denn gar nicht?«

»Doch, natürlich«, rief ich aufgeregt. »Ich ... ich bin nur fürchterlich erschrocken. Ich habe ja überhaupt nicht mit dir gerechnet!«

Wieso hatte ich so ein schlechtes Gewissen? Es war doch überhaupt nichts passiert zwischen Tarik und mir. Trotzdem. Es wäre mir lieber gewesen, eine Nacht Abstand zu haben, bevor ich Leon wieder traf.

»Dann komm doch her«, sagte Leon sanft und streckte die Hände nach mir aus.

Ich ging zum Bett und ließ mich in seine Arme fallen, angezogen, wie ich war. Leons Arme waren so vertraut. Und seine Küsse auch. Leon schnupperte. Dann schob er mich ein Stück von sich.

»Du riechst ... nach Aftershave«, sagte er langsam. »Einem sehr aufdringlichen Aftershave. Wo kommst du überhaupt her, so spät? Lila hatte keine Ahnung, wo du steckst.«

»Ich habe deine Geranien gegossen«, sagte ich hastig.

»Du meinst das, was von ihnen übrig war. Außerdem war mein Bosch-T-Shirt im Müll, total verdreckt und nach Hund stinkend. Line, gibt es irgendetwas, das ich wissen sollte?« Er sah mich beunruhigt an.

Ich löste mich aus seinen Armen und setzte mich auf die Bettkante. »Das mit dem T-Shirt war ein kleiner Jogging-Unfall«, sagte ich betreten. »Ich wollte dich mit meiner großartigen Form überraschen. Ich ersetze es dir natürlich.«

Leon grinste, wie ich erleichtert zur Kenntnis nahm.

»Und heute Abend? Das Blumengießen ist doch schon ewig her.«

»Ich war tanzen«, sagte ich.

»Aha«, sagte Leon.

»In der Reinsburgstraße war zufällig eine Vernissage. Ich habe den Künstler kennengelernt und wir sind tanzen gegangen. Das ist alles.«

»Aha«, sagte Leon wieder. Dann schwieg er.

»Leon, es ist überhaupt nichts passiert«, sagte ich ärgerlich. »Wir haben Tango getanzt, nichts weiter.«

»Tango. Ich wusste nicht, dass du Tango tanzt. Ich wusste auch nicht, dass du zu Vernissagen gehst.«

»Ich gehe auch nicht zu Vernissagen, und ich tanze keinen Tango.«

»Aha.«

»Was soll das heißen, dieses blöde Aha?!«

»Aha soll heißen, du denkst, ich komme erst morgen, und gehst mit einem anderen Mann Tango tanzen, obwohl du gar nicht tanzen kannst. Findest du das nicht seltsam?«

»Nein, das finde ich nicht seltsam!«, rief ich aufgebracht. »Wir führen doch schließlich eine moderne Beziehung! Ich werfe dir ja auch nicht vor, dass deine Exfreundin auf dem

Handyfoto war und du mit keinem Wort erwähnt hast, dass sie mit zum Mountainbiken geht!«

Irrte ich mich, oder wurde Leon rot?

»Was spielt das für eine Rolle?«, rief er ärgerlich. »Wenn ich was zu verbergen hätte, hätte ich dich dann gefragt, ob du mit in den Schwarzwald kommst? Hätte ich dir ein Foto geschickt, auf dem Yvette mit drauf ist? Findest du nicht, du könntest ein bisschen mehr Vertrauen zu mir haben? Und außerdem fand Yvette es richtig schade, dass du nicht dabei warst!«

Falsche Schlange. Ich konnte mir die Situation lebhaft ausmalen: »Wie schade, dass Lise, äh ... Line nicht mitgekommen ist! Aber sie hätte sich bestimmt nicht wohlgefühlt, so schlecht, wie sie in Form ist. Da ist es doch vernünftiger, sie bleibt zu Hause!«

»Ich habe auch nichts zu verbergen!«, rief ich wütend.

»Und mir reicht's jetzt, ich will schlafen!« Lila stand in der Tür, in einem weit wallenden Nachthemd, und blinzelte uns wütend an. »Streitet euch gefälligst weiter, wenn die arbeitende Bevölkerung aus dem Haus ist!«

»Entschuldige, Lila«, sagte Leon betreten.

»Sorry, wir wollten dich nicht wecken«, flüsterte ich.

Lila drehte auf ihren nackten Absätzen um und verschwand kommentarlos.

Leon und ich starrten uns an.

»Ich will nicht mit dir streiten«, flüsterte ich.

»Ich doch auch nicht«, flüsterte Leon. »Ich war nur so schrecklich enttäuscht, dass du nicht zu Hause warst.«

»Und du hast mir so schrecklich gefehlt. Die Woche war einfach fürchterlich!«

Ich fiel wieder in Leons Arme. Um das Ausziehen musste ich mir keine Gedanken machen.

14. Kapitel

Ich hab den Tag auf meiner Seite, ich hab Rückenwind!
Ein Frauenchor am Straßenrand, der für mich singt!
Ich lehne mich zurück und guck ins tiefe Blau,
schließ die Augen und lauf einfach gradeaus.
Und am Ende der Straße steht ein Haus am See.
Orangenbaumblätter liegen auf dem Weg.
Ich hab zwanzig Kinder, meine Frau ist schön.
Alle komm'n vorbei, ich brauch nie rauszugehen.

Leon und ich waren um kurz nach eins am Gleisanfang auf dem Hauptbahnhof verabredet. Auf dem Bahnhof war die Hölle los. Ungeduldig drängelten die Menschen aneinander vorbei. Klar, es war ja auch Freitagmittag und alle Wochenendbeziehungen brannten darauf, einander in die Arme und dann ins Bett zu fallen, wo sie sich vor lauter Sehnsucht nach dem perfekten Wochenende erst mal kräftig in die Wolle kriegen würden. Was hatte ich es gut, dass mein Freund und ich nur ein paar Kilometer auseinander wohnten! Und jetzt würden wir das erste Mal gemeinsam wegfahren. Gut, lieber hätte ich mich von Leon in ein Romantikhotel mit Begrüßungscocktail, großem Wellnessbereich und Candle-Light-Dinner einladen lassen, als bei seinen Eltern zu übernachten, aber das konnte ja noch kommen.

In den letzten Tagen hatte ich versucht, weitere Bewerbungen zu schreiben, aber ich war unkonzentriert gewesen. Jedes Mal, wenn ich an der Fleischtheke im Supermarkt oder an einem Dönerstand vorbeiging, dachte ich an Tarik und wie seine Hand langsam auf meinem Rücken nach unten gewandert war. Was wäre wohl passiert, wenn wir uns tatsächlich geküsst hätten? Ich versuchte mich daran zu erinnern, dass ich eine glückliche Beziehung führte, aber der Gedanke an Tarik und die Nacht im *Tango Ocho* hielt sich hartnäckig.

Manchmal wünschte ich mich zurück in vergangene Zeiten. Man hatte sich auf der Kirmes im Nachbardorf den Mann ausgesucht, der am wenigsten schielte und humpelte, war mit ihm im Heu gelandet, hatte im fünften Monat geheiratet und das Kind als Frühchen ausgegeben. Nach dem fünften Kind baute man gemeinsam ein Haus und stellte dann fest, dass man sich nichts mehr zu sagen hatte. Das war doch irgendwie unkomplizierter als heute, wo man sich im Internet den Mann mit den besten Eigenschaften aussuchen konnte, als wäre er eine Pizza in der Tiefkühltruhe!

Leon und ich hatten über den Streit Donnerstagnacht nicht mehr gesprochen, so, als hätten wir Stillschweigen darüber vereinbart.

Leon kam auf mich zu. Tarik schrumpelte in meiner Fantasie zusammen, bis er nur noch so groß war wie ein Playmobil-Männchen. Ach, was sah er gut aus! Er trug Jeans, ein hellbraunes, leicht zerknittertes Leinenjackett ohne Krawatte und ein Hemd in ähnlichem Ton. Sehr geschmackvoll. In der Hand hielt er einen Aktenkoffer. Er sah aus wie ein Mann, der in der globalisierten Welt zu Hause ist. Nur der Rucksack auf dem Rücken passte nicht so richtig zu dem Outfit.

»Die wunderbarste Frau der Welt wartet auf mich«, rief Leon aus und nahm mich schwungvoll in die Arme.

»Kommst du direkt von Bosch?«, fragte ich.

Leon nickte. »Ich habe mich von einem Arbeitskollegen mitnehmen lassen, sonst wäre es zu hektisch geworden. Immerhin brauchte ich heute keine Krawatte. *Casual Friday.*«

Mittlerweile war der ICE eingefahren. Leon nahm mich an der Hand und zog mich hinter sich her. Ich freute mich auf die Fahrt. Zugfahren war ja so viel angenehmer als Autofahren, vor allem am Wochenende, wenn die Autobahnen verstopft waren. Ich hatte vor, mich die kompletten fünf Stunden an Leon zu kuscheln, zu entspannen, ein bisschen zu träumen, zu knutschen und zu reden.

Kaum waren die ankommenden Reisenden ausgestiegen, knufften und pufften sich die Einsteigenden unter Zuhilfenahme von Hartschalenkoffern und spitzen Gegenständen nach drinnen. Wir kämpften uns durch das Abteil, umschifften entgegenkommende Rollkoffer, Menschen, die verzweifelt versuchten, ihr Gepäck auf den schmalen Ablagen zu verstauen, und zwei Männer, die sich um den gleichen reservierten Platz stritten, bis einer der beiden endlich merkte, dass er im falschen Wagen war.

»Es gab leider keine Plätze mehr nebeneinander«, sagte Leon und führte mich an einen Vierertisch.

So viel zum Thema Kuscheln. Immerhin waren es Fensterplätze. Noch waren die beiden Gangplätze frei.

»Vielleicht kommt ja niemand mehr, dann können wir uns nebeneinandersetzen«, sagte ich hoffnungsvoll.

Leon beugte sich über den Tisch, nahm meine Hand und sagte eifrig: »Wir sind kurz nach halb sieben in Hamburg. Ich dachte, wir gehen dann noch eine kleine Runde an der Alster spazieren, bevor wir zu meinen Eltern fahren. Damit du noch was siehst, bevor's dunkel wird.«

»O ja, wie schön!«, rief ich aus. Je weniger potenzielle Schwiegereltern, desto besser. Das sagte ich natürlich nicht laut.

»Und morgen habe ich noch eine Überraschung für dich. Hat auch mit Wasser zu tun. Du hast dir doch ein Wasser-Wochenende gewünscht.«

»Ich liebe Überraschungen! Verrat's mir, bitte!«

Leon schüttelte grinsend den Kopf. Ich war ja nun aus meinem Leben Überraschungen aller Art gewöhnt. Leider waren die in der Regel unangenehm, vor allem, wenn Männer beteiligt waren. Leon verschwand, um sich im Klo etwas Bequemeres anzuziehen. Der ICE sauste in einen Tunnel.

»Do simmer!«, rief plötzlich eine dröhnende Stimme.

Um mich herum wimmelte es plötzlich von Männern, die lautstark unzählige Gepäckstücke verteilten. Meine Güte, das war ja eine komplette Fußballmannschaft! Allerdings sahen die Typen dafür zu schlecht trainiert aus. Es dauerte eine ganze Weile, bis die Truppe ausgehandelt hatte, wer welchen Sitzplatz einnehmen würde, wo der Lambrusco und die Bierdosen waren und wann man das Vesper einnehmen würde, das die zu Hause gebliebenen Frauen liebevoll zubereitet hatten.

Schnaufend ließ sich einer der Männer neben mir auf den Sitz fallen. »So, jetz könne mer uns unnerhalde«, rief er seinem Kumpel zu, der es sich gegenüber gemütlich gemacht hatte und fürsorglich sein T-Shirt mit beiden Händen nach unten zog, damit ich ungehindert die Schrift: »Bier formte diesen schönen Körper« auf dem Kugelbauch lesen konnte.

»Unnerhalde, isch hab kee Luschd zu unnerhalde«, rief er aus. »Essa un Halligalli Ballamann! Ei, da lachd der!«

Das versprach in der Tat eine heitere Fahrt zu werden. Offensichtlich hatten die elf erwachsenen Söhne von Heinz Becker die Plätze um uns herum reserviert. Eifrig begannen sie nun damit, ihre Taschen auszupacken. Mein Gegenüber goss aus einem Tetrapack mit der schwungvollen Aufschrift »Original Lambrusco« Wein in Plastikbecher und verteilte die Becher unter großem Hallo an die anderen Jungs, während mein Nachbar damit begann, Dosen aus einer riesigen Tasche auf dem Tisch aufzubauen. Sekunden später reihte sich Tupperdose an Tupperdose, gefüllt mit hart gekochten Eiern, Cornichons, Saitenwürstchen, Käsewürfeln, klein geschnittenem Brot und Weintrauben. Als Nächstes öffnete er mehrere Dosen mit Hausmacher-Wurst, spießte die Wurststücke auf einem Schweizer Messer auf und verteilte sie in alle Richtungen. Ein dickes Stück Fleischwurst schwebte an mir vorbei.

Mir lief das Wasser im Munde zusammen. Tarik, dachte ich, Fleisch, und zwang mich, den Gedankengang sofort einzustellen. Tarik hatte bei einem glücklichen Paar-Wochenende mit Leon nun wirklich nichts in meinem Kopf verloren!

Mit jedem Schluck Wein wurden die Jungs fröhlicher und lauter. O je. Hoffentlich war die Truppe nicht auf dem Weg zu einem Wochenende auf der Reeperbahn und blieb uns bis Hamburg erhalten ...

Leon kam in T-Shirt und Jeans zurück und betrachtete amüsiert die Veränderung, die in seiner kurzen Abwesenheit eingetreten war. Neben dem Mann mit dem Bierbauch-T-Shirt wirkte er geradezu schmächtig.

»Hör mol, dusch du schnarche?«

»Morjens, jo. Aber isch hab kee Luschd, ins Bett zu leje, mir mache doch zehn Tache dursch! Isch will in Thailand a billisch Mädel kennelerne!«

»Und 's Chrischdl?«

»'s Chrischdl, hör ma uff!«

Thailand! Das klang nach Frankfurter Flughafen. Pech für die Thailänderinnen, Glück für uns.

»Jetzt könnte mer ene racha. Ei, gibt's do ka Rachazimma?«

Leon und ich sahen uns bedeutungsvoll an. Wir schwiegen beide. Kurz darauf waren die Jungs abgezogen, auf der Suche nach einem Raucherzimmer. Wir atmeten erleichtert auf.

»Hoffentlich suchen sie recht lange«, grinste Leon. »Auch auf der anderen Seite des Speisewagens.«

»Ich werde jetzt erst mal ein Klo suchen«, sagte ich.

Es gab drei Klos. Zwei davon waren besetzt und vor den Türen hatten sich Schlangen gebildet. Musste man hier auch schon Nümmerchen ziehen, wie beim Fahrkartenkauf im Stuttgarter Hauptbahnhof? Weil auch die Gänge mit Reisenden besetzt waren, die keinen Sitzplatz mehr bekommen hatten, hatte ich wenig Lust, mich zu einem anderen Wagen durchzukämpfen.

Klos in ICEs waren nicht wirklich mein Fall. Einmal war die Tür kurz vor Stuttgart von innen nicht mehr aufgegangen, und bis man endlich mein Klopfen und Rufen gehört hatte, waren wir schon durch Stuttgart durch und ich musste bis Ulm mitfahren. Der Zugbegleiter auf dem Rückweg hatte mir nicht geglaubt, dass es ein Versehen war, und ließ mich noch einmal eine Fahrkarte kaufen.

Warum ging niemand auf das dritte Klo? Wahrscheinlich war es irgendwie eklig. Vorsichtig öffnete ich die Tür.

Es sah total normal aus. Ich warf einen fragenden Blick auf die Schlange. Niemand reagierte. Ich ging hinein und verriegelte die Tür von innen. Drinnen war es angenehm entspannt, nach den vielen Menschen im Zug. Welches Buch war das noch gleich, in dem die Heldin mit dem Hintern auf Raststätten Klobrillen abwischte? Wi-der-lich. Welche Frau setzte sich schon auf ein öffentliches Klo? Ich stellte mich in Skifahr-Eiformhocke hin, so, wie das jede Frau machte, die ich kannte. Man sah das ja, wenn man mal gemeinsam hinter die Büsche ging. Der ICE legte sich in eine Kurve. Hilfe! Die blaue Plastikwand unter dem Waschbecken, in der Klopapier, Mülleimer und Papiertücher untergebracht waren, bewegte sich plötzlich wie von Geisterhand, kippte und sauste auf mich zu. Rums! Der Fall wurde schmerzhaft von meinen Knien aufgehalten, die sich doch gerade erst von den blauen Flecken erholten, die sie in letzter Zeit bei verschiedenen Gelegenheiten kassiert hatten. Ich drückte die Wand mit beiden Händen zurück. Sie blieb ungefähr zwei Sekunden da, wo sie hingehörte, dann rutschte sie wieder auf mich zu. Das war doch nicht zu fassen! Hier waren drastische Maßnahmen nötig. Mein unfehlbarer Pipeline-Praetorius-Faustschlag! Ich schob die Wand wieder an ihren Platz und trommelte so kräftig mit den Fäusten dagegen, wie ich nur konnte. Dazu stieß ich ein paar markerschütternde Schreie aus, wie die Tennisspielerinnen bei Wimbledon. Krack! Das Plastikteil brach aus der Wand und zerlegte sich in mehrere Einzelteile, die auf meine Knie, das Klo und den Boden krachten. Gebrauchte Papierhandtücher überfluteten mich, Klorollen kullerten auf den Boden, der Wasserhahn begann zu plätschern und der Handtrockner fing an zu jaulen. Arrrgh! Nur raus aus dem Klo des Grauens! Hoffentlich sah mich niemand. Vorsichtig spähte ich aus der Tür. Direkt davor stand ein Zugbegleiter und blickte mich stirnrunzelnd an.

»Ich ... ich hab's repariert«, stotterte ich und drückte mich ganz schnell an ihm vorbei und zurück an meinen Platz.

Die Söhne von Heinz Becker hatten mittlerweile wohl kapiert, dass es keine Raucherabteile mehr gab, und ihre Plätze wieder eingenommen.

»Alles in Ordnung?«, fragte Leon. »Du bist ja ganz erhitzt.«

»Alles okay«, murmelte ich. »Ich hab nur grad das Klo zerlegt.«

»Wenn's weiter nichts ist«, sagte Leon und grinste. »Klingelt da nicht dein Handy?«

Ich quetschte mich auf meinen Sitz und fummelte das Handy aus der Tasche. Die Nummer auf dem Display sagte mir gar nichts. Bestimmt verwählt.

»Ja, hallo?«, sagte ich.

»Hallo, Line. Hier ist Simon. Du weißt schon, vom Polizeirevier.«

»Hallo, Simon«, sagte ich und schielte nach Leon.

Leon blätterte im *mobil*-Heftchen der Bahn und schien abwesend.

»Ich wollte nur hören, wie es dir geht. Ich dachte, du meldest dich mal nach der Nacht in der Zelle.«

»Nett von dir. Ich sitze grad bloß im ICE nach Hamburg. MIT MEINEM FREUND. Es ist sehr laut, ich verstehe dich kaum. Ich rufe dich nächste Woche zurück, okay?« Ich legte das Handy auf den Tisch und blickte aus dem Fenster.

Leon ließ das Bahn-Magazin sinken und sah mich prüfend an. »Simon. Kenne ich einen Simon?«, fragte er.

»Nein«, sagte ich. »Simon ist der Polizist, der sich nach der Kinderwagenentführung so lieb um mich gekümmert hat.«

»Aha«, sagte Leon und zog ganz leicht eine Augenbraue hoch.

»Fängst du schon wieder mit der Aha-Nummer an?«, sagte ich gereizt. »Er wollte einfach nur wissen, wie es mir geht, sonst nichts!«

In diesem Augenblick klingelte das Handy wieder. Bitte nicht noch mal Simon!

»Hallo, Line, hier ist Tarik!«

»Hallo, Tarik«, sagte ich und spürte, wie mir langsam die Röte ins Gesicht stieg. Das war ja wie verhext! »Tarik, ich sitze im ICE nach Hamburg. MIT MEINEM FREUND. Es ist sehr laut, ich verstehe dich kaum. Ich rufe dich nächste Woche zurück, okay?«

»Dann red ich einfach lauter!«, brüllte Tarik ins Handy. »Ich wollte dir unbedingt erzählen, dass mich die Nacht im *Tango Ocho* zu einem grandiosen Fleischklops-Kunstwerk inspiriert hat!«

Der ICE raste in einen Tunnel und die Verbindung brach ab. Gott sei Dank! Ich war puterrot geworden. Hoffentlich hatte Leon nichts verstanden.

»Noch zugestiegen? Die Fahrkarten, bitte!« Der Zugbegleiter, der mich vor dem Klo erwischt hatte, marschierte geradewegs in unser Abteil.

Panisch riss ich Leon das *mobil*-Heftchen aus der Hand und hielt es mir aufgeklappt dicht vor die Nase. Zum Glück hatte Leon die Fahrkarte. Eine Sekunde später kam der Zug aus dem Tunnel und das Handy klingelte wieder. Na großartig! Das Telefon klingelte aufdringlich. Was sollte ich jetzt bloß tun? Wenn ich nicht dranging, machte ich mich vor Leon verdächtig. Und wenn ich dranging … Ich hielt mit einer Hand das Magazin fest und angelte mit der anderen nach dem Handy. Unter dem Heft tauchte ein Fahrkartenmaschinchen an einem Stück Zugbegleiterhose auf. Leider hatte ich keine dritte Hand, um das Gespräch zu dämpfen.

»Ich wollte nur sichergehen, dass du mich verstanden hast«, brüllte Tarik so laut, dass man es vermutlich noch in der ersten Klasse verstehen konnte. »Die Nacht mit dir war super! Total inspirierend!«

Ich drückte panisch den Ausknopf und ließ das Handy auf den Tisch fallen, als sei es eine heiße Kartoffel. Ganz langsam senkte ich das Bahn-Magazin. Der Zugbegleiter war weg. Leon hatte sich vorgebeugt und musterte mich stirnrunzelnd. Die Söhne von Heinz Becker stießen sich gegenseitig in die Rippen und feixten.

»Lassen Sie uns doch bitte mal raus«, sagte Leon sehr bestimmt. »Line, wir beide gehen jetzt ins Bordbistro, einen Kaffee trinken.«

Ich kletterte widerspruchslos auf den Gang. Leon steuerte mich energisch am Ellenbogen durch die Abteile. Ich stolperte vor ihm her, am Katastrophen-Klo vorbei, an dem mittlerweile ein Schild hing: »Außer Betrieb.«

Im Bordbistro drückte mich Leon auf einen Sitz, ging an die Theke und kam nach wenigen Minuten mit zwei Tassen Milchkaffee wieder. Dann setzte er sich neben mich auf die Bank und sagte sehr ruhig: »Tarik. Kenne ich einen Tarik?«

»Leon, das ist ein Missverständnis!«, platzte ich heraus. »Tarik ist der Türke, mit dem ich letzte Woche Tango tanzen war. Da ist überhaupt nichts passiert, wirklich nicht! Er ist Künstler, und ich habe ihn zu einem Fleischklops-Kunstwerk inspiriert, das ist alles!«

»Fleischklops-Kunstwerk. Interessant. Und warum versteckst du dich dann beim Telefonieren hinter dem Bahn-Heftchen, wenn das alles so harmlos ist?«

»Weil ich das Klo in Einzelteile zerlegt hatte und mich vor dem Schaffner verstecken wollte!«

Leon wirkte nun schon etwas milder gestimmt. »Vielleicht könntest du die Art deiner Beziehung zu Tarik erläutern? Das würde es mir etwas leichter machen.«

»Das habe ich dir doch schon erzählt! Er ist Künstler, ich habe ihn auf seiner Vernissage kennengelernt. Er meinte, er würde eine Muse suchen, und dann sind wir ins *Tango Ocho* gegangen. Bei den Wagenhallen. Um darüber zu reden.«

»Eine Muse? Was soll das heißen, eine Muse?«

»Einfach jemand, der ihn zu seiner Kunst inspiriert. Rein platonisch! Und das hat offensichtlich geklappt, und er wollte mir nur kurz Bescheid geben. Das ist alles.«

Leon starrte mich an, als sei ich völlig bekloppt. »Line, vermisst du irgendetwas in unserer Beziehung?«, fragte er schließlich.

»Wie meinst du das?«

»Manchmal frage ich mich, was du eigentlich an mir findest.«

Ich dachte einen Moment nach. Gefühle und Worte, das war nicht so mein Ding. Im Kopf war das leichter.

Ich räusperte mich. »Nun, du bist irgendwie süß, und du hast einen knackigen Po, und du bist immer für mich da, und du bist total zuverlässig ...«

Leon sah mich abwartend an. Aber ich konnte doch im Bordbistro keine Liebeserklärung abgeben! Das war doch wohl wirklich nicht der passende Ort. Außerdem wusste Leon doch, was ich an ihm mochte. Ich konnte mit ihm über alles reden. Ich mochte sein Grinsen. Die Art, wie er mich neckte und dabei spöttisch die Augenbrauen hochzog. Sein lockiges Haar. Seinen kuscheligen Bauch. Wie er beim Autofahren die Kurven nahm. Er war mein Fels in der Brandung. Mein Heimathafen, in dem ich sicher und geborgen vor Anker gehen konnte, wenn das Katastrophen-Gen mal wieder zugeschlagen hatte. Meine kleine Sexbombe. War das etwa nichts?

»Und weiter?« Leon musterte mich prüfend.

»Also, wenn du es wirklich wissen willst ... Manchmal fehlt mir so ein bisschen was ... Intellektuelles. Aber das ist überhaupt nicht schlimm«, stotterte ich.

»Und deswegen suchst du dir irgendwelche türkischen Tangotänzer?«

»Nein, das hat sich nur irgendwie ... so ergeben. Von alleine, sozusagen.«

»Line, ich bin vielleicht altmodisch, aber mir reicht eigentlich eine Frau.« Er sah schrecklich unglücklich aus.

»Aber mir doch auch«, rief ich. »Leon, das hast du völlig falsch verstanden!« Ich warf ihm die Arme um den Hals und küsste ihn. »Wirklich. Ich mag dich so, wie du bist, und ich bin nicht auf der Suche nach jemand anderem!«

»Na schön«, brummte Leon. »Auch wenn ich mich natürlich schon frage, wie viele Handyanrufe von Männern du bekommst, wenn ich *nicht* dabei bin.«

Wir gingen zurück an unsere Plätze. Zum Glück war die Saarländer Truppe am Flughafen ausgestiegen. Leon und ich aßen unsere Vesperbrote. Essen beruhigte. Ganz allmählich ließ die Spannung zwischen uns nach. Nach einer Weile wurden die frei gewordenen Plätze neben uns von zwei Frauen eingenommen, die sich nicht kannten, rasch ins Gespräch kamen und nach wenigen Minuten Small Talk entdeckten, dass sie beide ihr Leben an ausbeuterische Männer und faule Kinder weggeworfen hatten und sich einig waren, dass damit nun ein für alle Mal Schluss sein sollte. Sie tauschten Adressen von Therapeutinnen, Selbsthilfegruppen und Internetforen aus. Ich hörte interessiert zu. Es lenkte von Leon ab, der, erschöpft von seiner Arbeitswoche, eingeschlafen war. Am Ende der Fahrt wusste ich mehr über das Leben der beiden Frauen als über mein eigenes.

15. Kapitel

> *Ick heff mol den Hamborger Veermaster sehn,*
> *To my hoodah, to my hoodah,*
> *De Maasten so scheep as den Schipper sien Been,*
> *To my hoodah, hoodah, ho – ho – ho!*

Endlich rollte der Zug auf den Hamburger Hauptbahnhof zu.

Leon wurde schlagartig hellwach. »Schau, da ist die Speicherstadt«, rief er aufgeregt. »Und da hinten bauen sie die neue Elbphilharmonie. Wie Stuttgart 21, viel teurer als geplant. Ach, ich kann's kaum erwarten, dir meine Heimatstadt zu zeigen.«

Wir fuhren vom Gleis mit der Rolltreppe hinauf in den wuseligen Bahnhof und brachten unser Gepäck in einem Schließfach unter. Bei der Touri-Info holte ich mir noch einen Stadtplan, um mich wenigstens ein bisschen orientieren zu können. Leon führte mich aus dem Bahnhof. Er wirkte hippelig. So kannte ich ihn gar nicht!

»Da ist die Kunsthalle«, sagte Leon. »Die haben manchmal ganz schöne Ausstellungen.«

»Ich wusste gar nicht, dass du in Ausstellungen gehst«, sagte ich.

»Geh ich auch nicht. Ich weiß es von meiner Mutter.«

Wieder fiel mir Tarik ein. Wie ein kleiner hässlicher Dämon saß er in meinem Kopf und flüsterte: »Bist du sicher, dass du mit diesem Mann auf Dauer glücklich wirst?«

»Schau, da ist die Binnenalster und da hinten ist das Rathaus, das schaffen wir aber heute nicht mehr.«

Ein paar Minuten später hatten wir die Außenalster erreicht und liefen auf einem breiten Spazierweg am Wasser entlang, auf dem es vor Menschen nur so wimmelte. Der Spätsommerabend war einfach herrlich. Die Luft war klar und es war kein bisschen schwül, nicht so wie in Stuttgart an warmen Tagen. Ansonsten schien sich der Wochenend-Hamburger an der Außenalster vom Wochenend-Stuttgarter im Schlossgarten nicht besonders zu unterscheiden. Vielleicht waren die Leute im Schnitt ein bisschen größer und blonder. Sie entspannten sich wie die Stuttgarter beim Joggen und Radfahren oder saßen plaudernd auf dem Rasen und blickten auf die vielen Segelbötchen, die auf der Alster kreuzten.

Na gut, in Stuttgart gab es außer auf dem Max-Eyth-See keine Segelbötchen. Auf dem Eckensee vor der Oper schwammen nur die Enten, und den Nesenbach kannte man nur vom Hörensagen.

Ein drahtiger, braungebrannter Mann stand auf einem Anleger und brüllte einem Mann und einer Frau in roten Schwimmwesten auf einem Bötchen Befehle zu. Die beiden waren vor allem damit beschäftigt, das Segel der Jolle nicht an den Kopf zu kriegen. Es war fast windstill, trotzdem schipperten die Segelboote fröhlich im Wind. Leons Augen hatten einen verträumten Blick, als er aufs Wasser sah. Das schien sein spezieller Hamburgblick zu sein, denn ich kannte diesen Blick nicht. Wir liefen Hand in Hand. Leon straffte die Schultern und schritt weit aus, sodass ich schon fast neben ihm herhoppeln musste. Er schien mich komplett vergessen zu haben und ging zielstrebig auf eine Kneipe direkt am Wasser zu, als hätte er eine Verabredung. Hier standen Leute plaudernd herum oder saßen mit Gläsern auf der Mauer und ließen ihre Beine ins Wasser baumeln. Vor uns lag die Alster mit ihren vielen Schiffchen, im Hintergrund waren unzählige Kirchtürme zu sehen. Die Atmosphäre war entspannt.

»Sehr hübsch«, lobte ich.

»Ja, nicht wahr?« Leons Augen glänzten und er sah so stolz aus, als hätte er persönlich Hamburg erfunden. »So was gibt's in Stuttgart nicht.«

»Stimmt«, sagte ich. »Da kann auch das Café *Nil* nicht mithalten.«

»Da drüben ist übrigens das Literaturhaus«, sagte Leon. »Vielleicht möchtest du es dir ja anschauen?«

»Ja, gern.« Literaturhaus, das gab es in Stuttgart auch, das war das Richtige für mich.

»Lass dir ruhig Zeit«, sagte Leon. »Einfach über die Straße. Ich trinke solange schon mal ein Alsterwasser.«

Hmm. Fast hatte ich das Gefühl, Leon wollte mich loswerden und ohne mich seine Heimat genießen. Und wie schade, dass ich meine Leidenschaft für Literatur nicht mit ihm teilen konnte!

Das Literaturhaus wirkte sehr ehrwürdig und intellektuell und ich wurde ganz aufgeregt. Wahrscheinlich gaben sich Siegfried Lenz, Harry Rowohlt und Tine Wittler hier die Klinke in die Hand. Ich sah mich ein bisschen um und betrat dann die schnuckelige kleine Buchhandlung. Natürlich sah auch der Buchhändler mit seiner Nickelbrille intellektuell aus und natürlich führte er gerade ein intensives Telefonat: »Nein, das hat er weit von sich gewiesen, dass er im Akt des Schreibens das erlebe, was er gerade schreibt ... Er sei da sehr distanziert ...« Wie aufregend! Von wem sprach er nur? Hamburg war einfach eine total intellektuelle Stadt, eine Stadt der Zeitschriften, Bücher und Verlage. Wieso hatte Leon nur so wenig davon abgekriegt?

Ich ging zurück ans Wasser. Leon stand mit zwei Gläsern in der Hand gedankenverloren da.

Ich stupste ihn in die Seite. »Hallo, junger Mann. Ich würde Sie gerne kennenlernen. Sie sehen aus, als könnten Sie total gut zungenknutschen.«

Leon grinste, küsste mich leicht auf die Wange und reichte mir ein Glas. »Alsterwasser«, sagte er.

»Passt ja«, sagte ich. »Warum setzen wir uns nicht?« Ich deutete auf die Mauer am Wasser.

»Möwenschiss«, sagte Leon.

Deswegen saßen die meisten Leute auf mitgebrachten Bastmatten! Wenigstens ein Problem, das wir in Stuttgart nicht hatten. Da gab es nur Taubenschiss.

»Da seid ihr ja endlich!«, rief Leons Mutter eine Stunde später aus, schloss ihren Sohn in die Arme und schüttelte mir mit einem strahlenden Lächeln kräftig die Hand.

Wir waren am Hauptbahnhof in die U-Bahn gestiegen. Leon hatte mir in geheimnisvollem Ton geraten, ich solle mich auf die linke Seite setzen. Die Bahn fuhr aus dem Tunnel hinaus und ich schnappte nach Luft. Der Blick auf den Hafen war gigantisch! In der Abenddämmerung sah ich Kräne, Fähren und unzählige alte und neue Schiffe, die von blinkenden Lichtern beleuchtet waren. Kurze Zeit später fuhren wir an Backsteinhäusern vorbei, die mich an den Stuttgarter Osten erinnerten, nur waren hier die Gebäude viel höher.

»Du kannst von hier aus bei uns in die Wohnung hineinsehen«, sagte Leon. »Achtung, jetzt!«

Natürlich fuhr die Bahn viel zu schnell, um Papa Leon zeitunglesend im Sessel sitzen zu sehen. Außerdem spiegelte es. Aber Wohnungen ohne Vorhänge, in die man von der U-Bahn aus hineinsehen konnte, das war ja in Stuttgart undenkbar. Da sah man doch sogar, ob die Fenster geputzt waren!

Von der U-Bahn-Haltestelle bis zu Leons Eltern war es nur ein paar Minuten Fußweg. Mittlerweile war es dunkel geworden.

»Die Häuser hier sind sehr hübsch«, sagte Leon. »Jugendstil. Morgen bei Tag siehst du's dann besser. Zweimal die Woche ist hier Markt. Leider nicht am Wochenende.«

Jugendstil! Kein Wunder, dass Leon in den Stuttgarter Westen gezogen war, auch wenn er dort in einem hässlichen Fünfziger-Jahre-Bau wohnte. Allerdings war es hier deutlich grüner und ruhiger. Die U-Bahn-Trasse führte in der Mitte hoch über die Straße hinweg, darunter waren Autos geparkt. Im Geiste sah ich Gene Hackman unter der Hochbahntrasse entlangrasen und schätzungsweise 85 Autos mit Hamburger Kennzeichen in höchstens zweieinhalb Minuten schrotten.

»Schöne Gegend«, sagte ich.

Leon nickte enthusiastisch. »Mittlerweile unbezahlbar«, sagte er. »Meine Großeltern haben hier schon gewohnt. Heute könnten sich meine Eltern die Wohnung niemals leisten.«

Vor dem Haus waren eine Menge Fahrräder wild durcheinander abgestellt, Büsche wucherten hemmungslos bis an die Eingangstür und im Hausflur parkten Kinderwägen. Obwohl das doch offensichtlich eine ordentliche Gegend war, schien es hier keinen Herrn Tellerle zu geben, der penibel darauf achtete, das nichts im Weg herumstand. Der Flur war weiß gekachelt und erinnerte mich ein bisschen an das Heslacher Hallenbad.

Nun standen wir also, nachdem wir mit einem klapprigen Aufzug nach oben gefahren waren, vor Leons Eltern. Beide Elternteile waren braun gebrannt und sahen aus, als ob sie im Sommer viel Zeit beim Segeln auf der Alster verbracht hätten. Leons Mutter war klein und drahtig und trug ihr schlohweißes Haar sportlich kurz. Leons Vater war dagegen groß, schlank und hatte sehr abstehende Ohren. Da er zudem fast keinen Haarwuchs mehr verzeichnen konnte, gab es nichts, was von den Ohren ablenkte. Ich warf einen raschen Blick auf Leon. Noch standen seine Ohren nicht ab und er hatte für einen Mann seines Alters noch recht viel Haar, dunkelblond und leicht lockig. Ich mochte es sehr. Allerdings deuteten Geheimratsecken an, dass es mit dem Schopf bergab ging. Damit konnte ich leben. Eine Glatze konnte ja sogar sexy wirken. Bloß, wie sah es mit den Ohren aus? Vielleicht gab es eine Gelegenheit, ein Kindheitsfoto von Leons Vater zu sehen, um festzustellen, ob das mit den Ohren schon immer so gewesen war oder ob sich das im Laufe der Jahre so entwickelt hatte? Ich nahm mir vor, Leons Ohren langfristig zu beobachten.

»Line, bist du noch bei uns?«, fragte Leon amüsiert.

O Gott. Ich stand wie angewurzelt im Flur eines Hamburger Jugendstilhauses und studierte ausführlich die Ohren von Leons Vater. Wie peinlich war das denn?

Wir betraten die Wohnung und stellten unsere Taschen ab. Die Wohnung war seltsam schlauchartig angelegt. Leons Mutter dirigierte uns durch einen endlosen Gang in ein Wohnzimmer mit einer hübschen Stuckdecke.

»Nach dem Kriech wurden die Wohnungen geteilt«, erklärte sie. »Deshalb ham wir leider kein Blick auf den Isebekkanal. Vadder, holst du den Weißwein? Sie trinkn doch 'n Gläschen Weißwein als Aperitif? Oder lieber Bier? Ich mach solange das Essen fertig.«

»Weißwein, gerne«, sagte ich und blickte aus dem vorhanglosen Fenster. Eine U-Bahn sauste vorbei. Ich winkte. Hier brauchte man keinen Fernseher.

»Gibt's irgendwas, was Sie nich so gern mögen? Dann können Sie es ruhig sagen. Sie essen sicher vor allem Salat? Leons Freundinnen ham immer hauptsächlich Salat gegessen. Wegen der schlanken Linie. Und Sie sind ja so dünn …«

Leon sah einen Moment lang peinlich berührt aus, weil seine Mutter seine Exfreundinnen erwähnt hatte. Dann prustete er los. »Muddi, ich kann dir versichern, dass Line, obwohl sie so dünn ist, nicht zu den Frauen gehört, die Kalorien zählen. Du hast nicht zufällig eine richtig dick mit Salami belegte Tiefkühlpizza zu bieten?«

Leons Mutter sah jetzt sehr verunsichert aus. »Nein, leider nich. Erst dacht ich, ich koch Labskaus, das is typisch für Hamboach. Aber Leons Leibgericht is Himmel und Erde und Tote Oma. Essen Sie das nich so gern? Die Läden sind jetzt auch zu. Sonst würd ich Vaddi nochmal losschickn.«

»Ich liebe Himmel und Erde!«, rief ich enthusiastisch aus. »Und Tote Oma sowieso.«

Ich hatte nicht den geringsten Plan, um was für Gerichte oder Getränke es sich dabei handelte. Ich kannte nur ein Hüpfspiel namens Himmel und Hölle. Und einen Roman von Cortázar. Tote Oma war bestimmt irgendein Getränk mit Alkohol, so wie Tote Tante. Aber Tote Oma? Da ich, was Essen betraf, so ziemlich alles aß, würde es mir schon schmecken. Ich sah, wie Leons Mundwinkel zuckten.

»Ich geb Ihnen gern das Rezept mit«, rief Leons Mutter freudig aus. »Dann können Sie es in Stuttgart für Leon nachkochen.«

Leon fing jetzt an zu husten. Er nahm ein Sofakissen und drückte es sich vors Gesicht.

»Alles in Ordnung, mein Lieber?«, fragte Leons Mutter.

Leon war knallrot hinter dem Sofakissen.

Würdevoll sagte ich: »Das mit dem Rezept ist eine hervorragende Idee.«

»Entschuldigt mich«, sagte Leon und stürzte hustend aus dem Zimmer, während ihm seine Mutter besorgt hinterherschaute.

Aus dem Klo kamen japsende Geräusche. Ich nahm mir vor, Leon später darauf anzusprechen. So lustig war das nun wirklich nicht, dass bei mir das Essen in der Regel anbrannte oder der Ofen explodierte, und in einer Beziehung sollte man ja auch kleinere Unstimmigkeiten frühzeitig thematisieren, bevor sie zum Problem wurden. Sagte Lila jedenfalls.

Leons Vater hatte in der Zwischenzeit den Weißwein eingeschenkt und drückte mir ein Glas in die Hand. »Also, ich bin Güntha«, sagte er. »Prosit!« Er grinste und stieß mit mir an.

Jetzt wusste ich, woher Leon sein Grinsen hatte. Dieses herausfordernde, unverschämte, freche Grinsen.

»Und ich bin die Line«, sagte ich. »Aber das wissen Sie ja schon.«

Ojeojeoje. Hieß das jetzt, dass wir uns duzten, oder würden wir uns mit »Sie« und Vornamen anreden? Ich beschloss, für alle Fälle erst mal beim »Sie« zu bleiben.

»Und ich bin Hilde, aba Hilde muss jetzt ma dringend in die Küche«, sagte Leons Mutter und verschwand eilig.

Eineinhalb Stunden später hatte ich Leons Mutter davon überzeugt, dass ich nicht auf meine schlanke Linie achtete. Ich hatte zwei große Teller mit einer sehr leckeren Apfel-Kartoffel-Pampe verdrückt, die mit Zwiebeln und Speck garniert war, dazu zwei Würste einer mir unbekannten Art, die Leons Mutter als »Grützwurst« bezeichnete, im Volksmund »Tote Oma« genannt, und zum Nachtisch gönnte ich mir auch ein zweites Schüsselchen voll roter Grütze mit Sahne. Den Verdauungsschnaps, den mir Leons Vater anbot, lehnte ich nicht ab, obwohl ich normalerweise keinen Schnaps trank.

»Sagn Sie, was möchtn Sie morgen Nachmittach denn gerne unternehmn? Ham Sie Lust, mit mir einkaufn zu gehen?«, fragte Hilde.

Ich sah sie erstaunt an. Ich hatte eigentlich gedacht, Leon und ich würden das Wochenende mit romantischen Spaziergängen im Hafen und auf der Reeperbahn verbringen und nur zu den Mahlzeiten bei seinen Eltern auftauchen, wenn überhaupt. Auch wenn sie wirklich nett und unkompliziert waren.

»Nicht wirklich, warum?«, sagte ich und merkte erst jetzt, dass es reichlich unhöflich klang.

»Leons Freundinnen wollten immer einkaufn gehn«, sagte Leons Mutter.

Leon guckte unangenehm berührt. Ich dachte an Yvette. Klar, zu ihr passte das.

»Aber ich kann Ihnen ja auch Eppendorf zeign, während Leon und Güntha beim Fußball sind.«

»Fußball? Welcher Fußball?«, sagte ich alarmiert.

Hatte Leon nicht von einem Wasserwochenende gesprochen? Das Wort »Fußball« war nicht gefallen. Kein einziges Mal. Da war ich ganz sicher.

Leon sah jetzt noch verlegener aus. »Morgen Nachmittag spielt der HSV«, sagte er. »Gegen Stuttgart übrigens. Ich würde gerne mit meinem Vater in unsere Stamm-Fußballkneipe gehen, wenn's dir nichts ausmacht. Sind ja nur zwei Stündchen. Meine Mutter kümmert sich solange um dich.«

Natürlich machte es mir etwas aus! Das war unser erstes gemeinsames Wochenende in Hamburg, Leon zischte zum Fußball ab und hatte seine Mutter als Babysitterin angestellt, ohne mir vorher etwas zu sagen. Ich ließ mir jedoch nichts anmerken. Ich war eine tolerante Frau, die Verständnis für die seltsamen und vollkommen unintellektuellen Interessen ihres Freundes hatte.

»Äh, nein, natürlich macht es mir nichts aus«, heuchelte ich.

»Leon geht immer mit seim Vadder zum Fußball, wenn er hier is«, sagte Hilde. »In die Arena oder in die Kneipe.«

»Schön, so eine Familientradition«, sagte ich.

»Ja, nich wahr«, sagte Hilde vergnügt. »Wenn Sie nich einkaufen gehen möchten, zeich ich Ihnen Leons alte Schule. Die wolln Sie doch sicher sehn?«

»Auf jeden Fall«, rief ich überschwänglich aus.

Ich hatte das Gefühl, einen schlechten Eindruck zu machen, wenn ich zugab, dass eine doofe alte Schule, die wahrscheinlich aussah wie jede doofe alte Schule, auf der Liste der abzuhakenden Attraktionen sehr weit hinten auftauchte, wenn man, wie ich, zum ersten Mal in Hamburg war.

»Ach, Muddi, lass doch gut sein«, sagte Günther. »Wenn die Deern zum ersten Mal in Hamboach is, will sie doch keine doufe alte Schule sehn!«

»Aber sie hat doch grade selber gesagt, dass sie die Schule gern sehen möchte«, rief Hilde empört aus.

»Ich denke, wir gehen jetzt ins Bett und reden morgen weiter«, sagte Leon diplomatisch. »Ich hatte eine anstrengende Woche.«

»Dann sieh man zu, dass du dich ausruhst«, sagte Hilde tüttelig.

Eine Weile später war ich in Leons altem Zimmer und machte mich bettfertig.

»Sie is wirklich nett«, sagte Hilde vor der Tür.

Es war eine Schiebetür. Sie war geschlossen. Trotzdem verstand ich jedes Wort, als stünde Hilde im Zimmer. Das hieß umgekehrt, dass man alles hören konnte, was im Zimmer geschah. Sehr romantisch.

»Wir sind auch sehr glücklich«, hörte ich Leon sagen.

Aha. Interessant. Entweder hatte Leon das Tarik-Debakel im Zug komplett verdrängt oder er war nicht ganz ehrlich. Ich presste mein Ohr an die Tür, obwohl das eigentlich völlig unnötig war. Irgendwie fand ich es passend.

»Sie is so ganz anders als deine andern Freundinnen. Die is zum Heiradn. Auch wenn uns natürlich jemand aus Hamburch lieber wär, wegn der Fahrerei.«

Heiraten? O Gott. Einfamilienhäuser in Schwieberdingen!

»Nu mal langsam«, sagte Leon. »Wir kennen uns doch grade mal ein paar Wochen.«

Uff. Ich atmete auf und sprang zurück, als Leon die Tür öffnete.

»Ich mag deine Eltern«, sagte ich.

»Meine Eltern sind waschechte Hamburger seit der Ming-Dynastie«, seufzte Leon. »Beide sind im Vorstand vom SPD-Distrikt. Meine Mutter ist Beisitzerin für Stadtteilkultur und organisiert das Frauenfrühstück im Kulturhaus, mein Vater ist Beisitzer für Kommunales. Im Winterhude-Eppendorfer Turnverein spielt Vater Tennis, meine Mutter spielt Bridge und macht Senioren-Pilates. Jeden Sommer fahren sie in den Urlaub nach Sylt. Im Frühjahr machen sie eine Bildungsreise. Toskana, Wien oder so was in der Richtung. Da passiert sonst nicht viel.«

»Machen sie immer alles zusammen? Ich finde das sympathisch«, sagte ich und kletterte ins Bett. »Es ist irgendwie – so normal.«

Meine Eltern machten seit Jahren nichts mehr gemeinsam. Schon gar keine Reisen. Alle paar Jahre flog meine Mutter alleine nach Moskau zu ihrer Familie. Ansonsten verbrachte sie ihr Leben in einem Bügelzimmer. Ich seufzte. Ich hatte bisher überhaupt keine Lust gehabt, Leon meiner Mutter zu präsentieren.

Leon war mittlerweile auch ins Bett gekrochen und knabberte an meinem Ohr. Dann leckte er ein bisschen daran und blies darüber.

»Lass das«, flüsterte ich.

»Warum?«, flüsterte Leon zurück.

»Weil es mich tierisch anmacht.«

»Soll es ja«, säuselte Leon und legte seine Hand auf meinen Hintern.

»Leon, hier bei deinen Eltern ... Das turnt mich total ab. Und diese schreckliche Schiebetür. Da können wir uns ja gleich zu deinen Eltern mit ins Bett legen!« Ich schob ihn energisch von mir.

»Spielverderberin«, murmelte Leon. »Ein bisschen Versöhnungs-Sex würde uns guttun.«

»Wer ist denn hier der Spielverderber und geht morgen zum Fußball?«, sagte ich empört.

»Du bist also doch sauer.«

»Nein«, seufzte ich. »Ich hatt's mir nur anders vorgestellt. Romantischer.«

»Ich hab als Entschädigung soo eine super Überraschung für dich, glaub mir, total romantisch!«

»Dann sag mir, was es ist«, nörgelte ich. »Damit ich mich drauf freuen kann, während ich mit deiner Mutter deinen alten Physiksaal besichtige.«

»Wir machen einen Dämmertörn auf dem Wasser. Wir fahren durch die Kanäle hinaus in den Hafen. Überall Schiffe und Lichter ...«

»Ach Leon, wie schön! Nur du und ich und ein Glas Champagner?«

»Na ja, vielleicht nicht ganz. Aber so was buchen sowieso nur verliebte Paare.«

»Erzähl mir von deinen Exfreundinnen.«

»Was soll das denn auf einmal?«, fragte Leon gereizt.

»Na, deine Mutter hat das Thema so oft erwähnt. Da wird man ja wohl mal fragen dürfen! Ob es zweihundert oder dreihundert waren, zum Beispiel. Und ob sie alle nur an Salatblättchen und Möhrchen geknabbert haben. Oder war auch mal eine Dicke dabei?«

»Du hast dich bisher nie für meine Exfreundinnen interessiert. Schlaf jetzt. Gute Nacht!«

Meine Güte. Warum war Leon plötzlich so zickig? Hatte er womöglich etwas zu verbergen?

16. Kapitel

Wenn du aus Dortmund kommst,
schießt Geld dir keine Tore.
Wenn du aus der Hauptstadt kommst,
scheißen wir auf dich und dein Lied.
Wenn du aus Leverkusen kommst,
dann lass den Torwart gleich zu Hause.
Wenn du auf Schalke kommst,
ist das für uns 'n Auswärtssieg.

Ohh Hamburg, meine Perle,
du wunderschöne Stadt,
du bist mein Zuhaus, du bist mein Leben,
du bist die Stadt, auf die ich kann, auf die ich kann.

Ich schlief wie ein Bär. Das nächtliche Rumpeln der U-Bahn störte mich überhaupt nicht. Das Verkehrsrauschen in der Reinsburgstraße, wenn ich bei Leon übernachtete, war viel schlimmer. Irgendwann morgens fingen Leons Eltern jedoch an, in der Wohnung herumzupuzzeln, und weil man durch die dünne Tür wirklich alles hörte, war es mit Schlafen vorbei. Nun saßen wir einträchtig beim Frühstück. Günther hatte Brötchen geholt. Wenn er kaute, wackelten seine abstehenden Ohren. Es war schwierig, nicht hinzusehen.

»Wie macht sich Leon eigentlich so als Quiddje in Stuttgart?«, fragte Hilde.

»Reingeschmeckter«, übersetzte Leon.

»Nun, er macht sich ganz gut. Nur mit dem Schwäbischen und der Kehrwoche hapert es noch ein bisschen«, sagte ich streng. »Für beides fehlt ihm der nötige Eifer.«

Hilde nickte. »Als Leon drei war, habe ich ihm ein Kehrblech und einen Handfeger[11] für Kinder geschenkt. Um ihn ans Putzen heranzuführen. Er hat nie damit gespielt, und gefeudelt hat er auch nie.« Sie reichte mir den Korb mit den Brötchen.

»Segeln Sie eigentlich auch auf der Alster?«, fragte ich eifrig, um mein frisch erworbenes Hamburg-Insiderwissen anzubringen.

Günther schüttelte den Kopf. »Wenn man mit einem Segelboot unter den Füßn zur Welt kommt wie wir, is die Alster 'n bisschen langweilich. Da braucht man schon mehr Welln unterm Kiel.«

»In der Stadt sind wir lieber auf den Kanälen unterwegs«, ergänzte Hilde. »Mit Picknickkorb. Der für heute ist übrigens schon gepackt.«

»Hilde, das sollte eine Überraschung sein!«, sagte Leon empört.

»Oh, tut mir leid. Da hab ich mich wohl verplappert.«

»Noch 'ne Überraschung? Noch mehr Wasser?«, fragte ich entzückt.

Leon hatte sich ja wirklich Mühe gegeben! Da würde ich über das Fußballspiel noch einmal großzügig hinwegsehen.

»Ja«, sagte Leon stolz. »Wir mieten uns nachher ein Boot und nehmen Picknick mit. Du wirst sehen, das wird dir gefallen.«

Obercool! Leon würde mich über die Elbe rudern. Ich würde mein Sonnenschirmchen aufspannen und wir würden uns hinter dem dichten Vorhang der ins Wasser hängenden Trauerweiden küssen. Das war ja noch viel romantischer als eine Gondelfahrt in Venedig!

Ein gutes Stündchen später stand ich ein paar hundert Meter von Leons Elternhaus entfernt am Kanal und beobachtete fasziniert das bunte Treiben. Kanus glitten vorüber und Mann-

---

11 Hochdeutsch für Kutterschaufel und Kehrwisch

schaften tauchten konzentriert ihre Ruder ein. Am Bootssteg verstaute gerade eine Clique Halbwüchsiger unter großem Hallo Picknickkörbe und Bierkästen auf mehreren Tretbooten. Stolz blickte ich auf unseren eigenen Korb, in dessen Mitte eine riesige Schüssel Kartoffelsalat thronte, der mit Folie abgedeckt war. Ich hatte gar nicht gewusst, dass die Norddeutschen auch Kartoffelsalat aßen. Dazu gab es Frikadellen (Fleisch! Tarik!), Radieschen, Gürkchen, Brötchen und eine Flasche Saft. Herrlich!

Verträumt blickte ich auf ein kleines grünes Ruderboot. Leon verhandelte schon seit geraumer Zeit mit zwei Männern. Von Weitem sah es ein bisschen mafiamäßig aus. Die beiden verschwanden und kamen nach ein paar Minuten mit zwei Plastikkanus zurück, die sie im Wasser absetzten.

»Leon, ich kann nicht Kanu fahren«, rief ich entsetzt. »Außerdem dachte ich, wir sitzen im gleichen Boot.«

»Die Zweierkajaks sind alle schon verliehen«, sagte Leon. »Und keine Sorge, ich bin sozusagen in so einem Ding groß geworden.«

»Aber ich nicht! Das einzige Gewässer, mit dem ich aufgewachsen bin, ist eine Badewanne. Und ein Gartenschlauch.«

»Ich bleibe ganz dicht neben dir. Du wirst sehen, es ist kinderleicht und macht einen Riesenspaß.«

»Leon, ich werde garantiert von einem saudi-arabischen Tanker auf der Elbe überfahren.«

»Wir paddeln nicht auf der Elbe, Angsthase, nur ein Stückchen auf der Außenalster.«

Jetzt war eigentlich der Moment, Leon zu beichten, dass ich kein Angsthase war, sondern nur verhindern wollte, dass wir beide ertranken. Selbst für ein von Liebe eingelulltes Katastrophen-Gen konnte diese Herausforderung zu groß sein, und Leons Begegnung mit Yvette beim Mountainbiken hatte die Immunisierung sicher geschwächt. Ich klappte den Mund auf, aber Leon war schon neben einem der Kanus in die Hocke gegangen und winkte.

»Komm, steig ein. Ich halte das Kajak fest.«

Ich kletterte hinein und wusste nicht, was mehr wackelte, das Boot oder meine Knie.

Leon drückte mir ein Paddel in die Hand und führte mir mit seinem Paddel kreisende Bewegungen vor. »Siehst du, so. Immer schön abwechselnd im Rhythmus eintauchen.«

Ungelenk versuchte ich die Bewegung nachzuahmen. Auf dem Steg saßen Leute im Café und feixten.

Leon nahm den Picknickkorb und platzierte ihn vor meinen Füßen. »Es macht dir nichts aus, oder? Du hast die kürzeren Beine.« Dann kletterte er in sein eigenes Kajak. »Los geht's!«, rief er vergnügt.

Ich stieß mich mit der Hand ab, tauchte das Paddel hektisch ein und war innerhalb von drei Sekunden zwischen Bootssteg und grünem Ruderboot eingeklemmt. Die Leute im Café lachten. Einer der Mafia-Männer bugsierte mich zurück in die Ausgangsposition. Beim zweiten Versuch klappte es besser und ich schaffte es hinaus aufs Wasser. Das Kajak eierte hin und her, nach kurzer Zeit war ich ziemlich nass, weil das Wasser nach jedem Eintauchen vom Paddel auf mich hinuntertropfte, und ich hatte Panik davor, mit einem anderen Boot zusammenzustoßen. Leon dagegen war völlig in seinem Element, gab mir Anweisungen und erzählte Anekdoten über die Bewohner der prachtvollen Villen, die das Ufer säumten. Ich hörte überhaupt nicht zu. Ich war viel zu sehr damit beschäftigt, nirgends dagegenzurumsen.

Ich fing gerade an, mich etwas zu entspannen, als wir in einen breiteren Kanal einbogen. Hier war ja noch mehr Verkehr als auf dem Pragsattel zur Rushhour! Was hatte denn dieser riesige Ausflugsdampfer auf diesem winzigen Kanal zu suchen? Und warum machte er so gewaltige Wellen? Das gehörte doch verboten! Panisch begann ich zu paddeln. Leider bewegte sich das Kajak in die komplett falsche Richtung, auf den Dampfer zu.

»Nach rechts!«, schrie Leon. »Paddel, paddel!«

Der Dampfer tutete, das Kajak hing schwer im Seegang und ich paddelte wie verrückt.

»Ruder ab!«, brüllte plötzlich eine Stimme viel zu nahe an meinem Ohr. Eine Sekunde später wurde ich voll in die Seite gerammt. So muss sich die Titanic gefühlt haben, als sie dem Eisberg begegnete, dachte ich noch, bevor ich über Bord ging.

Einen Moment lang gab es nur Wasser und einen langen Schatten über mir, dann tauchte ich prustend wieder auf, einen halben Liter Alsterwasser im Bauch. Neben mir trieb das Kajak, kieloben. Ein paar Meter entfernt war ein Ruderboot und die komplette Mannschaft hatte sich umgedreht und starrte mich mit offenem Mund an. Auf der anderen Seite hatte der Ausflugsdampfer eine Vollbremsung hingelegt, an der Reling hatte sich ein Menschenauflauf gebildet. Von der dritten Seite des Bermuda-Dreiecks kam Leon herangepaddelt, die Augen entsetzt aufgerissen.

»Ist dir was passiert?«, brüllte er.

Für einen Moment blieb die Zeit stehen. Dann fing jemand an zu lachen. Was war denn hier so witzig? Dann sah ich, dass ich in einem gewaltigen Geglibber aus Kartoffelsalat schwamm, der meinen Kopf wie ein Glorienschein umgab. Kartoffelscheibchen, Gewürzgürkchen und Radieschen dümpelten vorüber. Ein ordentlicher schwäbischer Kartoffelsalat wäre nicht so eine Sauerei gewesen! Ein kleines Stück weiter trieben Plastikbecher, die Schüssel und der Korb. Eine fröhliche Entenschar kam zutraulich herangeschnattert und begann gefährlich nahe an meinen Zehen, die umhertreibenden Kartoffelstücke und die eingeweichten Brötchen zu futtern. Die Ruderer hingen jetzt über ihren Riemen und quiekten hemmungslos. Die Besatzungen vorbeipaddelnder Kajaks brüllten vor Lachen. Auch vom Dampfer schallte Gelächter herüber. Fotoapparate und Camcorder waren auf mich gerichtet. Leons Gesichtsausdruck wechselte permanent zwischen Besorgnis und Belustigung.

»Ist das nicht schön, so viele fröhliche Menschen?«, rief ich, legte mich auf den Rücken, ließ mich treiben, faltete die Hände auf dem Bauch und übte mich in Würde.

Leon war jetzt direkt neben mir. »Ist dir auch wirklich nichts passiert?«, fragte er.

Auch das Ruderboot hatte beigedreht. »Tut uns leid. Ham Sie ein Ruder auf den Kopf bekommen?«, fragte jemand.

»Nein«, sagte ich. »Mir geht's prima. Wann hat man schon mal so viel Publikum? Ich mache mir nur ein bisschen Sorgen um meine Zehen.«

Das Ruderboot zischte ab und der Dampfer fuhr tutend davon. Die Leute winkten. Leon drehte das Kajak um und sammelte die herumschwimmenden Besitztümer ein. Dann dirigierte er mich zu einer baumbestandenen Halbinsel und half mir vom Wasser aus beim Einsteigen. Natürlich war immer noch Wasser im Kajak, aber irgendwie schaffte ich es zurück zum Bootssteg.

Leon nahm mich fest in den Arm, vor allen Leuten und obwohl ich nass wie ein Pudel war.

»Süße, du hast mir einen ganz schönen Schrecken eingejagt«, murmelte er. »Du hattest recht, für einen Anfänger war das ein Tag mit zu viel Betrieb.«

»Nicht so schlimm«, sagte ich. »Offensichtlich musste erst jemand aus Stuttgart kommen, damit ihr steifen Nordländer mal wieder ordentlich was zum Lachen habt. Zur Entschädigung könntest du mich zum Essen einladen.«

»Möchtest du nicht erst nach Hause und dich umziehen?«

»Hier in der Sonne trocknen die Kleider sicher schnell«, sagte ich.

»Trotzdem solltest du nachher vielleicht kurz duschen. Nicht, dass dir Zwiebeln und Gewürzgurken im Haar nicht stehen würden ...«

Ein paar Stunden später war ich mit Hilde unterwegs. Da die Hälfte ihrer Sachen untergegangen, weggeschwommen oder von den Enten gefressen worden war, hatten wir ihr den Schiffbruch beichten müssen, und sie hatte es mit viel Humor aufgenommen.

Leons altes Gymnasium lag in einem putzigen Viertel auf der anderen Seite des Kanals. Überall saßen Leute auf kleinen Balkonen und lasen Zeitung. Es erinnerte mich an Stuttgart-West, nur war es hier deutlich schicker. Die Schule war in einem ehrwürdigen Backsteinbau untergebracht. Zum Glück begnügte sich Hilde mit einer kurzen Außenbesichtigung.

»Leon hatte immer glänzende Noten in Mathe und Physik und Chemie und Informatik«, sagte sie stolz.

»Und in Deutsch?«

»Das war überhaupt nicht seins. Nicht mal ›Der kleine Häwelmann‹ hat er zu Ende gelesen. So, solln wir einen Kaffee trinkn?«

Hilde führte mich in ein schnuckeliges Café. Das Mobiliar war kunterbunt zusammengewürfelt, an der Wand hingen Bilder und Gemälde in verschiedenen Stilrichtungen. Es erinnerte mich fast ein bisschen an unsere Küche. Wir nahmen an einem wackligen Tisch Platz. Hilde bestellte Streuselkuchen mit Sahne für uns beide. Das fand ich sehr sympathisch. Der Kuchen war dick mit Streuseln belegt, die auf der Zunge zergingen, der Sahnehaufen war riesig und garantiert nicht aus der Sprühdose, und die süße Sahne in Kombination mit den sauren Kirschen unter den Streuseln ... Es war einfach himmlisch! Ich vermisste Leon überhaupt nicht.

Am Nachbartisch wurden Geschenke ausgewickelt. Das Geburtstagskind, ein hanseatischer Mittvierziger, packte Buch um Buch aus und brach bei jedem neuen Titel in Entzücken aus: »Wolfgang Borchert, Gesamtausgabe! Toll, ein echter Eppendorfer! Eine Biografie von Barack Obama! Interessiert mich wahn-sinn-ich! Margot Käßmann, In der Mitte des Lebens! Super, auch mal was aus Frauenperspektive.«

Ich seufzte. »Hat Leon als Kind mehr gelesen als später in der Schule?«, fragte ich Hilde.

Sie schüttelte den Kopf. »Wenn wir ihm was vorlesn wolltn, is er immer schreiend aus 'm Zimmer gerannt. Leon hat sich vor allem für Fußball und Autos interessiert. Nur wenn er irgendwas zusammenbaun wollte, hat er die Gebrauchsanweisung gelesn. Seine Schwester war da anders. Sie hatte immer ein Buch vor der Nase.« Sie sah auf die alte Standuhr in der Ecke des Cafés. »So, jetzt könntn wir Güntha und Leon vom Fußball abholn, die Kneipe is nur ein paar Schridde von hier.«

»Ich gehe nur noch rasch aufs Kl... – auf die Toilette«, sagte ich.

Auf dem Klo setzte ich mich einen Augenblick auf den Deckel, um mich zu entspannen. Der dauernde Small Talk war anstrengend. Und warum war ganz Hamburg literarisch interessiert, nur Leon nicht? Jemand drückte die Klinke herunter und weckte mich aus meinen Tagträumen. Ich klappte den Deckel wieder hoch. Plitsch!, machte es. Mein Geldbeutel, den ich mit Mühe in die Gesäßtasche meiner neuen weißen Jeans gestopft hatte, weil ich keine Handtasche besaß, hatte sich selbstständig gemacht und war aus der Tasche in die Kloschüssel geplumpst. Ich fluchte. So ein Mist! Immerhin vor der Klobenutzung. Ich fischte den Geldbeutel aus dem Wasser und versuchte ihn mit etwas Klopapier trockenzuwischen. Das funktionierte nicht wirklich. Innen war alles nass. Geldscheine, ein Gedicht, Notizen und die zwei Jahre alte Bescheinigung vom Arzt, dass ich meinen Quartalsbeitrag entrichtet hatte. Ich öffnete die Tür, ignorierte die Frau davor, die mich vorwurfsvoll musterte, und versuchte es mit dem Handtrockner. Das funktionierte zwar, dauerte aber viel zu lange. Mir blieb nichts anderes übrig, als den Geldbeutel in ein Papierhandtuch zu wickeln und wieder in die enge Gesäßtasche zu quetschen.

»Is alles in Ordnung?«, fragte Hilde und sah mich prüfend an. »Hat so lang gedauert.«

»Keine Sorge, alles okay«, sagte ich hastig.

Hilde führte mich auf einen belebten Boulevard mit vielen Läden und schien nicht zu bemerken, dass mein Blick sehnsüchtig an einer Buchhandlung klebte. Wir überquerten die Straße. Eine Kneipentür öffnete sich, und Günther und Leon traten heraus. Das war ja perfektes Timing! Leon hielt die Tür für eine dritte Person auf. Es war Yvette. Yvette in sehr engen Jeans, einem sehr engen Top, sehr hochhackigen Pumps und mit Ohrringen von beunruhigender Größe. Ich schnappte hörbar nach Luft.

»Is was?«, fragte Hilde.

»Nein, nein«, stammelte ich.

»Keine Sorge«, sagte Hilde unbekümmert. »Das is nur ne alde Freundin. Die zwei kenn'n sich, seit sie Hosenscheißer waren. Yvette is früher bei uns ein- un ausgegangen. Sie hatten auch mal zusammen 'ne Dauerkarde für den HSV.«

Sie hatten auch mal was anderes zusammen, dachte ich, und kochte innerlich. Das war doch ein abgekartetes Spiel!

Yvette schien es nicht im Mindesten peinlich zu sein, mich zu treffen. Sie gab mir die Hand mit einer so affektierten Bewegung, als ob ich sie küssen sollte. Einen Moment überlegte ich, hineinzubeißen. Leon drückte mir einen hastigen Kuss auf die Wange. Eine leichte Röte überzog seine Wangen.

»Moin, moin«, sagte Hilde, was ich seltsam fand, so mitten am Tag. »Und?«

»Wir ham gewonnen«, antwortete Günther. »Obwohl Paolo Guerrero ausgefalln is. Drei zu eins. Tut mir leid für euch Schwaben, Line.«

Ich zuckte mit den Schultern. »Erstens bin ich nur halbe Schwäbin, und zweitens kein Fußballfan. Mir ist eigentlich egal, wer gewinnt.«

»Das Tor von Petric war ein Traum«, seufzte Yvette. »Schade, dass wir nicht in der Arena waren, da war der Teufel los.«

»Yvette kennt sich aus mit Fußball«, sagte Günther stolz.

Was war das denn hier? Hamburg gegen Stuttgart, Yvette gegen Line, drei zu eins?

»Wir gehn dann mal«, sagte Leon hastig. »Dann können wir vor dem Dämmertörn noch etwas ausruhen.«

»Güntha und ich kaufn noch ein«, sagte Hilde. »Seid ihr zum Abendessen da?«

Während Leon mit seinen Eltern verhandelte, beugte sich Yvette plötzlich zu mir herüber. »Ich geb dir einen guten Tipp«, flüsterte sie und lächelte dabei so gleichmäßig weiter, als hätte sie Botox verschluckt. »Für eine glückliche Beziehung sind gemeinsame Interessen wichtig. Wenn du Leon auf Dauer halten willst, solltest du langsam anfangen, dich für Fußball zu interessieren. Und zwar nicht für den VfB.«

Ich sah mich um, ob es irgendetwas gab, womit ich Yvette eine auf den Fischkopp geben konnte. Diese Schleimkröte! Das war doch wohl das Allerletzte! Leider lagen keine Ruder herum und eine schlagfertige Antwort fiel mir auch nicht ein. Grrrrr! Leon schien nichts zu bemerken oder er tat zumindest erfolgreich so.

»Na dann, viel Spaß noch in Hamburg«, sagte Yvette laut und zuckersüß. »Ich hoffe, dir gefällt unser kosmopolitisches Flair. Ist ja vielleicht ein bisschen ungewohnt, wenn man aus Stuttgart kommt.«

Leon nahm mich an der Hand und führte mich sehr bestimmt weg. »Du zitterst ja«, sagte er.

»Weil ich stinkesauer bin«, sagte ich.

Leon schwieg. Ich ließ seine Hand los.

»Leon, wusste Yvette, dass wir beide an diesem Wochenende in Hamburg sind?«

»Na ja, ich bin nicht sicher. Könnte schon sein, dass ich's zufällig mal in der Kantine erwähnt habe.«

»Und dann fährt sie *zufällig* am gleichen Wochenende hierher?«

»Line, du übertreibst! Yvette ist sehr häufig in Hamburg bei ihren Eltern. Ihr ganzer Freundeskreis ist hier.«

»Und dann taucht sie *zufällig* in der Kneipe auf?«

»Sie wohnt um die Ecke, und wir waren früher immer in dieser Kneipe«, rief Leon genervt. »Natürlich wusste sie, dass sie mich dort finden würde. Was ist so schlimm daran? Gehört es heutzutage zum guten Ton, mit seinen Exfreundinnen verfeindet zu sein? Was soll denn da passieren, in einer Kneipe? Und dann noch vor meinem Vater? Ich hätte nie gedacht, dass du so eifersüchtig bist!«

»Leon, merkst du denn nicht, dass sie versucht, unsere Beziehung kaputtzumachen?«

»Und wie wenig Vertrauen hast du in mich und unsere Beziehung, dass die so einfach kaputtzumachen ist? Und überhaupt! Du stellst *mein* Vertrauen mit deinen Polizisten, Tangotänzern und Zweifeln an meinen intellektuellen Fähigkeiten auch ganz schön auf die Probe«, rief Leon wütend, blieb stehen, verschränkte die Arme und blickte finster geradeaus.

Ich starrte auch stumm geradeaus. Ich fühlte mich schrecklich elend. Yvette hatte erreicht, was sie wollte. Nun stritten wir uns. Schon wieder!

Das Schweigen dehnte sich ins Unendliche.

Endlich sagte Leon: »Line, sieh mich an!«

Widerstrebend drehte ich den Kopf.

»Yvette ist nichts als eine alte Freundin. Kapier das doch endlich! Ich will nichts von ihr. Ich will nur mit dir zusammen sein. Auch wenn du ein seltsames Huhn bist.«

Er packte mich und küsste mich so leidenschaftlich, dass mir schwindelig wurde. Mannomann. Von wegen kühler Hanseat. So hatte er mich noch nie geküsst. Seine Zunge war überall. Sogar auf meinen Amalgamfüllungen.

»Und jetzt gehen wir ganz schnell nach Hause und nutzen die Zeit, bis Hildchen und Günther vom Einkaufen zurück sind, für einen Quickie auf dem Sofa«, flüsterte Leon.

Auf dem Sofa? Wow! Peepshow für die U-Bahn!

Er nahm mich wieder an der Hand und wir rannten kichernd los. Wir rannten den ganzen Weg. Wir warteten nicht auf den Aufzug, stürmten die Treppen hinauf und in die Wohnung hinein. Atemlos rissen wir uns die Kleider vom Leib. Okay. Ich war bereit, ein letztes Mal über Yvette hinwegzusehen.

17. Kapitel

She wears high heels, I wear sneakers,
She's cheer captain and I'm on the bleachers
Dreaming about the day when you wake up and find
That what you're looking for has been here the whole time.

»Wegen Personalmangels fährt dieser Zug leider erst mal nirgendwohin.«

Ein Stöhnen ging nach dieser erhellenden Lautsprecherdurchsage durch den überfüllten ICE. Der Zug stand schon ziemlich lange auf dem Gleis im Hamburger Bahnhof herum und wurde immer voller, weil zudem irgendein anderer ICE komplett ausfiel, sodass sich jetzt eine Menge Leute ohne reservierte Sitzplätze in unserem Zug drängelten. Irgendwann waren selbst die Gänge in den Großraumbereichen voller Menschen, die nicht wussten, wo sie sich selbst, geschweige denn ihr Gepäck, verstauen sollten. Hilde und Günther standen noch immer verloren auf dem Gleis, um zum Abschied zu winken, und wegen der vielen Leute konnte Leon nicht aussteigen, um ihnen Bescheid zu geben. Ich blendete die bemitleidenswerten Szenen, die sich vor unseren Augen und Füßen abspielten, aus und kuschelte mich wie eine Katze an Leon, weil wir nun endlich zwei Plätze nebeneinander hatten.

Der Dämmertörn in den Hafen war leider nicht ganz so romantisch ausgefallen wie erwartet. Während sich die anderen Gäste auf die Plätze an den Panoramafenstern stürzten, führte mich Leon nach hinten, wo man im Freien sitzen konnte. Glücklicherweise saßen wir dort allein. Wunderbar, so würde ich ungehindert mit Leon knutschen können. In der Mitte der Alster stieg eine Fontäne auf und langsam gingen überall die Lichter an. Bis dahin war es wirklich sehr romantisch, auch die Fahrt durch die Kanäle und hinaus in den Hafen, und ich verbrachte viel Zeit damit, mir im Geiste ein superschickes Loft mit Balkon zum Wasser auszusuchen, in dem ich mit Leon irgendwann einmal wohnen würde. So wie der supercoole und gleichzeitig empfindsame türkische Tatort-Kommissar.

Weil Yvette, die intrigante Winselstute, mir ins Ohr geflüstert hatte, ich müsse mich für Leons Fußballtruppe interessieren, fragte ich ihn nach dem HSV-Spiel. Leider war Leon so entzückt von meinem plötzlichen Interesse, dass er das komplette Spiel in Echtzeit nacherzählte und die zentralen Szenen nachstellte. Als er endlich fertig war und ich zum Knutschen ansetzen wollte, waren wir plötzlich von Finnen umzingelt, die zu einer rein männlichen Reisegruppe gehörten, nur die Reiseleiterin war weiblich. Bestimmt Holzfäller aus Lappland! Erst tauchten nur ein paar zum Rauchen auf, dann drängelten sich immer mehr Finnen mit ihren Bierflaschen auf dem kleinen Deck. Sie guckten melancholisch, seufzten, schwiegen und traten in regelmäßigen Abständen mit mächtigen Finnenfüßen auf einen meiner Füße, die in dünnen Sandalen steckten. Viel sehen konnte man auch nicht mehr durch die Zigarettenwolke. Es wurde rasch empfindlich kühl.

»Man spürt die Nähe der Nordsee«, meinte ich.

»Dass Hamburch an der See liegt, hat euer Stuttgarter Intendant auch geglaubt«, sagte Leon. »Hamburch liegt aber an der Elbe.«

Alter Besserwisser!

Nach dem Dämmertörn wäre ich eigentlich noch gerne auf die Reeperbahn gegangen, um in einer zwielichtigen Hafenspelunke ein wenig verruchte Romantikluft à la Hans Albers zu schnuppern, aber Leon hatte mir sehr ernsthaft erklärt, dass die Reeperbahn ungefähr so romantisch war wie der Österreichische Platz in Stuttgart und dass dort am Samstagabend vor allem mittelalte Ehepaare aus Ingolstadt, Kaiserslautern und Pirmasens umherstolperten, die normalerweise keine einzige Ausgabe von »Wetten dass ...?« verpassten und nun zur Abwechslung eine Gruppenreise »Verruchtes Hamburg« gebucht hatten, um ihr nicht mehr vorhandenes Sexualleben aufzumöbeln, was wir beide jedoch nach unserem heißen Nachmittag wirklich nicht nötig hatten. Die Ehepaare, so meinte er weiter, würden dann irgendwann in einem Straßencafé abgestandenes Bier für 25 Euro trinken und sich frustriert anschweigen, weil weder der Blick auf Straßennutten noch der auf die Leuchtreklamen der Peepshows den gewünschten Effekt gehabt hatte. Erst ab zwei Uhr nachts könne man guten Gewissens auf den Kiez gehen. Dann hatte er herzhaft gegähnt und mich zurück zu seinen Eltern gelotst.

Ich hatte gehofft, dass wir uns unbemerkt ins Bett schleichen und leise die Schiebetür hinter uns zuziehen würden, aber Hilde und Güntha saßen im Wohnzimmer, hatten Bier und Weißwein kalt gestellt und begrüßten uns freudig. Offensichtlich hatte Leon seinen Eltern versprochen, nach dem Dämmertörn noch ein Gläschen zusammen zu trinken. Das Gute daran war, dass Hilde Krabbenbrötchen, Heringssalat und Fischfrikadellen vorbereitet hatte, damit ich noch ein paar typische Gerichte probieren konnte, und nach den popeligen Würstchen auf dem Boot langten wir beide gierig zu. Leon hatte mich erstaunt angeblickt, als ich Interesse für alte Fotos heuchelte, aber Günther und Hilde waren entzückt und kramten bereitwillig in den Schubladen. Endlich tauchte ein Kinderbild von Günther auf. Er hatte schon als Kind sehr abstehende Ohren gehabt, wie ich erleichtert feststellte.

Mitten in der Nacht versuchte Leon mich wachzurütteln, weil ich angeblich irgendwann gesagt hatte, ich wolle auf den Fischmarkt gehen. Daran konnte ich mich überhaupt nicht erinnern, erklärte ihn für bekloppt, drehte mich auf die andere Seite und schlief sofort wieder ein.

Am späten Sonntagmorgen setzte Leon sein Themenwochenende Wasser fort und wir schipperten auf einer Fähre auf der Elbe an majestätischen Villen und futuristischen Neubauten vorbei. Das schien ein echter Geheimtipp zu sein, wenn man die geschätzten drei Millionen anderen Touris ignorierte, die sich um uns herum an der Reling drängelten. Am Wasser entlang spazierten wir zurück, Hand in Hand. Endlich wurde es romantisch!

In Övelgönne gruben wir in einem Café unsere Zehen in den Sand und beobachteten dann am Fähranleger einen Mann, der in den Seilen eines ziemlich sauber aussehenden historischen Segelschiffes hing und schrubbte. Seifenwasser tropfte in die Elbe. Das war also die Kehrwoche des Nordens!

Es war wirklich ein sehr schönes Wochenende gewesen, trotz der Streits, und auch wenn es gerne ein bisschen weniger Wasser hätte sein dürfen, wenn ich an die Geschichte mit dem Klo auf der Hinfahrt, mit dem Geldbeutel im Klo im Café und mit dem unfreiwilligen Bad in der Alster dachte. Hmm. Würde Leon auf Dauer in Süddeutschland wirklich glücklich werden? Vielleicht sollte ich möglichst bald einen Segelkurs auf dem Max-Eyth-See machen, damit wir unsere Freizeit besser gemeinsam gestalten konnten?

»Sag mal, Leon, wie hältst du es eigentlich in Stuttgart aus, mit so wenig Wasser?«, fragte ich. »Die Bärenseen sind doch wohl kaum ein adäquater Ersatz.«

Leon grinste. »Wenn ich an den Bärenseen joggen gehe, schließe ich die Augen und stelle mir vor, die Enten seien kleine Segelboote, die auf der Alster dümpeln«, sagte er. »Fühlt sich fast an wie zu Hause. Nur die steife Brise fehlt.«

»Du nimmst mich auf den Arm«, sagte ich.

»Ein bisschen. Seit wir zusammen sind, ist Stuttgart fast wie Heimat.« Er sah mich ernst an. »Wir gehören doch zusammen, wir beide. Vielleicht gehen wir ja irgendwann auch mal gemeinsam in den Norden?«

Ojeojeoje. Solche fundamentalen Fragen wollte ich mir im Moment eigentlich nicht stellen. Aber was, wenn Leons Sehnsucht nach der steifen Brise irgendwann zu groß wurde, und er seinen Seesack packen und zurück nach Hamburg gehen wollte? Würde ich dann wirklich mitgehen?

»Meine Mutter meinte übrigens, du wärst schwanger«, sagte Leon.

»Wie kommt sie denn darauf?«, fragte ich beunruhigt.

»Weil du im Café stundenlang auf dem Klo verschwunden warst. Sie meinte, du hättest dich vielleicht übergeben.«

»Nein«, sagte ich verlegen. »Mir ist der Geldbeutel ins Klo gefallen. Ich musste ihn erst trocknen.«

Leon lachte laut auf. »Siehst du, hab ich Muddi auch gesagt, dass es dafür irgendeine schräge Erklärung geben muss.«

»Was soll das denn heißen?«, sagte ich beleidigt. »Als ob mir ständig so was passieren würde!«

Ein paar Stunden später saßen wir in Leons Wohnung und aßen die Reste vom Heringssalat, die uns seine Mutter mitgegeben hatte. Ich musste dringend mit Lila über Yvette reden und hatte deshalb Leons Übernachtungsangebot abgelehnt.

»Ich wollte dich noch was fragen.« Leon räusperte sich.

O Gott. Er würde mir doch keinen Heiratsantrag machen, weil Muddi ihm Flausen in den Kopf mit den noch nicht abstehenden Ohren gesetzt hatte? Ich war nicht reif für die Ehe!

»Wir gehen mit der Abteilung auf den Cannstatter Wasen.« Er machte eine Pause.

Es ging wohl doch nicht ums Heiraten.

»Mit Partnerinnen beziehungsweise Partnern. Wir sind ja eh fast nur Männer.«

Außer Yvette und der Sekretärin, dachte ich grimmig.

»Übermorgen. Ich würde mich freuen, wenn du mitkommst.«

»Klar komm ich mit«, sagte ich und knuffte Leon in die Seite. »Warum rückst du erst jetzt damit heraus?«

Ich war als Kind zum letzten Mal auf dem Cannstatter Volksfest gewesen. Beim Boxauto-Fahren war ich auf das Lenkrad geknallt und hatte mir einen Zahn ausgeschlagen.

Mittlerweile war es wieder trendy, zum Wasen zu gehen. Ins Bierzelt vor allem. Hurra! Leon würde mir ein Lebkuchenherz schenken! Was wohl draufstehen würde? »I mog di« oder vielleicht sogar »Ich liebe dich«? Er würde mit Pfeilen bunte

Luftballons zerschießen und ein Plüsch-Eichhörnchen für mich gewinnen, ja, vielleicht reichte es sogar für eine Runde mit dem Riesenrad, bevor wir seine Kollegen trafen, Leon und ich, ganz allein in einer Gondel, unter uns die glitzernden Lichter der Buden und Schaugeschäfte ...

Leon räusperte sich erneut. »Nun, es ist so, die Frauen und Freundinnen meiner Kollegen kommen alle im Dirndl.«

Ich lachte. »Sollen sie meinetwegen. Ich komme in Jeans.«

Leon lachte nicht. Er grinste nicht einmal, sondern sah im Gegenteil so aus, als ob er sich sehr unwohl fühlte.

»Das ... das ist nicht dein Ernst«, sagte ich. »Du erwartest nicht, dass ich auch so ein Teil anziehe, oder? Wir sind doch nicht in Bayern! Außerdem: Für ein Dirndl braucht man Busen! *Ich habe keinen Busen!*«

Das Trachten-Virus hatte Stuttgart im Vorjahr zum ersten Mal befallen. Im Prinzip normale Menschen präsentierten sich nun plötzlich in karierten Hemden und Kniebundhosen und stellten gnadenlos ihre Waden zur Schau, egal ob sich diese für eine Zurschaustellung eigneten oder nicht. Blutjunge Mädchen, die sonst bauchfreie Tops zum gepiercten Nabel trugen, warfen sich plötzlich in Spitzenblüschen und schnürten sich Schürzchen um. Es war nicht schwer, ihrer Spur zu folgen. Kichernd stiegen sie am Hauptbahnhof oder am Charlottenplatz in die Sonderlinie U11, die direkt zum Cannstatter Wasen fuhr. Schließlich wollte man Bier trinken. Da war das Auto nur hinderlich. Das Bier entsorgten die Männer an einer Pisswand, während die Frauen jedes Mal am Klowagen bezahlen mussten. Die Welt war ungerecht.

Dieses Jahr warteten die Gesundheitsämter ungeduldig darauf, dass endlich die Schweinegrippe ausbrach, um ihre Krisenpläne in der Praxis zu erproben. Die Schweinegrippe ließ sich Zeit. Das Trachten-Virus nicht. Es war wiedergekommen, und es war stärker als je zuvor. Stuttgart Marketing hatte sogar eigens zwei Stuttgarter Dirndl-Modelle erfunden, ein kurzes und ein langes, mit dem Württemberg-Wappen drauf und einen Lederhosen-Dress für Männer. Selbst im Schaufenster vom Kaufhof am Hauptbahnhof trugen die Puppen plötzlich Dirndl.

»Es ist deine Entscheidung«, sagte Leon kühl. »Ich kann damit leben, wenn alle Frauen in der Gruppe Dirndl tragen, nur Frau Praetorius trägt Jeans. Aber findest du nicht, dass man in einer Beziehung auch mal Kompromisse machen muss?«

Ich starrte Leon völlig entgeistert an. Wieso war er plötzlich so kalt und abweisend zu mir? »Natürlich muss man in einer Beziehung Kompromisse machen. Aber doch nicht gerade an dieser Stelle! Findest du die Dirndl-ja-oder-nein-Frage fundamental für unsere Beziehung? Das glaube ich einfach nicht!«

»Es geht nicht um das Dirndl. Es geht darum, dass du offensichtlich nicht bereit bist, mir auch mal einen Gefallen zu tun. Weißt du, meinen Kollegen habe ich gesagt, du würdest den Spaß bestimmt mitmachen. Aber da hab ich mich wohl getäuscht.«

»Leon, das ist kein Spaß für mich, wirklich nicht. Bitte verlang nicht von mir, mich mit einem Dirndl zu verkleiden! Ich mach mich doch so schon oft genug lächerlich. Ich werfe mich sogar mit Kartoffelsalat in den Kanal, wenn's sein muss. Da brauche ich nicht auch noch ein Dirndl. Außerdem sind die Dinger unglaublich teuer.«

»Ich hätt's dir sogar geschenkt«, sagte Leon vernichtend. »Aber keine Sorge. Ich besteh nicht drauf. Auch wenn du dann als Einzige total aus der Reihe fällst.«

»Ich will keine Almosen von dir. Es ist mir sowieso unangenehm, dass du so oft für mich bezahlst.«

»Line, ich bin der Meinung, dass man in einer Beziehung zusammensteht. Und dass man das auch deutlich nach außen zeigt, beispielsweise gegenüber meinen Kollegen. Und wenn ich verdiene und du nicht, dann habe ich überhaupt kein Problem damit, mehr zu bezahlen. Aber offensichtlich kannst du deinen Stolz nicht runterschlucken.«

Wir standen uns gegenüber wie zwei Kampfhähne, mit geballten Fäusten und hochrotem Kopf. Ich konnte es nicht fassen. Unser dritter Streit innerhalb von 48 Stunden, ausgerechnet wegen eines Dirndls! Und jetzt fingen auch noch meine Ohren an zu rauchen. Das war mir schon lange nicht mehr passiert.

»Gut«, sagte ich leise. »Wenn es dir peinlich ist, dann gehe ich lieber nicht mit. Ich will dich ja nicht vor deinen Kollegen blamieren. Oder deinem kometenhaften Aufstieg bei Bosch im Weg stehen, weil du die falsch angezogene Freundin hast. Und jetzt gehe ich nach Hause.« Ich sammelte meine Sachen ein.

Leon starrte mich an, klappte den Mund auf und dann wieder zu. Gleich würde er mich in die Arme schließen und alles war wieder gut. Aber er wedelte nur stumm den Rauch weg und wandte sich ab.

Ich schloss Leons Wohnungstür hinter mir. Tränen stiegen mir in die Augen. Einen Stock tiefer blieb ich stehen. Es war nicht gut, im Streit zu gehen. Nicht nach dem schönen Wochenende! Ich würde umkehren.

»Ja, grieß Gott, Frau Praetorius! Lang net gsäh! Wie gohts denn so?« Frau Müller-Thurgau hatte ihre Wohnungstür aufgerissen und stand in ihrem rosa Jogginganzug vor mir, wie immer mit einer brennenden Zigarette in der Hand. Ausgerechnet jetzt! Wie schaffte sie es nur, immer im unpassendsten Moment aufzutauchen?

Rasch wischte ich mir mit dem Handrücken über die Augen. »Äh, danke, gut. Und Ihnen?«

»Ha, 's goht, 's goht. Mei Drombose, wissed Se. Jetz fangd's em rechda Bei au no a.« Unaufgefordert lupfte sie ihren nackten rechten Fuß aus ihrem Doris-Day-Pantöffelchen, schob den Bund ihrer Jogginghose ein Stück nach oben und präsentierte stolz ihr blau schimmerndes Bein, das von einem dichten Verkehrsnetz aus knotigen Krampfadern bedeckt war. »Dr Doktr sagt, i sott's so bald wie meglich oberiere lassa, sonschd gibd's a Mehretaschädrombose. Noo han i gsagt, i wohn doch scho em vierte Stock!« Sie lachte schallend. Das tiefe Lachen ging nahtlos in einen trockenen Raucherhusten über.

Unten klappte eine Tür. Ich stöhnte innerlich. Als Nächstes würde Herr Tellerle auftauchen. Ich musste hier weg, und zwar schleunigst.

»Ich muss jetzt leider«, sagte ich. »Ich ... ich habe einen Arzttermin.«

»Am heilige Sonndich? Ha no, sen Sie au krank? Raucht's deshalb aus Ihre Ohra naus? Sie, des isch abr schlemm! Sie sen doch noo so jong! Mei Lotte hot au Drombose. Des hot se sich abr scho a bissle selbr zuzomschreiba. Se isch hald oifach z' dick. Drbei isch se erschd Mitte fuffzich. Do sott mr scho no a bissle uff sich uffbassa.« Sie nahm einen tiefen Zug aus ihrer Zigarette.

Ich trat die Flucht vor weiteren Krankheitsgeschichten an und verabschiedete mich hastig. Einen Stock tiefer lag Herr Tellerle schon in den Startlöchern. Ich grüßte und lief weiter, ohne auf seine Antwort zu warten. Sein vorwurfsvoller Blick brannte sich in meinen Hinterkopf.

Die Versöhnung mit Leon würde warten müssen.

18. Kapitel

> *There's a lady who's sure*
> *All that glitters is gold.*
> *And she's buying a stairway to heaven.*
> *When she gets there she knows,*
> *If the stores are all closed,*
> *With a word she can get what she came for.*

Ich verbrachte den Montag in einer Art Kältestarre, wie ein Teichmolch. Die dafür erforderliche Speckschicht hatte ich mir am Sonntagabend angefressen. Auf dem Küchentisch hatte ein rasch hingekritzelter Zettel von Lila gelegen: »Hoffe, du hattest schönes Hamburg-WE, übernachte bei Harald, im KS ist noch selbst gemachtes Tiramisu, bis morgen, L.« Ausgerechnet! Ich hätte doch so dringend Lilas Rat gebraucht wegen der Zug-und-Dirndl-Krise und ihre Meinung zum Auftritt der Giftkröte gehört und eine Taktik für einen Zickenkrieg geplant. Auch die Begegnung mit Tarik hatte ich Lila bisher verschwiegen. Ich hatte irgendwie das Gefühl, sie würde nicht besonders viel davon halten, dass ich einen Nebenjob als Muse bei einem anderen Mann angenommen hatte, und mir ins Gewissen reden, und darauf hatte ich keine Lust.

Ich war mir sicher, dass Leon am Sonntagabend noch anrufen würde. Aber Leon rief nicht an. Einsamkeit kroch in mir hoch und vertrieb sogar die Lust auf Nostalgie-TV. Eigentlich war ich nach dem ganzen Fischkrams satt, aber das Tiramisu war bestimmt aus frischen Eiern und musste weg. Lila mochte es gar nicht, wenn man Essen wegwarf, also tat ich ein gutes Werk, löffelte die ganze Schüssel leer und aß noch die restlichen Löffelbiskuits auf, bevor sie lommelig wurden. Danach war ich nicht nur einsam und traurig, sondern mir war auch schlecht.

Auch am Montag rührte sich Leon nicht. Ich fühlte mich elend. Noch nie hatte ein Streit zwischen uns so lange gedauert. Etwa 150 Mal griff ich nach dem Telefon, um ihn anzurufen. Am Ende ließ ich es doch bleiben. Nein. Es war an Leon, einzusehen, dass seine Forderung absurd war. Wenn er mich wirklich liebte, dann war es ihm doch egal, ob ich in Jeans oder Dirndl ins Bierzelt kam! Lila sah ich am Montag nur kurz. Sie ging mit Harald auf eine Demo gegen Stuttgart 21 und wollte anschließend ins Kino. Sie fragte mich, ob ich mitkommen wolle, aber mir war nicht danach, den Abend mit einem frisch verliebten Paar zu verbringen.

Am Dienstag schlief ich sehr lange und frühstückte ausgiebig. Je kürzer der Tag, desto weniger Zeit hatte ich, um mir den Kopf darüber zu zerbrechen, was ich mit Leons Volksfestbesuch am späten Nachmittag anstellen sollte. Keine Nachricht von Leon. Keine SMS. So ein sturer hanseatischer Hund! Hätte ich mir lieber einen Freund aus Schöckingen besorgt! Oder aus Ostfildern-Nellingen. Die waren sicher formbarer und es gab nicht so viele Mentalitätsunterschiede und schreckliche Missverständnisse. Überhaupt – ich würde Leon im Büro anrufen und ihm die Meinung geigen, damit ihm vor seinen Kollegen im Großraumbüro die Klappe runterfiel. Was glaubte der Typ eigentlich, wer er war, sich zwei Tage nicht zu melden? Das ließ ich mir nicht gefallen! Wütend packte ich das Telefon. Im letzten Moment bekam ich Muffensausen. Stattdessen rief ich Katharina an. Seit der Paartherapie mit Dorle hatte sie sich nicht mehr gemeldet. Lena nahm ab.

»Hallo, meine Große. Schon zurück aus der Schule? Line hier. Wie geht es dir?«

»Warte mal«, flüsterte Lena. Im Hintergrund hörte ich Katharinas Stimme und dann Lena. »Nein, das ist die Maria, wegen den Hausaufgaben. Ich geh in mein Zimmer.« Eine Tür klappte. »Puh«, sagte Lena. »Du hast ja keine Ahnung, was hier los ist. Mama heult nur noch, aber sie meint, ich bin zu doof, um es mitzukriegen, und dann lacht sie total künstlich, hahaha, und tut so, als ob alles normal wäre. Ab und zu wird sie ganz rot im Gesicht und behauptet, sie müsste noch was erledigen, und verschwindet. Sie lässt mich mit Salo allein, dabei bin ich erst acht! Papa hockt abends stundenlang am Computer oder er kommt ganz spät von der Arbeit und riecht dann nach Bier.« Lenas Stimmchen brach.

»Ach, Lena«, sagte ich kummervoll und schluckte den Kloß im Hals herunter. »Es tut mir so schrecklich leid. Reden sie denn gar nicht miteinander?«

»Nein. Nur wenn's nicht anders geht. Wer holt Salo vom Kindergarten ab und so.«

»Ist Dorle nicht bei euch gewesen?«

»Doch. Sie hat auch ganz lang mit Mama geredet. Aber Papa kam erst viel später nach Hause. Da hatte Mama Tante Dorle schon heimgefahren.«

»Und wie geht's Salomon?«

»Der kapiert natürlich gar nichts, aber er weint die ganze Zeit und hatte am Wochenende Mittelohrentzündung.«

»Kann ich irgendwas tun, um dir zu helfen?«

»Ja. Sag Mama, Papa soll ausziehen. Sonst werden wir hier alle verrückt.« Sie fing leise an zu weinen.

Ich musste mich schwer zusammenreißen, um nicht mitzuheulen. Lena war zwar eine sehr frühreife Achtjährige. Trotzdem war sie ein Kind. Ein Kind, dessen Familie gerade auseinanderbrach.

»Lena, ich fürchte, das müssen Katharina und Frank miteinander ausmachen. Ich kann mich da nicht einmischen. Aber wenn du mich besuchen kommen willst, ruf einfach an, und wir machen was Schönes zusammen, okay? Wir gehen ins Kino oder ins Planetarium. Ich melde mich wieder.«

Ich holte tief Luft. Warum war es nur so schwierig mit den Männern und den Frauen? Seinen Traumprinzen zu finden war ein bisschen wie ein Lottogewinn. Man wünschte sich nichts sehnlicher und hielt es für die Lösung aller Probleme, glaubte aber eigentlich nicht daran, und wenn man dann tatsächlich sechs Richtige hatte und der Typ auf der Matte stand, konnte man sein Glück kaum fassen. Dabei fingen die Probleme jetzt erst richtig an. Irgendwann überlegte man sich vor lauter Frust, den Lottogewinn zurückzugeben, weil er das Leben so kompliziert machte. Das war doch vollkommen bescheuert!

Hmm. Verglichen mit Katharinas Eheproblemen war die Dirndl-Frage lächerlich. Wenn wir uns schon wegen so einem Mist in die Haare bekamen, wie sollte das erst werden, wenn es um wirklich wichtige Dinge ging, Kinder oder Einfamilienhäuser mit Blick auf Bosch, oder ob man neben der eigentlichen Beziehung einen Zweitmann haben durfte, rein platonisch natürlich?

Da gab es nur eins: Ich musste über meinen Schatten springen und mich mit Leon versöhnen. Hurra! Ich würde beweisen, dass ich ein reifer Mensch war! Kompromissbereit! Erwachsen! Ich würde Leon auf dem Volksfest überraschen und er würde sich wegen seiner Fischköpfigkeit schämen. Außerdem durfte ich auf keinen Fall Yvette das Bierzelt überlassen. Bloß: in Jeans oder im Dirndl?

Ich griff wieder zum Telefon. »Lila, hast du ein paar Minuten? Ich brauch mal kurz deinen Rat.«

»So, rückst du jetzt endlich damit raus? Ich hab doch gemerkt, dass da was nicht stimmt.«

Ich seufzte schwer. »Ich hatte am Wochenende mehrere grässliche Streits mit Leon. Am schlimmsten war's am Sonntagabend. Seitdem haben wir nicht mehr miteinander gesprochen.«

»Line, ihr seid jetzt an dem Punkt, wo ihr die rosaroten Brillen ablegt und erste Konflikte auftauchen. Das ist doch normal! Bei Harald und mir wird das auch kommen. Entscheidend ist, wie man damit umgeht.«

»Total konstruktiv gehen wir damit um«, sagte ich deprimiert. »Aber ich habe jetzt beschlossen, den ersten Schritt zu tun. Leon geht heute mit seinen Kollegen aufs Volksfest. Mit Anhang, und der Anhang trägt Dirndl. Ich hatte keinen Bock auf Dirndl und Leon war fürchterlich enttäuscht.«

»Line, findest du nicht, dass man in einer Beziehung auch mal Kompromisse machen muss?«

»Ich finde, der Kompromiss ist, dass ich trotz der Streiterei heute Abend da hingehe! Überhaupt! Du redest genau wie Leon! Ich dachte, du bist meine Freundin!«

»Und eben weil ich deine Freundin bin, sage ich dir: Wenn es ihm so wichtig ist, warum tust du ihm dann nicht den Gefallen? Da bricht dir doch kein Zacken aus der Krone! Sieh's doch als Kostümparty!«

»Jetzt ist der Zug sowieso abgefahren.«

»Dann hättest du mich nicht angerufen.«

»Und wo krieg ich jetzt ein Dirndl her, so auf die Schnelle?«

»Für eBay ist es zu spät. Vielleicht vom Kostümverleih? Was weiß ich denn! Lass dir was einfallen!«

»Vielleicht leihen die ja auch Busen aus«, seufzte ich.

»Danke, Lila. Wenn's spät wird, bin ich nach der vierten Maß auf der Bierbank eingeschlafen und verbringe die Nacht mal wieder im Polizeigewahrsam auf dem Pragsattel, diesmal in der Ausnüchterungszelle.«

Ich sah auf die Uhr. Jetzt war es wirklich allerhöchste Zeit. Ich warf die »Gelben Seiten« auf den Tisch und blätterte fieberhaft. Die Rubrik »Dirndl« existierte nicht. »Trachten« auch nicht. Unter »Kostümverleih« gab es einen Laden in Untertürkheim, das war mir zu weit, und als weiteres Stichwort »Verleihgeschäfte«. Die »Verleihgeschäfte« erwiesen sich als ein Geschirrmobil und ein Werkzeugverleih. So wurde das nichts. Ich flitzte nach oben, warf den Computer an und fand über Google ein Hotel in der Nähe des Mineralbads Berg, das seinen Gästen in der Zeit des Volksfestes als Zusatzservice Dirndl auslieh. Da konnte ich sogar zu Fuß hin! Ich notierte die Nummer und rannte wieder nach unten in die Küche, wo das Telefon lag.

»Hotel Traube, grüß Gott«, sagte eine weibliche Stimme mit bayrischem Einschlag.

»Grüß Gott, Praetorius hier. Ich habe im Internet gelesen, dass Sie Dirndl verleihen. Sie verleihen nicht zufällig auch nach außerhalb?«

»Nein, das tut mir leid. Das ist ein spezieller Service für unsere Hotelgäste.«

»Könnten Sie keine Ausnahme machen?«, sagte ich flehend. »Es ist sehr dringend, ich brauche das Dirndl nur heute Abend. Ich bezahle Sie natürlich dafür und kümmere mich um die Reinigung.«

Ich konnte geradezu hören, wie sie überlegte.

»Warten S' einen Moment. Ich muss Sie mal weglegen.«

Nach kurzer Zeit kam sie zurück. »Also, alle Dirndl sind grad unterwegs. Bis auf zwei. Was ham S' denn für a Größe? I könnt Ihnen nur 48 oder 52 anbieten, und a einzelne Blusn Größe 44 wär au dabei.«

»Das ist alles viel zu groß«, sagte ich. »Trotzdem, ganz herzlichen Dank für Ihre Mühe.«

»Bittschön«, sagte sie. »Also ausgliegn kriagn S' sicher nix zur Zeit. Is sicher alles weg. Probieren S' doch beim Angermaier in der Eberhardstraße oder beim Breuninger.«

»Vielen Dank, Sie haben mir sehr geholfen.«

Wie praktisch, die Eberhardstraße und der Breuninger, das war direkt beieinander. In einem der beiden Geschäfte würde ich sicher fündig werden. Ich schob die EC-Karte in den Geldbeutel. Was so ein Dirndl wohl kostete? Die hundert Euro, die ich erst gestern abgehoben hatte, würden sicher nicht reichen. Ich konnte ja versehentlich das Preisschild dranlassen, damit Leon merkte, wie viel ich in unsere Versöhnung investiert hatte.

Ich schnappte das Rad und fuhr formel-1-mäßig über Landhausstraße, Kernerplatz und Urbanstraße hinunter zum Charlottenplatz. Ungeduldig wartete ich an der Musikbücherei auf Grün und hangelte mich von Ampel zu Ampel in die Holzstraße. Dort bog ich rechts ab und hielt mich an der eleganten Glaskuppel, die die beiden Breuninger-Gebäude verband, nicht lange mit Absteigen auf. Ich umzirkelte Bistrotische, die Champagner-Bar und einen verdutzten Pianisten, schenkte dem Security-Mann im dunklen Anzug, der mir hinterherbrüllte, keine Beachtung, vermied haarscharf den Zusammenstoß mit ein paar schwer beladenen Einkäuferinnen und kam an der anderen Seite wieder ans Tageslicht.

Das Rad deponierte ich neben einem Schaufenster, in dem die neue Herbstmode präsentiert wurde. Der offizielle Fahrradabstellplatz war das sicher nicht, aber mit solchen Kleinigkeiten konnte ich mich wirklich nicht aufhalten, schließlich hatte ich eine Beziehung zu retten. Und jetzt – wohin? Bei Breuninger fand man sich zwischen Hochhaus und Mittelbau eigentlich nur mit GPS zurecht. Manchmal tauchten im Winter leicht verwirrte Menschen, die als vermisst gemeldet waren, zwischen irgendwelchen Mänteln auf, dabei hatten sie einfach nur den Ausgang nicht mehr gefunden. Vielleicht gab es irgendwo eine Information?

Ich ging durch die nächste Tür. Auf indirekt beleuchteten Countern und hinter Glasscheiben, auf denen keine Abdrücke von Kinderhänden zu sehen waren, standen riesige Parfümflaschen in den verrücktesten Farben und Formen. Die strahlenden Verkäuferinnen trugen elegantes Schwarz, kombiniert mit adrettem Weiß, und sahen so makellos aus wie die Flakons, die sie fragend in die Luft hielten, wenn eine Kundin vorbeimarschierte. Auf einer Art Barhocker saß eine Frau im Krokodillederkostüm, die Augen geschlossen, und plauderte angeregt mit der Kosmetikerin, die gerade Lidschatten auftrug. Hatte mich Leon nicht nach No-go-Areas gefragt? Diese Luxuswelt war definitiv eine No-go-Area für Pipeline Praetorius in ihren abgeschnittenen Jeans, dem Trägertop ohne BH drunter und dem völlig ungeschminkten Gesicht. Schnell weg hier! Ich wandte mich an eine der perfekt gestylten Verkäuferinnen.

»Entschuldigen Sie, wissen Sie zufällig, wo es hier ...«, ich schluckte und senkte die Stimme, »... Dirndl gibt?«

»Dirndl!«, rief die Frau entzückt. »Damit liegen Sie voll im Trend! Zufällig habe ich hier den passenden Duft. Ganz neu, exklusiv für das Volksfest entwickelt! Fürs Festzelt darf der natürlich gern ein bisschen prägnanter sein. Damit liegen Ihnen die Männer zu Füßen!« Sie nahm einen Parfümzerstäuber, dessen Verschluss aussah wie ein Kronenkorken, besprühte einen Papierstreifen, wedelte ein bisschen damit herum und drückte mir dann den Streifen in die Hand. Ich schnupperte gehorsam. Das Parfüm roch, als sei es von Hofbräu. Die Frau sah mich erwartungsvoll an.

»Riecht ... äh ... sehr interessant. Ich überlege es mir noch mal. Wenn Sie mir jetzt vielleicht sagen könnten, wo die Dirndl ...?«

»Haben Sie eigentlich schon eine persönliche Beauty-Expertin?«

»Äh, nein, eigentlich nicht«, stotterte ich. Das sah doch ein Blinder mit Krückstock!

»Wenn Sie einen Augenblick Zeit haben, dann berate ich Sie gerne ausführlich. Sie sind zwar noch jung, aber gerade jetzt kommt es darauf an, die Weichen richtig zu stellen, damit Sie auch im Alter noch jugendlich aussehen und begehrenswert sind. Sie wissen ja, so in zehn, fünfzehn Jahren wird Ihr Partner anfangen, sich nach einer Jüngeren, Attraktiveren umzusehen. Das gilt es zu verhindern. Wir definieren Ihre Gesichtskonturen neu und entwickeln Ihren persönlichen Anti-Aging-Anti-Wrinkle-Plan. Abschließend stelle ich Ihnen eine Liste der empfohlenen Produkte zusammen. Die können Sie dann gleich im attraktiven Beautycase mitnehmen und wir schicken Sie Ihnen in regelmäßigen Abständen nach Hause. Als kleines Dankeschön erhalten Sie einmal im Jahr einen Nagelcheck und eine Haaranalyse. Wir machen Termine aus und überprüfen beim Controlling, ob Sie Ihr persönliches Pflege- und Beautyziel erreicht haben!«

Ich sah die Verkäuferin betreten an. »Dirndl. Ich möchte eigentlich ein Dirndl kaufen.«

»Drittes OG, gleich hinter der Rolltreppe«, sagte die Frau spitz und wandte sich ab.

Erleichtert lief ich zur Rolltreppe. Bei mir war sowieso Hopfen und Malz verloren. Ob mich Leon in der Midlife-Crisis wegen Orangenhaut, Besenreisern und Mitessern verlassen würde? Erst mal mussten wir es bis dahin schaffen.

Die *Stairway to heaven* beförderte mich direkt ins Trachtenmoden-Paradies. Dirndl, Schürzen, Blusen, Korsagen, Schultertücher, Janker und Lederhosen für Frauen, so weit das Auge reichte. Kundinnen, denen es an Oberweite und dem erforderlichen Kleingeld nicht zu mangeln schien, drehten sich selbstgefällig vor den Augen ihrer Ehemänner oder besten Freundinnen, Schürzen raschelten und ein fröhliches Stimmengewirr lag in der Luft. Das war nicht der Himmel, das war die Hölle! Eine erschöpft wirkende Verkäuferin, selbstredend in Dirndl gewandet, hastete mit einer lila Schürze über dem Arm an mir vorbei.

Ich warf mich ihr in den Weg. »Entschuldigen Sie, ich suche ein Dirndl.«

»Was für eine Größe tragen Sie denn? 34, schätze ich mal? Die hängen da drüben. Sie können ja schon mal schauen, in welche Richtung es gehen soll. Ich bin gleich bei Ihnen. Wir sind gerade ein bisschen überlastet.« Sie lächelte entschuldigend und enteilte.

An dem Kleiderständer mit der Größe 34 gab es Dirndl aus Taft, Baumwolle oder Spitze, mit Blümchen oder Lilien bedruckt, mit Ornamenten verziert oder mit Pailletten bestickt. Besonders beliebt schien die Kombination grün-rosa zu sein. Ich schob die Kleider hin und her und fand endlich zwischen den vielen aufwendigen Modellen ein ganz schlichtes Dirndl aus rosa Leinen. Es hatte keine Schürze, nur einen weiten Rock, auf dem sich winzige weiße Hirsche, Füchse und Zwerge tummelten. Vor allem schien es für Flachbrüstlerinnen wie mich gedacht zu sein. Anstelle eines Mieders war das Leinenoberteil wie bei einem Sommerkleid V-förmig ausgeschnitten. Am Rücken wurde es mit Häkchen geschlossen. Dazu gab es ein weißes Blüschen mit rosa Bordüren, Puffärmelchen und Lochstickerei. Allerliebst.

Grau-en-haft!

Wenn es nur Leon gefiel! Ich nahm das Kleid über den Arm.

»Ein sehr schönes Modell haben Sie sich da ausgesucht. Sehr gute Qualität. Und auch preislich sehr ansprechend, weil es aus der Vorjahreskollektion ist. Möchten Sie es anprobieren?« Die Verkäuferin winkte mir, ihr zu folgen.

Ein Preisschild hatte ich nicht entdecken können, aber »preislich sehr ansprechend«, das war doch genau das, was ich suchte.

»Dirndl scheinen ja mittlerweile in Stuttgart schwer angesagt zu sein«, sagte ich.

»Das wird noch viel mehr in den nächsten Jahren, das sage ich Ihnen. Schon im Winter haben die ersten Kundinnen gefragt, ob wir auch wirklich neue Modelle hereinbekommen, sonst hätten sie sich eines aus dem Skiurlaub in Bayern mitgebracht. Eine lohnende Investition, weil mittlerweile ganzjährig zu tragen. Nach dem Wasen kommt das Frühlingsfest. Dann kommt das Stuttgarter Sommerfest, dann vielleicht eine Gartenparty, eine sommerliche Soiree, eine Hochzeit im Landhausstil, Laubencheck beim Weindorf und schon sind wir wieder beim Volksfest.« Ihre Stimme überschlug sich beinahe vor lauter Dirndl-Euphorie.

Hatte sie nicht den Weihnachtsmarkt vergessen? Leider ging ich nie zum Stuttgarter Sommerfest, weil es mir zu yuppiemäßig war, zu Landhausstil-Hochzeiten wurde ich nicht eingeladen und ich versuchte mir lieber nicht vorzustellen, wie Lilas Sozpäd-Freunde reagieren würden, wenn ich bei der nächsten Hinterhof-Fete im Dirndl auftauchte.

Die Verkäuferin zog den Vorhang der Umkleidekabine zurück. »Es steht auch jeder Frau!«, schwärmte sie. »Man kann sogar den su-per-fet-tes-ten Hintern mit dem weiten Dirndlrock kaschieren! Und wer keinen dicken Hintern hat, zieht einen Petticoat drunter, das bauscht sich dann so schön!«

Und wer keinen Busen hat, dachte ich, zieht ein paar Tennisbälle drunter. Oder türkische Melonen.

»Hier, bitte. Wenn Sie Hilfe brauchen beim Anziehen, geben Sie Bescheid. Ist ja nicht so einfach, mit den vielen Häkchen.«

»Danke«, sagte ich. Ich ließ meine Umhängetasche fallen, schlüpfte aus meiner abgeschnittenen Jeans und dem Trägertop und zog das Blüschen über. Es war superkurz und erwartungsgemäß für üppigere Formen gedacht. Wenn ich aber meinen Wonderbra zusätzlich auspolsterte oder zwei übereinander anzog, würde es gehen. Das Kleid war dagegen ein echtes Problem. Vorne saß es überhaupt nicht und natürlich war es unmöglich, die Haken und Ösen am Rücken ohne fremde Hilfe zu schließen. Wie sollte ich das zu Hause hinkriegen?

»Entschuldigung – könnten Sie mir vielleicht doch helfen?«

Die Verkäuferin eilte herbei und lachte laut heraus. »Sie haben das Kleid falsch rum an. Das Mieder mit den Haken muss natürlich nach vorne!«

Mieder, welches Mieder? Ich hatte mir doch extra ein Modell ohne Mieder ausgesucht! Ich schlüpfte wieder aus dem Kleid und tatsächlich machte es andersherum plötzlich Sinn. Die Verkäuferin fummelte konzentriert an den Haken herum. Mit jedem Haken presste sie noch ein bisschen mehr Luft aus meiner Lunge. Ich fühlte mich wie Scarlett O'Hara beim Korsettschnüren, am Anfang von »Vom Winde verweht«.

»Das – ist – doch – viel – zu – eng«, japste ich.

»Nein, nein! Das muss so sein«, beteuerte die Verkäuferin keuchend. Sie stemmte den Fuß gegen den Rand der Umkleidekabine, um besseren Halt zu haben. »Schönheit und Leiden, Sie wissen schon! Nur noch zwei Haken! Wenn Sie bitte für einen Moment die Luft anhalten würden?«

Ich hielt brav die Luft an und mir wurde schwummrig.

»Damit kann man doch gar nicht sitzen!«, stöhnte ich.

Geschweige denn ein saftiges Göckele essen. Oder einen kandierten Apfel. Oder Zuckerwatte. Ich liebte Zuckerwatte!

»Doch, doch, das weitet sich noch«, sagte die Verkäuferin und führte mich zu einem Spiegel. »Setzen Sie sich nachher mal auf unseren Testhocker dort. Bisher ist erst einmal einer Kundin beim Sitzen das Mieder aufgeplatzt. Und dann müssen Sie natürlich die Puffärmelchen herunterziehen. Das trägt man schulterfrei. Neckisch-sexy. Ach, Sie sehn allerliebst aus! Vielleicht doch noch a kloins Petticötle dronder?« Sie klatschte verzückt in die Hände.

Ich drehte und wendete mich ausführlich vor dem Spiegel. Allerliebst? Hmm. Die heruntergezogenen Ärmelchen betonten meine knochigen Schlüsselbeine. Ohne Petticoat sah man meinen fehlenden Hintern und das Mieder hatte das wenige, was ich an Busen noch besaß, völlig platt gemacht. Ich war das Heidi. Oder Rotkäppchen. Die waren beide vor der Pubertät und hatten deshalb auch keinen Busen. Vielleicht besorgte ich mir noch einen Weidenkorb dazu und verteilte Trollinger und Laugenbrezeln an Leons Kollegen? Das würde sicher gut ankommen und vom Dirndl ablenken. Leon. Hauptsache, wir versöhnten uns wieder! Ich drehte den Kopf, während die Verkäuferin weiterplapperte.

In diesem Augenblick sah ich im Spiegel einen Mann, der aus einer Umkleidekabine kam. Ein Mann in der Frauen-Umkleidekabine? Igitt! In der Hand hielt er eine Tasche aus Lkw-Plane, die genauso aussah wie meine. Was für ein seltsamer Zufall. Und warum schlich er so? Das war meine Kabine, und er trug meine Tasche!

Ich drehte mich um und brüllte: »He, Sie da! Geben Sie meine Tasche her!«

Der Mann spurtete los.

»Haltet den Dieb!«, schrie ich und nahm mit dem Mut der Verzweiflung die Verfolgung auf. Mein Geldbeutel, meine hundert Euro und die EC-Karte! Ich hatte wirklich nichts zu verschenken. Der Dieb war schnell. Er hatte ja auch Schuhe an, im Gegensatz zu mir. Außerdem trug er kein Dirndl, das ihm die Luft abschnürte. Warum hielt niemand den Kerl auf, trotz meines hysterischen Kreischens?

Der Mann hatte die Rolltreppe erreicht und nahm die Stufen in großen Sprüngen. Er hatte einen Affenzahn drauf. Bestimmt ein durchtrainierter Marathonläufer!

»Halten Sie den Mann fest! Er hat meine Tasche geklaut«, japse ich.

Der Dieb rempelte an den Leuten auf der Rolltreppe vorbei, die viel zu verdutzt waren, um zu reagieren. Ich rempelte hinterher, Proteste und Beschimpfungen im Ohr. Meine nackten Füße schmerzten auf den kalten Metallrillen. Würde er im zweiten OG zwischen den Übergangs-Männerjacken abtauchen? Nein, die nächste Rolltreppe! Meine Stimme ließ nach. Mein Atem ging flach und ich bekam fast keine Luft mehr. Im Laufen fingerte ich an den Häkchen des Mieders herum. Keine Chance.

Die letzte Rolltreppe. Mist, die führte in die Parfümerie und zum Ausgang. Der Mann bog nach links ab. Er war jetzt deutlich langsamer geworden. Ich gab alles und beschleunigte. Gleich hatte ich ihn. Die Tasche schlenkerte hinter ihm her. Ich brauchte sie ihm nur wegzureißen!

»Dieb, Dieb!«, keuchte ich, weil mein Atem nicht mehr hergab.

Da, endlich! Zwei Verkäuferinnen, die neben einer Vitrine tratschten, stellten sich dem Dieb beherzt in den Weg. Der legte eine Vollbremsung hin und ich krachte direkt in ihn hinein. Es klirrte und schepperte. Bunte Farben und Lichter tanzten vor meinen Augen und verschwammen. Dann wurde alles schwarz.

19. Kapitel

Just when I'd stopped opening doors,
finally knowing the one that I wanted was yours,
making my entrance again with my usual flair,
sure of my lines, no one is there.

Mhmm. Das fühlte sich aber gut an! Leon fummelte an meinen Brüsten herum. Was für eine wunderbare Art, geweckt zu werden! Ich räkelte mich voller Verlangen und so lasziv, wie ich nur konnte, dazu stöhnte ich leise, um Leon zum Weitermachen zu ermuntern.

»Doo guck, se kommt scho wieder zu sich!«

»Sie hot sich ebbes doo, sie stöhnt vor Schmerza!«

Ich riss die Augen auf. Das war kein Liebesnest, das war der harte Boden der Parfümerie von Breuninger. Schwarz-weiße Beauty-Expertinnen und elegante Kundinnen standen im Kreis um mich herum und musterten mich teils besorgt, teils sensationslüstern. Eine der Schönheits-Spezialistinnen kniete neben mir und nestelte an meinem Mieder herum.

»I han denkt, Sie verschdiggad, i han Ihne die Häkle uffgmacht, damit Se wieder Luft kriaged«, sagte sie. »Ond's kommt au glei a Sanidäder.«

Sie reichte mir ein Glas Wasser und ich trank gierig.

»Ich brauche keinen Sanitäter, danke«, sagte ich. »Mir geht's gut. Das Dirndl hat mir die Luft abgeschnürt, das ist alles.« Ich setzte mich auf. Mein Atem ging wieder normal. Bei dem Zusammenprall und dem Sturz hatte ich außer ein paar blauen Flecken nichts abbekommen. Die Leute standen immer noch da und gafften, als wäre ich ein Autobahnunfall am Dreieck Leonberg. Warum zischten sie nicht endlich ab?

»Wo ist der Dieb?«, fragte ich. War mein Rolltreppen-Running etwa völlig sinnlos gewesen?

»Hat uns aus dem Weg geschubst und ist in die Passage abgehaun«, sagte eine der Verkäuferinnen-Heldinnen bedauernd.

»Mist!«, sagte ich und versuchte aufzustehen.

»Noo langsam!«, rief die Frau, die mich wiederbelebt hatte, beschwörend. »Bassad Se mit de Scherba uff!«

Ich lag in einem wilden Parfümflaschen-Durcheinander. Einige Flaschen waren zerbrochen. Hoffentlich musste ich den Schaden nicht bezahlen! Die ausgelaufenen Düfte hatten sich zu einer fürchterlich stinkenden Neukreation vereinigt. Auch der Dirndlrock hatte feuchte Parfümflecken. Eine Verkäuferin kehrte vorsichtig die Scherben zusammen, die überall um mich herum verstreut lagen. In einem schwäbischen Kaufhaus hielt man selbst in der Luxus-Parfümerie Kutterschaufel und Kehrwisch allzeit bereit.

»Hen Se au wirklich koin Glassplitter abkriegt?«, fragte die Verkäuferin, die sich um mich kümmerte.

Ich untersuchte meine Arme und Beine und konnte nur ein paar kleine Kratzer entdecken. Ich schüttelte den Kopf und stellte mich auf meine nackten Füße. »Aua!«, rief ich und verzerrte mein Gesicht vor Schmerzen. »Da ist wohl doch ein Splitter im Fuß.«

Jemand schob mir einen Hocker unter den Hintern. »Koi Problem«, sagte die Verkäuferin fröhlich. »Mir kennad älles, net bloß Augabraua zupfa, au Scherba rausoberiera!« Sie machte auf dem Absatz kehrt und kam nach wenigen Augenblicken mit einer Pinzette zurück.

Ich legte den rechten Fuß auf den linken Oberschenkel. Die Schaulustigen rückten interessiert näher, um die Live-OP besser sehen zu können. Die Verkäuferin beugte sich über den Fuß und fing an zu popeln. Das tat ganz schön weh. Weil aber so viele Leute zusahen, biss ich die Zähne zusammen und versuchte, an etwas Schönes zu denken. Käse-Laugenstangen. Windbeutel. Peitschenstecken.

»I verwisch des blede Deng net«, sagte die Verkäuferin. Plötzlich quoll ordentlich Blut aus dem Bohrloch. Meine Chirurgin wurde mit einem Schlag kreidebleich. »I ka älles, bloß koi Blut säh«, röchelte sie und sackte dann nach hinten weg.

Das war aber kein Problem, weil genug Leute dumm herumstanden, die sie auffingen und vorsichtig auf den Boden legten, da, wo ich eben noch gelegen hatte und mittlerweile zum Glück alle Scherben ordentlich weggekehrt waren.

Während die Leute hektisch versuchten, die Verkäuferin wiederzubeleben, tauchte plötzlich der Security-Mann im dunklen Anzug auf, der, der mir vorher in der Glaskuppel hinterhergebrüllt hatte. Er guckte sehr grimmig. Mit der einen Hand umklammerte er den Oberarm des Diebes, in der anderen Hand trug er meine Tasche. Supidupi!

Erst freute ich mich, dann wurde ich böse auf den Kerl, der das ganze Chaos verursacht hatte. Moment mal. Von wegen Kerl. Das war eine Frau! Eine kleine, muskulöse Frau mit sehr kurzen, hellblond gefärbten Haaren und in schwarzen Kleidern. Die tiefen Falten in ihrem Gesicht deuteten darauf hin, dass sie schon längst im Pensionsalter sein musste. Großartig. Ich hatte eine Verfolgungsjagd gegen eine Rentnerin verloren!

»Isch des die Frau, der wo mr ihr Dasch glaud hot?«, fragte der Security-Mann und deutete auf die Verkäuferin, die langsam wieder zu sich kam und gerade ein Glas Wasser trank.

»Nein, die Tasche gehört mir!«, rief ich aufgeregt.

Der Mann sah mich misstrauisch an. »Sie! Wie hoißad Sie?«

»Pipeline Praetorius«, sagte ich. Hoffentlich war das Geld noch da!

»Wir haben schon die Polizei gerufen«, sagte eine Frau vom Personal.

»Nein, bitte keine Polizei«, flehte ich. Nicht schon wieder!

»Wieso, Sie haben sich doch nichts zuschulden kommen lassen«, sagte die Frau erstaunt.

»Mit em Fahrrädle durch d' Karlspassasch wie a gsengde Sau, koi Bolizei, on des Bild, des sen doch au net Sie«, sagte der Mann vom Sicherheitsdienst triumphierend und streckte mir den Personalausweis unter die Nase, den er aus meiner Tasche gefingert hatte.

Seit der Geschichte mit dem Kinderwagen trug ich den Ausweis immer bei mir.

»Natürlich bin ich das«, rief ich, vollkommen genervt. »Das ist ein Scheiß-Automatenfoto vom Charlottenplatz!«

»Die Frau uff dem Fodo isch viel scheener! Des soll d' Bolizei klära«, sagte der Security-Mann ungerührt.

In diesem Augenblick schob sich ein Sanitäter mit einer riesigen Tasche durch die Menge. Er warf erst einen Blick auf mich und meinen Fuß und dann auf die Verkäuferin, die noch immer am Boden lag, dann zog er ein Kosmetiktuch aus einer Papierbox auf einem Verkaufstresen und reichte es mir.

»Draufdrücken!«, befahl er. »Ich komme gleich zu Ihnen.«

Ich hatte die Wunde am Fuß komplett vergessen und mittlerweile war ziemlich viel Blut auf die Hirsche, Füchse und Zwerge getropft.

Der Sani kniete sich neben die Verkäuferin.

»Können Sie mich hören?«, brüllte er.

»Schreiad Se doch net so«, sagte die Verkäuferin.

»Wie heißen Sie? Wie viele Finger sehen Sie?«, brüllte der Sanitäter und leuchtete der Frau mit einer Taschenlampe in die Augen, während er gleichzeitig mit vier Fingern vor ihrem Gesicht herumfuchtelte.

Die Menge, die mittlerweile weiter angewachsen war, teilte sich erneut. Es war ein bisschen wie im Kasperletheater. Jedes Mal, wenn der Vorhang aufging, traten neue Figuren auf. Vielleicht sollte ich einen Hut herumgehen lassen?

Jetzt kamen die Polizistenpuppen, eine weibliche und eine männliche.

»Simon!«

»Line!«

Das Publikum reckte die Hälse. Offensichtlich fühlte es sich glänzend unterhalten. Von allen Polizisten in Stuttgart musste ausgerechnet Simon hier auftauchen!

»Ihr kennt euch?«, sagte die Polizistin, kniff die Augen zusammen und hakte die Daumen rechts und links in den Hosengürtel. Sie hatte blonde kinnlange Locken und sah obenrum aus wie ein Engelchen, was irgendwie nicht zu den muskulösen Oberarmen und der Dienstwaffe in ihrem Holster passte.

»Kennen wäre zu viel gesagt«, sagte Simon. »Wir sind uns schon das eine oder andere Mal begegnet.«

»Was tust du auch hier«, sagte ich anklagend. »Ich dachte, dein Revier ist in Cannstatt!«

»Krankheitsvertretung«, sagte Simon achselzuckend. »Bist du verletzt?« Er deutete auf meinen Fuß.

»Nur eine Scherbe«, sagte ich.

Die schwachnervige Verkäuferin kam langsam wieder auf die Beine und wurde von zwei Kolleginnen weggebracht. Der Sanitäter machte sich nun an meinem Fuß zu schaffen.

»Simon, wo du schon mal hier bist, vielleicht kannst du dem Mann klarmachen, dass ich wirklich Pipeline Praetorius bin und gerne meine geklaute Tasche wiederhätte?«, sagte ich und deutete auf den Sicherheitsmann.

»Das ist Pipeline Praetorius«, sagte Simon ernst. »Sie hat manchmal ein bisschen Pech, und sie hätte gerne ihre Tasche wieder.«

Der Mann händigte Simon widerstrebend die Tasche aus und der reichte sie an mich weiter. »Sieh nach, ob irgendwas fehlt.«

Schnell wühlte ich mich durch Tasche und Geldbeutel. »Scheint alles da zu sein«, sagte ich erleichtert.

Der Sanitäter hatte mittlerweile geschickt den Splitter entfernt, die Wunde desinfiziert und meinen Fuß mit einem riesigen Verband umwickelt.

»Muss das sein? Reicht da nicht ein Pflaster?«, fragte ich.

Er schüttelte den Kopf. »Entzündungsgefahr. Blutvergiftung. Sie fallen einfach um und sind tot. Ruck, zuck! Sie sind ja hoffentlich gegen Tetanus geimpft. Wenn nicht, gehen Sie bitte heute noch zum Arzt.«

Ich hatte keine Ahnung, ob ich gegen Tetanus geimpft war, aber ganz sicher heute Wichtigeres zu tun, als in einer Arztpraxis die Zeit totzuschlagen.

»Wo sind Ihre Schuhe?«, fragte der Sanitäter.

»In der Dirndl-Abteilung«, sagte ich. »Da sind auch meine Klamotten.«

»Ich ruf oben an«, sagte eine der Parfümerie-Frauen und verschwand.

»Und nun zu Ihnen«, sagte Simon und wandte sich an die Diebin, die bisher keinen Pieps gemacht hatte. »Können Sie sich ausweisen?«

»Nein«, antwortete sie.

»Name, Geburtsdatum, Wohnort?«

»Sieglinde Vampulla, Jahrgang achtunddreißig. Ich wohne in der Hauptmannsreute.«

Die Polizistin hakte ihre Arme wieder vom Gürtel los, ließ sie wie ein Gorilla hängen und pfiff durch die Zähne. »Und da haben Sie's nötig zu klauen?«

»Ich hab eigentlich die Platin Card von Breuninger«, flüsterte die Frau. »Aber dann ist mein Mann gestorben ... und das Haus war plötzlich so groß und ich hab mich so allein gefühlt ... und dann hab ich mit Joggen und Krafttraining angefangen, gegen die Depressionen ... und letzte Woche kam mal wieder mein Lieblingsfilm im Fernsehen: ›Über den Dächern von Nizza‹.« Sie fing an zu schluchzen. »Ich hab vorher noch nie geklaut, ich schwör's! Nur einmal eine Packung Hundeleckerli für meine beiden Pudel, im Drogeriemarkt!« Sie schlug die Hände vors Gesicht. Ihre Schultern bebten.

Simon, die Polizistin und alle anderen Anwesenden seufzten. Jemand wischte sich eine Träne weg.

»Kommen Sie bitte mit«, sagte die Polizistin und führte Frau Vampulla aus der Halbhöhenlage ab.

Mittlerweile hatte die Verkäuferin, die mich so eifrig bei den Dirndln bedient hatte, meine Klamotten und Schuhe gebracht.

»Ich brauche noch deine Aussage«, sagte Simon zu mir. »Kommst du bitte mit raus, das machen wir im Wagen.«

»Ich muss mich aber erst umziehen!«, rief ich.

Die Dirndl-Verkäuferin blickte auf das parfümgetränkte und blutverschmierte Dirndl. »Das können wir sowieso nicht mehr verkaufen«, sagte sie. »Bitte nehmen Sie es als kleine Entschädigung für die im Hause Breuninger erlittenen Unannehmlichkeiten an. Wenn Sie es reinigen, ist es wie neu.«

»Wirklich?«, sagte ich. »Das ist ja wunderbar, vielen Dank! Dann lasse ich es gleich an.« Genial, am Ende würde ich doch noch im Dirndl auf den Wasen gehen. Dirndl. Volksfest. Leon. Ich hatte keine Ahnung, um wieviel Uhr das Volksfest-Date war. Ich musste so schnell wie möglich los! Ich stopfte meine Klamotten in die Tasche und schlüpfte in die Sandalen. Das war am rechten Fuß schwierig, mit dem dicken Verband.

»Simon, können wir das mit der Aussage nicht verschieben? Ich muss so schnell wie möglich auf den Wasen.«

Simon schüttelte den Kopf. »Ich muss das Protokoll aufnehmen. Aber ich fahre anschließend sowieso nach Cannstatt und kann dich dann dort absetzen.«

Ich verabschiedete mich vom Security-Mann, bedankte mich bei den Verkäuferinnen und dem Sanitäter und war erstaunt, dass die Menge nicht applaudierte, als ich mit Simon zum Ausgang humpelte. Schließlich war ich die Hauptdarstellerin des Dirndl-Dramas gewesen.

Vor der Tür parkte ein Streifenwagen. Dieses Exemplar hatte zum Glück keine vergitterten Fenster, sondern einen Tisch mit Bänken, wie in einem Wohnmobil. Wir setzten uns einander gegenüber. Ohne die vielen Zuschauer war die Atmosphäre plötzlich erschreckend intim.

»Sag mal, irgendwie ziehst du das Unglück schon ein bisschen an, oder?«, fragte Simon und lächelte.

Er hatte ein ziemlich nettes Lächeln, wie ein großer Lausbub. Überhaupt fiel mir zum ersten Mal auf, dass er ziemlich gut aussah. Bestimmt war das Polizisten-Engelchen in ihn verknallt und tat bloß so cool.

»Das ist ein blöder Zufall, wirklich«, sagte ich. »Vor der Geschichte mit dem Smart hatte ich noch nie mit der Polizei zu tun. Ich bin auch noch nie ohnmächtig geworden.«

»Ich bin jedenfalls«, Simon räusperte sich, »gerne auch mal nach Dienstschluss für dich da. Das wär vielleicht ein bisschen entspannter als in einer Grünen Minna oder auf dem Revier. Ich versichere dir, ich seh in Jeans ganz passabel aus. Hast du meine Handynummer noch?«

»Simon, ich mag dich wirklich gern«, sagte ich. »Aber ich bin in festen Händen. Glaube ich jedenfalls.« Ich seufzte. Ich hatte schrecklichen Bammel vor der Begegnung mit Leon.

»Also wenn sich das mit den festen Händen mal ändert, gib einfach Bescheid«, sagte Simon. »Dann komm ich mit Blaulicht angefahren. Wir gehen schließlich auch Hähnchen holen mit Blaulicht.«

20. Kapitel

We found love, oh,
So don't fight it.
Life is a rollercoaster
you just got to ride it.

Eine halbe Stunde später hielt Simon am Fußgängerüberweg mitten auf der Brücke, die über den Neckar nach Cannstatt führte. Von hier aus hatte man einen großartigen Blick auf das Riesenrad und die Achterbahnen. Niemand hupte. So ein Streifenwagen schien gewisse Vorteile zu haben.

»Da wären wir. Ich wünsche dir trotz allem noch einen schönen Abend.«

»Danke«, sagte ich. »Den wünsche ich mir auch.«

Vorher war ich aufgeregt gewesen. Jetzt wurde ich langsam nervös.

»Dein Freund hat wirklich Glück«, sagte Simon. »Ich nehme mal an, du triffst dich mit deinem Freund. Jede andere Frau, wenn sie nicht grade eine taffe Polizistin ist, hätte nach der Aufregung erst mal einen Migräneanfall bekommen, wäre nach Hause gefahren und hätte den Rest des Tages in einem abgedunkelten Zimmer verbracht.«

Ich seufzte und wünschte mir, jede andere Frau zu sein. Die Schweißränder auf dem neckischen Blüschen waren nicht zu übersehen, die Haare klebten mir ungewaschen im Nacken, das Dirndl war nicht nur mit Zwergen, sondern auch mit Blutflecken verziert und stank wie die Pest, man konnte mir tief in den Ausschnitt blicken, ohne einen Busen zu finden, und ich humpelte. Quasimodo begab sich auf die Suche nach Esmeralda und hatte keine Zeit zu verlieren.

»Danke«, sagte ich und öffnete die Beifahrertür. »Du bist ein netter Kerl.«

»Das ist vermutlich das schlimmste Kompliment, das man einem Mann machen kann«, sagte Simon düster.

»Das finde ich nicht«, sagte ich, kletterte noch einmal auf den Sitz zurück und drückte ihm einen Kuss auf die Backe. Eine ganze Sekunde konnte ich es aushalten, wie er mich ansah. Dann musste ich wegschauen.

»Du weißt ja«, sagte Simon.

»Ja, ich weiß. Mach's gut.«

Ich stieg aus dem Streifenwagen und ließ mich vom Strom erwartungsfroher Menschen mitreißen, durch die Unterführung Richtung Fruchtsäule. Das Gedränge nahm zu. Die Zahl der Dirndl und Lederhosen auch. Fahrgeschäfte, Fressbuden und Schießstände, quietschbunte Farben und wummernde Discobeats – der Wasen war noch genau so, wie ich ihn in Erinnerung hatte. Ansager mit heiseren Stimmen versuchten, das Publikum zu locken, und auch die Losbuden hatten sich kaum verändert, es gab noch immer die Riesenplüschtiere zu gewinnen, auf die ich schon als Kind sehnsüchtig gestarrt hatte, bevor ich mit zitternden Fingern ein gelbes oder rosa Zettelchen auseinanderrollte, auf dem »Niete« stand. Nur die Attraktionen jagten das Adrenalin mehr in die Höhe als früher. Das Kettenkarussell hieß jetzt *Starflyer* und drehte sich in schwindelerregender Höhe. Bleiche Menschen wankten an mir vorbei, die gerade im *Sky Screamer* an einem Seil im freien Fall in die Tiefe gestürzt waren. Daneben fuhren Schweinchen, Goofys und Helikopter im Kreis und hoben etwa einen Meter vom Boden ab, um sich dann gemächlich wieder zu senken. Das entsprach schon eher meinen Vorstellungen! Fast vergaß ich, warum ich hier war, und ließ mich für einen Augenblick von der fröhlichen Stimmung anstecken. Dann lief ich an einem Stand mit Lebkuchenherzen vorbei: »Kleiner süßer Käfer«, »Zauberfee«, »Knutschkugel«, »Omi ist die Allerbeste«.

Mein Magen krampfte sich zusammen. Wie würde der Abend ausgehen? Knutschkugel oder leeres Bett? Ich musste Leon finden! Ich lief jetzt schneller, auch wenn mein Fuß schmerzte. Warum fand ich die blöden Bierzelte nicht?

Endlich entdeckte ich einen riesigen Giebelbau im Alpenstil, direkt daneben einen zweiten. Das schien die Feiermeile zu sein. Der Lärm nahm zu und es wurde immer schwieriger, sich einen Weg durch die Menge zu bahnen. Jemand trat mir auf den verletzten Fuß und ich jaulte auf. Ohne lange zu überlegen, rannte ich in das erste Zelt und kollidierte mit einer Bierkrug-Armada, die von einer vollbusigen Kellnerin mit Monstermuckis durch das Zelt gesteuert wurde. Eine Bierwelle schwappte auf mein Oberteil und meine Arme. Die Kellnerin stieß empörte Pfiffe auf ihrer Trillerpfeife aus. Ich regte mich nicht auf. Die Kombination aus Bier und Parfüm erhöhte meine Chancen, dass Leon mir später ohne langes Federlesen das Dirndl vom Leib reißen würde. *Wer soll das bezahlen, wer hat so viel Geld ...*

Schunkelnd, tanzend und grölend standen die Menschen auf den Bänken. In der Mitte des Zeltes heizte eine Kapelle die Stimmung auf, deren Mitglieder aussahen wie der geklonte Hauptmann von Köpenick. Der Boden klebte vom verschütteten Bier. Bedienungen beförderten riesige Tabletts mit dampfenden Hähnchenleichen in die eine, abgenagte Knochen in die andere Richtung und schaufelten die Reste in riesige Plastiktüten. *Scheißegal, ich liebe dich ...*

Ich hastete von Bank zu Bank, spähte in die VIP-Lounges, überprüfte die Schlangen am Klowagen und wurde immer verzweifelter. Wie sollte ich Leon jemals finden? Wie viele Zelte gab es? Außer ihm kannte ich nur Martin. Gut möglich, dass die beiden gerade mit der »Wilden Maus« fuhren, während ich im Zelt suchte!

Vor dem nächsten Zelt hatte sich eine endlose Warteschlange gebildet. Ich versuchte, an einem Seiteneingang hineinzuschlüpfen, aber ein dumpf aussehender Security-Mann stellte sich mir gebieterisch in den Weg. In der Hand hatte er eine Liste. Es schien ihn nicht besonders zu wundern, dass überall Bier von mir heruntertropfte.

»Hen Sie reserviert? Sonschd missad Se aschdanda. Wie älle andre au!«

»Äh – nein«, sagte ich. »Das heißt: ja. Ich suche meinen Freund, der ist mit seiner Abteilung von Bosch hier. Blöderweise habe ich vergessen, in welchem Zelt er sitzt. Haben Sie eine Reservierung, die auf Bosch läuft?«

Der Mann blätterte durch seine Liste und schüttelte den Kopf. »Noi, dud mr leid. I breichd an Noma, net die Firma. Noo missad Se halt Ihrn Fraind uff 'm Handy arufa.«

»Danke«, sagte ich hastig und wandte mich ab. Ich beschloss, an natürliche Selektion zu glauben und das Zelt wegzulassen. Allmählich verließen mich die Kräfte.

Ich schlüpfte in das dritte Zelt. »Wo sind die Frauen?«, brüllte jemand in ein Mikrofon. Ohrenbetäubendes Gekreische war die Antwort. Slips flogen mir um die Ohren. Ich arbeitete mich vorwärts. Endlich! Da stand Martin inmitten einer Gruppe schwankender Gestalten auf einer Bank. Er hatte die Augen halb geschlossen und hielt seinen Bierkrug schief, sodass bei jeder Bewegung Bier auf seine Hose schwappte. Tanja war nirgends zu sehen. Dafür jede Menge Frauen im Dirndl. Niemand schenkte mir Beachtung.

»Martin!«, brüllte ich. Martin reagierte nicht. Ich packte ihn am Arm und er sah mich aus glasigen Augen unsicher an.

»Martin, wo ist Leon?«, schrie ich.

Er zuckte zusammen. »Grade weg«, lallte er. »S-Bahn. Vor fünf Minuten.«

Herzlein, du musst nicht traurig sein ... Schuld war nur der Wein ... Ich kämpfte mich durch die Menge, hinaus aus dem Festzelt. So ein Mist! Jetzt hatte ich Leon verpasst! Der ganze Aufwand umsonst! Vielleicht erwischte ich ihn noch an der S-Bahn-Haltestelle?

Ich stolperte durch die Budengassen, so schnell es mit dem verbundenen Fuß eben ging, drängelte mich durch eine Gruppe von Mädchen mit Teufelshörnern, die versuchten, mich abzuknutschen, und folgte dem Pfeil »S-Bahnhof Bad

Cannstatt« durch eine Unterführung. Oben wies der Weg nach rechts. Nach dem ganzen Lärm brummte es in meinen Ohren. An einem Bretterzaun standen ein paar vor sich hinbrummende junge Kerls und pinkelten. Ich hastete nach links. Der Fuß schmerzte. Wenn ich Leon noch abpasste, konnten wir wenigstens zur Versöhnung noch eine Runde Riesenrad fahren! Und eine Schokobanane essen! Oder gebrannte Mandeln! Endlich war ich am Bahnhof, suchte das S-Bahn-Gleis und humpelte die Treppen hinauf, halb geschoben von der Menge. Der Bahnsteig war voller Menschen. Leon hier zu finden, war praktisch unmöglich. Allmählich war ich mit meinen Nerven am Ende. Ich würde einfach die nächste Bahn zur Schwabstraße nehmen. Hoffentlich erwischte ich Leon wenigstens beim Aussteigen!

Und dann – sah ich sie. Inmitten des Durcheinanders auf dem S-Bahnsteig, inmitten der schubsenden, grölenden, übel riechenden, schunkelnden Menge, der Luftballons, Plüschbären und Lebkuchenherzen, sah ich, etwa zehn Meter entfernt, Leon und Yvette. Von Leon sah ich nur den Rücken, der in einem lächerlichen rotkarierten Hemd steckte, mit Hosenträgern darüber. Und seine Arme. Sie wanderten gierig über Yvettes Körper, über ihren Rücken und ihren Hintern und ihre Brüste, die drall und keck aus einem Rüschenblüschen herausstanden, das mehr offenbarte als verbarg. Yvette brauchte keine türkischen Melonen. Sie trug ein superkurzes supersexy Dirndl und war damit beschäftigt, sich befummeln zu lassen und mit ihren Lippen an den Lippen von Leon zu kleben, ohne dabei die Augen zu schließen. Leon wirkte nicht so, als hätte Yvette ihn zum Küssen überreden müssen. Wahrscheinlich war er sturzbesoffen, aber was änderte das?

Und in diesem Augenblick sah ich, dass Yvette mich sah. Ich sah nicht nur, ich spürte geradezu den Moment, in dem sie mich erkannte und sich der Blick in ihren Augen in Triumph verwandelte. Sie hörte nicht auf, Leon zu küssen und mich dabei anzuschauen. Es war so unendlich demütigend. Dann fuhr die S-Bahn ein und löste ein Riesendurcheinander aus. Die

Menge wich erst einen Schritt zurück, dann drängelte alles in die Abteile. Sekunden später hatte ich Leon und Yvette aus den Augen verloren. Der Bahnsteig war leer. Zurück blieben zerknüllte Papierservietten, Zigarettenkippen, ketchupbeschmierte Pommes-Frites-Schalen und ich.

21. Kapitel

Did I disappoint you
Or leave a bad taste in your mouth?
You act like you never had love
And you want me to go without.

Well, it's
Too late
Tonight
To drag the past out
Into the light.

Unter mir lag die Stadt. Ich sah die blinkenden Lichter der Fahrgeschäfte, den Gaskessel, die Kapelle auf dem Württemberg, schemenhaft, und das Schwimmbecken des Leuze. Wie lange war das her, dass ich mit Leon dort schwimmen war?

Neben mir versuchten ein paar Bekloppte mit Filzhüten, ihre Gondel durch Schaukeln zum Kentern zu bringen. Ich hatte darauf bestanden, eine Gondel für mich alleine zu haben. Ich wollte in aller Ruhe heulen. Mit Leon hatte ich hier im Riesenrad sitzen wollen, Händchen haltend. Ich hatte es mir so romantisch vorgestellt. Pech gehabt, Katastrophen-Line.

War jetzt alles vorbei? Waren Leon und Line jetzt Geschichte? Oder würde Leon rechtzeitig zu sich kommen, bevor er mit Yvette im Bett landete? Warum gab es so schreckliche Weiber wie Yvette, die sich darauf spezialisiert hatten, das Glück anderer zu zerstören? Langsam drehte sich das Riesenrad weiter. Nein, das konnte einfach nicht sein. So schnell war eine Beziehung wie unsere nicht am Ende. Leon war vielleicht einen Moment schwach geworden, nach drei Maß Bier. Er trank sonst nicht viel. Er würde, ganz Kavalier, Yvette zu Hause an der Wohnungstür abliefern, weitere

Avancen höflich, aber bestimmt abwehren und dann in seine eigene Wohnung fahren.

Ich hatte keine Ahnung, wo Yvette wohnte. Garantiert in Halbhöhenlage, dort, wo man um diese Zeit nur noch mit dem Bus oder einem Taxi hinkam. Das konnte dauern. Ich würde in der Reinsburgstraße auf Leon warten und ihm seine Knutscherei großherzig verzeihen. Wir würden aus dieser Krise gestärkt hervorgehen. Alles würde gut werden. Es musste einfach!

Eine Stunde später stand ich vor Leons Wohnungstür. Alles war still. Was, wenn ich Leon und Yvette im Bett antraf? Mit zitternden Fingern drehte ich den Schlüssel im Schloss. Die Wohnung war dunkel. Keine in wilder Leidenschaft zerfetzte Rüschenblüschen oder String-Tangas im Flur. Ich schlich ins Schlafzimmer. Das Bett war perfekt gemacht. Niemand machte Betten wie Leon. Wenn Bosch ihn mal nicht mehr wollte, konnte er sich immer noch als Zimmermädchen beim Schlossgartenhotel bewerben. Auf dem Fußboden lag ein zerfledderter Prospekt. Ich hob ihn auf: Dirndl und Lederhosen.

Ich öffnete die Häkchen des Dirndl-Mieders und ließ das Kleid von meinen Schultern gleiten. Trotzdem hatte ich noch immer das Gefühl, nicht richtig Luft zu bekommen. Auf meiner Brust lag ein Stein, zentnerschwer. Ich stellte mich unter die Dusche und versuchte Schweiß, Angst und Trauer abzuspülen. Es gelang mir nur bedingt. Außerdem hatte ich den Verband am Fuß vergessen. Weil ich nichts zum Übernachten dabeihatte und kein T-Shirt von Leon anziehen wollte, ging ich nackt in die Küche und machte mir ein Schinkenbrot. Es war mindestens zwei Stunden her, seit ich Leon und Yvette gesehen hatte. Warum kam Leon nicht? Bahnen fuhren jetzt nicht mehr, aber ein Ingenieur konnte sich doch wohl ein Taxi leisten! Ich nahm zwei Bissen von dem Brot und ließ es dann liegen, trank ein Glas Leitungswasser, putzte mechanisch die Zähne und legte mich nackt ins Bett. Ich ließ das Licht brennen und beschloss, auf Leon zu warten.

Irgendwann wachte ich auf. Leons Wecker zeigte kurz nach halb fünf und in der Wohnung war es totenstill. Ich löschte das Licht und weinte mich zurück in den Schlaf.

»Line, o mein Gott!«

Ich fuhr hoch. Draußen war es hell. Leon stand im Türrahmen. Das rotkarierte Hemd hing halb aus seiner albernen Lederhose, Bartstoppeln sprießten im Gesicht. Er sah bleich und übernächtigt aus. Ein Hamburger in Lederhose, groben Stricksocken und Haferlschuhen – das war doch wohl zum Piepen! Ich fing an, hysterisch zu lachen. Dann ging mein Lachen in Schluchzen über. Gleich würde Leon angerannt kommen. Er würde mich in die Arme nehmen und mir sagen, dass er auf Yvettes Sessel eingeschlafen war. Er würde mich sanft schelten, dass ich so wenig Vertrauen in ihn hatte. Aber Leon stand da wie vom Blitz getroffen. Dann kam er näher, ganz langsam, und blieb vor dem Bett stehen, mit herunterhängenden Armen. Sein Blick fiel auf den Kleiderhaufen am Boden. Er hob das dreckige, stinkende, blutbefleckte Dirndlkleid auf und seine Augen füllten sich mit Tränen. Noch nie hatte ich Leon weinen sehen.

»Du hast dir ein Dirndl gekauft ...«, flüsterte er. Dann rutschte er langsam auf den Boden und verbarg das Gesicht in den Händen.

Nein. Das war das falsche Drehbuch!

»Ich war auf dem Wasen«, schluchzte ich. »Ich habe euch gesehen, Yvette und dich. Auf dem S-Bahnsteig.« Ich sprang aus dem Bett, nackt wie ich war, und kniete vor Leon nieder. »Leon, sag mir endlich, was passiert ist. Dass nichts passiert ist, sonst werde ich wahnsinnig!«

Leon schwieg. Dann nahm er die Hände vom Gesicht und sah mich an. Er roch nach Bier. »Doch«, sagte er leise. »Doch, Line, es ist etwas passiert.«

Mein Herz blieb stehen. Yvettes triumphierender Blick. Die innere Stimme, die wahrscheinlich wie ein Navi zu ihr gesagt hatte: »Sie haben Ihr Ziel erreicht.«

»Bitte, sag, dass das nicht wahr ist«, flüsterte ich. »Du hast gesagt, Yvette bedeutet dir nichts mehr.«

»Ich weiß«, sagte Leon kaum hörbar. »Sie hat mir auch nichts mehr bedeutet.«

»Warum ist es dann passiert?«, brach es aus mir heraus.

Leon schwieg.

»Du hast mir immer wieder vorgeworfen, ich würde dir nicht vertrauen. Wie schnell so ein bisschen Bier die Gefühle ändern kann. War's wenigstens gut?«, fragte ich bitter.

»Nein. Nein, es war nicht gut, Line. Es fühlte sich dreckig und verlogen und falsch an. Yvette war sehr betrunken, ich wollte sie in ein Taxi setzen, aber alle Taxis waren weg. Ich konnte sie in dem Zustand nicht allein lassen. Dann fing sie an ... Aber es wäre unfair, ihr die Schuld zuzuschieben. Ich hab mich hinreißen lassen. Und obwohl ich betrunken war und es eigentlich noch bin, wusste ich sofort, dass ich den größten Fehler meines Lebens gemacht habe. Erst dachte ich, ich fahre direkt zu dir, aber in diesem Zustand wollte ich nicht bei dir aufkreuzen. Line, ich wollte mich duschen, rasieren, einen Kaffee trinken und dann schnurstracks zu dir fahren, um dir die Wahrheit zu sagen und dich um Verzeihung zu bitten. Und um dir endlich zu sagen, was ich schon lange hätte sagen sollen. Ich hab mich nur nicht getraut. Ich liebe dich, Line. Ich liebe dich und möchte mit keiner anderen Frau außer dir zusammen sein. Und ins Bett gehen.«

»Musstest du erst noch mal mit Yvette ins Bett steigen, um das herauszufinden? Nur weil ich kein Dirndl anziehen wollte?«, flüsterte ich.

»Line, ich habe keine Entschuldigung. Ich wollte dir niemals wehtun. Ich war nur so ... enttäuscht. Du wirktest so unentschieden in letzter Zeit. Als ob du nicht ganz sicher bist, dass du mich wirklich haben willst. Und das Dirndl war für mich wie ein Symbol ... wie ein Zeichen, dass du nicht zu mir stehst. Und ich hätte so dringend ein Zeichen von dir gebraucht, nach der seltsamen Geschichte mit diesem Tangotänzer.«

Ich schwieg. Die Tränen liefen mir übers Gesicht.

Leon nahm meine Hände. »Als ich dich im Zug gefragt habe, was du an mir magst, und du sagtest, mein knackiger Po ... Das ist doch irgendwie ein bisschen wenig, oder? Und dann läuft irgendwann ein intellektueller Typ vorbei, der einen knackigeren Po an sich dranhängen hat, und du bist weg?«

»So war das doch nicht gemeint! Ich dachte, du weißt, was ich an dir mag«, schluchzte ich. Jetzt war es sowieso zu spät für Liebeserklärungen.

»Line, ich weiß, dass das alles keine Rechtfertigung ist. Aber ich hatte solche Sehnsucht nach dir, und dann hat Yvette mich angebaggert, und ich war sturzbetrunken, Line, ich bitte dich ... von ganzem Herzen ... verzeih mir! Bitte! Ich war ein Riesenidiot. Lass uns eine gemeinsame Wohnung suchen. Einander besser kennenlernen. Und vielleicht ... irgendwann ... wenn du mich noch haben willst ...«

»Nein«, schluchzte ich. »Ich kann nicht.«

»Was kannst du nicht?«, flüsterte Leon. »Mir sofort verzeihen? Dann nimm dir ein paar Tage zum Nachdenken. Sagen wir, wir treffen uns in einer Woche. Ich werde vermutlich bis dahin Stricke und Tabletten kaufen, aber wenn du Zeit brauchst, dann warte ich.«

Ich schüttelte langsam den Kopf. »Nein«, flüsterte ich. »Nein, Leon. Wir beide, das ist ein einziger Irrtum.«

»Ein Irrtum? Was soll der Quatsch?«

»Du bist Schwimmen, Joggen und Mountainbiken. Ich bin Ausschlafen und Nostalgie-TV. Du bist Ordnung, ich bin Chaos. Du bist Himmel und Erde und Tote Oma, und ich bin Maultaschen und Kartoffelsalat und Laugenweckle. Du bist Hamburg, ich bin Stuttgart. Du bist Kicker, ich bin Schiller. Du bist brav und gutbürgerlich. Und ich bin wild und gefährlich.«

»Line, das ist der größte Schwachsinn, den ich in meinem ganzen Leben gehört habe«, rief Leon wütend. »Wild und gefährlich, das bist du doch nur in deinen Fantasien! Und ich habe dich noch nie mit einem Schiller in der Hand gesehen. Gegensätze ziehen sich an, und man kann sich Unterschiede auch einreden. Man muss eben Kompromisse machen!« Leon sprang auf und lief erregt auf und ab. »In Wahrheit willst du dich nicht auf mich festlegen. Du willst dir alles offenlassen! Ist es dieser Tangotänzer?«

»Nein. Vielleicht. Ich weiß es nicht.«

»Line, lass uns jetzt nicht so auseinandergehen. Wir gehören zueinander. *I weiß es einfach!*« Die letzten Worte brüllte er.

»Wenn wir zusammengehören würden, hättest du mich nicht betrogen. Es tut mir leid«, flüsterte ich, »ich kann nicht. Es geht nicht. Es ist vorbei.«

Leon stand vor mir und sah mich an. Einen Moment lang sah er aus, als ob er gleich meine nackten Schultern packen und mich schütteln würde. Und dann war da nur noch ein Blick von so unendlicher Traurigkeit, dass es mir beinahe das Herz zerriss.

»Du meinst das ernst, oder?« Es klang sehr müde.

Es kostete mich alle Überwindung der Welt. »Ja«, flüsterte ich.

»Du liebst mich also nicht. Dann wünsche ich dir alles Gute. Vielleicht kann dich ein anderer glücklich machen. Aber irgendwie glaube ich nicht daran.« In seinen Augen standen Tränen. »Falls du es eines Tages bereust – mir verzeihst – ich warte auf dich.« Er wandte sich ab.

Ich stand auf, zerrte die abgeschnittene Jeans und das T-Shirt aus meiner Umhängetasche und warf den Wohnungsschlüssel aufs Bett. Ich wusste nicht, wo meine Unterhose war, und es war mir auch egal. Ich schlüpfte in die Kleider. Das Dirndl ließ ich liegen. Leider hatte ich kein Streichholz in der Tasche, um es anzuzünden. Ein kleiner Zimmerbrand hätte mir den Abgang erleichtert. Ich ging an Leon vorbei, ohne ihn anzusehen. Der Schmerz, dass etwas unwiederbringlich zu Ende gegangen war, hing zwischen uns wie eine unsichtbare, tieftraurige Wolke. Wir hatten etwas verloren.

Und würden es nie wiederfinden. Bloß raus hier, so schnell wie möglich! Die Wohnungstür fiel hinter mir ins Schloss. Es gab kein Zurück.

»Ja, guda Morga, Frau Praetorius, Sie sen aber frieh uff!« Frau Müller-Thurgau stand rauchend in ihrer Tür.

Ich grüßte nicht. Ich rannte wie ein aufgescheuchtes Huhn an ihr vorbei, weiter, nur weiter, Stockwerk um Stockwerk, hinaus auf die Straße und die Reinsburgstraße hinunter, ohne mich ein einziges Mal umzudrehen.

22. Kapitel

Gemurmel dröhnt drohend wie Trommelklang,
gleich stürzt eine ganze Armee
die Treppe herauf und die Flure entlang,
dort steht das kalte Büffet.
Zunächst regiert noch die Hinterlist,
doch bald schon brutale Gewalt,
da spießt man, was aufzuspießen ist,
die Faust um die Gabel geballt.
Mit feurigem Blick und mit Schaum vor dem Mund
kämpft jeder für sich allein
und schiebt sich in seinen gefräßigen Schlund,
was immer hineinpasst, hinein.

Bei der heißen Schlacht am kalten Büffet,
da zählt der Mann noch als Mann,
und Auge um Auge, Aspik in Gelee,
hier zeigt sich, wer kämpfen kann, hurra!

Ich lag mit einem Buch in der Hand auf dem Bett. In den letzten Wochen hatte ich viel Zeit mit Lesen verbracht. Es gab nur ein Kriterium bei der Auswahl meiner Lektüre: Heldin oder Autorin wurden von fremder Hand gemeuchelt, gingen ins Wasser oder wurden von Schwindsucht dahingerafft. Die Auswahl war groß. Virginia Woolf. Julia. Sturmhöhe. Sylvia Plath. Alfonsina Storni. Meine einzige körperliche Aktivität bestand darin, Seiten umzublättern und beim Tod der Heldin Papiertaschentücher vollzuheulen, die in niedlichen kleinen Häufchen neben dem Bett lagen.

Ich bewegte mich so wenig, dass ich sogar angefangen hatte zuzunehmen. Plötzlich hatte ich runde Hüften. Lila registrierte es mit Erstaunen und fand, dass es mir stand. Mir war es völlig egal. Ich war sowieso meist im Schlafanzug, deshalb war es auch kein Problem, dass meine Hosen plötzlich zu eng waren. Lila drängte mich, irgendeinen Job anzunehmen. Sie glaubte, Arbeit und ein geregelter Tagesablauf würden meine Rettung sein und dann würde ich endlich wieder anfangen zu leben. Ich war mir da nicht so sicher. Die Oktobertage waren für die meisten Menschen golden gewesen. Ich hatte sie überwiegend auf einer Bank sitzend im Schlosspark verbracht. Für mich war entweder *Red Eyes Day* oder *Heul-your-heart-out-Day*.

Am Tag unserer Trennung war Leon abends noch einmal in Lilas Häuschen aufgekreuzt. Ich lag flennend auf meinem Bett und weigerte mich, ihn zu sehen, obwohl Lila alle ihre Überredungskünste anwendete. Den langstieligen roten Rosen, die ich in der Küche vorfand, riss ich einzeln die Köpfe ab. Die dazugehörige riesige Karte schnipselte ich mikroskopisch klein, ohne sie vorher zu lesen, und mischte sie der Katze ins Futter, zusammen mit dem Zeitungsausschnitt aus der *Hamburger Morgenpost*. Das »Foto der Woche« zeigte eine Frau, die offensichtlich gerade ein Kartoffelsalat-Bad nahm, während sich im Hintergrund ein Trupp Ruderer kaputtlachte.

Seither hatte es zwischen Leon und mir keine direkten diplomatischen Beziehungen gegeben. Ein paar Wochen nach unserer Trennung war ein dicker Brief von Leon in der Post. Ich fasste ihn mit spitzen Fingern an, rannte panikartig ins Klo und spülte ihn hinunter. Hinterher heulte ich wie ein Schlosshund und bereute es fürchterlich.

Dorle und Lila redeten mir immer schön abwechselnd ins Gewissen, Leon noch einmal eine Chance zu geben. Dorle hatte den Seitensprung zunächst streng verurteilt und sich dann auf die jederzeit mögliche himmlische und irdische Vergebung für reuige Sünder berufen. Lila argumentierte, man müsse sich einfach damit abfinden, dass der Mann an sich schwach war und einer starken weiblichen Hand bedurfte. Es sei reichlich dämlich von mir, Yvette den Triumph zu gönnen, der Sargnagel meiner Beziehung zu sein. Aber der Gedanke an Leons Verrat tat so unendlich weh! Außerdem würde er weiter mit Yvette zusammenarbeiten und täglich bei Bosch ihren Reizen ausgesetzt sein. Sie würde zufällige Treffen in Tiefgaragen und Aufzügen arrangieren. Es war jedoch nicht die Untreue allein. Wir passten einfach nicht zueinander! Ich würde darüber hinwegkommen. Irgendwann, so in zehn, zwölf Jahren.

Von Zeit zu Zeit beschlich mich das Gefühl, einen riesigen Fehler gemacht zu haben. Aber jedes Mal, wenn ich versuchte, darüber nachzudenken, war es so, als ob tief in meinem Inneren eine Tür zuschlüge. Einmal wachte ich mitten in der Nacht auf. Ich hatte von Leon geträumt. Er hatte mich geneckt und mit seinem typischen Leon-Grinsen angegrinst. Der Traum war so real gewesen, dass ich automatisch die Hand unter der Decke nach ihm ausstreckte, und als ich begriff, dass ich nur geträumt hatte, verspürte ich so eine unendliche Sehnsucht, dass ich die Treppe hinunterschlich und seine Nummer wählte. Doch kaum hatte ich die letzte Ziffer gedrückt, presste ich den Finger auf die rote Stopp-Taste, rannte wie ein aufgescheuchter Hase die Treppe hinauf und heulte mich wieder in den Schlaf.

Tarik rief ab und zu an und erinnerte mich leicht vorwurfsvoll daran, dass eine Muse, die durch komplette Abwesenheit glänzte, ihren Job nicht besonders gut machte. Er wollte mich unbedingt wiedersehen, damit ich ihn zu weiteren Fleisch-Kunstwerken inspirierte. Ich vertröstete ihn. Der Gedanke an ihn war nach wie vor ziemlich beunruhigend, aber im Moment war mein Herz zu schwer. Erst wollte ich noch ein bisschen um Leon trauern.

Meiner Schwester ging es nicht viel besser. Frank hatte sich ein Zimmer in Böblingen genommen, sah die Kinder am Wochenende und noch immer hatte es keine Aussprache zwischen ihm und Katharina gegeben. Katharina traf sich weiterhin mit Max, ihrem amerikanischen Freund, und hatte nicht den geringsten Plan, was sie tun sollte, wenn Max Anfang Dezember zurück in die USA ging.

An einem kühlen, sonnigen Novembertag kam mir Frank im Schlosspark entgegen, Hand in Hand mit einer kleinen Frau mit dunklem Teint und langen schwarzen Haaren. Ich drehte mich abrupt um und ging schnell in die andere Richtung, aber Frank rannte hinter mir her und blieb keuchend vor mir stehen.

»Du hast dich ja schnell getröstet«, rutschte es aus mir heraus.

»Moment mal«, sagte Frank scharf. »*Sie* ist gegangen, nicht ich!«

Ich sah ihn an und schwieg.

Plötzlich brach Franks Fassade zusammen. »Ach, Line ... Ich vermisse sie so schrecklich. Ich weiß, dass es nicht immer einfach mit mir war. Ich möchte, dass alles so ist wie früher. Und die Kinder. Ich will bei den Kindern sein. Lena und ihre große Klappe. Sie fehlt mir auch so schrecklich ... Ich habe alles verloren, was mir wichtig war. Vor ein paar Wochen hatte ich eine Familie. Jetzt bin ich allein. Es tut so wahnsinnig, wahnsinnig weh.«

Ich sah Frank ungläubig an. So hatte ich ihn noch nie erlebt. So klein und unglücklich.

»Vielleicht ist es ja noch nicht zu spät«, sagte ich leise.

»Aber sie liebt ihn doch!«, sagte Frank verzweifelt.

»Und du ...«, sagte ich. Auweia. Ich bewegte mich auf schwierigem Terrain. Liebe! Nicht gerade mein Spezialgebiet. »Hast du es ihr eigentlich gesagt? Dass du sie immer noch liebst, meine ich.«

Frank schüttelte stumm den Kopf. »Das hätte doch sowieso nichts mehr geändert«, sagte er müde. »Der Zug ist längst abgefahren.« Dann drehte er sich um und ging.

Ich überlegte lange, ob ich Katharina davon erzählen sollte. Am Ende ließ ich es bleiben. Eigentlich waren nur Lila und Harald wirklich glücklich. Von ihrer Mallorca-Woche waren sie strahlend und braungebrannt zurückgekehrt.

Mittlerweile war es kalt und ungemütlich geworden. Eigentlich liebte ich den Herbst, weil er so wunderbar unordentlich war.

Überall lag Laub herum, in großen Haufen und vollkommen unkoordiniert. Man konnte mit dicken Stiefeln durch Blätterberge rascheln und die Leute ärgern, die erbitterte Kämpfe mit überdimensionierten Laubsaugern ausfochten. Aber dieses Jahr ließ ich Laubhaufen Laubhaufen sein und verkroch mich nach drinnen.

Ich seufzte und schlug die russische Ausgabe der »Anna Karenina« zu. Ich konnte mich sowieso nicht mehr konzentrieren. Lila hatte recht. So ging es nicht weiter. Ich musste mich endlich wieder um einen Job kümmern. Ich würde mal wieder in die Stadtbücherei fahren, um die Stellenanzeigen in den Zeitungen durchzusehen. Vielleicht war es langsam an der Zeit, einen Job außerhalb von Stuttgart zu suchen? Mit der Vergangenheit abzuschließen. Und nicht in der ständigen Angst zu leben, Leon zu begegnen, womöglich mit Yvette im Schlepptau.

Weil ich keine Hose mehr hatte, die mir passte, holte ich aus Lilas Schrank eine auberginefarbene Pumphose und fixierte sie mit einem Gürtel. Die Hose war viel zu kurz für mich, aber mit Stiefeln würde es gehen. Ich lief die Treppe hinunter und kramte nach Handschuhen. Auf dem Rad würde ich sie brauchen. Das Telefon klingelte.

»Hallo, Line! Tarik hier!« Seine tiefe Stimme kroch mir warm den Rücken hinunter.

»Hallo, Tarik.«

»Am Samstag muss ich mich bei einer Vernissage blicken lassen, und du kommst mit. Ich akzeptiere jetzt wirklich keine Ausreden mehr! Erstens musst du mal wieder vor die Tür, und zweitens brauche ich Begleitung. Sonst hängen die Groupies wieder an mir dran.«

Das war ja eigentlich nicht sehr schmeichelhaft. Andererseits hatte Tarik recht. Langsam war Schluss mit der Herbstdepression. An der litt erstaunlicherweise auch das Katastrophen-Gen. Seit der Trennung ließ es mich in Ruhe. Ich war gespannt, wie lange das anhalten würde.

»Na schön, ich komme mit.«

»Endlich! Wusste ich doch, dass du irgendwann meinem unwiderstehlichen türkischen Charme erliegst.«

»Vorausgesetzt, ich finde bis dahin was zum Anziehen. Ich hab zur Zeit ein kleines Klamottenproblem.«

»Dann kauf dir einfach was Schwarzes. Ich trage immer schwarz. Im Sommer trage ich schwarze T-Shirts, im Herbst schwarze Langarm-T-Shirts und im Winter schwarze Rollkragenpullover. Wenn's superoffiziell ist, trage ich ein schwarzes Jackett drüber.«

Wir verabredeten uns direkt in der Galerie in der Reuchlinstraße im Westen. Unglaublich. Zum ersten Mal seit Wochen hatte ich ein Date. Mit einem aufregenden, fantastisch aussehenden Mann, der nicht Leon hieß und hinter dem die halbe Stuttgarter Frauenwelt her war! Fing jetzt mein Leben wieder an? Ich zog Mütze und Handschuhe über und radelte hinunter zum Charlottenplatz. Noch zwei Tage, um neue Klamotten zu kaufen. Ich konnte ja einen klitzekleinen Blick in die Klamottenabteilung von Karstadt werfen, bevor ich in die Stadtbücherei ging. Brav schob ich das Rad durch die Karlspassage und versuchte, nicht an Leon zu denken. Der Sicherheitsmann tat so, als würde er mich nicht wiedererkennen.

Ich stellte das Rad auf dem Marktplatz ab. Es war einfach wunderbar, über den asphaltierten und nahezu baumlosen Platz zu bummeln, wenn man jahrelang im zubetonierten Stuttgarter Westen gewohnt hatte. Neben den grünen Stühlen des Café *Scholz*, das sich rühmte, die kleinsten Croissants der Stadt auf der Karte zu haben, stand ein Straßenverkäufer und pries die Straßenzeitung *Trottoir* an.

»Darf es etwas Schönes zum Lesen sein, die Dame?«, fragte er mit einem sehr breiten und sehr freundlichen Lächeln. Er ging bestimmt schon auf die sechzig zu, aber zwei Dinge unterschieden ihn fundamental von seinen Altersgenossen: Er hatte eine Menge Haare auf dem Kopf und keinen Bauch. Die auffallend dichten Locken verliehen ihm ein jungenhaftes Aussehen, obwohl sie silbergrau waren und seinen Kopf wie einen Heiligenschein einrahmten. Es gab irgendjemanden aus der Musikszene, der so aussah. Angelo Branduardi? Ich drückte ihm zwei Euro in die Hand und winkte ab, als er mir zusammen mit der Zeitung das Kleingeld zurückgeben wollte.

»Sind Sie sicher? Sie sehen eigentlich aus, als ob Sie das Geld selber gebrauchen könnten.«

Ich seufzte. Offensichtlich hatte ich schon einen panischen Auch-mir-droht-Hartz-IV-und-ich-steh-bald-selber-hier-Blick in den Augen und Lilas Pumphose machte es auch nicht besser.

»Ich bin arbeitslos, das stimmt. Aber noch krieg ich Arbeitslosengeld.«

»Sie machen außerdem den Eindruck, als ob Sie nicht genug zu essen bekommen, wenn ich das mal so sagen darf.«

Ich lachte und winkte ab. »Keine Sorge, ich war schon viel, viel dünner. Zur Zeit futtere ich, dass es kracht.«

»Trotzdem. Haben Sie Hunger?« Er packte seine Straßenzeitungen in eine speckige Aktentasche.

»Immer. Wieso?«

»Lassen Sie sich einfach überraschen.« Er marschierte los und winkte mir, ihm zu folgen.

Ich war mir nicht ganz sicher, auf was das hinauslaufen würde. Andererseits hatte ich tatsächlich Hunger und so eilig war's mit den Klamotten und den Bewerbungen nun auch wieder nicht, nachdem ich mich seit vielen Wochen nicht darum gekümmert hatte.

Der Mann steuerte das Rathaus an.

»Können im Rathaus nicht nur die Angestellten essen?«

Er lächelte unverbindlich. »Schon, aber ich kann Ihnen was Besseres bieten. Wir gehen zu einem Empfang.«

»Empfang? Was für ein Empfang?«

»An den Tagen, an denen ich auf dem Marktplatz verkaufe, gehe ich morgens erst mal ins Rathaus und schaue, ob sich da etwas tut. Baut der Catering-Service gerade im vierten Stock auf, dann ist meistens eine Veranstaltung im Großen Sitzungssaal einen Stock tiefer. Ich frage dann die Leute vom Catering, für wann die Pause geplant ist.« Er deutete auf die Uhr des Rathauses. »Heute wird um zwölf Uhr ein kleiner Imbiss gereicht. Man darf natürlich nicht schon vorher dort oben herumstehen wie bestellt und nicht abgeholt.«

Es war kurz nach zwölf. Das Glockenspiel des Rathauses intonierte »Uff em Wase graset d' Hase«. Na, das passte ja großartig. Warum konnte es nicht »Uff dr schwäb'sche Eisebahne« spielen? Wir kletterten die Rathaustreppe hoch. Menschen, die wahrscheinlich in 29 Minuten wieder im Haupt- und Personalamt oder auf der Bußgeldstelle sein mussten, hetzten an uns vorbei.

»Ich wusste gar nicht, dass es im Rathaus so viele Empfänge gibt«, sagte ich.

»Es ist natürlich weniger geworden. Wegen der Krise. Aber es gibt immer noch Tagungen und Kongresse. Die Empfänge der Stadt stehen im Amtsblatt, das hängt an der Haltestelle Stadtmitte aus. Und dann gibt es Empfänge von Vereinen, die das Rathaus nutzen. Oder die Neujahrsempfänge der Rathausfraktionen. Wahlpartys. Die IHK. Der Deutsche Marinebund. Der Bürgerempfang für Ehrenamtliche. Beim Portugiesischen Nationalfeiertag gab's ein Fado-Konzert und anschließend Portwein und Häppchen. Beim Christopher Street Day Brezeln und Sekt. Mai 2007, Meisterfeier für den VfB. Aber der schönste Empfang war der für den Alt-OB, Weihnachten 2008. Da habe ich Lothar Späth, Erwin Teufel und Walter Schultheiß die Hand gedrückt. Die fragen ja nicht, wer sind Sie, weil man könnte ja wichtig sein. Ein paar hübsche junge Mädchen haben Querflöte gespielt im Großen Sitzungssaal, Rommel wurde im Rollstuhl hereingerollt und anschließend gab's Maultaschen und Trollinger. Bloß zu den Veranstaltungen gegen Stuttgart 21 gehe ich nicht mehr, da gibt's nichts zu holen. Aber wenn Mehdorn, Drexler, Grube kommen, da fließt der Sekt in Strömen und auch an Lachsbrötchen wird nicht gespart.«

»Wow«, sagte ich, beeindruckt von so viel Insiderwissen.

Leider schien mein Begleiter von praktischen Beförderungshilfen wie dem Paternoster nichts zu halten und marschierte in flottem Tempo die weiß-schwarz marmorierten Treppen hinauf. Trotz seiner langen Rede war er nicht außer Puste.

Ich schon. »Haben Sie nie Ärger bekommen?«, keuchte ich.

Er sah mich erstaunt an. »Ärger? Nein. Wieso? Ich bin ja auch nicht immer da. Oft muss ich in Berlin sein, wie Sie sich bestimmt vorstellen können.«

»In Berlin? Haben Sie da Familie?«

Er trug einen ordentlichen, aber ziemlich abgewetzten Anzug und sah nicht so aus, als ob er sich regelmäßige Berlinfahrten leisten konnte, bei den Bahn-Preisen.

»Natürlich habe ich da Familie«, lächelte er. »Wir sind wie eine große Familie bei den Philharmonikern. Mahlers Neunte. Wir haben alle geweint.«

Ich war noch damit beschäftigt, diese rätselhaften Informationen zu verarbeiten, als eine Frau mit federnden Schritten die Treppe herunterkam. Von irgendwoher kannte ich sie.

»Ach, Sir Simon«, sagte sie freundlich, drückte meinem Begleiter die Hand und zwinkerte mir verschwörerisch zu. »Auch mal wieder hier?«

»Frau Müller-Trimbusch, schön, Sie zu sehen. Geht's gut?«

Sie nickten einander zu, dann huschte die Frau weiter.

»Sir Simon?«, fragte ich erstaunt.

»Entschuldigen Sie, wo bleiben meine Manieren! Ich habe mich gar nicht vorgestellt. Sir Simon Rattle.« Er gab mir ebenfalls die Hand.

»Pipeline Praetorius«, sagte ich und lächelte in mich hinein.

Mittlerweile hatten wir es in den zweiten Stock geschafft.

Plötzlich hörten wir Rufe: »Hallo! Hallo!« Eine männliche Stimme.

Wir liefen um den elektrischen Aufzug herum, der uns die Sicht versperrte, und blickten auf den Paternoster am Ende des Flurs wie auf einen Fernseher. Der Nachrichtensprecher sah etwas hilflos aus. Der Paternoster bewegte sich nicht, und unterhalb des linken Ausstiegs steckte ein Mann fest, den man nur von der Hüfte an aufwärts sehen konnte.

»Brauchen Sie Hilfe?«, fragte ich, als wir den Paternoster erreicht hatten.

Der Mann lachte und nickte. »Das wäre sehr freundlich. Ich soll da oben nämlich eine Rede haltn, und wer weiß, wann dieses alte Dings wieder fährt. Ohne mich gibt's nämlich nichts zu futtern.«

Ich kannte diesen Tonfall. Der Mann kam aus Hamburch. Ich unterdrückte den Impuls, ihn im Paternoster verhungern zu lassen. Andererseits war es auch keine wirkliche Lösung, bis ans Ende meines Lebens zu allen Hamburgern garstig zu sein, die mir begegneten.

Sir Simon positionierte sich auf der einen und ich auf der anderen Seite des Paternoster-Ausstiegs. Wir packten den Mann unter den Armen und zerrten und zogen. Leider war er ziemlich dick und schwer und seine kurzen Stummelbeine taugten nicht gerade zum Klettern. Zudem hielt sich sein eigenes Engagement in Grenzen.

Endlich hatten wir ihn befreit. Ich schnappte nach Luft. Sir Simon dagegen schien kein bisschen angestrengt. Der Mann aus dem Paternoster klopfte sich gelassen die Knie seines hocheleganten schwarzen Anzugs ab und richtete sich auf. In diesem Augenblick setzte sich der Paternoster wieder in Bewegung.

»Vielen Dank. Schön, dass die Schwaben so hilfsbereit sind. Sind Sie auch auf dem Weg nach oben?«

Sir Simon nickte eifrig.

»Auch aus der Branche?«

Da ich schlecht antworten konnte, nein, wir wollen nur lecker Häppchen schnorren, nickte ich. Wenn man nichts sagte, galt das nicht als Lüge, oder?

»In welchem Laden sind Sie denn? Vielleicht kennt man sich ja?«

O nein! Leider hatte Sir Simon versäumt, mir zu sagen, wer diesen Empfang ausrichtete. Laden. War das jetzt wörtlich gemeint oder im übertragenen Sinne? Wenn ich jetzt »Wittwer« sagte, oder »Yves Rocher«, war das vielleicht vollkommen daneben! Ich sah Sir Simon Hilfe suchend an. Er war doch sicher schon öfter in solchen Situationen gewesen!

Sir Simon lächelte höflich. »Wir sind in einem Trainee-Programm. Da durchlaufen wir die verschiedensten ... Läden.«

»Ach, wie interessant.« Der kleine Dicke musterte nachdenklich die grauen Locken von Sir Simon und sein abgewetztes Jackett, fragte aber nicht weiter. In seinen Mundwinkeln zeichnete sich die winzige Andeutung eines Lächelns ab.

Im dritten Stock gerieten wir plötzlich in einen nicht abreißenden Menschenstrom, der sich aus dem Sitzungssaal ergoss. Der Strom floss jedoch nicht nach unten, stattdessen drängelten die Leute eifrig wie die Lachse nach oben. Vor einem Tisch mit Getränken staute sich eine durcheinanderplappernde Menge. Viele junge Leute, viel Schwarz, Jeans, T-Shirts, lässige Jacketts und Kapuzenpullis – irgendwie kam mir dieses Ambiente sehr bekannt vor. Ein Kellner unternahm mehrere Anläufe, Menschen auf der anderen Seite des Raums mit Getränken zu versorgen. Leider kamen ihm die gefüllten Sektgläser auf dem Tablett, das er sehr hoch über sich hielt, jedes Mal nach ungefähr zwei Sekunden abhanden, sodass er frustriert wieder abdrehte.

Der Dicke bahnte sich einen Weg und teilte die Menge wie Moses das Schilfmeer. Applaus brandete auf. Er hob lässig die Hand zum Gruß.

Ich reckte mich und konnte endlich einen Blick auf die langen Tische an der Längsseite des Flurs werfen, hinter denen adrette junge Frauen und Männer in weißen Blüschen und Hemden auf ihren Einsatz warteten, die Hände artig auf dem Rücken. Ach, was sah das köstlich aus! Da waren dreieckige Sandwiches, bunt belegte Baguette-Scheiben, Brezelchen und Pasten und Muffins und Küchlein und Cremes in winzigen Gläsern, alles liebevoll dekoriert mit Karottenröschen und

Schnittlauchröllchen und Minzblättchen. Mir lief das Wasser im Munde zusammen.

»Na, hat sich das nicht gelohnt?«, raunte mir Sir Simon triumphierend ins Ohr und drückte mir ein Glas Prosecco in die Hand, das er aus dem Nichts herbeigezaubert hatte. »Schnell austrinken. Wir brauchen die Hände frei fürs Büfett.«

Unser kleiner Dicker hatte jetzt das Rednerpult vor dem Panoramafenster erreicht, wo er mit Handschlag von einem großen Dünnen mit Brille und hohem Haaransatz begrüßt wurde. Das Klatschen wurde jetzt geradezu ekstatisch. Der große Mann nahm ein Mikro in die Hand und stellte sich hinter das Rednerpult. Der Applaus brach abrupt ab.

»Meine Damen und Herren, Stuttgart nimmt einen eiropäischen Spitzenplatz in der Kreativwirtschaft ein. Mir Schwaben sind ja bekannt dafir, dass wir Tüftler sind, aber mir ziehen auch kreative Talente von sonschdwo an und gäben ihnen eine neie Heimat in unserer schönen Stadt zwischen Wald und Räben ...«

Füße scharrten. Schritte bewegten sich Richtung Büfett. Ich nahm einen tiefen Schluck Prosecco. Der Lange war fertig, es wurde höflich applaudiert. Nun übernahm der Dicke das Mikro. Er kümmerte sich nicht um das Rednerpult und lief stattdessen gestikulierend auf und ab.

»Liebe Kolleginnen und Kollegen, ich bin nicht hierhergekommen, um Süßholz zu raspeln. Hören wir endlich auf, uns zu belügen! Die Krise der Werbung ist unsere eigene Krise. Fehlende AKVs – Aufgaben, Kompetenzen, Verantwortungen. Intransparente Prozesse, kein strukturiertes Reporting-System, Druck von Teilmengen, um Termine einzuhalten – darauf müssen wir reagieren! Kundenbeziehungen sichern! Bildstände versionieren! Hybride Inhalte Richtung dynamische Inhalte verschieben! *Text only* wird den Nutzeransprüchen im Zeichen des Internet nicht mehr genügen. *Execute by doing*! Vielen Dank.«

Frenetischer Applaus brandete auf, ging in rhythmisches Klatschen über, Pfiffe gellten. Der Mann winkte mit einem breiten Lächeln bescheiden ab und vertiefte sich dann in ein Gespräch mit seinem Vorredner, der sich zu ihm herunterbeugte wie Pat zu Patachon.

»Ach, ist er nicht einfach wundervoll?«, seufzte neben mir eine Frau mit Rastahaaren. »Dieses unglaubliche Charisma. Er reißt die Leute so mit! Er ist extra aus Hamburg gekommen. Die sind einfach die Besten. Ich bin so froh, dass ich dabei war!«

»Patsy! So ein Zufall!«

»Ach, hallo! Hab leider deinen Namen vergessen. Hast du mittlerweile einen Job gefunden?«

»Ehrlich gesagt – nein.«

»Das wird schon. Ich häng auch noch bei *Düsentrieb* rum und lass mich von diesen zwei Chauvis rumscheuchen, die sich vor anderen damit brüsten, wie emanzipiert sie doch sind. Marc hat mir vor kurzem am Coffee-Maker von hinten über die Brust gewuschelt. Hallo, für wie unwiderstehlich hält sich der Fettsack? Eingestellt haben sie auch noch niemanden. Hast du mittlerweile was gefunden? Ach, hab ich dich ja schon gefragt. Sorry, muss zum Büfett!«

Da war sie nicht die Einzige. Mittlerweile war der Startschuss zum Rathaus-Ironman-Wettkampf gefallen: Wettlauf zum Büfett, daran anschließend Balancieren der überladenen Teller, ohne dass etwas runterfallen durfte, an den Nieten vorbei, die es noch nicht mal zum Büfett geschafft hatten, und zum Abschluss ein kleiner Boxkampf, um einen Platz an einem der wenigen Stehtische zu erobern.

Jemand winkte hektisch. Sir Simon hatte es irgendwie ganz nach vorne in die Schlange geschafft, zog mich vor sich und drückte mir einen Teller in die Hand. »Beim nächsten Mal muss das etwas schneller gehen«, sagte er. »Das hier ist nicht die Poleposition, es ist aber auch nicht schlecht.«

Das Häppchen-Angebot war mittlerweile sehr überschaubar. Mit unbeweglicher Miene sahen die Catering-Leute zu, wie sich das einstmals hübsch arrangierte Büfett unaufhaltsam in ein hässliches Schlachtfeld verwandelte. Links und rechts von mir wurde hektisch gestapelt und ich bekam den einen oder anderen Knuff in die Seite ab. Ich erwischte ein Gurken-Sandwich, ein Hackfleischbällchen, ein winziges Brezelchen, Kaviar auf einem Cracker und wählte zum krönenden Abschluss ein paniertes Schnitzelchen mit einem Scheibchen Zitrone, das mit einem völlig überflüssigen Salatblatt auf einer Scheibe Baguette aufgespießt war. Allerliebst! Es war das Letzte seiner Art. Meine Finger hatten schon fast das Brot berührt, als ich von rechts geschubst wurde. Das Baguette rutschte weg und befand sich plötzlich in langen Fingern, die nicht meine waren.

In diesem Augenblick langte Sir Simon an mir vorbei, packte das Handgelenk des Grapschers und umklammerte es fest. »Sie sind doch ein Gentleman«, sagte er zuckersüß. »Sicher haben Sie nicht gesehen, dass die Dame gerade das Brot nehmen wollte, oder?«

Wie ein Kranfahrer schwenkte er den Arm des Kerls, bis er über meinem Teller positioniert war. Das Brot fiel auf meinen Teller und Sir Simon ließ das Handgelenk los, auf dem sich rote Fingerabdrücke abzeichneten. Der Kerl war auch im Gesicht rot geworden und wandte sich ohne einen Mucks ab. Sir Simon lächelte ihm freundlich hinterher.

Wir kämpften uns durch das Chaos und fanden am anderen Ende, in der Nähe des Panoramafensters, einen freien Stehtisch mit Blick auf ein Fernsehturm-Modell. Sir Simons Teller war erstaunlich üppig bestückt, und er machte sich daran, seine Häppchen gleichmäßig auf unsere beiden Teller zu verteilen. Ich wehrte mich nicht, vor allem nicht gegen den gigantischen Schokomuffin, der mit einem Gebilde aus Sahne, Krokantstreuseln und Sirup verziert war.

Plötzlich tauchte der Werbeguru mit einem Glas Wasser in der Hand neben uns auf.

»Sie haben ja gar nichts zu essen«, sagte Sir Simon. »Kann ich Ihnen noch etwas anbieten?«

»Sehr freundlich, aber ich bin schon großzügig versorgt worden.« Er deutete auf meinen Teller. »Mögen Sie Cupcakes?«

»Cupcakes? Ich dachte, das ist ein Muffin.«

Er schüttelte den Kopf. »Muffin war gestern. Wir hatten die Idee, die Muffins in Cupcakes umzubenennen. Hat einen Riesenschub gegeben. Frauenzeitschriften, Backbücher, Cupcake-Formen, Cupcake-Läden mit Cupcake-to-go. Ein Mega-Hype. So einfach funktioniert das. Man muss nicht mal was Neues erfindn.«

Ich nahm all meinen Mut zusammen. »Ihre Agentur ist in Hamburg?«, fragte ich.

»Ja, wieso?«

Ich seufzte. »Ehrlich gesagt suche ich einen Job. Aber eigentlich lieber hier in der Region.«

Er lächelte. »Wir agiern deutschlandweit. Wir haben auch eine Niederlassung in Stuttgart. Was suchn Sie denn?«

»Eigentlich bin ich Texterin.« Obwohl. Nach dem desaströsen Vorstellungsgespräch in Cannstatt vor ein paar Wochen war ich mir da nicht mehr so sicher.

Er zog ein silbernes Etui aus der Innentasche seines Jacketts und holte ein Visitenkärtchen heraus. »Hier. Schickn Sie mir eine Mail mit Ihren Unterlagen und beziehn Sie sich auf die Aufzuggeschichte, damit ich Sie einordnen kann. Ich kriege jeden Tag an die dreihundert Mails. Vielleicht kann ich was für Sie tun. Die Stuttgarter Kollegen habn grade einen Engpass.«

»Wirklich? Das wäre – das wäre einfach toll.«

»Ich kann Ihnen nichts versprechn. Aber immerhin haben Sie mir vorhin aus der Patsche geholfn. Eine Hand wäscht die andere.« Er nickte uns beiden zu und war Sekunden später verschwunden.

Ich starrte auf die Visitenkarte. *Friends and Foes*. Mir sagte der Name der Agentur nichts. Aber vielleicht hatte ich ja endlich Glück ...

»Vielleicht klappt es ja«, sagte Sir Simon aufmunternd. »Und jetzt sollten wir allmählich besser gehen.«

Wir verabschiedeten uns vor dem Rathaus. Sir Simon wollte den Nachmittag noch für weitere *Trottoir*-Verkäufe nutzen.

Ich bedankte mich bei ihm und versprach, mal wieder vorbeizukommen und ihm zu berichten, was aus der Bewerbung geworden war. Dann kettete ich das Rad los und fuhr die paar Meter zur Stadtbücherei. Lustlos blätterte ich durch die überregionalen Zeitungen. Bevor ich mir die Arbeit mit neuen Bewerbungen machte, würde ich erst mal abwarten, was bei der Geschichte mit dem Hamburger Werbeguru herauskam. Da ich schon mal hier war, ging ich in den ersten Stock und sah mir »Michel aus Lönneberga« auf DVD an. Als ich die Stadtbücherei verließ, war es stockdunkel. Scheußlich!

Hoffentlich war Lila allein zu Hause! Ich hatte keine Lust, ihre glückliche Beziehung zu besichtigen. Okay, Lila war auch monatelang Zeugin meiner trauten Zweisamkeit mit Leon gewesen und hatte sich nie darüber beschwert. Trotzdem. Heute wollte ich meine Freundin für mich haben, eine Flasche Wein trinken und ein paar lustige Anekdoten hören, um mich abzulenken. Leider hatte die Zahl der Anekdoten in letzter Zeit deutlich abgenommen. Lila verbrachte ihre Wochenenden jetzt mit Harald und hatte keine Zeit mehr für Sonntagskrisentelefonate. Das führte dazu, dass der Anrufbeantworter am Sonntagabend nur so überquoll von Rückrufbitten, die die Frustrierten in flehendem Ton hinterließen. Sicher hatte die Telefonseelsorge jetzt mehr Arbeit. Nur wenn Harald seine beiden Kinder, die sonst bei ihrer Mutter in Schorndorf lebten, übers Wochenende zu sich in die geräumige Altbauwohnung über der Zahnarztpraxis holte, hatten die Anrufer und ich mehr von Lila. Allerdings traf sie sich in letzter Zeit häufig mit einer Arbeitskollegin, um die geheimnisvolle Aktion zu planen, von der sie im Sommer erzählt hatte. Bisher hatte sie keine Details verraten wollen, nur, dass es irgendwie um Pflanzen ging.

Die Küche war hell erleuchtet. Harald begleitete »Satisfaction« mit inbrünstigem Krächzen. Was Musik betraf, war er ein alter Rocker. Da hatte ich wohl Pech gehabt. Einen Augenblick lang überlegte ich, ob ich leise die Treppe hinauf in mein Zimmer schleichen und mich ohne Abendbrot ins Bett legen sollte. Dann konnte ich mich ausführlich bemitleiden, weil ich wieder Single war. Der einzige Single in ganz Stuttgart. Ich zog die Schuhe aus und setzte einen Fuß auf die Treppe.

»Line!«, rief Lila aus der Küche. »Gut, dass du kommst. Wir brauchen deine Hilfe!«

Ich seufzte erleichtert. Die Keiner-hat-klein-Line-lieb-Nummer war sowieso total doof. Ich öffnete die Küchentür und dachte im ersten Moment, Lila und Harald hätten mit der Weihnachtsbäckerei angefangen. Lila hatte ihre Hände in einer Schüssel. Das war an sich kein ungewöhnlicher Anblick, aber statt Mehl zu kneten, manschte sie in einer dunklen Masse herum. Staunend wanderte ich durch die Küche. Überall waren Eimer und Kübel verteilt, die mit Erde, Wasser oder rotem Pulver gefüllt waren. Der Küchentisch war mit Zeitungspapier abgedeckt, darauf lagen kleine Samenhäufchen und Kuchenbleche mit braunen Kugeln, die an diese grauenhaft gesunden Energiebällchen erinnerten. Dazwischen standen zwei halb volle Weingläser mit erdverschmierten Stielen und ziemlich eingedreckte Erdnüsse. Harald hob fragend die Weinflasche hoch.

»Was wird das denn, Lila?«, fragte ich. »Verschenkst du jetzt selbst gemachte Meisenknödel zu Weihnachten?«

Lila schüttelte den Kopf und strich sich mit dem Handrücken eine Haarsträhne aus dem glühenden Gesicht, wobei sie eine dunkle Spur hinterließ.

»Nein. Wir machen Seedballs. Am besten schenkst du dir ein Glas Wein ein und hilfst uns. Je früher wir fertig sind, desto schneller können wir die Küche aufräumen und kochen.«

Ich nahm ein Weinglas aus dem Schrank.

»Seedballs? Was ist das denn?«

»Samenbomben. Guerilla Gardening.«

»Guerilla? Bomben? Ich dachte, du bist Pazifistin!«

»Pazifistischer geht's nicht. Wir begrünen die Stadt. Und wir fragen vorher nicht um Erlaubnis!« Sie sah mich triumphierend an. »Ich hab mich doch in letzter Zeit oft mit meiner Sozpäd-Kollegin Melanie getroffen. Wir haben die erste Stuttgarter Guerilla-Gardening-Gruppe gegründet. Wir wollen damit ein Zeichen setzen. Samstagnacht läuft die konstituierende Aktion. Bis dahin müssen die Seedballs getrocknet sein. Hier. Es ist kinderleicht. Du mischst die Samen mit dem Kompost und dem Tonpulver und gibst dann Wasser dazu, bis ein schöner knubbeliger Ball entstanden ist.«

Blitzschnell hatten ihre geschickten Finger einen gleichmäßigen runden Erdball geformt und auf ein Kuchenblech gesetzt. Ich versuchte es nachzumachen, manschte in der Erde herum und produzierte ein eiförmiges Etwas. Leider bröselte das Ei gleich wieder auseinander.

»Viel zu groß«, sagte Lila. »Und du brauchst mehr Wasser.«

»Was passiert dann mit den Dingern?«, fragte ich und knetete Wasser in das Bällchen.

»Wir fahren damit durch die Stadt und schleudern sie irgendwohin, wo's zubetoniert und hässlich ausschaut. Da gibt's in Stuttgart ja genug Auswahl. Das Tolle an den Seedballs ist, dass die Samen irgendwann im Frühjahr von alleine aufgehen. Dann wachsen plötzlich Blumen und Kräuter, und keiner weiß, wo sie herkommen! Ist das nicht toll? Du bist doch hoffentlich dabei? Wir werden sicher sehr viel Spaß haben!«

»Ach, ich weiß nicht«, sagte ich. »Mir ist zur Zeit nicht so nach Spaßaktionen. Wer ist denn bisher Mitglied der Guerilla-Einheit?«

»Na ja, bis jetzt Melanie und ich«, sagte Lila. »Aber wir haben ja gerade erst angefangen.«

»Machst du auch mit, Harald?«, fragte ich.

»Aber nadierlich«, sagte er. »Woisch, i ben uff de Dag zehn Johr noch der kubanische Revolutio gebora. Des hot doch ebbes zom bedeita!«

Tja. Harald war wirklich ein ungewöhnlicher Zahnarzt.

»Hmm«, sagte ich. »Vielleicht könnte ich Lena dazu einladen? Ich brauche Katharina ja nicht die Wahrheit zu sagen. Ich behaupte einfach, wir machen eine Übernachtungsparty. Lena würde es sicher riesigen Spaß machen und sie von ihrem Kummer ablenken.«

»Vom Kummer ablenken ist immer gut«, sagte Lila und sah mich teilnahmsvoll an. »Und man kann nicht früh genug damit anfangen, den Nachwuchs dazu zu erziehen, Verantwortung für die Umwelt zu übernehmen.«

Nachdem ich Lila von der Begegnung mit dem Werbefritzen erzählt hatte, hatte sie sehr bestimmt mein Weinglas weggestellt. »Du schickst jetzt diese Unterlagen. Und zwar sofort. Vorher gibt's kein Abendessen. Bis du morgen aus dem Bett kriechst, ist der Typ vielleicht schon im Wochenende! Und am Montagmorgen weiß er bestimmt nicht mehr, wer du bist!«

Seufzend hatte ich klein beigegeben und eine Mail mit dem Betreff »Paternoster« mit Lebenslauf und Zeugnissen abgeschickt. Lila hatte mit geschlossenen Augen neben mir gestanden und ihre ganze positive Energie auf die Mail gerichtet. Jetzt konnte ich nur noch abwarten.

Am Freitagmorgen saß ich im Schlafanzug in der Küche, trank meine dritte Tasse Kaffee und blätterte durch ein paar Micky-Maus-Heftchen, die ich von Lena ausgeliehen hatte. Das Telefon klingelte. Um diese Zeit, das konnte nur Dorle sein! Ich hatte schon seit längerer Zeit den Verdacht, dass Dorle heimlich mit Leon telefonierte. Bisher hatte ich mich nicht getraut, sie zu fragen. Ich holte tief Luft und beschloss, mich ausnahmsweise mit vollem Namen zu melden, Dorle damit milde zu stimmen und im zweiten Schritt das Verhör einzuleiten.

»Pipeline Praetorius.«

»Guten Morgen, Frau Praetorius. Hier ist Bauer von *Friends and Foes* in Stuttgart. Unser Hamburger Chef hat mich heute Morgen angerufen. Wir brauchen ganz dringend eine Texterin. Er meinte, Sie seien sofort verfügbar. Könnten Sie heute noch vorbeikommen und sich vorstellen?«

Mir fiel beinahe das Telefon aus der Hand vor lauter Aufregung. Ich machte den Mund auf, aber es kam nichts heraus.

»Hallo? Sind Sie noch da?«, fragte die Frau ungeduldig.

»Ja! Ja! Ich bin nur ... etwas überrascht. Überrumpelt«, rief ich aufgeregt. »Ich hätte nicht gedacht, dass Sie sich so schnell melden. Natürlich kann ich heute noch vorbeikommen!«

»Sehr gut. Sie wohnen im Osten? Wir sitzen im Heusteigviertel. Können Sie in einer Stunde hier sein? Wir bekommen später noch Kundenbesuch, dann kriege ich Sie nicht mehr unter.«

In einer Stunde? Ich war nicht geduscht. Ich war nicht angezogen. Ich hatte nichts gegessen. Ich hatte einen Bad-Hair-Day. Irgendwie kam mir das bekannt vor.

»Ja, natürlich, gar kein Problem«, sagte ich.

»Gut.« Sie gab mir die Adresse durch, die ich mit zitternden Fingern notierte.

Jetzt musste die Pipeline-Praetorius-Prioritätenmaschine angeworfen werden! 60 Minuten. Mit dem Rad konnte ich in 15 Minuten im Heusteig sein. Nein, dann würde ich verschwitzt und zerzaust ankommen. Lieber öffentlich. 25 Minuten? Blieben 35 Minuten zum Duschen, Anziehen, Essen. Das war doch gar kein Problem! Ich durfte mich nur nicht ablenken lassen! Aber erst mal musste ich kurz Lila anrufen. Ohne Lila ging gar nichts! Ich wählte ihre Handynummer.

»Hallo, Line, was gibt's?«

»Ich habe ein Vorstellungsgespräch! Bei der Agentur! Heute noch!«, brüllte ich. »Die suchen ganz dringend jemanden!«

»Das ist ja super! Ich drück dir die Daumen! Wann musst du dort sein?«

»In ... 55 Minuten«, sagte ich.

»Bist du geduscht? Angezogen? Geschminkt?«, fragte Lila.

»Äh ... nein«, sagte ich kleinlaut. »Ich dachte, ich ruf kurz an, wegen der positiven Energie ...«

»Und verschwendest deine Zeit mit Telefonaten?«, brüllte Lila. »Los, und zwar sofort!« Klick. Die Leitung war tot.

58 Minuten später stand ich angezogen und atemlos vor einem Gründerzeit-Haus in der Heusteigstraße. Eine ganze Reihe schicker Schilder hing neben dem Eingang. *Friends and Foes* war im zweiten Stock. Ich klingelte und ging durch einen breiten Flur hinauf. Eine kleine, rundliche Frau in einem schicken schwarzen Kostüm stand mit einer selbstgedrehten Zigarette in der Hand in der Tür. Ihr Händedruck war kräftig.

»Frau Praetorius? Bauer. Wir haben telefoniert. Schön, dass Sie so schnell da sein konnten. Kommen Sie doch rein.« Sie drehte sich auf dem Absatz um und ging mit dynamischen Schritten voraus. Die Absätze ihrer Pumps klapperten auf dem Parkett.

Wir landeten direkt in einem riesigen, offenen Raum mit einer breiten Fensterfront. Über die ganze Fläche waren Schreibtische verteilt, an denen ein paar Leute konzentriert arbeiteten und nicht einmal aufsahen. An einer Seite war eine offene Küche mit einer Theke. Vor der Theke stand ein langer Holztisch mit Bänken. Die Betonwände waren nackt.

»Tolles Loft«, sagte ich. Das war doch hoffentlich ein Loft?

»Wir haben das Gebäude gerade erst bezogen«, sagte die Frau. »Lofts auf fünf Etagen, lauter Kreativ-Unternehmen, die sich gegenseitig inspirieren. Wir setzen auf Offenheit und Transparenz. Wir haben nur einen abgeschlossenen Raum. Unser Besprechungszimmer.«

Sie führte mich in das kleine Zimmer, bot mir einen Stuhl an und kam ohne Umschweife und Kaffee zum Thema. Ihre Stimme war kühl und sachlich. »Also, bei uns sieht es momentan so aus: Wir ertrinken in Arbeit. Wir haben eine schwangere Kollegin, Texterin, die uns vor drei Tagen mitgeteilt hat, dass sie den Rest der Schwangerschaft liegen muss. Die anderen haben schon Nachtschichten eingelegt, aber ohne Unterstützung kriegen wir das nicht hin. Ich biete Ihnen Folgendes an: zunächst zwei Monate Probezeit, so lange, bis das Kind da ist. Wenn's gut läuft, übernehmen wir Sie für die Elternzeit, das wäre zunächst mal für ein

Jahr. Danach sehen wir weiter. Können Sie am Montag anfangen?«

»Ja, klar«, sagte ich verdattert. »Aber wollen Sie mir denn gar keine Fragen stellen? Oder irgendwelche Tests mit mir machen?«

Sie schüttelte den Kopf. »Ich habe heute früh Ihre Unterlagen durchgesehen. Die sind nicht gerade toll. Aber ich verlasse mich erstens auf die Empfehlung unseres Chefs und zweitens auf mein Bauchgefühl. Außerdem erspart es uns teure Ausschreibungen, auf die dann wieder Hunderte von Jobsuchenden antworten. Die Kollegin hat mehrere dringende Projekte betreut. Die Kunden werden ungeduldig. Da muss sofort jemand ran. Ich brauche Ihnen ja wohl nicht zu sagen, dass wir nicht auf die Uhr schauen, oder?« Sie drückte die Zigarette im Aschenbecher aus, zog Tabak und Papier aus einer Tasche ihres Kostüms und begann sich eine neue zu rollen. Ihre Fingerspitzen waren gelb.

»Nein, das ist mir schon klar«, sagte ich. »Ich möchte nur einfach wieder einen Job.«

Arbeit würde mir guttun. Es wartete ja auch niemand auf mich am Abend.

»Schön. Hier ist der Vertrag. Schauen Sie sich den übers Wochenende an. Wir gehen ihn am Montag um neun kurz durch, bevor Sie anfangen. So, und jetzt steigen wir auf du um. Ich bin Arminia. Das ist keine Aufforderung, einen blöden Witz zu machen.«

»Pipeline«, sagte ich. »Auch nicht wirklich witzig.«

»Dann sind wir uns also einig?«

»Ja.«

»Willkommen bei *Friends and Foes*. Himmel und Hölle liegen hier dicht beieinander.«

Was sollte das denn nun wieder bedeuten? Egal. Hauptsache war doch, dass ich wieder einen Job hatte. Wieder ein normales Leben führen würde!

Ein paar Minuten später führte mich Arminia durch das Loft und stellte mir die anderen Leute vor. Ich sah in Gesichter und hörte Namen, aber ich war viel zu aufgeregt, um mir irgendetwas zu merken. Alle waren sehr nett, vor allem, als sie hörten, dass ich schon am Montag anfangen würde. Dann komplimentierte mich Arminia rasch wieder hinaus.

Eine halbe Stunde, nachdem ich *Friends and Foes* betreten hatte, stand ich wieder auf der Straße, mit einem Vertrag in der Tasche. Ich konnte es kaum fassen. Seit Monaten bewarb ich mich, und nun hatte ich innerhalb von 24 Stunden einen neuen Job! Ich rannte um die nächste Ecke und zerrte mit zitternden Fingern den Vertrag aus dem Umschlag. Okay, das Geld war nicht so toll. Das war weniger als in der letzten Agentur. Und meine zukünftige Chefin war ganz schön zackig. Aber hatte ich eine Wahl? Und Heusteig war cool! Nicht ganz so schön wie Stuttgart-West. Aber cool. Ich nahm das Handy und rief Lila an.

»Ich hab den Job!«, brüllte ich. »Ich fang am Montag an! Ist das nicht unglaublich?«

»Line, ich freue mich riesig für dich! Du musst sie ja schwer beeindruckt haben!«

»Nicht wirklich. Die haben nur einen Haufen Arbeit, den sie dringend loswerden wollen.«

»Heute Abend wird gefeiert! Ich koch was Feines!«

Als Nächstes war Dorle dran.

»Tante Dorle! Stell dir vor! Ich habe eine neue Arbeit gefunden!«

»Ach, mei Mädle. Do ben i abr arg froh. Woisch, i han au dr Hanne, dr Ludwine, dr Berta ond em Luisle gsagt, sie sollad fir di bäda – des hott ja glabba missa!«

23. Kapitel

> *Just a little green,*
> *like the color when the spring is born,*
> *there'll be crocuses to bring to school tomorrow,*
> *just a little green,*
> *like the nights when the Northern lights perform,*
> *there'll be icicles and birthday clothes*
> *and sometimes there'll be sorrow.*

Am Samstagmorgen stand ich unschlüssig vor meinem Kleiderschrank. Sollte ich zur Vernissage vielleicht etwas Schwarzes anziehen, um meine kreative Nähe zu Tarik auszudrücken? Aber hatte Tarik nicht mehrfach betont, dass ihm mein Look gefiel (ich hatte bis dahin nicht mal gewusst, dass ich einen hatte!), weil er sich so angenehm von den einheitlich-flippigen Klamotten seiner Studentinnen abhob? Ich kramte in den Fächern herum. Plötzlich fiel mir das schwarze Stretchkleid in die Hände, das ich vor Monaten gekauft hatte, um mit Eric M. Hollister in die Oper zu gehen und ihn anschließend zu verführen. Hmm. Eric und Tarik waren beide Künstler, und Eric hatte sich am Ende als 465-Gigabyte-Dreckskerl erwiesen. Aber das hieß ja noch lange nicht, dass Tarik genauso fies war! Ich zog das Kleid an. Das dauerte eine Weile, weil ich zugenommen hatte und das Kleid unangezogen ungefähr die Breite eines Fahrradschlauchs hatte. Weil ich nicht mehr so dürr war, bedeckte es grade mal meinen Hintern. Ich lief in Trippelschrittchen die Treppe hinunter und versuchte, im Bad auf die Badewannenkante zu klettern. Wir hatten nur über dem Waschbecken einen vernünftigen Spiegel. Der Schlauch war aber so eng, dass ich einen Stuhl zum Hochklettern brauchte.

»Sieht toll aus!« Lila spähte ins Bad.

»Ehrlich? Bin ich nicht zu dick geworden?« Ich versuchte, mich zu drehen, hatte aber Angst, in die Badewanne zu fallen.

»Line, du kannst, glaub ich, noch ein paar Döner verdrücken, bis du mal zu dick bist. Im Gegenteil, mit deinen runderen Hüften sieht das supersexy aus! Tarik wird Augen machen!«

»Meine Beziehung zu Tarik ist rein künstlerisch-platonisch. Daran ändert auch die Trennung von Leon nichts.«

»Wart's doch mal ab. Auf jeden Fall wird es dir guttun, dich mal wieder als Frau zu fühlen!«

Ich zog die schwarzen Stiefel an, die ich zu dem Kleid gekauft hatte. Lila hatte recht. Zum ersten Mal seit Wochen fühlte ich mich nicht wie eine Katze, die man kurz vor dem Urlaub im strömenden Regen an der Raststätte Schönbuch ausgesetzt hatte. Endlich ging es aufwärts.

Weil Fahrradfahren mit dem Kleid keine echte Option war, stieg ich am Hauptbahnhof vom Bus in die S-Bahn um und am Feuersee wieder aus. Die Reuchlinstraße war Leonland. Hoffentlich traf ich ihn nicht auf der Straße, Händchen haltend mit seiner Schleimschnecke!

Wegen der Klamottenfrage war ich über eine halbe Stunde verspätet. Das war aber besser, als zu pünktlich bei der Vernissage aufzukreuzen und sich als Spießerin zu outen. Sicher würde Tarik schon ungeduldig auf seine Muse warten.

Ich betrat die Galerie und sah mich suchend um. Die vertrauten Gestalten von der Kunstakademie hingen herum, dazu beflissenes Bildungsbürgertum. Hohe Hacken, seltsame Mützchen und flatternde Schals. Prosecco, Weißwein und Salzletten.

»Hach, wir müssen unbedingt mal was zusammen machen!« Küsschen links, Küsschen rechts.

Ein Handy klingelte hinter mir und eine Frauenstimme fragte: »Wo bist du?«

»In der Galerie, und du?«, sagte eine Stimme in drei Meter Entfernung.

»Ich auch!«

Zweimal kurzes Kreischen, dann stürzten die beiden aufeinander zu wie zwei wild flatternde Hühnchen. Ich konnte gerade noch zur Seite springen.

Tarik war nirgends zu sehen. Sicher würde er gleich auftauchen und dann hatte ich auch jemanden, auf den ich mich quiekend stürzen konnte, um ihn zu küssen und zu herzen, und alle würden zu uns hersehen und mich beneiden, weil Tarik in Kunstkreisen ein Promi war! Im Moment allerdings fühlte ich mich ziemlich verloren. Schließlich war das nach der Döner-Ausstellung erst meine zweite Vernissage und ich wusste noch nicht so genau, wie man sich da korrekt verhielt. Ich holte mir ein Glas Prosecco, um mich wenigstens an etwas festhalten zu können, und entdeckte zudem eine Preisliste der Kunstwerke. Nun hatten beide Hände etwas zu tun und ich fühlte mich schon viel besser. Ich lief powackelnd von Kunstwerk zu Kunstwerk, legte den Kopf schief, runzelte die Stirn, murmelte vor mich hin und nickte immer wieder anerkennend, so wie es die anderen Leute machten. Ein Mobile aus verschiedenfarbigen Wattestäbchen für schlappe 850 Euro, das war doch fast geschenkt! Immer noch kein Tarik. Vielleicht konnte ich die Gelegenheit nutzen und jemanden kennenlernen? Leider schien hier das Arche-Noah-Prinzip vorzuherrschen. Außer mir waren alle anderen Leute zu zweit da. Voller Wehmut dachte ich an die Zeit mit Leon. Ab und zu spürte ich einen verstohlenen Blick, der auf meinem Hintern klebte.

Ich wartete eine halbe Stunde vergeblich. Dann versuchte ich, Tarik auf dem Handy zu erreichen. Ich probierte es auf dem Festnetz. Anrufbeantworter. Weil mir nichts Besseres einfiel, wandte ich mich an die Galeriebesitzerin, eine mittelalte Blonde mit sehr schmalen, knallrot geschminkten Lippen in einem Filzkleid im Lagen-Look.

»Entschuldigen Sie ... Ich bin hier mit Tarik verabredet. Er hat nicht zufällig eine Nachricht für mich hinterlassen?«

Sie sah mich erst prüfend, dann mitleidig an, und ich widerstand der Versuchung, ihr zu sagen, dass ich keins von Tariks Bettwärmerchen war.

»Tarik sagt immer, dass er kommt. Aber er war noch nie da.«

Vielleicht war er ja krank? Es gab doch so Magen-Darm-Infekte, die von einer Sekunde auf die andere über einen kamen. Völlig entkräftet wankte man zwischen Kloschüssel und Bett hin und her und war sogar zu schwach, ein Handy zu halten! Ich würde einfach zu ihm fahren. Sicher würde sich Tarik freuen, wenn ich Kamillentee für ihn kochte und ihm aufmunternd zusprach. Und wenn er mich versetzt hatte, dann wusste ich auch, woran ich war. Dann würde ich meinen Job als Muse fristlos kündigen. Einen Augenblick überlegte ich, was ich tun sollte, wenn Tarik mit einem seiner Groupies im Bett lag. Aber dann würde er bestimmt nicht die Tür öffnen.

Ich fuhr mit der S-Bahn zurück zum Hauptbahnhof, kaufte bei Crobag ein paar Croissants und nahm dann die U7 bis zum Killesberg. Ich war schon lange nicht mehr hier oben ausgestiegen. Früher war hier das Messegelände gewesen. Dann war die Messe auf die Filder gezogen und man hatte die alten Messehallen abgerissen. Hinter dem hohen Bauzaun würde ein Investor nach und nach exklusive Wohnungen und Einkaufsmeilen auf das Gelände klotzen.

Ich war noch nie bei Tarik gewesen. Er wohnte nicht weit von der Kunstakademie, »weil ich ziemlich faul bin«, wie er mir irgendwann mal am Telefon erzählt hatte. Das war ja auch wirklich nicht die schlechteste Lage – der Blick reichte weit hinaus bis ins Neckartal und sicher wohnte in den begehrten Häusern der Weißenhof-Siedlung eine überdurchschnittliche Anzahl von Künstlern und Intellektuellen, die abends zusammenhockten, rauchten und tranken. Wie damals in Paris! Ich lief an einer Architekturgalerie vorbei zu den Wohnblöcken am Ende der Straße und fand nach ein paar Minuten die richtige Hausnummer. Auf der Klingel stand »Tarik«. Sonst nichts.

Ich klingelte. Nichts geschah. Ich wartete einen Moment, falls Tarik im Bett lag und sich erst zur Sprechanlage schleppen musste. Dann klingelte ich wieder. Und wieder. Endlich ging der Türsummer und ich landete in einem schmalen Treppenhaus. Die Stufen waren steil. Im dritten Stock ging mir die Luft aus. Ich hatte nicht die geringste Ahnung, in welchem Stock Tarik wohnte. Alles war still und nirgends stand eine Wohnungstür einladend offen. Im obersten Stockwerk blieb ich ratlos stehen. Wo war Tarik?

»Tarik, hallo! Ich bin's, Line! Wo bist du?«, rief ich und fühlte mich reichlich doof dabei.

»Hallo, Line«, hörte ich schließlich eine schwache Stimme von oben.

So klang nur jemand, der Hilfe brauchte. Aber jetzt kam Line, die barmherzige Samariterin! Blöd, dass mein Rot-Kreuz-Kurs für den Führerschein schon so lang her war. Eine schmale Stiege führte ins Dachgeschoss und ich kletterte hinauf. Tarik lehnte am Türrahmen, die verquollenen Augen halb geschlossen. Die Arme und die wirren Haare waren voller verkrusteter weißer Stellen.

»Hallo, Tarik«, sagte ich alarmiert. »Bist du krank?«

Tarik trug nichts außer auf Halbmast hängende, schwarz glänzende Boxershorts. Der Rest waren beeindruckende Muskeln, dichte Behaarung auf breitem Brustkorb und Lederbändchen. Ganz schön animalisch für einen Künstler. Meine Knie wurden weich.

»Hallo«, sagte er schwach. »Nein, ich bin nicht krank. Ich habe nur die ganze Nacht hier oben im Atelier durchgearbeitet. Bis zum Umfallen. Ich hab auf dem Teppichboden geschlafen.«

»Du hast mich versetzt!«, rief ich aus. »Wir waren verabredet, und ich stand völlig allein auf dieser blöden Vernissage herum und habe stundenlang Wattestäbchen, Zahnbürsten und Prothesen angeschaut!«

»Ach, herrje«, murmelte er. »Tut mir leid. Mich hat letzte Nacht die Muse geküsst und darüber habe ich alles vergessen.«

»Ich dachte, ich bin deine Muse, und ich habe dich definitiv nicht geküsst!«, rief ich empört.

»Das lässt sich ändern«, sagte Tarik munter.

Innerhalb einer Tausendstel Sekunde kam Leben in seinen schlaffen Körper, er zog mich über die Schwelle und küsste mich. Ich war vollkommen überrumpelt. Ich konnte mich nicht erinnern, jemals *so* geküsst worden zu sein. Es war ziemlich schwierig, dabei nicht an Leidenschaft und Atemnot zu sterben. Mein Verstand setzte aus. Wir taumelten in das Atelier. Irgendetwas polterte schwer zu Boden. Tariks mächtige Pranken waren überall, sie streichelten und kneteten und zerrten ungeduldig an meinem Kleid, seine kratzige Backe fuhr über meine nackte Haut. Dann hatte ich wieder dieses Alien-Gefühl. Meine Füße rutschten einfach weg und plötzlich lag ich auf dem Teppichboden und hatte nicht mehr allzu viel an. Tarik kniete schwer atmend vor mir. Er zog mir die Stiefel und die Feinstrumpfhose von den Beinen und küsste meine Fußsohlen.

»Hör sofort damit auf!«, kicherte ich.

Tarik ließ von meinen Füßen ab und arbeitete sich mit Händen und Lippen langsam an meinen Beinen nach oben. Ich fing an zu keuchen.

»Du bist sooo sexy«, raunte er. »Ich hab dich ganz anders in Erinnerung.«

»Leon«, flüsterte eine Stimme in meinem Kopf.

»Vorbei«, flüsterte eine andere.

Ich entschied mich für Stimme Nummer zwei und warf ekstatisch meine Arme nach hinten. Sie landeten in einer feuchten, klebrigen Masse. Entsetzt riss ich die Arme wieder nach vorne. Sie sahen aus, als seien sie in einen Farbeimer gefallen.

»Igitt! Was ist das denn?«

»Gips. Damit habe ich gearbeitet.«

»Das ist ja widerlich! Ich bin total eingesaut! Hast du kein Bett?«

»Lass uns nach unten gehen«, keuchte Tarik, riss mich schwungvoll nach oben und zog mich hinter sich her. Ich trug nur noch Wonderbra, Höschen und Gipsarme. Wir taumelten die Treppe hinunter und Tarik stieß die Wohnungstür auf. Er ignorierte die offenstehende Schlafzimmertür und bugsierte mich ins Wohnzimmer.

»Sex auf dem Tisch«, rief er. »Das Geilste, was es gibt!«

Papier wischte zu Boden, Tassen klirrten. Irgendwie landete ich auf dem Glastisch. Hoffentlich war der stabil! Tarik öffnete den Wonderbra mit einem einzigen, professionellen Griff, schleuderte ihn zur Seite, nahm meine beiden Brüste in die Hände, als sei er ein Ersatz-BH, warf sich dann auf meine rechte Brust und begann wie wild und mit sehr viel Spucke, darüberzulecken. Seine Augen verdrehten sich verzückt. Plötzlich setzte mein Verstand wieder ein.

»He! Was soll das!«, protestierte ich wütend und stemmte mich gegen Tariks Schultern. »Ich bin doch kein Schlotzer![12] Und auch kein Döner! Außerdem dachte ich, ich bin rein platonisch!«

Tariks Lippen ließen meine Brustwarze los. »Jetzt stell dich doch nicht so an! Ich bin eben ein kreativer Typ«, keuchte er. »Ich lasse mich von Inspiration und vom Augenblick leiten. Auch was Frauen angeht. Und die kreative Energie der letzten Nacht muss halt irgendwo hin.«

»Soll das heißen, wenn jetzt eine von deinen kichernden Studentinnen hier aufkreuzen würde, würdest du die genauso angrapschen?«, rief ich empört.

Tarik richtete sich auf. »Meinen Studentinnen würde ich niemals meine Adresse geben. Sonst kampieren die vor meiner Tür. Und dann komme ich hier nicht mehr raus, weil der Gang so eng ist. Da hab ich wirklich keinen Bock drauf. Wozu habe ich ein Büro in der Kunstakademie?«

»Du bist ja auch kein bisschen eingebildet«, schnappte ich.

»Das verstehst du falsch«, sagte Tarik. »Bei mir kommt einfach die Kunst an allererster Stelle. Daraus mache ich kein Geheimnis. Frauen macht so was an. Die meinen dann, wenn sie nur lang genug in meinem Innersten graben und viel Geduld mit mir haben, würde ich mich doch noch unsterblich in sie verlieben. Klappt aber nicht. Können wir jetzt weiter-

---

12 Schlotzer: Schwäb. für Lutscher. Vgl. auch »Das Läben isch kein Schlotzer« (Konfuzius)

machen?« Er beugte sich langsam wieder vor, die Augen halb geschlossen, und leckte sich mit der Zunge in Zeitlupe über die Unterlippe.

Bei Leon hatte ich an erster Stelle gestanden. Oder verklärte ich im Nachhinein die Vergangenheit? Auf jeden Fall wusste ich eines: Ich hatte keine Lust, in Tariks Innerstem zu wühlen.

Ich richtete mich auf, schob ihn von mir und sprang wieder auf meine Füße. Die waren fest und wackelten nicht mehr.

Ich holte tief Luft. »So. Ich gehe jetzt aufs Klo und kratze mir den Gips ab. Du gehst unter die Dusche und dann frühstücken wir zusammen. Ich habe Croissants mitgebracht. Ist das ein Angebot?«

Tarik sah mich an, vollkommen schockiert. »Das ist mir noch nie passiert. Normalerweise landen wir an diesem Punkt entweder im Bett oder die Frau brüllt ›Türkischer Macho!‹, scheuert mir eine und haut dann ab. Dann bleiben wir also Freunde?«

»Freunde«, sagte ich und reichte Tarik die Hand. Er schlug ein. Dann verschwand er im Bad.

Ich atmete tief durch, zog meinen BH wieder an und ging hinauf ins Atelier, um meine Stiefel und mein Kleid zu holen. Ich blieb einen Augenblick stehen und sah mich um. Das war also das Allerheiligste eines echten Künstlers! Ein großes Fenster in der Dachschräge versorgte den Raum mit natürlichem Licht. Überall lagen Metallteile, seltsame Gebilde aus Glas und Gips und Werkzeuge herum. Auf einem Tapeziertisch thronte das Modell eines Torsos mit herausnehmbaren inneren Organen, wie wir ihn früher im Bio-Unterricht gehabt hatten. In einer Ecke stand eine große Schaltzentrale mit unzähligen Computern, Bildschirmen und Geräten, die ich noch nie gesehen hatte. In der anderen Ecke war ein Whisky- und Ginlager. Ich sammelte meine Sachen ein und ging wieder hinunter.

Leider war es in Tariks Klo so eng wie in einem alten D-Zug und es gab kein Waschbecken. Ich schrubbte mir den Gips, der zum Glück noch nicht richtig getrocknet war, in der Küche mit Spülmittel und Spülbürste von den Armen, trocknete mich mit einem Geschirrtuch ab, sammelte die heruntergefallenen Tassen auf und fand im Kühlschrank hinter Bergen aus Hackfleisch, Lammkoteletts und Würsten Butter und Marmelade.

Tarik brauchte Stunden im Bad und ich hatte Zeit, in seiner Wohnung herumzuschnüffeln. Natürlich war die mit schlichten Designermöbeln eingerichtet, die auf edlem Parkett geschmackvoll arrangiert waren. Auf einem weißen Ledersofa lagen zwei träge, tiefschwarze Katzen. Riesige Fenster boten einen fantastischen Ausblick auf den Höhenpark. Weit oben im Park sah man einen seltsam verzwirbelten Turm.

Endlich erschien Tarik in einer Wolke aus Aftershave. Er war sorgfältig rasiert, seine Arme waren rot geschrubbt und seine wirren Haare glänzten feucht. Er trug schwarze Jeans und ein langärmeliges schwarzes T-Shirt. Er beugte sich über mich und küsste mich leicht auf die Wange. Es kribbelte in meinem Bauch, aber nur ein ganz kleines bisschen.

»Schön, dass du noch hier bist. Cappuccino oder türkischer Mokka?«

»Lieber Cappuccino, danke«, sagte ich. »Übrigens hast du einen schwarzen Streifen auf der Stirn.«

»Haarfarbe«, sagte Tarik schulterzuckend.

»Färbst du deine Katzen auch?«

»Nein. Die Kater sind so schwarz.«

Nach kurzer Zeit stand eine Tasse Cappuccino mit herrlichem Milchschaum vor mir. Einträchtig mampften wir unsere Croissants.

»Toll, ein Balkon so weit oben«, sagte ich und deutete hinaus.

»Ja, nicht wahr? Nächsten Sommer lad ich dich zum Feuerwerk-Gucken beim Lichterfest ein.«

»Darf ich dann Lila mitbringen? Das ist meine beste Freundin.«

»Klar«, sagte Tarik. Wir lächelten uns an. »Was machst du heute Abend? Kommst du mit ins *Tango Ocho*?«

Ich schüttelte den Kopf. »Heute Nacht steigt unsere große Guerilla-Gardening-Aktion.«

»Super!«, rief Tarik enthusiastisch. »Eine Kunstaktion! Ich filme euch. Da machen wir eine Video-Installation draus!«

»Es geht aber nicht um Kunst oder Fleisch«, sagte ich. »Es geht um Begrünung. Wir werfen Samenbälle.«

»Jede Aktion ist Kunst«, sagte Tarik achselzuckend. »Vielleicht inspiriert es mich. Fleischbälle. Oder so.«

»Wir können uns ja verabreden. Ich muss jetzt langsam los zur S-Bahn. Meine kleine Nichte in Gärtringen abholen. Die macht auch mit.«

»Wir holen sie mit dem Auto ab«, sagte Tarik bestimmt.

Ein paar Stunden später saßen wir in der Küche und Lila verteilte Vollkorn-Spaghetti und Gemüsesoße. »Esst ordentlich«, sagte sie. »Schließlich brauchen wir heute Nacht noch unsere Kräfte.«

Tarik hatte sich selber zum Essen eingeladen, schob sich eine große Gabel voll Spaghetti in den Mund und spülte den Bissen mit dem türkischen Rotwein, den er mitgebracht hatte, hinunter. »Köstlich«, sagte er. »Mit ein paar Rindfleischstreifen wäre es noch leckerer. Keine Kritik. Nur so als Tipp.« Er thronte majestätisch in unserer Küche, als hätte er niemals woanders gesessen.

»Wann geht's denn los?«, fragte ich mit vollem Mund.

»Melanie wollte gegen zehn hier sein«, sagte Lila. »Bis wir dann alles eingeladen haben, wird's gerade richtig. Wir verteilen uns auf die Ente und den Porsche. Harald müsste auch gleich von der Praxis kommen.«

»Ich fahre mit dem Mercedes hinterher und filme«, sagte Tarik und wackelte mit seinem Camcorder. »Ich bin sozusagen der neutrale Beobachter.«

Mit Porsche und Mercedes zum Guerilla-Gardening? Sehr passend.

»Au ja, ich will Porsche fahren!«, rief Lena. »Mama weiß übrigens nichts vom Gorilla-Gardening. Sie denkt, wir gucken eine DVD und essen Chips.«

»Wir essen doch Chips«, sagte Lila und stellte eine Schüssel mit Paprika-Chips vor Lena hin. »Und klar darfst du bei Harald mitfahren.«

Der Novemberabend war feucht und klamm. Das richtige Wetter für eine Guerilla-Aktion! Ich dachte daran, wie sehr ich mich auf kuschelige Herbsttage mit Leon gefreut hatte. Hand in Hand durch die bunten Wälder bei den Bärenseen und anschließend eine Schwarzwälder Kirschtorte und eine Tasse heiße Schokolade mit drei Löffeln Zucker! Tränen stiegen mir in die Augen und ich wischte sie rasch weg. Heulen vor Lena, das ging nun wirklich nicht. Sie war so fröhlich heute Abend und war voller Begeisterung in Tariks schwarzen Mercedes geklettert, während Katharina große Augen machte.

Ein paar Minuten später stand Harald in der Küche und schüttelte Tarik die Hand.

»Willst du noch etwas essen?«, fragte Lila.

Harald schüttelte den Kopf. »Noi, i muss uffbassa. Du kochsch oifach zu gud. Beim Tennisturnier vo de Schduagerder Zahnärzt ledschda Sonndich han i denkt, i treff koin Ball meh, weil mr dr Ranza em Wäg isch.«

Es klingelte. »Das wird Melanie sein«, sagte Lila und ging zur Tür. »Sie ist übrigens ein ganz kleines bisschen extrem.«

Sekunden später rannte eine sportlich aussehende Frau mit knallrot gefärbten Haaren in die Küche. Sie machte eine Vollbremsung, riss ihren Parka auseinander, als sei sie ein Flitzer auf dem Fußballplatz, und brüllte: »Viva la Revolución!« Unter dem Parka trug sie ein grünes T-Shirt mit dem berühmten Che-Guevara-Konterfei. Darunter war »Guerilla Gardening Group Sektion Schwaben« zu lesen. Neben dem Schriftzug war ein Gänseblümchen aufgedruckt. Dann riss sie mit Schwung das T-Shirt so weit hoch, dass man ihren straffen Bauch und ihre nackten prallen Brüste sehen konnte. Um ihren Nabel war eine Weltkugel eintätowiert. Unter dem Busen über der Arktis stand »Bloß« und unter der Antarktis »geborgt«. Sie spazierte mit hochgezogenem T-Shirt von einem zum anderen, als sei sie ein Pfau. Haralds Augen bekamen etwas Glubschiges. Tarik blickte interessiert auf Melanies Brüste und schielte nach seinem Camcorder.

»Hallole! I ben d' Melanie ond a Fraindin von dr Muddr Erde. I han eich älle a T-Shirt mitbrocht. Wega 'm Grubbegfühl!« Sie wühlte in ihrem gestreiften Stoffbeutel und warf Lila, Harald und mir je ein T-Shirt zu. »Von dir han i nix gwissd«, sagte sie zu Tarik.

»Und ich?«, sagte Lena enttäuscht.

Melanie warf ihr einen vernichtenden Blick zu. »Du bisch doch no a klois Kendle! Du gohsch jetz schee ens Bettle!«

»Das ist kein Kind«, sagte ich. »Das ist meine Nichte Lena, und sie kommt mit. Du kannst mein T-Shirt haben, Lena.«

»Nein, sie kriegt meins«, sagte Lila. »Es ist mir sowieso viel zu klein.«

»Wehe, du verzehlsch des deiner Mama!«, rief Melanie drohend.

Lena gab Melanie den vernichtenden Blick von vorhin zurück, verschränkte die Arme vor der Brust und sagte finster: »Melanie, weißt du was? Ich find dich blöd. Auf einer Skala von eins bis zehn finde ich dich zehn blöd.«

»Jetzt streitet euch nicht!«, rief Lila streng. »Wir können im Vorfeld keine negativen Schwingungen brauchen!«

Wir zogen unsere T-Shirts über. Bei Harald reichte es nur knapp über den Bauch, während es Lena bis zu den Knien ging. Eigentlich brachte das nicht so wirklich etwas für das Gruppengefühl, weil wir wegen des feuchtkalten Herbstwetters dicke Jacken drüberziehen mussten.

»Wer bisch 'n du iberhaubd?«, sagte Melanie herausfordernd zu Tarik, der die Anzieh-Aktion gefilmt hatte.

Tarik legte die Kamera weg, straffte die Schultern und strich sich mit einer dramatischen Geste die Haare zurück. Dann breitete sich ganz allmählich ein Lächeln auf seinem Gesicht aus. Seine dunklen Augen blitzten, er beugte sich vor zu Melanie und hauchte mit einer Stimme, die nach sehr großem Bett klang: »Gestatten: Tarik. Künstler.«

Lila und ich sahen uns an. Das war besser als Kino.

Melanie war so rot geworden wie ihre Haare und sagte schwach: »Vielleicht könnt i ja bei dir mitfahra?«

Tarik hob bedauernd die Schultern. »Leider, ich mache nur die Dokumentation. Wenn jemand bei mir mitfährt, ist es nicht authentisch. Aber ich fahre dich gerne heute Nacht nach Hause.«

Melanie wurde noch röter. »Danke, i hab a Audo. Mir missad no omlada«, sagte sie.

»I helf dir«, sagte Harald.

»Also los!«, rief Lila. »Nehmt die Kisten mit den Samenbomben und verteilt sie auf beide Autos. Vergiss deinen Schal nicht, Lena!«

Es nieselte. Die Neuffenstraße lag verlassen da. Hinter den Fenstern brannten heimelige Lichter. Wer war schon so bekloppt, bei diesem Wetter vor die Tür zu gehen? Zum Glück würden wir im Auto bleiben. Nach unserer Rundfahrt wollten wir noch eine Mitternachtssuppe essen, die Lila vorbereitet hatte. Ich freute mich schon darauf! Harald begleitete Melanie zu einem VW Käfer von der Sorte, wie sie heute nicht mehr gebaut wurden. Nach ein paar Minuten kam er mit einem großen Weidenkorb zurück. Er war bis obenhin voll mit Pflanzen. Melanie schleppte einen Sack mit Erde.

»Ökologischer Komboschd ohne Torf«, erklärte sie.

»Ich dachte, wir sitzen gemütlich im Auto und werfen die Bomben aus dem Fenster!«, protestierte ich.

»Mit Gemitlichkeit alloi kosch d' Welt net bessr macha!«, rief Melanie aus. »Fir d' Revolutio musch Opfr brenga!«

»Wir machen noch einen kleinen Ausflug zum Marienplatz«, erklärte Lila. »Da haben sie vor Jahren die ganzen alten Bäume abgeholzt, und die nachgepflanzten Kastanien sind noch furchtbar mickerig. Samenbomben kann man da komplett vergessen, weil der Platz total zubetoniert ist. Da geht nichts auf. Deshalb pflanzen wir um die Kastanien herum Stiefmütterchen, Primeln, Hornveilchen und Schneeglöckchen. Und im

Frühjahr sitzen wir dann dort im Café und sehen zu, wie unsere Blümlein sprießen.« Lila hängte sich an Haralds Arm und küsste ihn auf den Mund.

»Koi Pedding bitte vor andre Leit!«, rief Melanie aus.

Ich seufzte neidisch. Schön, dass Lila ihrer Liebe zutraute, den Winter zu überleben. Manch einer hatte sich ja schon falsche Hoffnungen gemacht, was die Lebensdauer so einer Beziehung anging.

Wir verstauten die Kisten mit den Samenbomben. Harald schwankte unter dem Gewicht einer großen, buschigen Pflanze, deren grüne Blätter Händen ähnelten. Bestimmt sollte das riesige Ding uns tarnen, während wir pflanzten. Lila hatte das Dach der Ente zurückgerollt und Harald reichte ihr den Plastiktopf von oben ins Auto.

»Wir werden das Dach offen lassen müssen«, sagte Lila und kletterte aus der Ente. »Also, wir werfen zuerst die Seedballs und fahren dann zum Marienplatz. Harald, Tarik, habt ihr die Handys an, falls wir uns verlieren?«

Harald und Tarik nickten.

»Dann lasst uns einen Kreis bilden. Reicht euch die Hände. Ja, auch ihr, Melanie und Lena. Tarik, du auch, jetzt wird nicht gefilmt! Schließt die Augen und sprecht mir nach: Möge unsere Saat aufgehen!«

»Möge unsere Saat aufgehen!«, wiederholten wir feierlich im Chor und drückten einander die Hände.

Harald ging mit Lena, die aufgeregt auf- und abhüpfte, zum Porsche. Melanie kletterte auf den Beifahrersitz der Ente. Sie hatte offensichtlich bereits entschieden, wer von uns beiden sich den knappen Platz auf der Rückbank mit dem Strauch und den Samenbomben-Kisten teilen würde. Weil die Ente langsamer war, gab Lila das Tempo vor. Sie fuhr am Ostendplatz vorbei hinunter auf die Wangener Straße. Hier dominierte der Großmarkt und es war schon ziemlich hässlich. Das ideale Terrain für unseren Verschönerungsverein! Lila fuhr jetzt Schritttempo.

Melanie klappte das Entenfenster hoch, warf die ersten Samenbomben und kommentierte jeden Wurf, als würde sie sich selber trainieren: »Des hosch subbr gmacht, Melanie! Beim nägschde Mol a bissle meh Schwong. Bessr ziela! Des machsch du brima!«

Weil ich den Topf mit dem Busch festhalten musste, die Ente hinten kein Fenster hatte und Melanie ständig nach Seedball-Nachschub verlangte, konnte ich beim Werfen nicht mitmachen. Ich war sowieso eine schlechte Werferin. Ich blickte aus dem Rückfenster. Auch aus dem Porsche flogen Bomben. Dahinter sah man die Lichter des Mercedes. Lila beschleunigte und es wurde ganz schön kalt und feucht mit dem geöffneten Dach und dem Nieselregen. Melanie plapperte unentwegt. Dann klingelte ihr Handy und ich atmete auf.

»Noi. Des isch net wohr. Oglaublich! Oifach subbr! Des muss i glei de andre verzehla!« Sie klappte das Handy zu und rief: »Stellad eich vor! Greenpeace hot älle Schdaads- on Regierongschefs vo dr Arktis an riesiche Blaschdich-Eisbär en d' Badwann gsetzt, uff dem ›Asylsucher‹ druffschdohd!«

»Wie schön«, sagte ich matt und wickelte mich fester in meine Jacke.

Lila machte einen U-Turn, fuhr zurück Richtung Gaskessel und über die Gaisburger Brücke und bog dann rechts ab. Hier war total tote Hose. Melanie machte sich daran, mit Schmackes die Gegend um das Daimler-Stadion zu begrünen und sich selbst für ihre stetigen Wurf-Fortschritte zu beglückwünschen. Ich drehte mich um und sah nach hinten. Die Sicht war nicht besonders gut, weil die Ente keinen Scheibenwischer am Heck hatte.

»Lila, der Porsche ist weg«, rief ich. »Ich glaube, hinter uns ist die Polizei!« Bitte nicht! Ausgerechnet in Cannstatt! Hoffentlich hatte Simon heute dienstfrei. Seit dem Dirndl-Desaster hatten wir keinen Kontakt gehabt. Irgendwann, wenn wieder ein bisschen Platz in meinem Herzchen war, würde ich ihn anrufen.

»Mist«, knurrte Lila. »Vielleicht haben wir Glück und die wollen gar nichts von uns.«

Vor uns wurde die Ampel rot. Die Fahrertür des Streifenwagens ging auf und ein Polizist stieg aus. Ich atmete auf. Ich sah schon an der rundlichen Figur, dass das nicht Simon sein konnte.

»Macht eure Jacken zu, damit sie die T-Shirts nicht sehen!«, zischte Lila und klappte ihr Fenster hoch. »Und lasst euch nichts anmerken!«

»Gudn Abend«, sagte der Beamte. »Ich glaube, Sie haben da was verloren.« Er reichte Lila eine Samenbombe.

»Tatsächlich! Die Polizei, dein Freund und Helfer«, rief Lila betont unbekümmert aus. »Vielen Dank!«

»Darf ich mal Ihren Führerschein sehen? Fahrzeugschein?«

Lila kramte brav ihre Papiere heraus.

Mittlerweile hatte sich von der anderen Seite ein Kollege genähert und leuchtete mit einer Taschenlampe an der Ente entlang. »*I fly bleifrei*«, sagte er. »Ha, i glaub's net! Des Entamodell hot mei erschde Fraindin ghet! Dass so ebbes no a Zulassong kriagt!« Dann leuchtete er in den Innenraum. Melanie und Lila sogen hörbar die Luft ein. »Ziaged Sie om?«, fragte er und deutete auf den Busch.

»Mir gangad zu 'rer Pardy«, sagte Melanie. »Des isch onser Gschenkle.«

»Ond des pflanzad Se au glei ei?«, sagte der Polizist, dessen Taschenlampen-Strahl auf der kleinen Hacke und dem Schäufelchen an Melanies Füßen kleben geblieben war. »Zemlich kald on feicht zom offa fahra, oder?«

Der erste Polizist kam mit Lilas Führerschein zurück und drückte ihr die Karte in die Hand. »Das ist aber mal ein gepflegter Führerschein«, sagte er. »So ohne Knick und Eselsohren. Das sieht man selten!« Er stützte sich auf die Scheibe und schaute interessiert ins Entencockpit.

Ein paar Sekunden herrschte Schweigen.

Der Polizist nahm seine Dienstmütze ab und kratzte sich am Kopf. »Haben Sie Alkohol getrunken?«, fragte er schließlich.

Lila schüttelte den Kopf. »Nein, nur Ayurveda-Tee«, sagte sie.

In diesem Augenblick klingelte mein Handy. Tarik.

»Gehen Sie ruhig ran«, sagte der Beamte seelenruhig und hing weiter auf der Scheibe. »Uns ist grad sowieso langweilig.«

»So an Obend uff Schdreife, wenn nix bassierd, isch lang ...«, ergänzte sein Kollege.

Ich kramte das Handy aus der Tasche.

»Hallo, Line. Halte sie noch ein bisschen hin. Ich pirsche mich grade zu Fuß ran und filme. Das wird eine geile Sequenz.«

»Hallo Tarik. Keine Sorge, wir haben das gemeinsame Geschenk im Auto.«

Ich hatte das Gespräch kaum beendet, als Lilas Handy klingelte.

»Hallo, Harald«, sagte Lila. »Ja, wir sind gleich bei deiner Party, und wir bringen dir auch was Nettes mit. Für den Garten.« Sie legte das Handy weg.

Niemand sagte etwas. Die Sekunden verrannen.

»Na dann, schönen Abend noch«, sagte der Beamte, klopfte gegen die Entenkarosserie und zog mit seinem Kollegen ab.

Der Streifenwagen fuhr davon. Lila und Melanie atmeten hörbar auf. Zwei Minuten später hielt der Porsche hinter uns.

»Alles okay?«, brüllte Harald.

Lila streckte den Arm aus dem Fenster, Daumen nach oben.

»Eigentlich hätten wir uns doch gar keine Sorgen machen müssen«, sagte ich. »Wir machen doch nichts Illegales, oder?«

»Noi, aber der Hanf isch illegal«, sagte Melanie.

»Hanf, was für ein Hanf?«, fragte ich verwirrt.

»Des Büschle. Des isch Hanf. Selber zoga. Em Bad. Des isch verboda. Die zwoi hen aber wohl net gwissd, wie so a Hasch-Pflänzle aussieht. I han vielleicht gschwitzd!«

»Das ist nicht dein Ernst!«, stöhnte ich. Ich war also mal wieder knapp einer Nacht in der Zelle entgangen! Diese schwäbische Super-Aktivistin war offensichtlich völlig durchgeknallt.

»War dir das klar, Lila?«

»Ich dachte es mir«, antwortete sie. »Ich wollte lieber nicht nachfragen. So, jetzt aber ab zum Marienplatz. Für heute haben wir das Schicksal genug herausgefordert.«

Sie fuhr zurück auf die B 10 und brauste durch die Stadt. Es hatte aufgehört zu nieseln, im Kassettenlaufwerk eierte eine alte Abba-Kassette vor sich hin, die Ente klapperte fröhlich dazu und nach dem Schrecken wurden wir albern und ausgelassen. Immer mal wieder pfefferte Melanie eine Samenbombe in die Landschaft, vor allem auf der scheußlichen Hauptstätter Straße, und wir johlten.

Nach einer Viertelstunde parkten wir am Anfang der Böblinger Straße neben dem Marienplatz. Neben uns hielten der Porsche und der Mercedes. Wir kletterten aus der Ente und Lila und ich luden die Hanfpflanze, den Kompostsack und die Einbuddel-Utensilien aus. Lena kam angerannt und warf sich in meine Arme.

»Ich hab soooo viele Samenbomben geschmissen!«, rief sie und strahlte über das ganze Gesicht.

»Gut gemacht«, sagte Lila.

Melanie war in der Zwischenzeit zum Kofferraum des Porsches marschiert und kam mit einem Gerät zurück, das aussah wie ein überdimensionaler Zahnarzt-Bohrer.

»Was ist das denn?«, fragte ich. »Gehört das Harald?«

»Nach was schaut's 'n aus? Desch a Bresslufdhämmerle!«

»Ein Presslufthammer? Und was hast du mit dem vor?«

»Mir bohrad en dr Mitte vom Marieblatz a schees Löchle, on noo pflanzad mir den Busch do nei«, antwortete Melanie stolz.

»Voll fett!«, rief Tarik.

»Bist du verrückt?«, rief ich entsetzt. »Bei dem Lärm, den so ein Ding macht, haben wir doch ruck, zuck wieder die Polizei auf dem Hals! Und überhaupt! So was hast du bei dir im Hobbykeller stehen?«

»Des Bresslufdhämmerle han i gmiedet. Bei ma Mietpark. Koschd fuffzeh Euro am Dag.«

»Du hast doch bestimmt einen falschen Namen angegeben«, sagte Lila hoffnungsvoll.

»Nix Bseudonümle!«, rief Melanie. »Wie soll i's noo von dr Steuer absetza?«

Ich stöhnte. »War das abgesprochen?«, fragte ich Lila.

»Nicht wirklich«, sagte sie. »Aber solche Aktionen haben ja immer etwas Spontanes.«

»Mir wollad ja schließlich a sichtbars Zeicha setza! Blümla alloi, des isch ja wie Blümlessex!«

Ich wandte mich an Tarik. »Willst du das wirklich filmen? Ist das nicht zu riskant?«

Tarik zuckte die Schultern. »Ich kann ja andere Köpfe ins Video montieren. Merkel und Sarko oder so.«

»Warum hast du keinen winterharten Busch genommen?«, fragte Lila. »Der Hanf ist doch in zwei Tagen erfroren.«

»Weil i au no gleichzeidig a Zeicha setza will fir d' Legalisierung vom Marihuana!«, rief Melanie. »Des kommd beschdemmd en dr Zeidong! Zwoi Zeicha en oim, des hosch echd sälda!«

»I woiß net so rechd«, sagte Harald. »Sachbeschädigong, desch scho a anders Kaliber als a baar Schdiefmüdderle. Kosch du des Deng iberhaubd bediena?«

»I han denkt, wozu hen mir an Maa drbei?«, rief Melanie fröhlich und ließ Harald den Presslufthammer in die Hände fallen.

Harald ging in die Knie. »Ganz schee schwer«, sagte er. »On wo kriegsch dr Strom her?«

»Desch a Akku-Bressluftdhämmerle! On des isch au bsonders leis!«

»Sicher au net groß anderschd als mei Hilti«, sagte Harald.

Lila seufzte. »Wenn du einen Mann rumkriegen willst, streck ihm eine Hilti oder einen Raab-Kärcher hin«, sagte sie.

»Wenn du Schisse hosch, noo kosch du ja die Blümla eibflanza«, sagte Melanie und musterte mich von oben herab. »Mir ibernehmad noo 's eigendliche Risiko.«

»Ja, das wäre mir, glaube ich, wirklich lieber«, sagte ich. »Weißt du, ich hab dieses Jahr schon einmal eine Nacht in der Zelle verbracht.«

»Des isch net wohr!«, rief Melanie entzückt. »Des musch mr obedingt verzehla!«

»Leute, macht voran«, sagte Lila streng. »Sonst erkältet sich Lena noch.«

Tarik schleppte den Hanf, Lila und ich trugen Blümchen und Erde und Lena nahm Hacke und Schäufelchen. Harald ging mit dem Presslufthammer voraus. Melanie, die nichts trug, redete eifrig auf Tarik ein. Wir liefen ein paar Stufen hinauf und standen mitten auf dem Marienplatz. Das Café war dunkel. Niemand war zu sehen. Leider wurde der Platz von überdimensionalen Lampen hell beleuchtet.

»Die Lamba sähn aus wie meine Mundspiegel«, sagte Harald. »Wo willsch dein Busch na han, Melanie?«

»Genau en dr Mitte vom Blatz!«, rief Melanie. Sie rannte zur Haltestelle der Zahnradbahn und lief in großen Sprüngen einmal quer über den Platz. Dann kam sie von der rechten Seite zurück. Nach ein paar Sätzen legte sie eine Vollbremsung hin. »Genau hier!«, rief sie atemlos. »Hosch mi gfilmd, Tarik? Sonschd mach i's nomol.«

Lila stellte den Topf ab. »Okay. Strategie. Melanie und Harald bohren den Beton auf und pflanzen den Hanf ein. Line und ich übernehmen die Kastanien. Lena kommt mit uns. Sobald ihr hier fertig seid, helft ihr uns.« Lila reichte mir eine Taschenlampe und setzte sich selbst eine Stirnlampe auf.

»Ich filme erst mal hier und komme dann hoch«, sagte Tarik.

»Ich will aber bei Harald bleiben!«, bettelte Lena.

»Du gohsch mit deinr Dande!«, rief Melanie.

»Lena, das ist zu riskant«, sagte ich.

»Ich lauf ganz schnell weg, wenn irgendwas ist«, sagte Lena eifrig.

»Na schön«, seufzte ich.

»Wenn Gefahr droht, dann ruft wie ein Käuzchen«, sagte Lila. »Viel Erfolg!«

Lila und ich schleppten den Weidenkorb und die Erde über den Platz und ein paar Stufen hinauf zur Kastanienallee, die den Marienplatz zur Straße hin abschloss. Die kleinen Bäume hatten schon die meisten Blätter verloren. Ihre geweißelten Stämmchen steckten in einer Art buntem Splitt, drum herum wucherte Unkraut. Der Schein von Lilas Stirnlampe fiel auf ein ziemlich ramponiertes Plakat, das an einem der Bäumchen lehnte. PKD, Partei für ein kinderfreundliches Deutschland? Ein strahlender John-Boy saß inmitten einer Kinderschar im Schneidersitz auf dem Boden und las aus einem Bilderbuch vor.

»Wir fangen genau bei diesem Bäumchen an«, sagte ich und versetzte dem Plakatständer einen kräftigen Tritt.

»Okay«, sagte Lila. »Wir machen erst das Unkraut weg, schütten dann ein bisschen Erde auf und setzen die Pflänzchen. Nur ein paar an jedem Baum.«

Das klang nach Arbeit. Wir bückten uns und begannen, das Unkraut auszureißen. Mit Lilas Stirnlampe hatten wir genügend Licht. Es nieselte in meinen Nacken. Trotzdem wurde mir warm und ich öffnete den Reißverschluss meines Anoraks. In diesem Moment begann die Erde zu beben. Radadadazong. Markerschütternder Bohrlärm, den man vermutlich in ganz Stuttgart-Süd hören konnte.

»Besonders leise, soso«, sagte Lila. »Zum Glück müssen sie nur ein kleines Loch bohren.«

Tatsächlich hörte der Krach nach wenigen Minuten auf. In einigen Wohnungen war Licht angegangen. Jemand schimpfte aus einem Fenster.

»Mir brauchad a bissle Komboschd!«, brüllte Melanie quer über den Platz.

Das war wirklich die diskreteste Guerilla-Aktion der Weltgeschichte.

»Ich geh schon«, seufzte Lila, zog vorsichtig ein paar Primeln aus den Plastiktöpfchen und füllte die Töpfchen mit Erde. »Die kannst du ja schon mal einpflanzen.«

Sie verschwand und ich ging in die Hocke, um ein kleines Erdhäufchen für die Primeln anzulegen. Kurz darauf hörte ich Schritte.

»Das ging aber schnell, Lila«, sagte ich, ohne aufzusehen.

»Nix Lila«, sagte eine männliche Stimme.

Der Lichtkegel einer Taschenlampe glitt über meinen Körper und haftete dann auf meinem Gesicht. Ich kniff die Augen zu und das Licht verschwand.

»Hallo, Line.«

Ich kannte diese Stimme. Von allen Stimmen in Stuttgart war dies vermutlich die Stimme, die ich gerade jetzt am wenigsten hören wollte.

»Interessant, was du da machst. Vielleicht möchtest du es mir erklären?«

Ich sprang auf und mir entfuhr ein spontaner Schmerzensschrei. Vom Hinknien waren meine Beine völlig taub. Ich hüpfte auf und ab. Käuzchen. Ich musste ganz schnell ein Käuzchen imitieren, um die anderen zu warnen! Ich tat ja nichts Verbotenes. Aber das Bresslufdhämmerle ... und Lena ... Wie machte ein Käuzchen überhaupt?

»Huhu, huhuuuuu!«, machte ich, so laut ich konnte. Es klang nicht besonders naturnah.

»Ist dir schlecht?«, fragte Simon interessiert.

»Schuhuuuh, schuhuuh!«, rief ich noch einmal ganz laut.

Das klang vielleicht nicht wie ein Käuzchen, aber so blöd waren die anderen ja auch nicht, um nicht zu kapieren, was gemeint war.

»Line, du machst es mir wirklich nicht leicht«, klagte Simon. »Du stehst hier mitten in der Nacht im Nieselregen auf dem Marienplatz, hopst wild herum und machst Geräusche wie das ›Kleine Gespenst‹ auf der Langspielplatte, die ich als Fünfjähriger von meinem großen Bruder geerbt habe. Vielleicht könntest du versuchen, ein paar normale Sätze zu sagen? Sonst muss ich dich wegen Unzurechnungsfähigkeit mit aufs Revier nehmen. Und das möchtest du sicher nicht, oder?«

»Hallo, Simon«, sagte ich. »Normale Sätze. Kein Problem. Wieso ist deine Hose nicht mehr grün?«

»Modellversuch für die neue Uniform. Wir tragen jetzt Blau.«

»Bist du zufällig vorbeigekommen? Krankheitsvertretung Polizeirevier Marienplatz?«

»Wir sind mal wieder unterbesetzt. Die Kollegen von Mitte haben Verstärkung angefordert. Eigentlich sind wir auf dem Weg zum Bärensee. Angeblich versucht dort jemand, den Riesenbiber[13] abzuknallen. Wir wollten grade in den Heslacher Tunnel einbiegen, als wir seltsame Vorgänge auf dem Marienplatz bemerkt haben. Komische Geräusche. Seehr laut. Wie ein Presslufthammer. Du weißt nicht zufällig etwas darüber?«

»Nein«, sagte ich so unschuldig, wie ich nur konnte. »Ich pflanze nur ein paar Blümchen. Primelchen, Stiefmütterchen, Schneeglöckchen. Das ist doch nicht verboten, oder?«

Steinchen knirschten. Eine zweite Taschenlampe leuchtete mir ins Gesicht und auf die Brust.

»Sie mal wieder! Guerilla Gardening Group. Was soll das denn sein?«, sagte eine weibliche Stimme in harschem Ton.

---

13 Der »Schwäbische Riesenbiber« (Castor giganteum ssp. nesabachiensis) war bis zum 19. Jahrhundert in ganz Schwaben heimisch, insbesondere an Neckar und Nagold. Im Nagoldtal wurde er von den Flößern bejagt, weil seine Bauten die Flößerei massiv behinderten. Er wurde zum letzten Mal 1885 unweit des Hölderlinturms in Tübingen gesichtet und galt seither als ausgestorben.

Das plötzliche Auftauchen riesiger Biberdämme am Bärensee stellte die Wissenschaft vor ein Rätsel, bis ein einsamer Jogger morgens um sechs einen riesigen Biber entdeckte, der sich auf den Baumstämmen im See sonnte. Anhand eines alten Kupferstiches aus dem Landesmuseum Württemberg identifizierte er das Tier als den Schwäbischen Riesenbiber. Die Nachricht war eine Sensation und Fotografen, Journalisten und der Leiter des Forstamts, Werner Koch, lieferten sich seither auf der Jagd nach dem Biber ein Kopf-an-Kopf-Rennen. Bisher hatte aber niemand außer dem Jogger den Biber gesehen, so dass sein Mythos allmählich Formen annahm, die dem des Ungeheuers von Loch Ness in nichts nachstanden. Spekuliert wurde auch über eine Umbenennung des Bärensees in Bibersee.

»Das klingt militant! Sicher können Sie uns auch verraten, wer den Hanfbusch mitten auf den Marienplatz gesetzt hat?«

Ich leuchtete die Frau kurz an. Irgendwie wurde an diesem Abend ziemlich viel hin- und hergeleuchtet. Es war das Polizisten-Engelchen, das bei Breuninger ein Team mit Simon gebildet hatte. Mist. Simon hätte sicher ein Auge zugedrückt. Das Engelchen dagegen ...

»Nein, tut mir leid«, sagte ich. »Ich weiß nichts davon. Ich bin alleine hier und kein bisschen militant. Ich pflanze nur, um unseren schönen Marienplatz noch schöner zu machen! Ich setze ein kleines ökologisches Zeichen in unserer großen, zubetonierten Stadt.«

»Ohne das Garten- und Friedhofsamt vorher zu informieren? Ich glaube kaum, dass das erlaubt ist«, fauchte die Polizistin. »Und natürlich kennen Sie auch die Leute nicht, die da vorher abgehauen sind?« Sie wandte sich an Simon. »Das waren mindestens drei Personen«, rief sie empört. »Und die haben den Beton aufgebohrt. Das ist Sachbeschädigung.«

»Davon weiß ich nichts«, sagte ich.

»Sie können mir doch nicht erzählen, dass Sie alleine eine Gruppe bilden!«

»Äh ... doch. Die Gruppe ist ... ganz neu. Ich bin sozusagen das Gründungsmitglied.«

»Und Lila?«, fragte Simon.

»Keine Ahnung«, sagte ich. »Lila ist eine Farbe, oder?«

»Ich hole die Kamera und fotografiere den Hanf«, sagte die Polizistin. »Du kannst ja schon mal mit dem Protokoll anfangen, Simon.« Sie blieb stehen, verschränkte die Arme und schien darauf zu warten, dass Simon und ich uns in Bewegung setzten, Richtung Streifenwagen. Simon und ich standen da wie festgefroren. Endlich dampfte sie ab.

»Ich bin übrigens nicht mehr in festen Händen«, platzte ich heraus.

Toll. Unglaublich subtil.

Simon sah mich forschend an. »Das tut mir leid. Irgendwie. Andererseits auch nicht. Wenn ich ehrlich bin. Bloß, was stelle ich jetzt mit dieser Information an?« Er verschränkte die Arme und wartete.

Ich holte tief Luft. Viel Zeit hatte ich nicht mehr. »Ich ... Es würde mich doch mal interessieren, wie du in einer normalen Jeans aussiehst.«

»Auf jeden Fall besser als in einer dunkelblauen Diensthose mit einem silbernen Nahtbesatz. Irgendwie bin ich mir aber nicht so sicher, ob das ein schmeichelhaftes Angebot ist. In dieser Situation jedenfalls. Klingt eher nach Beamtenbestechung. Du hättest mich ja anrufen können.«

»Es ging mir nicht so gut«, sagte ich leise.

»Verstehe ... Morgen habe ich frei. Hast du Lust, irgendwo zusammen einen Kaffee zu trinken? Sagen wir um zwei? Ruf mich doch einfach vorher an.«

»Das wär nett«, sagte ich.

»Ein Protokoll müssen wir aber trotzdem aufnehmen.«

»Ach, weißt du, mittlerweile bin ich ja Profi«, sagte ich. »Ich könnte mich eigentlich selbstständig machen mit solchen Polizei-Protokollen.«

In diesem Augenblick kam das Engelchen zurück. »Gibt's ein Problem?«, fragte sie spitz.

Simon räusperte sich. »Kommst du bitte mit zum Streifenwagen, Line?«

Zehn Minuten später brauste das Polizeiauto davon. Ich atmete auf und machte mich auf die Suche nach meiner Guerilla-Gang. Es dauerte nicht lange, bis ich Lila, Lena und Harald hinter der Ente fand, wo sie auf dem Boden kauerten, während Tarik aus ein paar Metern Abstand filmte.

»Line! So ein Pech! Alles in Ordnung?«, rief Lila.

»Mehr oder weniger«, seufzte ich. »Geht's dir gut, Lena?«

»Ja, ja!«, rief Lena. »Ach, es war so spannend!«

»Ich wollte zurück und dir beistehen, aber Harald meinte, das ist Quatsch, weil du ja nichts Verbotenes getan hast, aber uns haben sie ja weglaufen sehen«, sagte Lila.

»Das ist schon okay«, sagte ich. »Allerdings habe ich jetzt ein Polizisten-Date am Hals. Mit meinem persönlichen Polizisten-Running-Gag.«

»Hosch du des Date wäga dem Polizischda gmacht oder wäga ons?«, fragte Harald.

»Das weiß ich eigentlich selber nicht«, antwortete ich.

»Polizisten sind Beamte! Was Solides!«, rief Lila. »Der kann dich ernähren und kriegt eine Rente.«

»Polizisten sind nicht sexy«, brummte ich. »Außerdem haben sie beschissene Arbeitszeiten.«

»On Zahnärzt?«, fragte Harald.

»Die meisten Männer in meinem Alter, die eine Frau suchen, sind sowieso beziehungsgestört«, sagte ich. »Sonst wären sie nicht Single.«

»Du könntest dich bei ›Bauer sucht Frau‹ bewerben. Da sind die Arbeitszeiten allerdings noch beschissener. Oder es mit einem Witwer versuchen«, schlug Lila vor. »Die sind unverschuldet allein und nicht automatisch bekloppt.«

»Ebbes Graumeliertes«, ergänzte Harald.

»Witwer, die liegen auch nicht grade auf der Straße rum«, sagte ich düster. »Wo ist eigentlich Melanie?«

»Abgehauen«, antwortete Lila. »Sie hat die Polizistin gesehen, den Presslufthammer fallen lassen und ist abgezischt. Ich hab versucht, sie auf dem Handy anzurufen, aber sie nimmt nicht ab.«

»Und der Presslufthammer?«

»Den han i mitgnomma«, rief Harald. »Renn amol, mit zeh Kilo uff 'm Arm!«

»Ich muss definitiv mit Vereinsmitglied Melanie Rücksprache halten«, sagte Lila. »Wir scheinen doch recht unterschiedliche Vorstellungen von den Rechten und Pflichten in unserem Verein zu haben.«

24. Kapitel

Won't you be my number two,
Me and number one are through,
There won't be too much to do,
Just smile when I feel blue.

And there's not much left of me,
What you get is what you see,
Is it worth the energy,
I leave it up to you.

Am nächsten Morgen musste ich schrecklich früh aufstehen, um Lena zurück nach Gärtringen zu bringen. Sie war zu einem Kindergeburtstag eingeladen, der schon um elf Uhr beginnen sollte, weil das Programm (Kamelreiten, Gokartfahren, Hallenbad-Party und Kinder-Bowling) sonst nicht in den Sonntag gepasst hätte. Lena war gar nicht scharf darauf, nach der aufregenden nächtlichen Aktion mit der abschließenden Suppen-Fete, die sich bis nach zwei hingezogen hatte. Tarik hatte sich mit einem Kuss auf den Mund von mir verabschiedet, der nicht unbedingt in die Kategorie »just friends« passte. Aneinandergelehnt dämmerten Lena und ich in der S-Bahn vor uns hin, müde, aber sehr zufrieden.

»Und, war's nett?«, fragte Katharina. »Willst du nicht einen Moment reinkommen, Line? Ich kann dich dann wieder bei der S-Bahn absetzen, wenn ich Lena zum Geburtstag fahre.«

»Es war cool«, sagte Lena unschuldig. »Wir haben ›Hände weg von Mississippi‹ geguckt. Hatte Line extra aus der Stadtbücherei für mich ausgeliehen.«

Ich schluckte. Lena wurde nicht mal rot.

»Hoffentlich hast du dich nicht allzu sehr gelangweilt, Line«, sagte Katharina.

Wir standen im Flur. Lena ging in ihr Zimmer, um sich umzuziehen. Salo kam angerannt und klammerte sich an Katharina fest.

»Salo, zeig doch der Line dein neues Playmobil-Boot!«, rief Katharina.

Salo zischte ab.

»Ich wollte dir noch was erzählen«, sagte Katharina und senkte die Stimme. »Etwas, das die Kinder noch nicht wissen. Dorle war gestern Abend hier. Sie hat mir angeboten, sich in den Weihnachtsferien um die Kinder zu kümmern, damit ich Max in New York besuchen kann.«

»Klingt super«, sagte ich. »Das gute alte Dorle!«

»Sie meinte, ich soll jetzt erst mal keine überstürzten Entscheidungen treffen und nach dem Besuch weitersehen.«

»Sehr vernünftig«, sagte ich. »Ich kann gerne auch mal kommen. Schließlich ist Dorle nicht mehr die Jüngste.«

»Das wäre sehr nett«, sagte Katharina. »Ich weiß, wir haben in den letzten Jahren nicht immer das beste Verhältnis gehabt. Ich war mit mir selber beschäftigt. Mit mir und der Familie. Und ich wollte dir einfach sagen, dass mir deine Unterstützung sehr viel bedeutet. Und dass es mir sehr leidtut wegen dir und Leon.«

Sie nahm mich in den Arm. Wir hielten uns ganz fest.

»Was ist das denn hier?«, fragte Lena. »Mama, wir müssen los!«

Eine gute Stunde später ließ ich mich erleichtert auf mein Bett fallen, um einen ausgiebigen Mittagsschlaf zu halten und anschließend zu duschen.

Es klingelte. Bestimmt hatte Harald seinen Hausschlüssel vergessen.

Plötzlich stand Lila in der Tür. »Besuch für dich, Line«, sagte sie. Ihr Blick verriet nichts.

»Für mich?« Mein Herz begann zu rasen und ich sprang auf. Wenn das Leon war, ich würde keine Sekunde verlieren, nach unten rennen und …

Lila schüttelte den Kopf. »Nein, nicht Leon. Komm und sieh selbst. Beeil dich.«

Ich stand auf, tauschte den Schlafanzug rasch gegen T-Shirt und Jogginghose, fuhr mir mit den Händen durch die Haare und lief die Treppe hinunter.

Ich traute meinen Augen nicht. In der Küche saßen Herr Tellerle und Frau Müller-Thurgau. Verlegen rutschten sie auf den alten Stühlen herum und fühlten sich sichtlich unwohl. Lila wurschtelte mit Kaffeetassen herum. Ich gab beiden die Hand.

»Na so eine ... Überraschung«, sagte ich. »Wie nett, dass Sie mal vorbeischauen!«

Woher hatten die überhaupt meine Adresse? Frau Müller-Thurgau hatte ich immer nur in ihrem rosa Jogginganzug mit den Doris-Day-Pantöffelchen gesehen und den Eindruck gehabt, dass sie sich nie weiter vom Haus in der Reinsburgstraße wegbewegte als bis zum Kandel, und das auch nur, wenn sie die »große Kehrwoche« machte. Sie trug ein T-Shirt mit einem aufgedruckten Hündchen und eine Stoffhose, wie man sie in der Fernsehzeitschrift *rtv* bestellen konnte. Zwischen halbhohen Stiefelchen und Hose leuchteten ihre Krampfadern. Herr Tellerle sah aus wie immer, ausgebeulte Cordhose mit Hosenträgern und graugrünbraunes Hemd.

Einen Augenblick lang herrschte peinliche Stille. Lila schenkte Kaffee ein. Das lenkte für eine Minute ab. Dann war es wieder still.

Ich räusperte mich. »Wie geht's denn so in der Reinsburgstraße?«, sagte ich, um wenigstens irgendetwas zu sagen.

»Älles en Ordnong«, sagte Herr Tellerle.

»Dr jonge Maa isch fort«, platzte Frau Müller-Thurgau heraus. Ihr Gesicht war gerötet. Sie wirkte sehr aufgeregt.

»Leon?«

Waren die beiden deshalb hier?

Frau Müller-Thurgau nestelte nervös an ihrer Goldkette herum. »Dirfd i oine raucha?«, fragte sie.

»Sicher, sicher«, sagte Lila, sprang auf und holte einen angeschlagenen Unterteller als Aschenbecherersatz.
Rauchen in Lilas Küche! Das hatte es noch nie gegeben.
Frau Müller-Thurgau zündete sich eine HB an und zog hektisch an der Zigarette. »Also, vor a baar Wocha hot dr jonge Maa bei dr Kehrwoch verzehld, dass er auszieht on zom Bosch noch ...Wie hoißt des ... Wuschi goht. Des isch bei dene Chinesa.«

Ich fing an zu zittern. Leon haute ab. Er legte Tausende von Kilometern zwischen uns und wir würden uns niemals mehr zufällig auf der Königstraße begegnen. In Wuxi würde er sich in die Fußreflexzonenmasseurin verlieben, die Bosch seinen deutschen Mitarbeitern in der Frühstückspause zur Steigerung der Leistungsfähigkeit ins Büro schickte, eine Chinesin mit blasser Haut und ewigem Lächeln, die von einem Leben mit vielen Kindern in Europa träumte und deshalb beim Massieren der Füße besonders viel Sorgfalt darauf verwandte, Blockaden in Leons erogenen Zonen aufzulösen.

»On geschdern isch er komma, om sich zom verabschieda.«

Der Boden begann unter meinen Füßen zu schwanken. Das war's dann wohl. Ich würde Leon nie wiedersehen.

»On noo hot er mr Ihr Adress gäba, weil falls Poschd kommd, zom Nochschicka.«

Seit unserer Trennung hatte Leon mir die Post nachgesandt. Nicht dass es viel war, aber jedes Mal, wenn ich einen Umschlag mit seiner Schrift aus dem Briefkasten fischte, fing ich an zu heulen.

»On vorher isch 's Taxi komma.«

Leon war also noch nicht weg?

»On noo ben i nonder zom Heiner. Weil i han oifach net gwissd, was doo.«

Frau Müller-Thurgau und Herr Tellerle duzten sich? Sie kannten sich doch erst seit dreißig Jahren!

»Ich verstehe nicht ganz«, sagte ich langsam.

»'s goht ons joo nix aa«, sagte Frau Müller-Thurgau verlegen.

»Mr will sich joo net eimischa«, rief Herr Tellerle aus.

»'s isch bloß so ... Dr jonge Maa hot en de ledschde Wocha so kreizoglicklich ausgsäh. On noo han i zom Heiner gsagt, Heiner, han i gsagt, fendsch du net au, drvor, wo die Frau Praetorius no ens Haus komma isch, doo hot er oifach mee gschwätzt on glacht? On dr Heiner hot gsagt, ha doch, des han i au denkt. On noo hemmr oifach denkt, also mir sagad's Ihne, weil vielleicht ... On Sie, wenn i mir die Bemergong erlauba derf, also Sie hen au scho mol bessr ausgsäh ...« Frau Müller-Thurgau war jetzt dunkelrot.

Ich starrte Frau Müller-Thurgau und Herrn Tellerle ungläubig an. Waren sie tatsächlich hier, um meine Beziehung zu retten?

»Und Yvette? Sie wissen schon, diese ...«, ich schluckte. »Äußerst attraktive Blondine« war zwar richtig, würde mir aber nicht über die Lippen kommen.

»Also, die isch bloß no a baarmol em Haus gwä«, sagte Frau Müller-Thurgau.

»Femfmol isch se doo gwä, abr emmr bloß am Dag«, sagte Herr Tellerle. »Net dass mr henderherspioniert, aber mr will ja scho wissa, wer sich em Haus uffhäld.«

»Uff jeden Fall isch des scho a Weile her«, sagte Frau Müller-Thurgau. »On en ledschder Zeit hot er koin Frauabsuch ghett, so viel isch gwieß. Bloß oimol a Familie mit Zwilleng.«

»On er isch au net iber Nacht fortblieba«, ergänzte Herr Tellerle eifrig.

»Wann ist er denn losgefahren?«, fragte Lila. »Zum Flughafen, meine ich.«

»Also, 's Taxi isch om halber zwelfe komma.«

»Femf nach halb zwelfe«, sagte Herr Tellerle.

Jetzt war es Viertel vor eins. Ich schloss die Augen. Leb wohl, Leon.

Lila stand hastig auf. »Also das war wirklich sehr nett, dass Sie vorbeigekommen sind, und auch Frau Praetorius ist Ihnen sehr dankbar. Aber wir haben jetzt wirklich keine Zeit mehr zu verlieren.« Sie schüttelte Herrn Tellerle und Frau Müller-Thurgau die Hand und bugsierte sie zur Tür.

Kurz darauf hörte man das Knattern eines Mofas. Ich blieb wie gelähmt sitzen.

»Das ist ja unglaublich«, rief Lila im Flur aus. »Rücken die mit einer uralten Zündapp hier an, die nicht mal eine Zulassung hat!«

»Die stand bei Herrn Tellerle im Keller«, sagte ich abwesend. »Er hat immer daran herumgeschraubt.«

Lila baute sich vor mir auf und stemmte die Hände in die Seiten. »Kannst du mir mal sagen, worauf du noch wartest?«, keifte sie.

Müde stützte ich den Kopf auf die Hände. »Wenn wir jetzt in einem Buch oder Film wären, würde ich losrasen und Leon im letzten Augenblick am Flughafen abpassen«, flüsterte ich. »Aber so was passiert im wirklichen Leben nicht.«

»Du treibst mich in den Wahnsinn! Seit Wochen halte ich hier deine Scheißlaune aus, jetzt kriegst du deinen Matrosen auf dem Tablett präsentiert und lässt ihn laufen? Dann werd doch den Rest deines Lebens unglücklich, du Schnepfe, aber such dir bitte möglichst schnell eine andere Wohnung und lass mich in Ruhe!«

Ich sah sie schockiert an. Fünf Sekunden lang geschah gar nichts. Dann sprang ich auf. »Du hast recht«, rief ich aufgeregt. »Vielleicht ist es noch nicht zu spät. Ich muss so schnell wie möglich zum Flughafen!«

»Schön, dass die Dame langsam aufwacht! Mit öffentlichen Verkehrsmitteln schaffst du das nicht mehr. Und bis jetzt ein Taxi kommt ... Du bräuchtest ...«, Lila machte eine Pause, »... ein richtig schnelles Auto. Einen Porsche zum Beispiel. Ich könnte den Kapitalisten mit dem Angeberauto fragen, ob er dich fährt. Der hat allerdings gerade Sunday-Morning-Sprechstunde mit Prosecco.«

»Lila, ich schwöre dir, ich sage nie mehr auch nur ein einziges Wort gegen Zahnärzte, die Porsche fahren!«

Lila rannte mit dem Telefon ins Bad und schlug die Tür hinter sich zu. Ich rannte hinterher und presste mein Ohr gegen die Tür. Verstehen konnte ich nicht viel, ich hörte nur immer wieder das Wort »Notfall«, jedes Mal ein bisschen lauter und ein bisschen beschwörender. Meine Hände waren schweißnass und mein Magen fuhr Achterbahn.

Lila riss die Tür wieder auf. »Puh, die Sprechstundenhilfe war taff, aber er ist in zwei Minuten hier«, schrie sie triumphierend. »Zieh dir verdammt noch mal was anderes an und spül deinen stinkenden Mund aus! So, wie du aussiehst, da kannst du gleich zu Hause bleiben!«

Ich rannte die Treppe hinauf, zerrte eine saubere Jeans aus dem Schrank und über meine Hüften, zog einen sauberen Pulli über das T-Shirt, der lang genug war, um den offenen Hosenknopf zu verdecken, und raste die Treppe wieder hinunter. Ins Bad, zehn Sekunden Zähne putzen, Haare kämmen, Lilas Lippenstift. Es klingelte. Harald trug seinen weißen Kittel mit dem »Oben bleiben«-Anstecker, ein Mundschutz baumelte unter seinem Kinn.

»I sag dr oins, Line, i hoff bloß, der Kerle isch's au wert, dass i mei Abbrobatio riskier!«, rief er. »I han a Wurzelbehandlong uff 'm Stuhl sitza lassa. D' Spritz isch scho gsetzt.«

Ich wandte mich an Lila. »Kommst du nicht mit?«

»Solche Angeberautos haben nur zwei Sitze«, sagte sie. »Einen für den Fahrer, und den anderen Job musst du allein erledigen, glaube ich.«

»Danke«, flüsterte ich und umarmte sie schnell.

»Viel Glück«, sagte sie.

Der Porsche röhrte die Planckstraße hinauf. Harald sah mich an und schüttelte den Kopf. »Sag amol, wie lang hosch du Zeit ghett, dich mit dem Typa zom einige? Muss des jetz so a Stressaktio werda?«

»Frauen sind so«, flüsterte ich. »Wenn die Bedienung vor ihnen steht, sagen sie, dass sie noch einen klitzekleinen Moment brauchen, obwohl sie seit zehn Minuten verzweifelt auf die Karte starren. Weil die Bedienung ungeduldig wird, bestellen sie eine Pizza ›Vier Jahreszeiten‹. Wenn die Bedienung weggeht, rufen sie ihr hektisch hinterher: ›Warten Sie, ich will doch lieber eine Pizza ›Calzone‹! Während sie auf das Essen warten, überlegen sie die ganze Zeit, ob eine Pizza ›Funghi‹ nicht besser gewesen wäre. Wenn der Kellner dann die ›Calzone‹ bringt, schauen sie neidisch auf die Pizza ›Artischocke‹ am Nebentisch. Mit den Männern ist das ähnlich. Jeder hat einen anderen Belag, und man fragt sich permanent, welcher am leckersten ist.«

Wir waren am Frauenkopf und Harald gab Gas. Ich wurde in meinen Sitz gedrückt. Mir fiel ein, dass ich gerade eine Pizza namens Simon versetzte.

»On jetz bisch so lang drhoim ghockt on hosch dr iber de Belag de Kopf zerbrocha? Mädle, Mädle! Dann hoffa mr amol, du guggsch net auf die Pizza ›Funghi‹, wenn's jetz mit derer ›Calzone‹ no glabbd. On wenn's net glabbd, noo musch di halt mit dr ›Vier Jahreszeite‹ zfriedegäba.«

»Bitte, sag doch nicht so was«, flüsterte ich.

Was würde ich denn überhaupt machen, wenn ich Leon noch rechtzeitig erwischte? Ich musste die Zeit im Auto nutzen, um mir etwas zurechtzulegen. »Ich liebe dich« war ja wohl ein bisschen zu wenig. Da musste schon etwas mehr Poesie her. Glühende Worte, die meine Leidenschaft und mein inneres Feuer beschrieben. Shakespeare oder Pipeline Praetorius? Ein kleines Sonett vielleicht? Lieber was Eigenes. Das war persönlicher. Schließlich war ich eine belesene Intellektuelle und konnte selbst etwas zusammenstellen. Ich schloss die Augen, kämpfte gegen die Panik und konzentrierte mich: »Leon, weißt du eigentlich, wie lieb ich dich hab? Seit aus Menschenaffen Menschen wurden, gab es keine Frau, die einen Mann mehr geliebt hat. Meine Liebe reicht von Stuttgart über Obertürkheim bis nach Esslingen-Zell. Du bist meine dritte Kugel Schokoeis, auf meinen Pommes das Rot-Weiß, die Kohle auf meinem Grill, das Wasser unter meinem Kiel, Salami fett auf meinem Laugenweck. Ich geh mit dir, wohin du willst, Hand in Hand, nach Wuxi oder nach Schwieberdingen ...« Hmm. War das übertrieben? Zu poetisch? Zu viel Essen? Nein. Es war der Dramatik der Situation angemessen.

Ich flog nach vorne. Haralds Vollbremsung katapultierte mich zurück in die Realität. Zwei Zentimeter vor uns war eine Stoßstange.

»Mischd, mit Clogs kosch oifach net gscheid bremsa!«, sagte Harald und beschleunigte wieder. »Sag amol, Line, wo fliegt der Kerle iberhaubd ab on wo noo?«

»Ich habe nicht die geringste Ahnung.«

»On wie willsch en noo fenda?«

»Äh, da wollte ich mich auf meine Inspiration verlassen«, sagte ich und merkte, wie eine erneute Panikwelle über mir zusammenschlug.

Harald langte in die Tasche seines Kittels und warf mir ein Handy auf den Schoß. »I glaub, der Schduagerder Flughafa isch a bissle z' groß fir Inschbiratio. Vielleicht probiersch's lieber em Indernet«, sagte er. »Mir sen glei do.«

»Wie soll ich das denn jetzt rauskriegen?«, sagte ich verzweifelt.

»Musch halt Flug Schduagerd–Wuschi guhgla«, sagte Harald.

Mit zitternden Fingern tippte ich auf dem Handy herum und versuchte, die Informationen auf dem kleinen Display zu entziffern. »Die meisten Flüge nach Wuxi scheinen über Amsterdam zu gehen«, rief ich aufgeregt.

»No guggsch jetz, was in der nägschde Schdond vo Schduagerd abfliegd«, sagte Harald.

Ich ging auf die Homepage des Flughafens. »Amsterdam, 14 Uhr 35! Das muss es sein. Terminal drei, Check-in-Schalter 326!« Ich sah auf die Uhr. 13 Uhr 40. Die nächste Panikwelle erfasste mich, donnerte mich an den Strand und nahm mir den Atem.

Wenige Minuten später hielt Harald mit quietschenden Bremsen vor Terminal drei. »I gang parka! Sau, Mädle, sau!«

Ich holte tief Luft, sprang aus dem Auto und hinein in die Drehtür. Die bewegte sich leider im Schneckentempo und entließ mich erst nach einer gefühlten Ewigkeit auf der anderen Seite. Ich spurtete die Rolltreppe hoch und gelangte in die Abflughalle. Auf einer großen Tafel standen die Abflüge. Ich war so aufgeregt, dass die Buchstaben vor meinen Augen verschwammen. Da! Amsterdam, 14.35, planmäßig. Konnte das blöde Ding nicht verspätet sein? Und wo war der Schalter?

Ich rannte. An Schalter 326 stand eine endlose Schlange von Menschen mit Tonnen an Gepäck. Absperrbänder leiteten die Passagiere im Zickzack zu den Schaltern. Ich kroch unter dem Band durch, schnitt einem Paar den Weg ab und drängelte mich an den nächsten freiwerdenden Platz. Hinter mir wurden Proteste laut.

»He, Sie do!«

»Des isch ja overschämd!«

»Stellad Se sich gfälligschd henda a, wie älle andre au!«

Die Frau am Check-in sah mich ungerührt an.

»Bitte!«, rief ich atemlos. »Ich brauche Ihre Hilfe. Mein Freund ... Exfreund ist wahrscheinlich da drin und fliegt nach Amsterdam. Und dann weiter nach China. Können Sie mir sagen, ob er eingecheckt hat?«

Der Blick der Frau wurde kalt. Sie zupfte ihr Seidentuch zurecht. »Wenn Sie nicht mit uns fliegen, treten Sie bitte zur Seite. Sie halten die anderen Passagiere auf. Ich darf Ihnen keine Auskunft geben.«

»Bitte!«, flehte ich.

»Selbst wenn Sie Angela Merkel wären, dürfte ich Ihnen nicht sagen, ob Joachim da drinnen ist. Das kann mich meinen Job kosten!«

»Ich habe alles verbockt. Das ist meine letzte Chance! Wenn ich ihn nicht mehr erwische, ist es endgültig vorbei mit uns!«

»Es geht also um Leben oder Tod, ja?«, sagte die Frau sarkastisch und trommelte mit den Fingern auf dem Counter herum.

Jetzt schossen mir die Tränen in die Augen. »Nein«, flüsterte ich. »Es geht nicht um Leben oder Tod. Es geht nur um zu lang hinausgeschobene Versöhnungen, missglückte Aussprachen, verpasste Liebeserklärungen, intrigante Rivalinnen, Katastrophen-Gene, mein Lebensglück und Leons Lebensglück. Das ganz normale Leben. Nichts Außergewöhnliches. Ein bisschen antike Tragödie und Daily Soap. Vielleicht springe ich nachher in den Neckar. Aber Leben oder Tod, das wäre wirklich übertrieben.«

Die Frau am Schalter sah mich mit zusammengekniffenen Augen an und schwieg.

»Ich habe eine Idee«, sagte ich. »Ich sage Ihnen nur den Vornamen. Leon. Sie schauen, ob ein Leon eingecheckt hat. Dann haben Sie nicht wirklich Auskunft gegeben! Es könnte ja ein ganz anderer Leon sein als der, den ich suche.«

Die Frau seufzte. Dann huschten ihre Finger flink über die Tastatur des Computers. Einen Augenblick herrschte konzentrierte Ruhe. Ich hielt die Luft an. Sie sah mich an und nickte fast unmerklich.

»Vielen Dank«, sagte ich, packte ihre Hand und drückte sie fest. Innerlich stieß ich einen Freudenschrei aus. Lieber Gott, mach, dass dieser Leon nicht erst drei Jahre alt ist! »Gibt es irgendeine Möglichkeit, noch an ihn ranzukommen?«

Sie schüttelte den Kopf. »Wohl kaum. Boarding beginnt in fünf Minuten. Dann sitzt er im Flieger.«

»Und bis dahin?«

»Könnten Sie ihn ausrufen lassen. An der Information. Rein kommen Sie nur mit einer Bordkarte. Viel Glück.«

Ausrufen lassen? Und wenn Leon nicht reagierte? Das war zu riskant.

»Es gibt einen Leon auf dem Flug. Ich brauche sofort ein Ticket«, rief ich Harald zu, der durch die Halle auf mich zueilte. Mit seinem Zahnarztkittel, der weißen Hose und dem Mundschutz zog er die Blicke auf sich. Einige Leute kicherten.

»Dort oba gibd's Laschd Minit«, sagte Harald und deutete auf die bunten Reisebüros eine Ebene höher. »Do ben i scho mol am gleicha Dag nach Fuerte gfloga. Aber des dauert z' lang.« Er packte mich am Arm und zerrte mich hinter sich her.

Am Rande der Halle war ein rot beleuchteter Counter, über dem in großen Lettern »Tickets« stand. Eine Frau und zwei Männer sahen uns erwartungsvoll an.

»Mir brauchad a Ticket«, sagte Harald. »On zwar fir zom glei fliega.«

»Wohin soll's denn gehn?«

»Des isch völlig wurschd«, sagte Harald. »Hauptsach, sie ka glei eichecka.«

»Ihnen ist völlig egal, wohin?«, fragte die Frau mit dem roten Halstuch ungläubig. Ohne Halstuch schien auf dem Airport gar nichts zu gehen. »Da kann ich Ihnen nur Hamburg anbieten. Sie müssten sich wahnsinnig beeilen, und das Ticket kostet Sie ein paar Hundert Euro. Wenn Sie im Voraus buchen, kriegen Sie das schon für achtundzwanzig Euro!«

Harald zückte eine fette Brieftasche und schlug sie auf. Darin lagen, sorgfältig in Fächern verstaut, ungefähr zehn Kreditkarten.

»Jetz machad Se scho!« Die Frau langte kräftig in die Tasten ihres PCs. »320 Euro. Ihre Daten, schnell!«

Ich schob meinen Ausweis über den Counter. Hamburg. War das nicht großartig? Ich flog mal eben zu einem Tässchen Kaffee bei Hilde und Güntha vorbei, den Eltern meines Exfreundes. »Harald, ich schwöre dir, ich zahle es dir von meinem ersten Gehalt zurück!«

»Des will i hoffa«, sagte Harald, schubste mich zum Self-Check-in ein paar Meter weiter und drückte auf dem Display herum. »Gang oder Fenschdr?«, fragte er.

»Ist doch völlig egal, ich fliege doch sowieso nicht!«, jammerte ich.

Endlich spuckte das Gerät meine Bordkarte aus. Entweder hatte ich jetzt den Zugang zum Himmel. Oder zur Hölle. Ich spurtete los.

»Viel Glück!«, brüllte Harald.

Ein grünes Licht tanzte auf der großen Tafel neben dem Wort Amsterdam. Boarding.

Ich rannte. Den Sicherheitscheck hatte ich nach endlosen Minuten passiert. Weil ich nicht einmal Handgepäck hatte, war ich besonders sorgfältig kontrolliert worden. Jetzt rannte ich. Schneller, als ich jemals zuvor in meinem Leben gerannt war. Es hämmerte in meinem Kopf. Leon. Leon, hörst du mich? Bitte, steig noch nicht ein ... Gate 336. Ich rannte. 337. Endlich.

Eine Frau in einem dunkelblauen Anzug fertigte gerade die letzten Passagiere ab. Sie verschwanden in einem grauen Schlund. Sonst war die Halle leer. Bis auf zwei Menschen, die noch auf ihren schwarzen Sitzen saßen. Der eine Mensch war Leon, der andere Yvette. Yvette hatte den Arm um Leon gelegt, er saß da, dicht an sie geschmiegt, regungslos. Hier genoss ein glückliches Liebespaar einen letzten intimen Moment in Stuttgart, bevor es Hand in Hand gen Osten in den Sonnenuntergang flog, einer gemeinsamen Zukunft in Wuxi entgegen. Yvette hatte gewonnen. Ich war draußen.

Einen Augenblick blieb ich wie erstarrt stehen, spürte, wie mein Atem in Stößen ging, das Herz schmerzhaft gegen meinen Brustkorb donnerte und mir die Tränen übers Gesicht liefen, ohne dass ich irgendetwas dagegen tun konnte. Ich musste sofort hier weg, bevor mich die beiden sahen. Mich in Luft auflösen, in den Boden versinken, weglaufen, bis ans andere Ende der Welt. Alles, nur nicht gesehen werden. Rasch drehte ich mich um.

»Pipeline Praetorius!« Ein Schrei gellte durch die Halle. »Du bleibst gefälligst hier!«

Es war Yvette, die da brüllte. Wollte sie mich noch ein bisschen vor Leon demütigen? Yvette brauchte nur wenige Schritte in ihren hochhackigen Pumps, um vor mir zu stehen. Sie trug ein beiges, makelloses Business-Kostüm und ein Seidentuch. Jede Welle ihres blonden Haars lag perfekt. Sie roch sogar perfekt. Mir wurde schlecht.

»Kannst ihn behalten«, sagte sie spöttisch, beugte sich vor und flüsterte: »So toll ist er nun auch wieder nicht. Ein bisschen zu bieder für meinen Geschmack.«

Dann ging sie an ihren Platz zurück, zog den Griff ihres kleinen schwarzen Rollkoffers heraus, legte sich einen eleganten Mantel über den Arm, winkte Leon nachlässig zu und verschwand in dem gläsernen Schlund.

Leon war aufgesprungen und starrte mich aus rot verheulten, geschwollenen Augen ungläubig an. Er war sehr blass und wirkte erschöpft. Nicht wie jemand, der sich gerade mit seiner Liebsten auf einen neuen Lebensabschnitt freut. Eher ein bisschen wie ein Untoter. In der Zeit, als er mit mir zusammen war, hatte er besser ausgesehen.

»Line ... Ich glaub's einfach nicht ...«

»Ist jemand gestorben?«, fragte ich vorsichtig. Ich musste ja sichergehen, dass er meinetwegen heulte.

Leon stöhnte nur und verdrehte die Augen gen Himmel. Okay. Das war geklärt. Dann schlug jetzt die Stunde meiner Liebeserklärung. Die würde sämtliche Liebeserklärungen, die jemals in Gedichten, Romanen oder Filmen gemacht wurden, übertreffen und ins Guinness-Buch der Rekorde eingehen. Überwältigt von meinen Worten, würde mich Leon in seine Arme reißen und mit heißen Küssen bedecken, und alles würde gut werden. Wie ging der Text noch mal?

»Leon, ich war so ein blinder Volltrottel. Ich wollte dir sagen ... Ich wollte dir ... also nur sagen, dass ... also meine Gefühle ... zu dir ... du weißt schon ...«, stotterte ich. Das war ohne Zweifel rekordverdächtig.

»Nein«, sagte Leon ruhig. »Nein, ich hab keine Ahnung, wovon du redest.«

»Man kann dieses Wort nicht aussprechen!«, schrie ich verzweifelt.

»Doch, man kann. Wenn ich hier sitzen und wegen dir flennen kann, wie ein Mann überhaupt nur einmal in seinem

Leben flennt, dann kannst du dieses Wort aussprechen. Und komm mir jetzt nicht mit irgendwelchen Ausreden!«

»Ich l... also ... ich l... lll... lieb... liebäugle damit, dir zu sagen ...«

»Hören Sie, wenn Sie dieses Flugzeug nehmen wollen, dann kommen Sie jetzt, und zwar sofort!«, rief die Frau vom Bodenpersonal genervt herüber.

»Noch einen winzigen Augenblick«, flehte Leon. »Sie hat's gleich.«

»Ich llllllll...« Das Wort wollte nicht heraus. Es weigerte sich einfach. Blieb stecken. Konnte es sein, dass ich die emotionale Intelligenz eines Wildschweins besaß? Ich holte tief Luft. »...iebe dich«, vollendete ich atemlos.

»Geht doch«, sagte Leon und schloss mich heulend in die Arme.

Meine Knie waren weich. Es war der längste und kürzeste Kuss meines Lebens. Und der salzigste. Ich wollte einfach nur für immer hier stehen bleiben, küssend und heulend.

»*Wir fliegen jetzt ohne Sie!*«, kreischte die Abfertigungs-Frau hysterisch.

»Nur noch eine Sekunde. Bitte!«

Die Frau griff hektisch nach einem Funkgerät und sprach aufgeregt hinein.

Wir hielten uns ganz fest. Leon hatte eine Hand unter mein T-Shirt geschoben und streichelte sanft über meinen Rücken und meine Hüften. »Du hast ja Hüften«, murmelte er.

»Ich hab wegen dir zugenommen«, flüsterte ich. »Dein Bauch ist weg.«

Schade, ich hatte ihn immer kuschelig gefunden.

»Du hast mich einige Kilos gekostet. Ich dachte, du verzeihst mir nie. Apropos Verzeihen. Yvette ist jetzt mit dem deutschen Geschäftsführer der Niederlassung in Wuxi zusammen. Sie zieht zu ihm in ein hübsches Haus am See. Das fördert ihre Karriere.«

Yvette. Wer war noch mal Yvette?

»Ich muss dir noch was sagen«, murmelte ich in Leons Ohr. Eigentlich war jetzt nicht der passende Zeitpunkt für lange Erklärungen. Aber Leon sollte endlich die Wahrheit erfahren. »Ich habe einen genetischen Defekt.«

Leon grinste, nahm meine Hand und küsste sie. Wie hatte ich dieses Grinsen vermisst!

»Das Katastrophen-Gen. Davon hat mir Dorle schon erzählt, als wir uns das allererste Mal gesehen haben.«

»Du hast die ganze Zeit Bescheid gewusst? Das glaub ich einfach nicht!«

»Erstens muss man ziemlich blind sein, um das mit dem Katastrophen-Gen nicht zu merken. Und zweitens – was hast du denn gedacht? Dass ich mich deshalb von dir trenne? Seit ich dich kenne, ist mein Leben viel lustiger geworden«, sagte Leon. »Ein bisschen wilder. Gefährlicher. Früher war alles so ... normal. Langweilig. Vorhersehbar. Line, ich liebe dich mitsamt deinem Katastrophen-Gen. Und ich hoffe sehr, du vererbst es mal weiter ...« Seine Stimme war nur noch ein Flüstern.

Wir klammerten uns wieder aneinander.

»Und was machen wir jetzt?«, sagte ich unglücklich. »Am Montag fängt mein neuer Job an.«

»Nichts. Du wirst deinen neuen Job nicht hinschmeißen, um mit mir zu fliegen, und ich werde meine Karriere bei Bosch nicht vermasseln, indem ich den Flieger verpasse. Wenn ich ihn nicht schon verpasst habe.«

»Das ist aber so unromantisch«, schluchzte ich. »Ich will ein Happy End.«

»Süße, das ist das Beste, was du an Happy End kriegen kannst, unter diesen Umständen«, sagte Leon liebevoll. »Wir sind nun mal nicht in Hollywood. Du hast mich gerade noch erwischt. Wir konnten uns noch mal küssen. Und morgen kaufst du dir eine Webcam, damit wir uns beim Telefonieren sehen können.«

Das kriegte ich technisch nicht hin. Und vor jedem Telefonat überlegen, was ich anzog? O Gott.

»An Weihnachten besuchst du mich in China. Das sind doch nur noch ein paar Wochen.«

Die Frau von der Abfertigung stand mit verschränkten Armen vor Leon. »Hören Sie, ich gebe Ihnen noch genau zwanzig Sekunden, um Ihren Hintern in dieses Flugzeug zu bewegen. Sonst wird Ihr Gepäck ausgeladen, Sie bleiben hier und können knutschen, so lange Sie wollen.«

»Ich komme«, sagte Leon. Er gab mir einen schnellen letzten Kuss. »Bis bald«, murmelte er. »Pass auf dich auf.«

Unsere Hände lösten sich. Ein letztes Winken, Sekunden später hatte der Schlund Leon verschluckt.

Einen Augenblick blieb ich erschöpft stehen, allein in der großen, leeren Abflughalle. Dann ging ich aufs Klo, wusch mein Gesicht und vermied es, dabei in den Spiegel zu sehen. Ich dachte an Leon, der sich jetzt wahrscheinlich gerade den Sicherheitsgurt anlegte, während Yvette ihn spöttisch ansah. Dann machte ich mich auf den Weg zum Ausgang.

»Letzter und dringender Aufruf für Passagier Pipeline Praetorius, gebucht nach Hamburg. Bitte kommen Sie dringend zum Ausgang 116. Pipeline Praetorius, Sie werden dringend zum Ausgang 116 gebeten ...« Die Stimme aus dem Lautsprecher verhallte.

Nein. Pipeline Praetorius würde nicht fliegen. Ich ging zurück durch die Sicherheitskontrolle.

»Hen Sie ebbes vergessa?«, fragte einer der Beamten, als er meine Bordkarte kontrollierte.

Ich schüttelte stumm den Kopf.

Harald saß mit Blick auf den Sicherheitsbereich auf einem schwarzen Sitz und sprang auf, als er mich sah. »Ond?«, fragte er.

»Calzone«, sagte ich strahlend, warf meine Arme um seinen Hals und küsste ihn.

Lines Kartentrick

Imponieren Sie Ihren Gastgebern und den anderen Gästen bei der nächsten Party mit diesem einfachen, aber unglaublich beeindruckenden Kartentrick, den selbst Line auf die Reihe gekriegt hat. Bringen Sie Schwung in einen todlangweiligen Abend – oder wollen Sie noch länger über Bodenbeläge (Männer) und Kohlsuppendiäten (Frauen) reden? Sie werden sehen: Die Gäste werden aufhören, ständig nach der Uhr zu schielen oder mit ihren Handys zu spielen, und, angestachelt von Ihrer Einlage, mit vielstimmigen Gesängen, halsbrecherischer Sofa-Akrobatik und Glasharfen kontern. Die Gastgeber werden sich am nächsten Tag mit einem Kniefall, einem riesigen Blumenstrauß und einer Monsterschachtel Pralinen bei Ihnen bedanken. Fortan werden Sie zu allen drögen Partys im Umkreis von 100 Kilometern eingeladen! Natürlich müssen Sie vorher ein bisschen üben, wenn der Trick gelingen soll.

Nehmen Sie einen Stapel Spielkarten, zählen Sie 21 Karten ab und mischen Sie das Häufchen. Bei 21 Karten sollte das gehen, ohne dass allzu viele runterfallen (also bei mir geht's nicht). Bitten Sie einen Freiwilligen, den Stapel durchzusehen und sich eine Karte zu merken. Natürlich darf er nicht verraten, welche.

Dann legen Sie von links nach rechts drei Häufchen mit jeweils sieben Karten aus, mit dem Bild nach oben. Jetzt fragen Sie den Freiwilligen, in welchem Stapel die gesuchte Karte liegt. Nehmen Sie die Karten wieder auf, und zwar so, dass das Häufchen mit der gemerkten Karte in der Mitte ist, und legen Sie die Karten wieder wie vorher aus, also drei Häufchen mit je sieben Karten, von links nach rechts.

Dann wiederholen Sie die Prozedur: Sie fragen wieder, in welchem Stapel die Karte liegt, nehmen den Stapel mit der zu findenden Karte in die Mitte und legen die Karten in drei Häufchen aus.

Fragen Sie zum dritten Mal, wo die Karte liegt, nehmen Sie dann wieder diesen Stapel in die Mitte, aber jetzt nicht mehr auslegen, sondern durchblättern und geheimnisvoll tun. Im Kopf (im Kopf! Nicht laut!) zählen Sie auf elf.

Hurra! Die elfte Karte ist die Richtige! (Wenn nicht, einfach noch mal von vorn anfangen.) Das haben Sie gut gemacht! Jetzt kann die Party endlich lustig werden!

Brezeltango

Ach wie traurig ist mein Leben,
seit ich in der Fremde bin.
Da ist nur noch Zittern, Beben,
und mir fehlt der Sinn,
denn du bist weit,
und ich brauch dich zum Glücklichsein,
ich sehne mich nach Zweisamkeit,
denn ich war viel zu lang allein, zu lang allein.

Ich will an deinen weichen, weißen Bauch mich schmiegen,
ich will in deinen krossen Knusperarmen liegen,
ich will an deinen Salzkristallen lüstern lecken
und wilde Leidenschaft in dir erwecken.

Hier gibt es nur Billigbäcker,
keiner weiß, wie Lauge geht.
Du allein bist richtig lecker,
hast mir den Kopf verdreht.
Du fehlst mir so,
denn ich hab dich zum Fressen gern,
ich mach mich auf den Weg zu dir,
zurück führt mich der Brezelstern.

Ich will an deinen weichen, weißen Bauch mich schmiegen,
ich will in deinen krossen Knusperarmen liegen,
ich will an deinen Salzkristallen lüstern lecken
und wilde Leidenschaft in dir erwecken.

Durch dich scheint dreimal hell die Sonne,
dein Duft ist so verführerisch.
Ich träum von ofenwarmer Wonne,
denn ich will dich am liebsten frisch.

Text: Elisabeth Kabatek
Musik: Susanne Schempp

Songzitate

Die Zitate am Kapitelanfang stammen aus folgenden Liedern:

1. Kapitel: **Der Mann, der zu mir passt** *Text: Anette Heiter, Musik: Dorothee Götz*
2. Kapitel: **Stroßaboh** *Wolle Kriwanek*
3. Kapitel: **Ev'rything Happens to Me** *Text: Tom Adair, Musik: Matt Dennis*
4. Kapitel: **I Am What I Am** *Gloria Gaynor, Text: Jerry Herman, aus dem Musical »La Cage aux Folles«*
5. Kapitel: **Biene Maja** *Karel Gott*
6. Kapitel: **Ohne Scheiß: Schoko-Eis!** *Song der Comedy-Gruppe »Eure Mütter«*
7. Kapitel: **Helfersleut** *Text: Elisabeth Kabatek, Musik: Susanne Schempp*
8. Kapitel: **Grow Old With You** *Adam Sandler*
9. Kapitel: **True Companion** *Marc Cohn*
10. Kapitel: **Jeans On** *David Dundas*
11. Kapitel: **You Don't Bring Me Flowers** *Text: Alan und Marilyn Bergman, gesungen von Neil Diamond und Barbra Streisand*
12. Kapitel: **Döner Song** *Circum*
13. Kapitel: **El día que me quieras** *Tango, Text: Alfredo Le Pera, Musik: Carlos Gardel*
14. Kapitel: **Haus am See** *Peter Fox*
15. Kapitel: **Hamburger Veermaster** *Shanty*
16. Kapitel: **Hamburg meine Perle** *Lotto King Karl*
17. Kapitel: **You Belong With Me** *Taylor Swift*
18. Kapitel: **Stairway to Heaven** *Led Zeppelin*
19. Kapitel: **Send in the Clowns** *Text: Stephen Sondheim, aus dem Musical »A Little Night Music«*

20. Kapitel: **Life Is a Rollercoaster** *Ronan Keating*
21. Kapitel: **One** *Johnny Cash*
22. Kapitel: **Die heiße Schlacht am kalten Büffet** *Reinhard Mey*
23. Kapitel: **Little Green** *Joni Mitchell*
24. Kapitel: **Be My Number Two** *Joe Jackson*

Danksagung

Das zweite Buch ist das schwerste – hoffe ich jedenfalls. Am liebsten hätt ich's übersprungen und gleich das dritte geschrieben. Komischerweise sind die Leute vom Silberburg-Verlag nicht drauf eingegangen ...

Umso wichtiger war die Unterstützung von vielen Seiten:

Mein Arbeitgeber, die Stadt Ostfildern, hat mir völlig unbürokratisch eine Schreibauszeit gewährt, mein Chef Volker Dauscher hat mein Anliegen im Vorfeld sehr unterstützt. Herzlichen Dank!

»Eine Geschichte muss glaubhaft sein«, war das Credo meiner unbestechlichen Erstleserin und treuen Freundin Johanna Veil. Meine Studienfreundin Andrea Witt hat verknuddelte Sätze entwirrt und Stimmiges und Unstimmiges aufgespürt. Danke, Johanna und Andrea!

Meine spanischen Freunde, insbesondere Luis Sierra, haben der »autora en crisis« aus selbiger herausgeholfen.

Schräge Geschichten und herrliche schwäbische O-Töne beigesteuert haben unter anderem Karin Dambach, Dorothea Niewienda, Eva Schumm und Margarita Sigle.

Ich danke auch allen, die sich unfreiwillig wiederfinden.

Anette Heiter hat mit »Der Mann, der zu mir passt« den perfekten Einstieg in den »Brezeltango« geliefert.

Joachim Grimm und Peter Wienecke vom Polizeipräsidium Stuttgart haben es mir ermöglicht, die Dienststelle »Polizeigewahrsam« bei Nacht zu besichtigen. Dort wurde ich liebevoll betreut von Wolfgang Schlegel, der eine faszinierende Zellenführung gemacht hat, und Anne Mottl, die sehr authentisch das Aufnahme-Prozedere im Polizeigewahrsam demonstriert hat.

Andrea Dendorfer vom Polizeirevier 6 in der Wiesbadener Straße hat mir klargemacht, dass die Polizei nicht mit gezückter Dienstwaffe auf Verdächtige zurennt.

Miriam Mitarotonda vom Flughafen Stuttgart hat mir wertvolle Tipps für den Showdown gegeben.

Justus und Laurenz Theinert haben Insider-Wissen aus dem Kunstbetrieb und herrlich durchgeknallte Ideen zu Tarik geliefert, die Wohnung von Andrea Winter und Justus Theinert durfte ich als »Kulisse« für Tariks Zuhause benutzen. Nilgün Tasman hat Macho Tarik kritisch unter die Lupe genommen. Öptümle!

Olav Meyer-Sievers, waschechter Hanseat, hat die Hamburg-Seiten korrigiert. Bettina Kimpel hat das Buch lektoriert.

Susanne Schempp hat aus der Brezelhymne einen Brezeltango gemacht und so dem Buch seinen Namen gegeben. Mit ihrer wunderbaren Musik hat sie mich bei vielen »Laugenweckle«-Lesungen begleitet und zusammen war es gleich viel lustiger.

Überhaupt – ohne »Laugenweckle« gäbe es keinen »Brezeltango«! Zum Erfolg beigetragen hat Martin Dambach, der kreative Gestalter und Hüter meiner Webseite.

Mein besonderer Dank gilt dem Silberburg-Verlag und seinem großartigen Team. Es hat für das »Laugenweckle« unermüdlich bei Presse und Buchhandlungen Klinken geputzt, unerschütterlich an den Erfolg geglaubt und mich immer engagiert und mit viel Herz unterstützt.

Mein Dank gilt außerdem allen Buchhandlungen, die das »Laugenweckle« neben die Kasse gelegt, zu hübschen Türmen aufgeschichtet oder weiterempfohlen haben.

Zum Schluss danke ich ganz besonders meinen Leserinnen und Lesern: Sie haben mir geschrieben, gemailt, mich bei Lesungen angesprochen und zum Weiterschreiben ermutigt. Diese Rückmeldungen haben mich sehr, sehr glücklich gemacht. Ich kann nur hoffen, dass ich ihnen mit dem »Brezeltango« ein kleines bisschen von diesem Glück zurückgeben kann.

Elisabeth Kabatek

Unser Bestseller

In Ihrer Buchhandlung

Elisabeth Kabatek

Laugenweckle zum Frühstück

Roman

Wie alles begann – der erste Roman um Pipeline Praetorius: Line ist Single, lebt in Stuttgart und ist arbeitslos. Zwischen Bewerbungsstress und Scherereien mit der Arbeitsagentur treten gleich zwei Männer in ihr chaotisches Leben. Und so stolpert sie auf der Suche nach Mister Right von einer Katastrophe in die nächste. Diese quirlige Beziehungskomödie kann so nur in Schwaben spielen.

320 Seiten.
ISBN 978-3-87407-809-2

www.silberburg.de

... ein Stuttgart-Roman und ...

In Ihrer Buchhandlung

Jürgen Seibold
Bloß keine Maultaschen
Roman

Dieser Roman erzählt humorvoll und mit viel Lokalkolorit vom erfolgreichen Womanizer und rücksichtslosen Stuttgarter Immobilienhändler Ronald D. Wimmer. Der muss sich plötzlich ohne Auto, ohne Geld und ohne feste Bleibe durchschlagen. Ein Unfall am Neckartor, eine Ferienwohnung am Bopser und neue Freunde bringen Bewegung in sein Leben.

280 Seiten.
ISBN 978-3-87407-878-8

www.silberburg.de

... ein launiger Liebesroman

In Ihrer Buchhandlung

**Julie Leuze
Olaf Nägele**

Gsälz auf unserer Haut

Roman

Eigentlich ist eine neue Liebe das Allerletzte, wonach Biene sucht. Doch dann lernt sie den attraktiven Werbetexter Martin kennen. Ein wahrer Traumprinz oder doch ein zynischer Womanizer? Für viel Wirbel sorgen außerdem eine langbeinige Konkurrentin, ein unliebsamer Verehrer und ein cholerischer Chef. Wer „Laugenweckle zum Frühstück" gerne gelesen hat, wird auch an dieser quirligen Liebesgeschichte aus dem Ländle seine Freude haben.

*276 Seiten.
ISBN 978-3-87407-983-9*

Silberburg-Verlag

www.silberburg.de